PARTOUZ

Né en 1968, Yann Moix est écrivain et réalisateur. Il a entre autres publié chez Grasset *Jubilations vers le ciel* (1996, prix Goncourt du premier roman), *Les cimetières sont des champs de fleurs* (1997), *Anissa Corto* (2000), *Podium* (2002), *Partouz* (2004), *Panthéon* (2006), *Mort et vie d'Edith Stein* (2008) et *Une simple lettre d'amour* (2015).

Paru dans Le Livre de Poche :

ANISSA CORTO

LES CIMETIÈRES SONT DES CHAMPS DE FLEURS

CINQUANTE ANS DANS LA PEAU DE MICHAEL JACKSON

JUBILATIONS VERS LE CIEL

MORT ET VIE D'EDITH STEIN

NAISSANCE

PANTHÉON

PODIUM

YANN MOIX

Partouz

ROMAN

GRASSET

ISBN : 978-2-253-11518-2 – 1re publication LGF

A Maria.

NON SOLVM IN MEMORIAM
SED IN INTENTIONEM

Non seulement à la mémoire
mais à l'attention de Frank Zappa.
du samedi 4 décembre 1993.

… Is this phaZe TWO of *Jubilations vers le ciel* ?

Il faudra bien qu'un jour ou l'autre nous couchions *tous* ensemble.

Louis-Ferdinand CÉLINE (1894-1961).

Et la foi qui s'empare
D'un cœur perdu
Comme un voleur se barre
A corps perdu

Charles PÉGUY (1873-1914).

PREMIÈRE PARTIE

Mohammed Atta

La culture et la religion ont créé une femme entièrement théorique.

Louis-Ferdinand CÉLINE.

1

Partouz

> Les êtres humains ne se rencontrent que dans l'indécence offerte et exigée.
>
> Sacha GUITRY (1885-1957).

Première fois

C'était la première fois de ma vie que j'entrais dans une boîte à partouze, et j'étais surpris parce que ça baisait *vraiment*. Ça remoujutait, ça remujouissait, ça pompolapait, ça spermogloussait, ça spasmogobait, ça sadocriait, ça tringlotringlait, ça palpopalpait, ça jouissocrachait, ça vagicouinait, ça nympholéchait, ça cradotétait, ça pornoclaquait. J'aurais dû m'y attendre, remarquez. Mais j'étais quand même surpris parce que ça baisait *vraiment*.

« On se fait 1 partouz ce soir ? » J'avais envoyé le texto un peu tard, mais ma vieille copine Dorothée (1969-…), que je savais amatrice de ce genre d'activités (elle avait découvert l'échangisme au début des années 90), m'avait répondu à temps : « OK : JARRETELLES. MINUIT. » J'avais juste rectifié : « Non. Pas Jarretelles, Recto / Verso. Minuit. » Car c'est au Recto / Verso que Laïla (1978-...) m'avait dit qu'elle allait... Trop VIP Les Jarretelles... Et à minuit on était au Recto / Verso, 2 bis rue du Cherche-Midi, Paris 6e. J'avais donné ma veste et Dorothée son manteau. Dorothée avait préféré dîner léger avant de venir. C'était une de mes meilleures amies. Il ne faut jamais aller en boîte échangiste avec son amoureuse : l'échange coûte trop. Il vaut mieux échanger une bonne vieille copine : elle peut se faire dépouiller sa race par trois gros Blacks, aucune jalousie, aucune gêne ne s'ensuit, on assiste à la scène d'un regard furtif, évasif, amusé, autorisé, approbateur.

Je savais bien que c'était de la triche. Mais si j'étais allé au casino, je me connaissais, j'aurais essayé de tricher aussi. Dorothée écrivait une thèse (littérature médiévale). Elle passait toutes ses journées, et par conséquent une part importante de sa jeunesse, à la Bibliothèque François-Mitterrand. Elle aurait bien voulu faire une expédition dans le Grand Nord.

Une blonde surmégamaquillée (1963-...) avait demandé nos prénoms (le patronyme semblait être l'ennemi du partouzeur), les avait inscrits sur une carte qu'elle nous avait remise et qui nous dispensait, quand on consommait au bar, de se trimballer avec du liquide ou une carte bleue. Elle nous avait souhaité une « bonne soirée ». J'avais le cœur qui battait parce que j'avais eu peur qu'on ne nous laisse pas entrer. C'est mon côté plouc de province : quand je prenais un café au Flore, j'avais toujours l'impression qu'un type de deux mètres allait me demander de bien vouloir « regagner la sortie », voire de « regagner la sortie sans faire d'histoires ». Tu comprendras donc que pénétrer dans une boîte à touze, je considérais pas forcément ça comme un dû.

Echanges de corps humains

Ça jouisseclapotait, ça sadocriait, ça pseudopodait, ça masohurlait, ça scatobouffait, ça pipogloussait, ça dingomâchait, ça crampogiclait, ça se buccodémenait, ça cryptodoigtait. Un tel spectacle était tellement le spectacle de la nature qu'il se vérifiait dans tous les salons et jusque sur le dernier centimètre carré de canapé : par exemple (et pour nous en tenir à ces cas particuliers) en matière de fellation, de sodomie, de levrette, dans la formation, dans la naissance, dans le développement, dans l'achèvement, dans le dépérissement, dans le mode d'accomplissement de la sexualité occidentale contemporaine.

J'avais payé pour nous deux... C'était mon côté grand seigneur : il faut dire que Dorothée me prêtait son corps humain pour la soirée, que ce corps humain j'allais pouvoir l'échanger, le troquer contre d'autres, qui me plaisaient davantage. Je n'avais jamais été trop branché rousses, mais je savais que comme il s'agissait malgré tout d'une denrée rare, je trouverais ce soir des amateurs de rousses qui sauraient, eux, comment rentabiliser une rousse. On s'était dirigés vers le bar, j'avais fait semblant, donnant mon ticket, de m'intéresser à la notion de whisky-coca en général.

Arrêt sur image : mon pied est à quatorze centimètres de la première des salles où ça baise. A ce moment précis, un questionnaire m'aurait fait associer au mot « femme » des concepts tels que : fraîcheur, menthe, amour, aube, soie, yaourt à boire, sucrette, miel, week-end à Istanbul. Neuf secondes plus tard, mes nouvelles réponses allaient être : cuisses, chatte, immédiateté, duodénum, odeur, langue, facilité et quel cul. On était dépaysé une minute environ. Maximum.

C'était une marée humaine faite de flots de corps en suçance, en pompance, en enculance, en caressance, en pénétrance, en frottance, en flottance, en jouissance. C'était une masse humaine compacte et finie, en mouvance, très triste et très contente. Cette mare de gens. Cette grosse flaque de gens. J'avais devant moi un spectacle fait de configurations de corps, de positions de corps, de corps positionnés. Ce n'était pas de l'art. Il n'y avait rien à interpréter. Ça baisait dans tous les coins, et dans tous les recoins, ça faisait comme un amas hétérogène et pourtant parfait, une sorte de tapis de corps d'hommes, sans un accroc, sans un amusement, sans un seul pittoresque car toutes les positions étaient connues, toutes les combinaisons avaient été cataloguées dans la conscience des hommes depuis des millénaires, et dans leurs gènes, dans leur biologie : nous portons en nous, même au repos, même en lisant Paul Morand (1888-1976), élu au fauteuil n° 11 à l'Académie française en 1968, date de ma naissance, et de celle de Mohammed Atta, chef des terroristes du 11 septembre 2001 – lui du 1er septembre, moi, du 31 mars, mais nés un dimanche tous les deux – même en faisant du vélo, en bêchant, ou lorsqu'on nage, toutes les pornographies possibles des siècles passés et à venir.

Ça faisait comme un parterre d'organismes humains finalement sans aspérités, sans une frivolité, sans un impair. Sans une frimousse, car il n'y avait que des allures et des grimaces, des visages effacés, gommés, des visages qui s'effaçaient face aux actes du reste du corps, sans une malhonnêteté, sans aucun vice puisque au cœur même du vice le vice perdait sa définition.

Ils baisaient dans les lignes, les courbes, les lignes de crête, les lignes de niveau, dans une sorte de platitude contrariée par endroits, d'aplanissement, de plaine, avec des pics, des contrariétés de géographie soudaines. Il y avait des plis, des pliures, des bras pliés, des jambes repliées, des zones de replis, des petites pliures mais sans cassures, qui étaient les plis des rides, les plis des vieillesses, les plis des peaux qui, rassemblés, mélangés, formaient une sorte de territoire, de Beauce, avec quelque chose d'hercynien, et formaient un être vivant énorme à mille têtes sans frimousses, à mille mains semblables, à mille pieds entremêlés dans une pagaille mathématique hébétée de soupirs. Ce n'était pas un spectacle beau, quand on parle de beauté grecque, angulaire et recreuse, mais plutôt une esthétique spéciale du vallonnement, de l'horizontal, du latitudinaire, du longitudinaire : toute partouze est une géodésie.

Oussama Ben Laden

A l'extérieur, c'était la guerre. On faisait comme si de rien n'était. Mais ce n'était pas rien : c'était la guerre. On avait eu un peu de mal à s'en apercevoir, au début, parce que les guerres, jusqu'à présent, avaient ressemblé à des guerres. Il y avait eu des soldats, des mobilisations générales, des ultimatums et des morts programmées. C'était donc la première fois dans l'histoire de l'humanité qu'une guerre ne se ressemblait pas. C'était une guerre à tête de paix, une guerre en forme de paix, une guerre pratiquement sans guerre, et pratiquement sans morts, et pratiquement sans attaques. C'était une guerre discrète, insidieuse. Une guerre d'un nouveau genre – pas pacifique, non, peut-être encore moins pacifique que les autres, mais une guerre non euclidienne, non répertoriée. Cette guerre était partout : dans les avions, les RER, les territoires occupés, et aussi dans les poubelles des gares, sous les tables des pizzerias. Et parfois, cette guerre était dans les pizzas.

Le génie de Ben Laden (1957- ~~2002, bombardement américain sur l'Afghanistan~~), c'était qu'il venait de déclencher quelque chose qu'on ne savait pas nommer. En réalité, il venait d'inventer la Troisième Guerre mondiale (TGM). On ne savait jamais vraiment si on était vraiment dedans, si elle avait officiellement commencé, ou si elle était imminente. C'était une guerre mondiale définitive en ceci qu'elle était appelée à durer infiniment… Une guerre qui n'éprouvait pas toutes les cinq minutes, ni même tous les deux jours, ni même tous les trois mois, le besoin de faire des choses spectaculaires de guerre mondiale, des choses scolaires de guerre mondiale.

Ce qui frappait surtout chez Oussama Ben Laden quand on le voyait sur ses fameuses vidéos, c'était qu'il n'y avait chez lui strictement rien d'antipathique. Il ne dominait pas le monde d'une domination aigre et raide comme un pouvoir, mais avec un sourire calme et une grande douceur. Il était symétriquement à l'opposé de l'idée qu'on se fait généralement d'un tyran. Alors que les maîtres du monde qui l'avaient précédé avaient tous vécu dans la terreur du couteau de l'assassin ou du traître, et avaient régné dans la paranoïa propre aux usurpateurs, Oussama, sûr de sa légitimité, avait l'air serein, enfantin, loyal d'un bon roi bien authentique, bien dynastique, bien débonnaire, une sorte de roi Dagobert (né vers 600 - mort en 639) des *Mille et Une Nuits*. Sa domination lui semblait couler de source, et bon enfant, et d'autant plus redoutable pour vous, pour moi, pour nous tous, d'autant plus redoutable qu'elle n'était pas seulement maîtresse du monde mais maîtresse d'elle-même.

On croyait que le terrorisme allait de soi : faux. S'il était à la portée de tout le monde de faire de l'histoire, il n'était pas à la portée de tout le monde d'en fabriquer. Pour fabriquer de l'histoire, les réseaux terroristes devaient viser très haut, toujours plus haut : le « 11 Septembre™ »[1] s'inscrivait d'ailleurs dans les esprits comme un chef-d'œuvre indépassable, une référence, une limite – un peu comme la vitesse de la lumière en sciences physiques.

Le kamikaze Mohammed Atta (1er septembre 1968-

1. « 11 SEPTEMBRE™ » : le sigle « TM », qui signifie « Trade Mark », symbolise le fait que cette date était devenue une marque de fabrique, une franchise des terroristes, comme le crocodile sur les chemises Lacoste. Une griffe, un logo. Une signature. On vivait dans une société de sigles (SS). De même que le 11 mars 2004, date de l'attentat à Madrid, allait devenir le « 11-M »™. On vivait dans un univers de droits d'auteur, de marques, de publicité. D'ailleurs, Al Qaïda était une organisation franchisée.

11 Septembre™ 2001, donc), et Ben Laden, son boss, étaient devenus les premières célébrités du Troisième Millénaire. La matière historique, elle, était gourmande de célébrité et d'attentats. Elle était faite exprès pour ce genre de choses (les attentats, les guerres, les bombardements, les catastrophes). On avait même l'impression que cette matière épousait parfaitement les formes inédites de cette forme inédite d'épouvante. La matière historique adorait Mohammed Atta. (Je n'étais pas la matière historique mais moi aussi, je l'adorais, encore plus que Ben (Laden), Mohammed était un très grand mec, qui avait souffert des souffrances similaires aux miennes – j'y reviendrai, puisque c'est le sujet de ce livre). La matière historique s'adaptait avec une facilité déconcertante à toute nouvelle trouvaille des terroristes, qu'elle fût biologique, biochimique, épidémiologique ou thermonucléaire.

Dans nos civilisations « modernes », la mort des individus avait jusqu'ici été un jour extraordinaire. Avec le terrorisme de masse, elle devenait non seulement un jour comme tous les autres, mais aussi l'application, la justification d'une doctrine, d'une lecture particulière du Coran. Au jour de notre mort s'était substitué un autre jour de notre mort décidé par les terroristes. Pour les islamistes, tous les jours étaient égaux pour donner la mort : par conséquent tous les jours devenaient égaux pour mourir. Les terroristes ne visaient personne : ils visaient tout le monde ; pas vraiment des gens, mais des GSTLACIP (gens-se-trouvant-là-à-cet-instant-précis), pas vraiment des hommes et des femmes, mais des hommes-et-des-femmes-qui-auraient-pu-(dû)-se-trouver-ailleurs, des HEDFQAP(D)STA. Les terroristes faisaient leur métier de terroristes et les cadavres leur métier de cadavres.

J'arpentais les couloirs de cette boîte à partouze, et j'étais de plus en plus persuadé que le véritable enjeu du terrorisme, c'était le sexe. Le véritable combat d'Al Qaïda n'était pas tant religieux que sexuel. L'islam des fondamentalistes entendait nous apporter la solution définitive à nos problèmes occidentaux de souffrance sentimentale, de romantisme, de romans d'amour, de chansons d'amour : il s'agissait, tout simplement, de remettre, par une lecture *spéciale* du Coran, de l'ordre dans le désordre sexuel qui menaçait de s'installer partout sur la planète. En somme, l'islam de Ben Laden proposait aux hommes de ne plus souffrir à cause de leurs femmes, de leurs maîtresses, de leurs petites copines, de leurs nanas, de leurs meufs. Il s'agissait de maîtriser le chagrin amoureux en élaborant un système d'asservissement des femmes, en se lançant, à travers les attentats, dans une entreprise folle, sanglante, apocalyptique de contrôle absolu de l'orgasme des femmes. C'était cette vision du monde qui avait fait que Mohammed Atta, le 11 Septembre™ 2001, s'était encastré dans les tours du World Trade Center, impatient qu'il avait été de se faire sucer pendant une éternité par des vierges, au paradis des islamistes. En attaquant l'Occident, les terroristes s'attaquaient en réalité aux bites occidentales, aux chattes occidentales, aux plaisirs occidentaux. Le lieu suprême du Mal, c'était donc, symboliquement, la boîte échangiste. La partouze était la pire des provocations : c'était sur les lieux sexuels qu'Al Qaïda frapperait désormais. Voici, à travers l'histoire d'un pauvre romantique converti bien malgré lui à la débauche sexuelle dans un univers où les « obsédés » sont sans aucun doute devenus les femmes, comment on peut lire ce choc des civilisations qui entraîne le monde dans l'horreur.

Cœur débordant d'amour
Inavoué,
Cœur désaccentué
De jour en jour.

2

Pamela Wiltshire

> J'ignore où est ce trou dans lequel il faut que tu pénètres.
>
> SADE (1740-1814).

Le plus grand événement sexuel de tous les temps

Tout homme dans sa vie a connu un trou qui a refusé sa bite. La seule et unique responsable des attentats contre le World Trade Center, en réalité, ne s'appelait pas Ben Laden, car Oussama n'est pas un prénom de femme. Elle s'appelait Pamela Wiltshire (1970-…). Sans elle, pas d'éclats de verre, pas d'Apocalypse, pas de Troisième Guerre mondiale : rien. Pamela Wiltshire avait repoussé les avances de Mohammed Atta au début des années 90, quand ils étaient tous les deux étudiants à la fac d'archi, au Caire. Elle n'aurait peut-être pas dû – mais tout dépend de quel côté on se place, tout est une question de « point de vue ».

Personne n'a jamais parlé de Pamela. Je suis le

premier. « Prem's ! » Les écrivains sont là quand les journalistes ne font plus leur métier. Il est très fréquent dans l'Histoire que l'Histoire soit faite par des petites gens, des petits bouts de femme, ou des bombes sexuelles : qu'était devenue Pamela, Pam, la Pamela de Mohammed, la Pam de Momo ? Perdue quelque part sur la terre, dans un coin ? Sous des décombres ? Sous quels genres de débris ? Avec des enfants ? Mariée, avec qui mariée ? Dans quel secret habitait-elle ? Comment avait-elle vécu les « événements du 11 Septembre™ » ? Dans quel repli du monde se faisait-elle toute petite ?

Pamela était-elle jolie ? Etait-elle baisable ? C'est une ex, une Egyptienne, Sabrina (1969-…) qui m'avait parlé de Mohammed, qu'elle n'avait croisé qu'une ou deux fois à la fac d'architecture du Caire, et Sabrina surtout (reine de la « pipe baveuse ») qui m'avait révélé l'existence de Pamela Wiltshire… Sabrina était dans la classe en dessous de Mohammed et Pamela. De la promo d'après. Mais les « histoires » de « Pam et Momo » avaient plus ou moins fait le tour de l'Université. Le monde est si minuscule pour les ragots. Il y a la lumière, qui va très très vite, et juste après, il y a les bruits… Les bruits sont mille fois plus rapides que le son.

Sur une photo de la fac, une photo de groupe, Sabrina m'avait montré Pamela et Mohammed… Avec leur classe. Tous les deux assez souriants, surtout Atta. Un air calme et détendu, une certaine perfection dans les traits. Très doux d'aspect… Obéissant, bon élève. Il ne semblait préfigurer en rien, avec ses 22 ans, le terroriste historique qu'il deviendrait dix ans plus tard. Il était noyé dans la masse des autres étudiants, dont quelques-uns semblaient éblouis par un soleil trop fort. Il aurait été impossible, en 1990, 93, 95, 98, 99, pour qui se fût intéressé à cette photo, d'en isoler Mohammed, de le faire sortir du champ de cette photo de 1990 pour voir en lui le Mohammed Atta mondialement célèbre du 11 Septembre™. On n'aurait pu alors imaginer ces étudiants unis sur la photo que comme une entité inséparable, alors qu'à présent c'était le contraire : on ne pouvait regarder la photo sans en isoler immédiatement Mohammed, comme sur cette photo de classe de CE2 où Adolf Hitler (1889-1945), en bermuda, arbore pour la postérité inouïe qui deviendrait la sienne l'air absent et méprisant d'un cancre banal désormais impossible à banaliser. Il y avait sur le visage du Mohammed Atta de 1990 une dignité particulière, quelque chose aussi d'un peu féminin… Quant à Pamela, qui se tenait à sa gauche, eh bien elle était jolie. Plus que baisable, je comprenais mieux Mohammed.

Elle avait l'air juste ce qu'il faut de méprisant. Comme toute femme fatale – et en fatalité, Pamela n'avait à craindre la concurrence de personne… Elle était blonde et on pouvait s'imaginer, en la regardant de très près (à la loupe, par exemple), que les hommes la redoutaient. Ça devait être une de ces filles qui ne prennent même pas la peine de hausser les épaules quand on les siffle dans la rue : de ces filles qui passent leur chemin, qui passent leur vie à passer leur chemin. Et ne baissent jamais les yeux. Ses yeux bleus… Quelque chose d'assez salope aussi. Elle devait être assez chienne au lit. Mohammed paraissait fier d'être à ses côtés. Il savait peut-être déjà, après tout, qu'en aimant Pamela, en donnant tout son amour à Pamela, il en aurait pour la vie entière, pour sa pauvre vie d'homme, et même pour plusieurs vies. Le jeune Atta de la photo ne montrait rien mais il avait souffert pour

Pam, à cause de Pam. Il avait connu et connaissait encore, au moment où le cliché avait été pris, des difficultés. Des impossibilités... Des refus, des inhibitions, des humiliations. Il avait auprès d'elle, comme amoureux, pas comme ami mais comme amoureux, connu de grands instants d'impopularité. Il avait vécu des épisodes désagréables.

Il devait se dire, déjà, sur la photo, au moment de la photo, à l'instant *t* de la photo : « Pamela, je n'arriverai jamais au bout, car il y en aurait pour l'éternité. Les autres, tous ces étudiants tout autour, sont des hommes de facilités. Moi je suis un homme de difficultés, d'impossibilités. Je suis un homme rejeté. Je suis un petit chien, je suis un éternel meilleur ami, un confident pour toute la vie. Mais je n'ai jamais le droit de toucher un sein... Un sein de Pam... Je suis un raté en un certain sens, et presque par définition, parce que ce que je veux faire, comme métier, c'est aimer Pamela pour toute la vie et lécher ses seins sans arrêt jusqu'au jour de ma mort, sans manger ni dormir, vingt-quatre heures sur vingt-quatre, et c'est un métier, lécher les seins de Pamela pendant soixante-quinze années sans faire de pause, c'est un métier qui n'existe pas. Que l'on ne fera jamais. Que personne n'exercera jamais. C'est une profession qu'aucun être humain sur la terre ne pourra jamais exercer. Ce léchage de nibards paméliens est quelque chose que nul ne réussira jamais bien ni tout à fait. On ne pourra jamais faire “carrière” là-dedans. Donc je suis un raté. Par rapport à cette ambition de “faire carrière” dans la léchature, la léchation, la léchissure, le léchement des glandes mammaires, je suis un raté – car c'est un but que je n'atteindrai certainement pas. »

Mohammed, sur la photo, était ainsi en train de se convaincre (à la loupe, ça se voyait, en fait) qu'il était un déclassé. Un désœuvré... Un gauche et emprunté. Puisqu'il n'aurait jamais sous la langue les deux nichons, ou au moins un des deux (gros, énormes, j'avais oublié de vous le dire) nichons de Wiltshire Pamela. Pourtant... Pourtant, comme une sangsue, comme un petit obsessionnel remplissant ses journées ensoleillées de larmes et de prières, sous le soleil vert de son islam perso, il avait décidé (à l'instant précis où la photo de promo avait été prise : au microscope, franchement, ça se voyait, c'était évident) qu'il ne dévierait plus de ce but, qu'il essaierait *quand même*, qu'il essaierait *malgré tout* d'embrasser cette « carrière »-là. Qu'il serait lécheur attitré des seins de Pam jusqu'à son dernier soupir... Il remonterait le courant des impossibilités, comme le saumon remonte le courant et saute les barrages. « Hop, hop. »

Il fallait absolument retrouver cette Pamela. C'était quand même une des grandes figures du 21e siècle... C'est un phénomène très fréquent dans l'histoire de l'humanité que des événements de grande ampleur cachent un chagrin amoureux, ou une cause qui semble dérisoire aux yeux de la postérité, de la mémoire, de la mythologie. De grandes humanités sont persuadées de se battre pour et contre une grande cause, mais elles ignorent que la cause de cette grande cause était minuscule. Il n'y a pas de grande cause, il n'y a que des chagrins d'amour et des femmes qu'on n'a jamais réussi à baiser. Les femmes passent, mais les ruines sont éternelles.

On ne se remet jamais (jamais !) d'une femme partie, d'une frustration de bite, d'une chatte à jamais enfuie, partie chercher quelque sécurité dans les bras abrutis d'un prothésiste dentaire, à Nogent. Ou pas très loin de Nogent, n'importe où dans le monde. Je sais bien que j'ai tort d'entrer comme ça dans un aussi grave débat. Mais il fallait que je retrouve celle qui, avant de faire souffrir le monde, avait fait souffrir Mohammed.

Si vos enfants vont mourir un jour, si vos enfants vont mourir bientôt dans un train, en traversant une rue, en allant gentiment à l'école, en jouant avec un chien dans un parc, déchiquetés par une bombe, ce sera un peu son œuvre à elle, Pam. Rien n'est aussi important dans la vie d'un homme que les femmes qui n'ont pas voulu de lui. C'est bien simple : il ne se souvient, jusqu'à la fin, que de celles-là. Pamela, la très bandante Pamela, n'aurait jamais dû ne pas vouloir d'Atta.

Que savais-je d'elle ? Par les archives de la fac d'archi du Caire, promo 92, qu'elle était née à Sydney... Qu'elle avait des gros seins et qu'il existait une corrélation entre la taille de ses seins et le fait que les Twins Towers n'existaient plus. Qu'elles ne flottaient plus dans le ciel bleu et net de New York... Que l'islamisme le plus brut, le plus pur, était venu se loger dans ce soutien-gorge, qu'on lui avait placé un Coran bourré de nitroglycérine dans la culotte, sa petite culotte pleine de fanatiques et de cutters, de Boeings en feu. Qu'il y avait eu des vies humaines jetées dans le vide, et que ces vies humaines auraient pu, auraient dû rebondir sur les fesses de Pam, mais non : elles s'étaient écrasées contre le bitume. Je savais que le cul de Pamela Wiltshire, que ses seins étaient des assassins. Des hyperassassins. Que c'était là qu'était venu se nicher, en réalité, le cœur d'Al Qaïda. La maison mère. Le siège social de l'hyperterrorisme trimballé aux caprices des ondulations d'une croupe, tous les barbus planqués dans une chatte, un repli de fesse, un nombril. Des équipes entières d'islamistes blottis entre deux gros nichons... Et, coincé dans un porte-jarretelles, l'hallali, la fin de l'Histoire. Les terroristes faisaient en réalité dans la dentelle. C'étaient des raffinés. Des érotomanes.

Retrouver Pam. C'était ça mon idée fixe. Et réparer un petit préjudice... Je vous dis rien pour l'instant. « Retrouver Pam ! » Les enquêtes, paraît-il, sont à la mode. Mais rechercher une femme, même quand on a fini par la (re)trouver, ne signifie pas que l'enquête est achevée : c'est une recherche qui serait infinie si on avait la présomption de connaître une fille (une nana, une meuf) dans toute sa largeur. C'est une enquête pour laquelle je n'ai reçu aucun secours et qui ne m'a mené qu'à moi-même... Le 11 Septembre™ n'a pas été une date spirituelle, ni militaire, ni économique, ni politique, ni religieuse. Le 11 Septembre™ est un événement sexuel. Le plus grand événement sexuel de tous les temps. Pam a émasculé Mohammed. Mais elle a émasculé New York aussi. Elle a guillotiné trois queues : deux tours jumelles et la bite à Momo.

Chaque terroriste a, a eu, aura, chaque kamikaze a, a eu, aura, sa pétasse quitteuse, ce trou qu'il aurait dû pénétrer, sa salope qui s'est barrée et qui l'a laissé seul dans les larmes, tout seul avec sa haine et son génie de la haine, un génie appelé à se développer, à se concrétiser, à se spécialiser, à s'émanciper, à se préciser, à se débrider, à s'exprimer, à se manifester, à s'extérioriser, à se dévoiler, à se sublimer, à se dépasser, à se transcender, à s'administrer, à se confirmer, à se confiner, à s'incarner, à s'évertuer, à s'entêter, à se crisper, à se focaliser, à s'obséder, à se viriliser, à se masculiniser, à s'homologuer, à s'enregistrer, à se cataloguer, à se penser, à se compliquer, à se simplifier, à se complexifier, à se décomplexer, à se brûler, à se discipliner, à se systématiser, à se théoriser, à se constituer, à s'échafauder – à se réaliser.

Hé, on abandonne pas comme ça un homme qui souffre.

Des cœurs battront pour toi
De même race
Des pas suivront pour toi
La même trace

3

Connerie du romantisme

> Il n'y a d'intéressant sur la terre que les religions.
>
> Charles BAUDELAIRE (1821-1867).

Le terme générique « ma salope »

J'ai longtemps cru que l'activité sexuelle était le résultat d'une stimulation amoureuse : lettres en alexandrins, billets d'avion sur un coup de tête, chantage au suicide. C'est beaucoup plus tard que j'ai su qu'on pouvait prendre une femme pour une vache. A l'approche de la trentaine, les filles se sont métamorphosées sous mes doigts.

Pendant des années, je les avais embrassées dans le cou, ou sur le genou, et voilà à présent que j'allais et venais dans leur côlon en les traitant de « grosse pute ». Je n'en revenais pas moi-même. J'étais bluffé. Personne ne m'avait jamais prévenu qu'on pouvait faire autre chose à une femme que des promesses, des enfants et l'amour. En fait, tu peux carrément te lâcher. Il ne tient qu'à toi de les considérer comme de simples gésiers, d'abandonner les sorties « en amoureux » et de leur exploser la rondelle à la place.

Au début, quand tu n'es pas habitué, ça fait drôle. La première fois que je me suis entendu en train de dire : « T'aimes ça, ma salope, hein ? », je n'ai pas du tout su si je devais prendre ça au sérieux ou pas. Le terme générique « ma salope », très usité, est en effet (je l'ai su après) à la fois efficace et pratique, surtout lorsqu'on est brouillé avec les prénoms.

Un des grands théorèmes de la vie, et qu'étrangement beaucoup d'hommes ignorent, c'est que les femmes aussi ont (tout le temps) envie de faire l'amour. Elles tendent la poitrine, un peu somptueuses, un peu salopes, un peu proposées, un peu disposées, un peu décoratives, un peu chats, un peu lentes. Elles ne s'offrent jamais ostensiblement ; elles préfèrent d'abord agacer la patience de l'homme... Mais ce n'est pas tout : les femmes sont aussi des obsédés sexuels. Elles sont les obsédés sexuels des temps modernes et nous ne le savions pas – et tu ne le savais pas.

Et peut-être que Mohammed Atta le savait, lui, que les femmes étaient beaucoup moins romantiques que les hommes, avant d'encastrer « son » Boeing dans la tour Nord du World Trade Center (WTC). On avait voulu faire de lui un fou d'Allah : il avait été un fou d'amour, tout simplement. Un fou d'amour blessé par une femme, c'est-à-dire par toutes les femmes.

J'ai toujours eu une interprétation strictement laïque du 11 Septembre™ : ç'avait été la revanche des romantiques sur les queutards, des timorés sur les dons Juans, des timides sur les grandes gueules, des éconduits sur les élus, des ramasseurs de râteaux sur les beaux gosses entourés de femmes. Ç'avait été la revanche des complexés sur les « sûrs d'eux », des raffinés sur les tocards, des ultrasensibles sur les bourrins. De ceux qui avaient passé leur vie à écrire des lettres d'amour à une Pamela, une Pam, sur ceux qui avaient passé la leur à sortir directement la bite. Mohammed Atta avait été un « fondamentaliste religieux », un « intégriste musulman », un « terroriste » ? « Toute religion est une suprême consolation pour tous les affligés », avait glissé Charles Baudelaire (1821-1867) à Mohammed, quelques minutes avant que Mohammed ne fasse, avec son équipe, son entrée très attendue au paradis des terroristes, section amoureux martyrs, 'achîq chahîd.

Romantiques ramasseurs de râteaux

J'avais été un grand romantique moi aussi – comme Atta. Pas du niveau de Chateaubriand (1768-1848), de l'Académie française, fauteuil n° 19, ni de Berlioz (1803-1869), mais quelque chose entre Modiano (1945-1978) et un solo de Miles Davis (1926-1991) de 1964. Je n'étais pas idiot, avec des adjectifs exagérés et une omniprésence d'instruments à vent, mais j'étais vulnérable, sensible, et vaguement à fleur de peau. Disons que j'étais littéraire… On est toujours un peu littéraire avant d'être écrivain. Ce qui est plus grave, c'est de le rester quand on commence à écrire.

Le 11 Septembre™ avait été un avertissement à toutes les femmes du monde qui avaient reçu de nous, les romantiques, des lettres d'amour et qui n'y avaient pas répondu. On sait que les femmes adorées ne répondent jamais aux lettres passionnées : rassurées sur leur pouvoir de séduction, une fois ta prose parcourue, une fois la principale information glanée (« je suis désirable, je suis désirée »), elles peuvent s'offrir à la première queue venue. Pas une queue qui répand son encre, avec des poèmes ridicules comme les nôtres, à Mohammed et moi, avec des déclarations puériles comme nos déclarations, mais des queues répandeuses de foutre. Plus on écrivait, plus on était sûr de ne pas baiser. Tel était le destin des romantiques ramasseurs de râteaux (RRR).

« Je vous ai envoyé un mot de Prague [1] et un autre de Merano. Je n'ai pas eu de réponse. En fait, il n'en exigeait pas d'urgente, mais il est possible (et c'est pour ça que je vous écris) que mes lettres vous aient blessée d'une manière ou d'une autre (mais alors, sachez-le, c'est vraiment malgré moi !). Mes intentions étaient pures. A moins que vous n'alliez mal, mais dans ce cas, comment pourrais-je le deviner ? De deux choses l'une : ou vous continuez à vous taire, et ça signifie que tout va bien, ou alors vous m'envoyez un petit mot », écrit Kafka, Franz (1883-1924) à Milena Jesenska (1896-1944), le mardi 6 avril 1920, soit 29 742 jours ou encore 81 années, 5 mois et 4 jours avant les attentats du 11 Septembre™.

« Je t'en supplie, réponds-moi, écris-moi, ou appelle-moi, mais ne me laisse pas sans nouvelles. C'est

1. PRAGUE. Ville située à 6 582,226 km de New York, que Mohammed Atta avait quittée le 3 juin 2000 pour gagner « définitivement » les Etats-Unis, soit 465 jours (1 an, 3 mois et 8 jours) avant les attentats contre le WTC.

inhumain. Je ne mérite pas ça. Personne ne mérite ça. Qu'est-ce que j'ai fait de mal ? T'aimer. Mais est-ce suffisant pour subir ce que tu me fais subir ? » : voilà ce que j'avais posté le dimanche 12 mars 1995, 6 ans et 6 mois pile avant le 11 Septembre™, à Hala Basha (1970-...), une Américano-Syrienne dont j'avais été fou amoureux et que j'avais rencontrée à l'Institut d'études politiques de Paris (IEP). 4 173 jours avant son encastration très remarquée dans la première des Twin Towers, le lundi 9 avril 1990, Mohammed Atta avait adressé à Pamela Wiltshire une lettre de 22 pages écrites serré, tout en anglais : « Je ne comprends pas ton silence à mes lettres. Ce n'est pas que je veuille précipiter les choses. Mais n'avoir aucune réaction, jamais, à mes poèmes, aux contes que j'ai écrits pour toi me rend malade et triste. Que tu m'ignores dans les couloirs de la fac, je peux le comprendre : moi aussi je suis timide, moi aussi je suis discret. Et ma pudeur, je préfère l'exprimer ici, sous forme d'amour, dans ces pages qui restent toujours sans réponse. Mais je garde espoir. Je respecte. Je ne veux pas, je te le répète, mettre la moindre pression. »

Flaubert, Gustave (1821-1880) s'adressant de Croisset à Jeanne de Tourbey (1837-1908), à « Ground Zero » moins 51 837 jours, i.e. 141 années, 11 mois et 2 jours (samedi 8 octobre 1859) : « C'est moi ! M'avez-vous oublié ? Rassurez-moi bien vite en me disant que non, n'est-ce pas ? » Et... Et qui avait écrit à Joséphine de Beauharnais (1763-1814) le samedi 17 septembre 1796, de Vérone, à 74 867 jours du 11 Septembre™ ? C'était Bonaparte, « général en chef de l'armée d'Italie » déguisé en petit chien pleureur, et pour qui la campagne d'Italie est anecdotique, n'est rien en comparaison du chagrin causé par le silence de celle qu'il aime, car la grandeur des hommes, comme celle des âmes, comme celle des artistes, avait toujours précisément consisté à placer l'Histoire au second plan, en filigrane, derrière le cœur et ses passions. L'Histoire, si elle avait lieu, avait lieu par infiltrations, elle était, par les grands esprits, reléguée au rang d'anecdote, de décor aux grands sentiments humains.

« Je t'écris, ma bonne amie, bien souvent, se lamente Bonaparte, et toi bien peu. Tu es une méchante et une laide, bien laide, autant que tu es légère ; ce qui est présent t'occupe ; un peauvre (sic) mari, un tendre amant doit-il perdre ses droits parce qu'il est loin, chargé de besogne de fatigue et de peine ? Sans sa Joséphine, sans l'assurance de son amour, que lui reste-t-il sur la terre ? que ferait-il ? » Vendredi 19 février 1797 (74 712 jours avant le « chef-d'œuvre » hyperterroristique du couple Ben Laden-Mohammed Atta) : dans une nouvelle missive, Bonaparte expédie en quelques mots un pur événement historique (« La paix avec Rome vient d'être signée ») et revient aussitôt à l'essentiel (à ce qui le ronge, à ce qui le tue quand aucune guerre ne parviendra jamais à avoir sa peau) : « Pas un mot de ta main ; bon Dieu ! qu'ai-je donc fait ? Ne penser qu'à toi, n'aimer que Joséphine, ne vivre que pour ma femme, ne jouir que du bonheur de mon amie doit-il me mériter de sa part un traitement si rigoureux. Ma chère petite capricieuse, je t'en conjure, ~~n'écris pas de la~~, pense souvent, et écris-moi tous les jours. Tu es malade et tu ne m'aimes pas ! Crois-tu donc que mon cœur soit de marbre ! ou mes peines t'intéressent-elles si peu ! Tu me connaîtrais si peu ! Je ne puis le croire. Toi à qui la nature a donné l'esprit, la douceur et la beauté, toi qui seule pourrais émouvoir et régner dans mon cœur, toi qui sais trop, sans doute, l'empire absolu que tu m'inspires ! Ecris-moi, pense à moi et aime-moi. Pour la vie, à toi, à toi. Bonaparte. »

Diderot, Denis (1713-1784) à Sophie Volland (1716-1784), lettre datée du jeudi 18 octobre 1759 – le Boeing du vol AA11 piloté par Mohammed percuterait la tour Nord 88 351 jours (c'est-à-dire 241 années, 10 mois et 21 jours) plus tard : « Voilà ma cinquième lettre. Mais que m'importe qu'elle vous parvienne ou non, si elle doit n'avoir point de réponse ? Je vous accorde encore vingt-quatre heures pour vous amender. » Et, le samedi 27 septembre 1760, 240 années, 11 mois et 11 jours avant le 11 Septembre™ : « Je vous hais. Je ne veux plus causer avec vous ; qu'est-ce que cela vous fait ? Je suis un homme, et vous les méprisez tous. Oh quelque jour, j'aurai mon tour, et je ferai aussi une bonne sortie contre les femmes. » Or, quelque jour de septembre 2001, le 11, Mohammed avait « eu son tour ». Il avait fait une « bonne sortie contre les femmes ». Il avait vengé Diderot. Et il avait vengé Kafka, et Flaubert. Il avait vengé Alfred de Musset (1810-1857), élu au fauteuil n° 10 de l'Académie française en 1852, dont on connaissait tous les lettres éplorées, en larmes, à la méchante George Sand (1804-1876).

Terroriste comme Mohammed

Les djihadistes ressentaient, au fond, et c'était parfaitement compréhensible, et c'était parfaitement humain, un besoin sourd d'imiter le « modèle occidental », non plus celui des chrétiens mais celui de la libération sexuelle, celui des baiseurs, des niqueurs, des « lascars », des bellâtres attrapeurs de gonzesses, des minets, des consommateurs de chatte, qui au cours des siècles avait supplanté le modèle oriental, celui de l'ancienne civilisation arabe, avec sa poésie et sa mélancolie, et prétendait le supprimer, l'éliminer, le remplacer.

Ainsi, à leur tour, les fondamentalistes musulmans avaient voulu (appliquant mi-instinctivement, mi-doctoralement, ce vieil aphorisme que l'on ne supprime bien que ceux que l'on remplace), par un besoin sourd d'imitation et par une sorte de détresse, substituer leur vision du monde à la nôtre et fonder une prétendue nouvelle ère sexuelle, dans laquelle la jouissance des femmes serait parfaitement sous contrôle de l'Homme, du Surmâle absolu.

A la réflexion, les djihadistes, j'étais de leur côté à 1 000 %. J'avais toujours été des leurs, en quelque sorte : avant de devenir un adepte de la partouze et de la mégapolygamie, avant d'avoir eu mon paradis à moi, j'avais été malheureux comme une pierre aussi, comme une pierre de building à encastrer.

Les femmes avaient toujours trouvé que je leur écrivais trop. Ç'avait été longtemps mon plus grand vice. « Tu m'étouffes. » En sentiments, j'avais été plus proche du terroriste que du poète. Terroriste comme Mohammed. J'imposais à mes mille proies, de force et de toutes mes forces, ma poésie d'effraction. Boîte à lettres, hop là. Bien souvent la destinatrice ignorait jusqu'à mon existence. Prose, poésie. Des théories, des dessins. Des sermons et des aphorismes. Un peu de tout. Mon vrai chef-d'œuvre : dans une enveloppe, pour la PO (pute officielle), Emmanuelle Romanello (1968-...), en maths sup, en 1987, une lame de rasoir, un chiffon, un boulon et une feuille de laitue. Et puis cette fameuse lettre de 150 pages (été 89). Ma plus longue à ce jour. Elle s'appelait Marie-Lorraine Colas (1969-...). Sans résultat. Si : une carte postale de Bretagne. Trois lignes en comptant l'adresse et le temps qu'il fait.

Le plus grand nombre de lettres envoyées le même jour à la même personne ? 100. A l'égérie originelle (celle de la secousse historique et libératrice) : Céline Haglund (1969-...). Dans les enveloppes un mot un seul parfois, des brouillons de maths, des prospectus... Mais 100 fois ma présence, 100 fois moi d'un coup là chez elle comme ça, la gueule en plume pleine de viol, de violation de boîte, du « pur et dur » à gogo, et la surprise du facteur, et la surprise des parents ! Et puis les aventures d'Emmanuelle Minet, alias « Minouche » (1968-...) en bandes dessinées (hiver 90). Dix jours et dix nuits passés là-dessus. Encre de Chine et gomme et phylactères. J'avais bien broché le tout comme un *Lucky Luke*, un *Tintin*. Je lui avais envoyé l'album de ses aventures-à-elle en BD, pour son anniversaire. 22 ans 22 pages. Ça l'avait émue un peu pendant deux jours, et puis elle avait trouvé ça normal qu'on fasse une bande dessinée sur elle. C'était bien naturel, après tout. Elle valait bien ça, non ?

Sans compter bien sûr tous les « billets » à des inconnues, griffonnés à toute vitesse, les citations à la hâte, les souffles au hasard dans la rue comme ce soir de septembre devant Beaubourg où j'avais écrit en direct, devant une créature de rêve (1973-...), un « mot doux » qu'aussitôt je lui avais remis, gloussant hoquetant roulant haussant comme un fier. Gueule de la moche-copine (1971-...) ébahie-jalouse. Les femmes, je les prenais alors aux mots comme on aurait pris des harengs au filet. Je les croisais. J'enquêtais pour avoir l'adresse. Et décochais mes dissertations, comme François Mitterrand (1916-1996) avec Catherine Langeais (1923-1998).

Cœur plein d'un seul amour
Dissuadé,
Ô cœur de jour en jour
Plus obsédé.

4

Partouz

> S'exhiber sans pudeur ni retenue, sous le regard du complice bien-aimé !
>
> Sacha GUITRY.

Zone de libre-échange

Il y avait ici, au Recto / Verso, toutes sortes d'orgasmes, des orgasmes extrêmes, des jouissances suprêmes, plus ou moins successives, plus ou moins définitives. Il y avait quelques sommets de jouissance, quelques cimes et quelques creux. Il y avait toutes ces vies temporaires, posées là, qui passaient leur temps en divers doigts dans divers culs, et en divers doigts dans diverses chattes. Ces vies passaient un moment. J'avoue que j'avais les jetons (et puis on finit par ne plus y penser) de croiser des gens que je connaissais. Je finissais par ne plus y penser parce que j'avais du coup, moi aussi, en les croisant, des moyens de rétorsion, une monnaie d'échange… De chantage. Et puis Casanova

(1725-1798) me rassurait. Il avait écrit ceci: «Je ne pourrai jamais comprendre qu'un homme puisse être honteux qu'un ami le voie dans le moment où il donnerait les plus grandes marques de son amour à une très belle femme.» La très belle femme c'était Laïla... Mais pas encore vue. On avait pourtant rendez-vous. Ici même... Au hasard d'un des «salons»... Quant aux «plus grandes marques de mon amour», ça paraissait quand même pas hypermégaévident de parvenir à bander comme un yack dans cette ambiance de porno géant avec, partout autour, des as du braquemart.

Mais précisons la géographie des lieux. Il y avait deux zones à l'intérieur. Tu arrivais d'abord dans une salle normale, zone 1, où tu pouvais discuter normalement avec des gens normaux que la normalité poussait à boire normalement un Coca sans parler de sexe. Ce n'était pas un Coca porno, mais un Coca normal. Là les êtres humains se flairaient, prenaient des rendez-vous tacites pour plus tard, tout à l'heure, dans un instant. Et c'était dans la belle normalité normale qui les caractérisait que s'insinuaient, plus forts que l'énergie liant entre eux deux atomes de carbone, leurs désirs, leurs travers, leurs vices, un milliard de manies, huit ou neuf perversités répertoriées, et toute leur sexualité en attente, à l'arrêt, en apesanteur au-dessus des corps de femmes qui, en zone 2, ne seraient bientôt plus que des modalités.

L'homme humain offrait un autre whisky à une splendeur périssable, laquelle, avec la violence et la générosité de la nature, lui lécherait les couilles en guise de remerciement. La zone 2 c'étaient les «salons»... Tu n'avais pas le droit d'aller dans les salons sans la fille qui t'accompagnait, ta monnaie d'échange. J'avais bu mon cocktail assez vite. Cul sec, je crois même. J'étais assez pressé d'aller voir ce qui se tramait dans les salons. Ce qui frappait surtout, c'était la parfaite égalité qui semblait régner. Semblait seulement. Car l'échangisme était moins communiste que capitaliste : ne crois pas que c'était un éden de corps accessibles et gratuits, un paradis d'orgasmes offerts à la volée, composé de groupes s'offrant à d'autres groupes innocents, rieurs, heureux. C'était une zone de libre-échange à l'intérieur de laquelle la concurrence faisait rage. La femme s'offrait au plus offrant – à celui qui bandait le plus si tu préfères.

Jusqu'à présent, dans ma vie, sur un matelas, on avait été maximum deux. Soit moi tout seul (sommeil, branlettes, etc.), soit moi et un être humain du sexe opposé au mien (femmes de ma vie, grognasses, etc.). On n'était donc pas très nombreux au lit : pas d'excès, pas de démesure, pas de pornographie réelle. L'écrasante majorité de mes orgasmes avait eu lieu dans le cadre, orthonormé, galiléen, répertorié, d'une sexualité limitée par les possibilités biologiques de deux corps ensemble.

On n'avait jamais été plus de deux à la fois à se lécher. Quand les deux léchaient en même temps, on appelait ça un « 69 ». On ne prononçait jamais le mot (on n'aurait pas osé), mais on savait bien tous les deux, on se rendait bien compte (on n'était pas idiots) qu'on était en train de « pratiquer le 69 ». Peu ou prou, on ne faisait que des choses dont on connaissait le nom, ou du moins dont on savait que le nom devait exister. Je le répète : je suis un romantique au départ. Je le suis moins, aujourd'hui. J'ai été romantique de 1984 à 2001. A présent, je nageais dans le sexe. Je me rassurais en me disant qu'Alain Robbe-Grillet (1922-...) avait connu ça, lui, aussi, et qu'il avait fini à l'Académie française, au fauteuil n° 32, en 2004 – mais entrer à l'Académie française, même au fauteuil n° 32, était une perspective qui, elle, ne me faisait pas bander.

Alain Robbe-Grillet et les Twin Towers

Le lendemain de ma naissance, Alain Robbe-Grillet avait accordé à *L'Express*, pour son numéro du lundi 1er avril 1968, soit 33 ans, 5 mois et 9 jours avant l'attentat terroriste contre le World Trade Center, un entretien à quatre journalistes parmi lesquels figurait Madeleine Chapsal, née le 1er septembre, comme Mohammed Atta, mais 1925, quarante-trois années pile avant lui – un mardi, comme le 11 Septembre™. Comme Robbe-Grillet répondait des choses proprement hallucinantes (en réalité parfaitement normales, parfaitement cohérentes, parfaitement orthodoxes quand on connaissait, quand on admirait – c'était mon cas – le génie de Robbe-Grillet), Madeleine Chapsal lui avait demandé s'il « pensait sérieusement alors qu'il parlait en ironisant ». « Je pense toujours sérieusement ce que je dis, surtout ce que je dis en plaisantant », avait répondu Robbe-Grillet. Il était sans doute le seul grand écrivain, en France, à ne pas sacraliser la littérature et à préférer le sable des plages aux livres.

Dans toute son œuvre, le génie de Robbe-Grillet s'était penché sur le désir, et rien n'était plus sérieux, en réalité, que le désir. Son génie s'était penché sur le corps – et rien n'était plus sérieux que le corps. Sur le sexe. Sur le terrorisme. Sur la révolution. Sur les rapports entre toutes ces notions (ils étaient tellement nombreux). En 1970, notamment, il avait publié aux Editions de Minuit son ouvrage capital, *Projet pour une révolution à New York*. Il y racontait, dans une douzaine de récits enchevêtrés, et avec trente ans d'avance, l'apocalypse urbaine que nous connaissons à présent, décrivant par exemple avec minutie des attentats terroristes dans le métro. Guy Dumur (1921-1991), dans son « chapeau » introductif, du *Nouvel Observateur* daté du lundi 19 octobre 1970, soit 11 285 jours avant que les Twin Towers ne s'effondrent, avait alors qualifié ces scénarios catastrophe d'« histoires toutes plus invraisemblables les unes que les autres mais qui correspondent, en fait, à la réalité de nos angoisses, de nos peurs, de nos appétits les moins avouables ». Après on vient s'étonner... Après... Que certains écrivains restent et que d'autres ne restent pas... Guy Dumur n'était pas resté. Alain Robbe-Grillet, lui, il était resté, il resterait, il restera.

Pour lui, la révolution apparaissait comme un des mythes sécrétés par la société en place, au même titre que la violence sexuelle, ou l'érotisme. « Le lien entre les deux n'est d'ailleurs pas une mythologie, avait-il confié au *Nouvel Observateur* : ce sont les mêmes libraires de la 42e Rue, à New York, qui vendent le sexe et la révolution. » Ainsi, le premier romancier contemporain à avoir écrit le lien entre le sexe, New York et le terrorisme, entre le sexe et le terrorisme de masse à New York, avait été Alain Robbe-Grillet. Avait-il fallu le nouveau roman pour décrire le nouveau millénaire ?

Peut-être pas. Peut-être que Victor Hugo (1802-1885) suffisait. La phrase qui m'était immédiatement venue à l'esprit, juste après « oh putain ! », quand j'avais vu les avions kamikazes s'encastrer dans les Twin Towers avait été celle-ci : « Rien n'est plus imminent que l'impossible [1]. »

Tout était là. C'était l'expression parfaite. Elle allait comme un gant au nouveau siècle. Et elle était de Victor Hugo. Victor Hugo parlait bien du Troisième Millénaire. Je m'étais amusé à remplacer le mot « parti clérical » par « parti islamiste » et « Eglise » par « Islam » dans son discours à l'Assemblée du mardi 15 janvier 1850. Voilà ce que ça donnait : « Ah ! Je ne vous confonds pas, vous parti islamiste, avec l'Islam, pas plus que je ne confonds le gui avec le chêne. Vous êtes les parasites de l'Islam, vous êtes la maladie de l'Islam. » Victor Hugo avait été élu à l'Académie française (tu penses bien !) en 1841. Au fauteuil n° 14.

11 Septembre™ mon gros loup

Ce que le 11 Septembre™ avait modifié, dans la texture même de la réalité (et par conséquent dans la texture de l'information), c'est que tout accident, désormais, était suspecté d'être un attentat. Aucune catastrophe ne pourrait plus jamais être lue sans, au préalable, être passée au tamis, au scanner de la possibilité d'attentat. Ben Laden avait embenladénisé le

1. « RIEN N'EST PLUS IMMINENT QUE L'IMPOSSIBLE » : non, là, j'avoue lecteur que je me fous de ta gueule. Dis, tu me prends pour qui ? Tu connais un seul type au monde, toi, qui se serait écrié ça en voyant les Boeings s'encastrer ?

monde à vie. Il n'avait pas besoin de pondre un cataclysme mensuel : deux tours symboles, un petit rappel de vaccin (style Indonésie) de temps en temps, et le tour était joué : tous les drames du monde étaient voués à être perçus à travers le prisme du terrorisme. Les intempéries seraient désormais islamistes. Il y aurait des tremblements de terre islamistes, des éruptions volcaniques islamistes, des ouragans islamistes, des hivers islamistes, des giboulées de mars islamistes, des accidents du travail islamistes, des électrocutions ménagères islamistes, des agressions islamistes dans les couloirs du métro. Et aussi des suicides islamistes. Des ruptures amoureuses islamistes… J'aurais des coups de cafard islamistes.

Le monde n'était plus en guerre : il était devenu guerre tout court. Guerre et non-guerre, c'était désormais la même chose. Depuis le 11 Septembre™ 2001, tout était guerre, même la paix. La paix n'était plus le contraire de la guerre, elle était son contexte, son milieu naturel, son écosystème, son décor, son fond d'écran. Guerre et paix n'étaient plus le contraire l'une de l'autre (c'était bon du temps manichéen des blocs Est-Ouest) mais elles étaient imbriquées l'une dans l'autre, comme les deux faces connexes d'une même réalité. La paix était devenue une sorte de cas particulier de guerre. Je le répète, la guerre se faisait dans une poubelle gare de l'Est, et au-dessus de nos têtes dans les airs. Elle était permanente. Ouverte 24 heures sur 24, comme CNN. Jour et nuit. Elle était faite de pauses, mais ne connaissait pas de répit.

C'était une guerre aveugle, mais précise. Floue, mais ciblée : jamais la distorsion n'avait été si grande entre le flou des causes et la précision des coups. La première hyperguerre mondiale avait commencé ce

11 Septembre™. C'était une guerre où tous les prétextes étaient bons et où les actes servaient a posteriori de déclaration. Une hyperguerre. Un monde dans lequel le contexte normal, naturel, des sociétés n'était plus la paix, mais la guerre.

C'était tout le 20e siècle qui avait été résumé en quelques minutes ce mardi-là. Ce serait donc là l'acte de naissance du 21e siècle comme 1914 l'avait été pour le 20e. Mais ce n'étaient plus des Etats qui faisaient la guerre, c'était la guerre qui faisait les Etats. Des Etats inédits, sortis de nulle part, qui n'étaient pas des Etats-nations, pas des Etats territoriaux, avec des citoyens et des frontières et des gouvernements, non : c'étaient des Etats virtuels, des Etats-guerre éparpillés, diffus, des Etats-pieuvres ramifiés, des Etats-communautés dont les seules frontières étaient idéologiques. Ces Etats évoluaient, s'adaptaient, mutaient, s'inventaient et se réinventaient chaque jour. Ils se réduisaient parfois à un seul individu qui, déguisé en bombe humaine, était à lui seul une idéologie, une armée, un danger. Après les hommes d'Etat, le tour était venu des hommes-Etats. L'Etat politique se confondait avec l'état biologique.

Des analystes idiots avaient comparé l'attentat du World Trade Center avec Pearl Harbor (dimanche 7 décembre 1941, soit 21 827 jours plus tôt). Mais Pearl Harbor avait été un épisode d'une guerre. Le 11 Septembre™ 2001 était la définition d'une autre. Le point de départ d'une ère nouvelle de l'humanité. Oui : l'humain était affecté partout sur la planète, car l'hyperguerre, par la menace perpétuelle qu'elle faisait planer, se nourrissait des psychoses qu'elle provoquait. La psychose, c'était la continuation de la guerre par d'autres moyens.

Cœur tremblant d'espérance
Inavouée,
Battant d'une souffrance
Evaluée.

5

François Mitterrand

> C'est une opinion naïve qui lie étroitement la mort à la tristesse.
>
> Georges BATAILLE (1897-1962).

Mitterrand et son Zou

« Quand je pense que je t'aime ainsi, mon Zou, depuis bientôt deux ans, je suis stupéfait. Comment m'as-tu lié si fortement à toi ? Je me croyais insaisissable, je me croyais maître de mes sentiments et maître de ceux des autres avec lesquels je jouais. J'étais indépendant, rebelle, et je le suis encore à l'égard de tout ce qui n'est pas toi. Mais avec toi, quelle honte, ma petite déesse bien-aimée, je ne sais plus distinguer mes désirs des sens. Je suis possédé à l'égard de tout par un sens critique impitoyable, il existe bien peu de faits, d'idées et de sentiments, dont je ne doute à la base, mais avec toi, je n'arrive même pas à faire naître une lueur de pessimisme. Mesures-tu ta puissance ? Je ne puis souffrir à ton gré, mon bonheur ne dépend que de toi, et je ne suis pas malheureux de constater ma dépendance. » Cette lettre avait été envoyée à Catherine Langeais par François Mitterrand le mardi 5 mars 1940, autrement dit 22 469 jours avant les attentats contre le World Trade Center, et un être humain né ce jour-là aurait fêté, pendant l'effondrement des tours de métal, ses 61 ans, 6 mois et 6 jours d'existence.

Parmi plus d'un millier, cette lettre était, de toute la « correspondance Mitterrand-Langeais » (si on pouvait la nommer ainsi, tant elle avait été unilatérale), celle que Mohammed Atta avait toujours préférée. Le mardi 18 septembre 2001, une semaine après sa mort terrestre, il avait demandé une audition au paradis des présidents et François Mitterrand, qui avait suivi ces heures de panique mondiale avec une certaine curiosité, l'avait reçu. François et Mohammed avaient parlé d'amour. Mohammed avait écouté le vieillard comme, sur terre, il avait écouté Ben Laden : avec respect et attention.

— Vous savez, Mohammed, avait commencé le président, je me suis juré d'avoir un destin, moi aussi, à cause d'une femme. A cause de cette femme-là. Comme vous. C'était par un soir pluvieux… J'avais raccompagné mon Zou jusque chez elle, à Denfert-Rochereau. Et je ne sais pas ce qui s'est passé. Elle n'avait rien dit de méchant, de blessant, ni même de contrariant, mais j'avais senti quelque chose en elle qui clochait, une pression plus faible de la paume de sa main dans la paume de ma main, cette main qui n'avait encore rien de présidentiel, de ses doigts sur mes doigts, un regard presque désolé d'avance, désolé pour toute la vie, une manière de chèque en blanc qu'elle me faisait pour la souffrance, pour l'existence tout entière que j'aurais à passer sans elle, et qu'elle n'osait pas encore formuler par des mots... Je n'ai rien dit. Il pleuvait. Je me revois, à 4 heures du matin, seul. Trempé. C'est ce soir-là, cette nuit-là que je me suis juré que je deviendrais président de la République. Ma vie était terminée : il fallait que je la change en destin, pour éviter de la vivre... Ou bien que je meure. Mais j'ai choisi le destin. On a tous ses raisons. On a tous son 11 Septembre™. J'ai continué à lui écrire lorsque j'étais en captivité. Mais je savais que j'étais abandonné, foutu. Condamné. Elle avait rencontré un Polonais. Elle n'avait pas su lui résister parce qu'il était « beau » (je la cite). (*A ce moment-là étaient entrés tous les romantiques ramasseurs de râteaux (RRR) cités depuis que je vous parle. Mitterrand les salua d'un mouvement de menton entendu.*) Il ne faut jamais écrire aux femmes. Elles ne lisent pas. Elles ne lisent pas vraiment – elles prélèvent. Elles prélèvent de quoi aller bien. De quoi aller mieux. Pendant que ta prose à côté d'elle se tait, un « mec » comme disaient les jeunes sous mes deux septennats, un « mec » !!!, que tu ne connais pas, Mohammed, que tu ne connais pas Gustave, ni toi Alfred, que vous ne connaissez pas, Franz et Denis, et toi non plus, ô grand Bonaparte, un « mec » pose sa main sur les seins de l'aimée. Elle ne lit rien de toi, sinon vite, en matinée, pendant la confiture et le thé. Mais le « mec » la voit tous les soirs, il a les gestes et la démence, il caresse doucement ses cheveux jaunes que tu ne toucheras plus qu'en des rêves grimaçants de solitude.

Leur « mec »

François Mitterrand, une fois de plus, avait magnifiquement parlé (ç'avait toujours été un de mes dieux) : méfie-toi des mots non lus, les mots ne sont jamais lus. Le « mec », comme l'appelle le président, fait pénétrer sa bite dans la chatte de la femme de ta vie, pas toi, pas toi, pas toi. Comment peux-tu survivre aux samedis soir quand tu sais qu'au moment même où tu achèves ton yaourt aux fruits, le « mec » pourlèche ta Sophie, ta Joséphine, ta Milena, ta Pamela, ta Hala, ta Jeanne. Ta George. Ta Jeanne.

Un « mec » si « mec », mais comment se prénomme-t-il ? Musclé ? Bête du cerveau ? Lourd à fond ? Moins spirituel que toi, Franz, moins intelligent que toi, Bonap', moins sensible que vous, Momo et Alfred, moins brillant que toi, Denis (et de loin), mais la femme de ta vie, de vos vies, de nos vies, de ma vie, s'intéresse avant toute chose à la musique du muscle nervuré de sang chaud bleu rapide en gicle et « prends salope tiens » du « mec ». Du « mec » en titre. De « son mec »... Tu gis seul dans ton appartement vide, qui n'est nanti d'aucun meuble, et elle, elle gigote dans un lit jusqu'au pâle matin d'une orgie nouvelle sans toi, sans toi, sans toi. La vie n'est pas belle. Comme des pigeons plongeant sur une misérable mie de pain, les types à couilles du monde entier courent vers ta belle à toute vitesse si tu la laisses trois secondes seule.

Mohammed Atta aurait voulu caresser longtemps deux trois misérables centimètres carrés de peau de Pamela, de « Pam », s'y frotter juste, éventuellement bander, mais pas obligatoirement, mais même pas forcément. Sentir deux trois cheveux, poser ses lèvres sur son front, saisir l'instant où les yeux de Pamela se seraient, éventuellement, fermés dans la délivrance du plaisir. Sentir marcher ses doigts à lui dans ses cheveux jaunes à elle. Le matin aurait réveillé Mohammed et Pamela, comme il aurait réveillé François Mitterrand et Catherine Langeais. Momo aurait amusé Pam. Momo aurait diverti Pam. Il aurait été intelligent. Drôle. Bon amant. Bon père. Il l'aurait aimée mieux que personne, mieux qu'un « mec ». Il aurait caressé son ego. Il lui aurait dit des choses comme : « Ton blue-jean est fantastique, Pam. » Il aurait attendu qu'elle ait fini de se doucher.

Quelques compliments, encore, et, si elle avait voulu de lui, leur 11 septembre 2001 n'aurait pas été le 11 Septembre™ tristement célèbre. Si Pamela Wiltshire avait cédé aux avances de Mohammed en 1989-90, à la fac d'archi du Caire, Mohammed, le 11 septembre 2001, n'aurait pas réservé deux places sur le vol AA11 à destination de New York. En 1989-90, le 11 septembre 2001 était encore vierge de toute apocalypse, c'était une date neutre, vierge, gentille, une date comme les autres, sans obligation de terreur. En 1989-90, le 11 septembre 2001 n'était pas encore le premier jour de la mort de Mohammed. A cause d'un beauf, d'un queutard, d'un bellâtre (qu'on pourrait, en réalité, définir comme coresponsable des attentats, et c'est lui d'ailleurs que George W. Bush aurait dû rechercher aussitôt, plutôt que Ben Laden ou je ne sais qui, c'est sur lui que Bush aurait dû lancer un avis de recherche avec une récompense de plusieurs millions de dollars), un abruti à cause duquel Pam avait dit à Mohammed : « Ecoute, je crois que ça ne va pas être possible. Je t'aime beaucoup mais j'ai quelqu'un dans ma vie » ; à cause de ce beauf-là, plus de 2 000 innocents avaient trouvé une mort effroyable dans les tours jumelles du WTC.

Ah, dans ce 11 septembre 2001 de la fin des années 80, dans ce 11 septembre 2001 du début des années 90, dans ce 11 septembre 2001 qui n'était sur le calendrier qu'un moment d'avenir perdu dans la masse des jours futurs, Mohammed était allé cherché les croissants dans la brume fraîche, à Amsterdam, où il enseignait la structure des matériaux. Dans ce 11 septembre 2001-là, dans ce 11 septembre 2001 perdu dans le champ des possibilités de 11 septembres 2001, de 11 septembres 2001 anonymes, de 11 septembres 2001 lambdas, il était beaucoup plus mal rasé que dans le 11 Septembre™ 2001 qui l'avait rendu célèbre. Il ne s'était pas lavé. Il avait fait l'amour toute la nuit. Il était heureux. Oui, lors du 11 septembre 2001 du 2 octobre 1989, il avait été heureux. Lors du 11 septembre 2001 du 12 mai 1990, il avait été un homme comblé. Sur la vidéo prise avant les attentats, il n'était pas tout à fait celui qu'il aurait dû être si Pamela l'avait dépucelé : sur son visage, quelque chose d'éteint, quelque chose, aussi, de buté : plus rien n'empêcherait le 11 septembre de devenir le 11 Septembre™.

L'amour, nous allons tous en mourir. En loques, très poètes, nous partirons pleurer dans un champ. Respirer la belle où elle n'est pas, n'est plus, ne sera plus jamais. Parce que nous restons là, on s'imagine que la femme de notre vie vit cent mille vies, à toute vitesse, dans les avions, les fusées, en Amérique et sur Mars. L'être aimé court, se faufile, tournicote. Moi, je reste… Parmi les statues de bronze qui se taisent depuis toujours, et continueront. Elle s'est envolée, hirondelle. Je mets les mains dans mes poches : un vieux ticket de cinéma. Nous y étions allés ensemble. Mais à présent, ensemble, c'est moi. C'est moi tout seul.

Beauf

Hala, mon Américano-Syrienne aux cheveux jaunes, était étudiante à Sciences-po et « chanteuse » (tu parles). Je l'avais rencontrée en cours de GLPMC (grandes lignes de partage du monde contemporain). Je n'osais pas la regarder. Ses yeux étaient pers. Regard oriental et cruel, plein de serres d'aigle. Je décidai de l'appeler. Je lui proposai un concert des Grand Mothers, qui reprenaient des morceaux de Frank Zappa (1940-1993) à Pigalle. Elle refusa tout net : je voulus abandonner. Mais pendant des mois, je décidai de tenter ma chance. Lettres, lettres, lettres. Rien en face. Pas la moindre réponse. Jamais. Pas la moindre américano-syriano-réaction.

Dans l'escalator du Centre Pompidou, je lui dis « Je t'aime ». Elle m'adressa aussitôt un regard noir, rempli de haine, qui m'informa que je venais de signer mon arrêt de mort. J'avais en face de moi un être totalement dénué d'amour, de compassion, et dans lequel tout désir avait été soudainement aboli. Oui, tout d'un coup je la dégoûtais, tout d'un coup je n'étais plus qu'un poids, un embarras, une insulte. Je n'étais plus un homme qui lui avait fait du bien, qui avait essayé de lui apporter un peu de bonheur, non : j'étais devenu, en lui disant « Je t'aime », le pire des ennemis. J'avais eu la faiblesse de vouloir l'aimer : elle allait avoir la force de me le faire payer. Beaubourg est une terre d'écueil pour les quittés du monde. Hala m'oublia là, dans un juin bleu. Elle était « amoureuse » d'un « Nicolas » (1974-1974), alias « Nico » – un « beau gosse » (dixit Hala). L'été commençait par la fin. Pamela Wiltshire, la Hala Basha de Mohammed Atta, avait eu son « Nico » elle aussi. Il s'appelait Pavlì Pitchek (1966 - toujours en vie !). Un beauf, un tocard, un bellâtre, un « beau gosse », un « Nico » : celui que Pamela Wiltshire avait préféré à Mohammed Atta – je vous dirai comment j'ai appris tout ça… Patience !

Dans les affaires de Mohammed miraculeusement retrouvées dans les décombres du World Trade Center figurait un petit carnet de moleskine noire. Mohammed y avait consigné ceci à la date du lundi 5 février 1990 : « Tout le malheur de ma vie vient des lettres ou de la possibilité d'en écrire. La grande facilité d'écrire des lettres doit avoir introduit dans le monde un terrible désordre des âmes : c'est un commerce avec des fantômes, non seulement avec celui du destinataire, mais encore avec le sien propre ; le fantôme grandit sous la main qui écrit, dans la lettre qu'elle rédige. Ecrire des lettres, c'est se mettre nu devant des fantômes. » C'était une lettre que Franz Kafka avait adressée, de Prague, à Milena, le jeudi 4 novembre 1920.

Cœur dur comme une tour
Rectangulaire,
Voici monter le jour
Quadrangulaire.

6

Partouz

> Nous sommes venus très vite de la honte des gestes scandaleux, à l'envie scandaleuse de tout ce qui fait honte.
>
> Sacha GUITRY.

Parmi les poils

Recto / Verso, à la recherche de Laïla… Où est-elle ? Tu dois bien être en train de te faire défoncer le cul quelque part, my love… Tu ne m'aurais quand même pas posé un lapin. « Un lapin au milieu des cochons ! » avait plaisanté Dorothée, Dor, D. Je te cherche, mon amour : car je veux te faire l'amour. Il faudra tout à l'heure que je vous parle en détail de Laïla. C'est prévu. Mais c'est que pour l'instant je suis contrarié de ne pas la voir : du coup, j'ai peu la tête à faire les présentations, je ne suis pas hyperenclin aux « descriptions littéraires ». On avait rendez-vous « ici ». C'était son choix… « Ici ou rien ». « Au Recto / Verso ou rien ! » Ici, c'était mieux que rien. J'aurais préféré ailleurs. Dans un endroit plus… cosy. Un endroit où nous eussions été moins, comment dirais-je, nombreux. Un lieu où nous n'aurions été que deux : toi et moi (ô Laïla d'amour, ô my sweet). Tandis que là, qu'est-ce que j'allais bien pouvoir te donner ? Mes sentiments amoureux ? Délicat. Hors sujet ! Ma bite ? Tu en aurais déjà une demi-douzaine plantées dans le corps (cul, con, bouche, et autres orifices s'il y a – je n'oublie pas les DPV (doubles pénétrations vaginales), ni les TPA (triples pénétrations anales)). Je n'allais pas, non plus, pouvoir « discuter » vraiment avec toi. Entamer une conversation. Te convaincre d'une chose, d'une autre… Comment j'allais pouvoir me distinguer des autres, ici ? Hein ? En ne bandant pas ?

En tout cas : quel contraste entre ici et la douceur douce d'un lit double à deux, entre ici et le grand silence de l'amour, entre ici et les longs regards de l'amour. Quel contraste : des femmes avaient la bouche pleine de bites, on criait dans tous les recoins, on couinait. On accourait vers des anus. On se battait pour un trou, dès qu'un trou se libérait. On se ruait sur les orifices vacants. Des plus timides que d'autres cherchaient le grand amour au milieu des testicules. Il y avait peut-être des coups de foudre parmi les poils.

Des femmes trop grandes pour moi, des trop laides pour moi, des trop belles pour moi, des trop grosses pour moi, des trop minces pour moi : toutes jouissaient là, replongées dans les conditions séculaires de la biologie humaine, et dans des conditions de sauvagerie, des conditions de frénésies romaines que tout le monde croyait définitivement abolies. Certains couples étaient venus là dans le but de se perfectionner.

Il y avait là-dedans de vagues relents de fin du monde, des mélanges de mort et de grossièretés. La survivance de la race s'affirmait dans le déraisonnable. « Déchire-moi le cul » ou « défonce-moi » étaient des expressions qui revenaient fréquemment dans les bouches enfin libérées des bites chrétiennes qui les avaient étouffées, et des « encule-moi », des « prends-moi » et autres « bouffe-moi la chatte » étaient prononcés régulièrement, sérieusement, sévèrement, en baissant les yeux et en fermant à demi la bouche, plissant un peu les lèvres, par des chaudasses à cul aux seins diversifiés.

Une statistique ultrarapide m'avait permis de calculer que le nombre des fellations pratiquées était près de quatre fois supérieur au nombre des cunnilingus. J'avais cette réalité de couilles sous les yeux, et une telle réalité, je ne l'avais jamais rencontrée ailleurs. Quelques corps commençaient à fatiguer de ces innombrables coïts. On trompait sa femme avec des morceaux d'êtres humains. On s'amusait. On se dégoûtait du sexe, de l'existence, on se mariait d'un seul coup avec tout le monde, le temps passait. Et des jeunesses arrivaient, et des vieillesses s'en allaient… Et des jeunesses enculaient des vieillesses qui suçaient des jeunesses qui léchaient des vieillesses. Il y avait des maigres et des pâles, des roses et des gros. Des amants hâtifs et des sodomites forcenés.

Essaims de bites

Une jeune femme noire à perruque jaune (1965-…) était en train de se faire double-pénétrer sous mes yeux.

C'était la première fois (elle l'avait précisé à ses assaillants). Elle affrontait les coups de queue avec moue, comme un supplice imprévu. Moi je me touchais la bite, j'étais à ras bord de sperme, je faisais pour l'instant partie des voyeurs, main dans la main avec ma Doro, je n'osais pas franchir le pas, ôter le pantalon et sortir la bite.

Alors je circulais, je papillonnais, je tourbillonnais, j'observais s'abattre sur les chairs en transe ces nuées de petits obsédés en érection, ces petits bonhommes érectés, érectisés, érectionnés, érectiles, érectifs, ces nuages d'insectes, ces essaims de bites, ces nuées de voraces et nuages de sauterelles queutardes, ces petits salariés et ces petits diplômés qui étaient en manque, qui étaient en transe, qui étaient en nombre, qui étaient en bande, qui étaient en vacances, qui étaient en week-end, qui étaient en chaleur, qui étaient en demande, qui étaient en forme.

Un type (1959-2004) avait gardé ses lunettes et juste sa chemise. Il avait de la sueur sur le front. Il soufflait énormément. Exagérément. Au moment même où j'étais venu regarder de plus près le visage en grimace de la salope (1978-…) qu'il taraudait comme une merde, il s'était répandu par le monde, criant partout la gloire de son nom, vantant dans un seul et même cri de jouisse sa méthode, sa race et sa technique, faisant tacitement acclamer surtout ses résultats : les résultats. Le plaisir ici résultait. C'était une résultante. Un résultat. Une conséquence (technique). Et ça criait encore (et toujours). Ça n'arrêtait jamais (de crier, de soupirer, de râler). Personne ne se taisait vraiment. Les solitudes étaient contentes et mélangées. Des bites étaient programmées pour durer toute la nuit, jusqu'au matin.

« Faire un tour d'abord »

La plupart des gens ne se jetaient pas dans le grand bain comme ça. Ils préféraient « faire un tour d'abord ». Pour mater. Les salles étaient sombres mais on voyait très bien ce qui s'y déroulait. Une fille (1974-...) venait de se plaindre d'avoir été trop mordue.

Ce n'était pas un vacarme infernal, mais on se serait cru quand même à l'intérieur d'un porno (en réalité, tu étais là dans un parc d'attractions pour adultes). Dans les années 80, les « livres dont vous êtes le héros » avaient fait fureur – ils avaient depuis été détrônés par les logiciels de jeux. Eh bien ici, c'était un peu le « porno dont tu es le héros », à ceci près que je ne me sentais pas très héroïque. J'ai cru reconnaître Laïla... Sur un coin de sofa plastifié... C'était pas elle... Ce n'était jamais elle... Elle m'aurait quand même pas oublié (cette pute)...

A chaque fois, ça recommençait : je me demandais comment j'allais bien pouvoir bander au milieu de tout ça. Dorothée avait franchi la pas et était en train de se faire pénétrer par une sorte de légionnaire tatoué (1975-...) tandis qu'un autre type (1961-...), renfrogné, austère et accompagné manifestement d'une Asiatique très moche (1973-...), la caressait. Ce qui m'empêchait de bander, ce n'était pas que d'autres couples, d'autres types me regardaient : c'était l'obligation de résultat.

S'approcher d'une fille, ici, c'était comme lui dire : attention, je vais te faire jouir comme jamais. Si la fille acceptait de te sucer, de se faire lécher, c'était aussi, tacitement, parce qu'elle attendait énormément de toi – beaucoup plus qu'elle n'en aurait attendu à l'extérieur, car ta présence ici faisait de toi un spécialiste, un connaisseur, un expert, un vicieux, un hardeur, un homme un vrai, quelqu'un sur qui on pouvait compter. Tu n'étais pas complètement un être humain, tu étais une jouissance potentielle, ou plutôt : tu étais une jouissance assurée. Une extase promise. Un orgasme dû.

Cœur plein de catacombes
Ô sol trompeur
Sol jalonné de tombes
Ô plein de peur

7

Pavlì Pitchek

> Je perçois dans sa voix comme elle est heureuse et soulagée de se retrouver vivante par ce bel après-midi de septembre.
>
> Philip Roth (1933-…).

La guerre des djihadistes contre les échangistes

Pavlì Pitchek. C'était à cause de sa « belle gueule » que le World Trade Center avait fait long feu le 11 Septembre™. C'était lui, ç'avait été lui la co-cause (avec Pam) de tout ça : des malheurs et des humiliations de « Mo », des nuits de « Mo » (c'était le diminutif mignon que Pam lui avait donné) passées dans la douleur à pleurer, puis à prier. C'était à co-cause de lui, Pitchek, un Tchèque bien foutu, bien membré, gâté par la nature et aimé des femmes, des étudiantes, des filles, des nanas, des meufs, que les djihadistes du 11 Septembre™ s'étaient dit : « Voilà, nous les gars, on vient vous apporter la solution... Une guerre sainte, si vous voulez. Appelez-la comme ça, si ça peut vous aider. Si ça vous fait plaisir. Mais c'est en réalité une guerre sentimentale et sexuelle. Une guerre déclenchée contre Pavlì et ses semblables. C'est vrai qu'on envie votre confort, votre football, vos chaînes hi-fi, c'est vrai... Mais, à la base, c'est surtout un problème de Pavlì. On est venus pour vous aider, les gars, les mecs, tous les hommes bafoués, oui, vous, les petits chiots romantiques humiliés de partout. Pour vous dire qu'il faut arrêter de remplir vos bibliothèques de romans qui parlent de "souffrance amoureuse". Terminée, la souffrance amoureuse ! Ras-le-bol. Il ne faut pas se laisser mener par le bout de la queue par ces putes... Réveille-toi, camarade : tu es un caniche nain, une merde humaine, tu n'as aucune dignité dans tes larmes amoureuses. Nous, on vient mettre de l'ordre dans votre désordre amoureux, dans le désordre sexuel ambiant, dans le désordre sexuel qui commence à envahir le monde et nous avilit, les hommes. Nous ne sommes pas des caniches nains. Il s'agit dès à présent d'asservir la femme partout sur la planète, de contrôler le chagrin amoureux. De l'endiguer. Il nous a fait, il vous a fait trop de mal. Faites gaffe, les romantiques : les années passent... Vous êtes bientôt déjà vieux, et un vieux romantique, ça fait beaucoup de peine à voir. »

J'essayais de me rassurer... La vieillesse, me dis-je, n'était pas un moment de la vie, et peut-être pas non plus son achèvement, mais un moyen de la vivre enfin, paisiblement, profondément, débarrassé de l'angoisse d'avoir à la subir, à la fabriquer, à la construire. La vieillesse était peut-être la vie enfin vécue sans avoir à la vivre, un retour sur l'existence tout entière, mais lavée de tous les efforts inutiles, des vains zigzags, des allers et retours gratuits, des errements méchants. Mmm… Tu parles : la vieillesse, retour à la vie mon cul, oui : c'était de la mort bientôt !

« Nous n'aimons pas trop, nous autres, que les femmes jouissent comme ça, à la petite semaine, comme elles l'entendent, dans les pays du monde, dans les nations du monde. Nous avons la solution pour qu'elles cessent de nous jouir au nez, pour qu'elles cessent de nous jouir sous le nez : l'Apocalypse. Nous ne supporterons pas que le monde, sous nos yeux, devienne une boîte échangiste géante. Parmi les lieux les pires, pour nous, il y a les lieux sexuels. Les lieux de débauche sexuelle. Comme les boîtes à partouze, par exemple. Voici venu le temps de la guerre des djihadistes contre les échangistes. Vos coïts, vous ne les emporterez pas au paradis. Nous, si : d'ailleurs, c'est au paradis que nous les aurons. »

Ces mecs-là n'avaient vraiment pas tort : ça baisait quand même un peu trop, autour de moi. J'aurais bien aimé que ça cesse un peu – ou bien participer plus. Tout était là, justement. C'était le nœud du « problème »… Eux, ils avaient inventé le harem, qui était une boîte échangiste à un seul. Pour un seul. Ce n'était pas complètement idiot (c'était même complètement intelligent).

Aurais-je été prêt à m'encastrer la gueule dans un building pour me faire lécher les testicules au paradis par des houris déchaînées ? J'avais toujours su que j'étais un être fait, au mieux, pour vivre statiquement, au pire pour en finir tout de suite. Il y avait quelque chose qui m'empêchait de vivre, et ce quelque chose c'était moi. Non pas une partie de moi, non pas un aspect, une part de moi, mais moi tout entier. Mon être me freinait, me gênait, me tuait. C'était tout simplement en vivant que je me suicidais.

J'avais longtemps voulu être Jacques Mesrine (1936-1979) ou rien, avoir le même poing que Mesrine, le même visage, avec le même sourcil, le même regard et la même colère dans ce même regard armé. J'étais allé habiter porte de Clignancourt pour être entouré de sa mort. C'était romantique que je voulais être, mais romantique comme lui, mesrinien comme lui, aussi seul et aussi haï et aussi porte de Clignancourt que lui. Son regard buté, cette volonté burlesque de jouer avec la mort, toutes sortes de morts possibles, avec tous les instants possibles de morts possibles, c'était tout un jonglage, toute une profession que j'aimais. C'était ce que j'aurais voulu être et que je ne serais jamais. Je voulais du romantisme noir, cendré, quelque chose de tueur plus que de Chateaubriand, quelque chose de sanguin et de sang, quelque chose de mal. Je cherchais une esthétique de QHS – mais si possible sans aller en QHS.

J'aurais adoré être le poing de Mesrine, ou bien sa moustache, une chemise de Mesrine. J'aurais bien voulu être son arme. Etre n'importe quoi, mais de Mesrine : une rue prise par lui, sa chaussure, un animal à lui, j'aurais bien voulu être la peur de Mesrine. Ça ça devait être un métier extraordinaire : peur de Mesrine.

— Tu fais quoi, toi dans la vie ?

— Peur.

— Chez qui ?

— Chez Mesrine.

— Putain ! Tu es peur chez Mesrine !

— Eh oui : depuis trois ans, chaque fois que Jacques a peur, eh bien c'est moi.

— Pourquoi trois ans ?

— Avant, il était avec une autre peur. Une peur qui le trahissait. Alors il a préféré en changer.

— Peur chez Mesrine… Peur *de* Mesrine, non, là, chapeau !

— Merci.

— Il y a quelques années, j'ai bien connu son destin. Un très bon ami à moi.

— Beau métier, aussi, destin de Mesrine…

— Faut aimer… Mais c'est vrai qu'y a de quoi faire…

Je ne progressais pas dans ma vie, je n'évoluais pas : seule ma biologie progressait. Seules ma biologie, et ma physiologie, évoluaient, et ma vieillesse avec, et toutes mes cellules mortelles, mortifères, mourantes. Mais ma psychologie restait en l'état. Elle stagnait… Elle avait 17 ans à vie. Elle était plantée comme un drapeau dans mon corps – et pendant ce temps-là mon corps, lui, avançait. Mon corps (à la psychologie inerte) vivait tranquillement (à l'abri du reste) ses déviances et ses scandales, ses investigations, ses confusions. Mohammed avait résolu ces problèmes, lui : la gueule dans une tour et on n'en parle plus, une tour de la Grosse Pomme, New York, Big Apple, la pomme du péché originel, New York la ville du péché, de tous les péchés, de tous les résumés de péchés. Mohammed et son Boeing : un trou dans la Grosse Pomme, le ver est dans le fruit, et le vert (de l'islam, de l'islam selon « Mo ») est dans le fruit de la pomme verte. Enculé de Pavlì. Inventeur, mine de rien, de l'hyperterrorisme.

Nathalie Ménigon

J'avais connu une autre époque du terrorisme, où le terrorisme n'était pas « hyper », tout comme les marchés n'étaient que des supermarchés mais pas encore des hypermarchés, une époque où les victimes étaient ciblées, personnalisées. Où les terroristes faisaient des personnalités. C'étaient des groupuscules révolutionnaires. Il y avait la Fraction Armée rouge en Allemagne et, en France, Action directe, avec Nathalie Ménigon (1957-bientôt). J'avais toujours beaucoup aimé Nathalie Ménigon. Je la trouvais touchante. Elle avait été condamnée à perpétuité et était en train de crever en prison, le cerveau en miettes, et personne ne parvenait à l'en faire sortir. Elle était devenue une sorte de légume dépressif, une petite chose amorphe qui ne devait plus très bien savoir pourquoi, ni comment, elle avait abattu le PDG de Renault, Georges Besse (jour de Noël 1927-matin d'automne 1986), à l'automne (c'était la rentrée scolaire, encore en septembre, le 16, le 11 à cinq jours près, j'entrais en maths sup, je me souvenais parfaitement). Les refus répétés des juges concernant sa remise en libération pour raisons médicales, ce que permettait la loi Kouchner, mettaient systématiquement la Ligue communiste révolutionnaire et le Parti communiste en colère. Maurice Papon (1910-...) avait envoyé des juifs en camps de concentration, et terminait tranquillement sa détention chez lui, devant la télé sur son canapé, en chaussons. Mais Nathalie Ménigon qui n'avait envoyé aucun juif nulle part, et même pas à Dachau, même pas à Auschwitz, ni à Chartres, ni aux Galeries Lafayette, ni dans l'espace, ni à Memphis, ni aller chercher une baguette de pain à la boulangerie, ni se faire foutre, ni aller voir là-bas (à la Santé) si elle y était, était en train de mourir du cerveau, de mourir par le cerveau dans une prison française prévue à cet effet.

Pourtant, le cerveau 2004 de Nathalie Ménigon n'était plus le cerveau 1986 de Nathalie Ménigon. Son cerveau 1986 appartenait aux étoiles, au passé, à d'étranges galaxies inconnaissables désormais, indiscernables dans des halos. Son cerveau 1986 flottait dans un éther spécial. Son cerveau 2004 était un cerveau abîmé par la maladie, ce n'était plus qu'une maladie de cerveau, un cadavre de cerveau et non plus ce cerveau calculateur et froid, ce calcul fait de matrices et de prévisions sinistres, ce cerveau des années 80 dans lequel courage et lâcheté se mélangeaient sur fond d'honneur et de gauchisme. Ce cerveau 2004 n'était même plus ce cerveau élémentaire, assassin, ce cerveau trivial et faible de 1986, ce n'était même plus ce cerveau criminel et limité, mais un cerveau isolé du monde. Ce cerveau si dur était devenu un cerveau parfaitement mou, liquide, en dépôt... C'était un cerveau emprisonné dans un corps emprisonné dans une prison. C'était devenu une suppuration de cerveau, un abcès, une stagnation. Un cerveau qui s'extravasait à longueur d'heures, une liquéfaction perpétuelle de cerveau, un cerveau perdu dans son ramollissement sans rêves, et sans plus aucun destin, sans plus aucun principe ni aucun espoir, un cerveau déliquescent fait de toutes les morts de toutes les idéologies. C'était un cerveau que la violence, que l'idée même de violence avait quitté, avait déserté depuis longtemps, depuis quinze ans au moins. C'était un cerveau sans cerveau, un zéro, un ramollissement, un engorgement, une flatulence, une faiblesse, une gélatine. Le cerveau 2004 de Nathalie Ménigon était un gongorisme, un boursouflement, un affaissement, un lipome, une mauvaise graisse, une tumeur, une tumescence, une obésité, un gonflement, un ballonnement, un lambeau du cerveau 1986 de Nathalie Ménigon.

Révolution, amour et sexualité

Ce n'était pas hyperoriginal, les thèmes de la révolution, de l'amour et du sexe. C'est ce qu'André Breton (1886-1966), une fois Mohammed « là-haut », avait tenté d'expliquer à notre jeune ami terroriste. Il lui avait fait comprendre que, bien avant Ben Laden, les surréalistes avaient lié la notion de révolution à celle d'amour.

— Tu sais, Mohammed, indépendamment du profond désir d'action révolutionnaire qui nous possédait, nous les surréalistes quand on avait ton âge, tous les sujets d'exaltation propres au surréalisme convergeaient vers l'amour.

— …

— Tu as quel âge, Mohammed ?

— 33 ans.

— Oui, je vois : l'âge du Christ. Logique.

« Logique » : André Breton avait toujours eu le chic, malgré sa façon de parler un peu précieuse, un peu agaçante, pour dévoiler les vérités secrètes, cachées, et faire jaillir à partir de coïncidences des parcelles de réalité profondes et troublantes, qu'il était souvent le seul à déceler. Puis il reprit, devant un Mohammed Atta médusé :

— « Hands off love » : c'était le titre d'un tract

surréaliste visant à faire justice des accusations d'« immoralité » portées contre Charlie Chaplin (1889-jour de Noël 1977[1]) (je te le présenterai, c'est un pote), en qui nous honorions avant tout le « défenseur de l'amour ». Les plus beaux poèmes d'Eluard (1895-1962), de Desnos (1900-1945), publiés quand on avait dans les 33 ans, étaient des poèmes d'amour. Cette conception de l'amour, Mohammed, exaltée entre nous au possible, était de nature, n'est-ce pas, à faire tomber toutes les barrières. Un jeune prêtre avait écrit dans notre revue, *La Révolution surréaliste*, qu'il avait tenté de se suicider par désespoir d'amour. Eh bien sache que nous l'avions accueilli à bras ouverts ! Toi, il y a une autre dimension, c'est vrai : d'abord ce n'est pas un suicide, tu ne te suicides pas par désespoir d'amour, mais tu te débarrasses de ta vie humaine par espoir de faire l'amour… Par espoir de sexe…

— Mmm…

— Tiens… Et qu'est-ce qui est célébré, d'après toi, hein, par Aragon (1897-veille de Noël 1982) et par moi, dans le « Cinquantenaire de l'hystérie », en 1928 ?

— Aucune idée.

— Les « attitudes passionnelles », mon vieux Momo, les « attitudes passionnelles » ! De véritables tableaux vivants de la femme dans l'amour, que nous livrent les « Archives de la Salpêtrière ». *La Révolution surréaliste*, Mitterrand qui connaît tout ça par cœur te l'a peut-être dit, cesse de paraître fin 1929…

— Ah non je savais pas… Fin 1929…

1. CHARLIE CHAPLIN (1889-1977). Comme moi, André Breton avait la manie des dates. C'était d'ailleurs de lui, je crois, que je l'avais héritée. Enfin, je ne suis pas sûr. Mais c'est possible.

— Fin 1929. Mais la pièce de résistance de son avant-dernier numéro consiste en une enquête – des plus libres – « sur la sexualité », menée par les surréalistes aux fins d'établir la « part d'objectivité », les « déterminations individuelles » et le « degré de conscience » qui peuvent exister dans ce domaine. Très important, Mohammed, la sexualité : et pas incompatible pour un rond avec « l'amour fou », tu sais – au contraire !… L'admirable, l'éblouissante lumière de la flamme de l'amour ne doit pas nous cacher de quoi elle est faite, nous dérober les profondes galeries de mines, souvent parcourues de souffles méphitiques, qui n'en ont pas moins permis l'extraction de sa substance qui doit continuer à l'entretenir si l'on ne veut pas qu'elle s'éteigne. C'est en partant de ce point de vue que le surréalisme a tout fait pour lever les tabous qui empêchent qu'on traite du monde sexuel et de tout le monde sexuel, Mohammed, perversions comprises.

— Mmm…

— Ah là là… Sacré Mohammed, va…

— Mmm…

— Je t'aime bien, tu sais… Et pourtant, tu sais, les nouveaux, en général, j'ai du mal.

— Merci… C'est quoi, ça ?

— Le dernier numéro de ma revue… Il s'achève sur une enquête synthétique. Un questionnaire. Tiens ! Tu vas t'amuser à répondre !

Cœur tu n'es qu'un théâtre,
Mais on y joue
Dans les décors de plâtre
Un drame fou.

8

Partouz

> Echanger d'inavouables désirs, ineffables voluptés !
>
> Sacha GUITRY.

« Impossibilité »

Il était écrit que Dorothée ne serait pas la seule rousse ce soir-là au Recto / Verso. Une rousse porno (1965-…) à seins ballants non refaits se faisait prendre en levrette par un Black à percings (1961-…) tandis qu'elle suçait parallèlement un diplômé des grandes écoles (1975-…) qui avait gardé sa cravate. Je m'étais approché, un peu terrorisé, hiératique, timide et suant, ne sachant pas trop comment entrer dans la danse. Comment me faire accepter. Comment m'immiscer, me dépuceler, comment me faire enfin bizuter, comment faire partie de la famille, et de l'action. Pas sûr de moi, je m'étais approché de la rousse black-levrettée et sup-de-co-suceuse, et sciences-po-suceuse, et énarco-suceuse, normal-supo-suceuse, et j'avais mécaniquement, scolairement, pris son sein gauche dans ma main.

« Et tout ce corps remue et tend sa large croupe
Belle hideusement d'un ulcère à l'anus »

Alors qu'elle était venue ici pour se faire défoncer la chatte et le cul par toutes les bites présentes, par toutes les bites possibles, j'avais étrangement misé sur le fait qu'elle ne s'apercevrait pas de ce que j'étais en train de faire. Toujours ma culpabilité, ce cancer. J'allais mourir d'une tumeur de la culpabilité. Elle l'avait sans doute senti : un des théorèmes de la partouze, c'est qu'il ne faut jamais s'excuser d'être un porc. Ne jamais s'excuser de ses gestes : ne jamais placer dans un geste le poids de la conscience qu'on a de l'éventuelle obscénité de ce geste. Ne jamais polluer un geste par la culpabilité de ce geste. Ne jamais raturer un mouvement, un élan, une envie, une pulsion. Si tu approches une fille avec des principes dans la tête, elle croit que ces principes se transmettent à ta queue et que, par conséquent, par induction, tu la baiseras avec trop de componction, trop d'éducation, trop d'humanité chrétienne, d'amour-propre, avec trop d'amour (sentiment insupportable, sentiment déplacé, en ces lieux). Ne vous étonnez pas de me voir en ces lieux : je cherchais toujours Laïla. Je la cherchais parmi les corps… Mais ce n'était jamais son corps à elle. En partouze, il y a un renouvellement perpétuel des corps. C'est toujours d'autres corps… Comme dans l'océan c'est sans cesse des vagues neuves… Tu tournes le dos dix secondes, et c'est d'autres corps qui jouissent.

La rousse avait dû sentir quelque chose de pas assez pornographique en moi, de pas suffisamment partouzeur professionnel (PP), de pas abouti, une timidité lourde, un malaise rabat-joie, et avait sorti la bite qu'elle avait dans la bouche pour me dire ceci :

— Ça va pas être possible.

Puis elle avait aussitôt réenglouti entre ses lèvres la bite diplômée susdécrite. Ainsi, je venais, à peine étais-je entré dans le « salon », de me prendre un râteau. Dans ma vie, des râteaux, j'en avais déjà pris. Plein. Je savais ce que c'était. Mais c'était soit dans la rue soit dans des boîtes normales. Pas dans une boîte où toutes les filles présentes étaient censées dire oui à tout le monde, à tous les mecs, même les plus laids, à toutes les bites, même les plus intimidées.

Coins, recoins

J'étais traumatisé. J'étais parti me faire oublier dans un coin, mais comme ça baisait dans tous les coins, dans le coin où j'étais ça baisait aussi, et j'avais peur d'approcher, de participer, parce que mâle échaudé craint l'eau froide, parce que ça allait recommencer, on verrait que je n'avais pas « la carte », que je n'étais pas un échangiste aguerri, certifié, homologué, reconnu. Célèbre. Pendant que je pensais ce que je suis en train d'écrire, une vieille peau (1935-...) était en train de subir des outrages du troisième type : poing ganté dans le cul (PGDLC), fessées sur ses ex-gros seins détendus. Note : il aurait fallu trouver un mot autre que « fessée », avec la racine « seins » dedans, pour désigner des gifles sur les seins parce que « fessées » venait de « fesses » et que les seins n'avaient pas véritablement de fesses.

Il y avait également un type assez gras du bide (1954-...), mais très professionnel, qui s'était noué autour du poignet, sans doute pour le lui rendre « après », le string d'une juive pleine de colliers (1966-...), une « Jewish princess », qu'il prenait par-derrière. Mais rien ne disait qu'elle était juive. Ça se voit pas quand tu es femme et juive...

Afin d'oublier ma petite humiliation minable, et de me faire oublier tout court (comme quand tu fais un plat à la piscine municipale et que tu es obligé de rester sous l'eau pour que toute trace de l'incident s'efface dans la mémoire, dans le subconscient des autres nageurs municipaux, surtout celui des filles aux gros nichons et aux cheveux jaunes), j'avais décidé de faire un tour désintéressé dans les salons, sans enjeu, sans obligation de rien, accompagné de ma vieille copine Dorothée (qui venait de terminer de se faire laminer le cul), car sans cavalière, sans accompagnatrice, sans ton vagin sous le bras, tu n'avais accès à rien du tout : juste à un bar et des gens habillés tout autour.

Un peu maladroitement je l'avoue, j'étais allé trouver un mec un peu bouffi (1972-...) dont la nana (1976-...) me rendait dingue, avec son air de chienne et ses seins énormes, son porte-jarretelles et la manière dont je l'avais vue, à plusieurs reprises déjà à mesure que j'avais joué les touristes dans les salons, se cogner la bite des mecs contre le visage, et les joues, quand elle les suçait. Et elle accompagnait ces claquements de bite faciaux, ces cognures, ces cognements, ces cognages, de gloussements de pur vice, façon de signifier qu'il n'y avait *rien* au monde qu'elle préférait à ça, rien au monde qui pouvait lui faire plus plaisir que de s'assommer en gloussant, en couinant, avec des glands de partouzeurs.

Donc, comme je le disais, j'étais allé trouver son mec… Je lui avais désigné Dorothée du doigt (« Hé, tu as vu la marchandise, un peu… ») mais le type a fait semblant de ne pas comprendre ce que je voulais.

C'était pourtant simple ce que je voulais : échanger Dorothée contre sa grosse salope qui m'excitait à mourir. J'ai appelé Dorothée, qui m'a fait signe (intuition féminine ?) qu'elle ne le sentait pas. J'ai insisté :

— Bon, on va faire un échange. Vous, avec Dorothée, là-bas (je désignai un coin de canapé) et moi, avec… heu… madame (la salope à se flinguer), ici, okay ?

Le type et sa salope me regardaient comme si j'étais un demeuré. Ou un détraqué. C'est que ça devait pas se passer comme ça – il ne fallait peut-être pas « dire » les choses. Il y avait peut-être, il y avait sans doute, il y avait sûrement des règles tacites, sévères, avec lesquelles on ne transigeait pas, mais voilà : j'étais nouveau, c'était ma « première fois », que voulez-vous, je ne les connaissais pas, moi, les usages.

— Je crois que ce ne sera pas nécessaire… m'a répondu le type avec un air hautain, condescendant, insupportable de mépris.

— Pourquoi ? j'ai répondu.

— Bonne soirée, monsieur…

— Hé, oh ! Ça veut dire quoi, ça ? (*Et là, tu avais Doroth qui commençait à être gênée : elle m'envoyait des regards noirs.*) On est en boîte échangiste, ici… Je vous signale. Moi je suis venu pour échanger… Dorothée elle vaut bien ta femme, hein ? Ça vaut, je suis désolé, c'est pas comme si je te filais deux calots « terre » contre un calot « porce »… C'est dingue ça ! D'accord elle a moins de seins que la tienne, mais niveau cul, tiens Doro, montre-lui ton cul, un petit peu…

— Laisse tomber, m'a dit Dorothée.

— Niveau cul, personne n'arrive à la cheville de Dorothée, ici… Tu viens de rater une chance inouïe de t'éclater, tant pis…

— Merci tant mieux au revoir bonne soirée…

— De toute façon ta femme je la baiserai dehors, je l'aurai quand même ! me suis-je un peu emporté.

Le type m'a sans doute pris pour un psychopathe. Doro et moi on a continué notre promenade au milieu des chattes, des bites et des culs.

Insultes ménagères

Quelques instants plus tard, après mon *deuxième* râteau dans un lieu où *tout le monde baisait avec tout le monde*, j'avais été bousculé par une femme (1959-…), dans un couloir attenant aux salons, qui venait sans doute de s'embrouiller avec son mec (1961-…). Celui-ci était en train de se rhabiller, lui lançant un « Mais enfin ! tu sais bien que c'est *toi* ma grosse pute ! » tellement énorme que je savais que j'aurais beaucoup de mal à l'oublier (la preuve : c'est ici, c'est dans ce livre). Il avait dû malmener une autre salope (1970 ?-…) en l'insultant des mêmes insultes qu'à la maison, des insultes habituellement réservées à sa seule épouse, des insultes domestiques et intimes impartageables, inaliénables, indivisibles. Je ne voyais toujours pas Laïla. Je commençais à m'impatienter un peu parce qu'elle, au moins (c'est ce qu'elle m'avait assuré en tout cas), je savais que je pourrais tremper ma bite dedans.

Je me sentais presque prêt à repasser à l'action… J'aurais bien léché un cul ou deux, finalement. Quant aux chattes présentes, je leur aurais bien dit ma façon de penser. En attendant, je matais. Un quinquagénaire (1951-…) avait déboulé, accompagné d'une Indienne maigre (1964-…), et s'était approché, très fourbe, très faux-jeton, d'une Asiatique très belle (1976-…) et qui semblait aussi très fêlée (je l'avais vue faire un saut de l'ange, vêtue simplement d'un porte-jarretelles, sur un des canapés géants du « grand bain »). Le quinquagénaire portait des lunettes de prof de français. Doucement, alors, agréablement, tenant sa maigre Indienne par la main, et d'une voix gravelée de fonctionnaire de l'Education nationale, il avait commencé à expliquer à l'Asiatique détraquée que sa femme et lui étaient prêts, vraiment fin prêts, à lui faire tout un tas de trucs. L'Asiatique avait approuvé nonchalamment et pourtant empressée, de la tête branlante, et manifestant qu'elle était d'autant plus libre qu'elle venait de désigner son accompagnateur (1962-…) : un gros très blanc de peau qui était fort occupé à triturer des vagins dans une cohue d'êtres humains en pleine sueur.

Je les avais suivis, les trois. Ce qu'ils avaient fait était décevant, scolaire et attendu (forcément, avec un prof dedans…) : je n'étais pas resté. Et puis je n'avais pas très envie d'avoir à le décrire, surtout, parce que comme l'avait dit Cicéron (106-43 av. J.-C.), « ce qu'il n'est pas honteux de faire pourvu que ce soit en se cachant, il est obscène de le dire ». D'ailleurs, un type (1967-…) s'était approché du trio avec sa compagne (1967-…) et ayant jeté un coup d'œil aux ébats, avait eu ce mot extraordinaire : « On va dans l'autre salon ?… C'est pas génial, eux. »

Cœur dévoré d'amour,
Te tairas-tu,
Ô cœur de jour en jour
Inentendu.

9

André Breton

> Je fus dans toute ma vie absorbé dans le vice en même temps qu'idolâtre de la vertu.
>
> CASANOVA.

Le questionnaire d'André Breton

(Les réponses de Mohammed apparaissent en lettres majuscules).

« Quelle sorte d'espoir mettez-vous dans l'amour ? » TOUS. « Comment envisagez-vous le passage de l'idée de l'amour au fait d'aimer ? » BRUTALEMENT. « Feriez-vous à l'amour le sacrifice de votre liberté ? » NON. « L'avez-vous fait ? » OUI. « Le sacrifice d'une cause que jusqu'alors vous vous croyiez tenu de défendre, s'il le fallait, à vos yeux, pour ne pas démériter de l'amour, y consentiriez-vous ? » ET LE 11 SEPTEMBRE™, MA COUILLE, C'EST QUOI ? UNE PUB POUR YOPLAIT ? « Accepteriez-vous de ne pas devenir celui que vous auriez pu être si c'est à ce prix que vous deviez de goûter pleinement la certitude d'aimer ? » COMPRENDS PAS. « Comment jugeriez-vous un homme qui irait jusqu'à trahir ses convictions pour plaire à la femme qu'il aime ? » JE LE TUERAIS. D'AILLEURS, C'EST MON MÉTIER. « Un tel gage peut-il être demandé, être obtenu ? » LA PREUVE.

« Vous reconnaîtriez-vous le droit de vous priver quelque temps de la présence de l'être que vous aimez, sachant à quel point l'absence est exaltante pour l'amour, mais apercevant la médiocrité d'un tel calcul ? » JE N'AI PAS EU LE « DROIT » DE M'EN PRIVER. J'EN AI EU L'OBLIGATION. ET TU LE SAIS TRÈS BIEN, MA CROTTE, TU LE SAIS TRÈS BIEN.

« Croyez-vous à la victoire de l'amour admirable sur la vie sordide ou de la vie sordide sur l'amour admirable ? » CETTE QUESTION EST TOMBÉE À L'EXAMEN DE PASSAGE EN TROISIÈME ANNÉE DE TERRORISME APPLIQUÉ À L'UNIVERSITÉ « MOLLAH OMAR » DE KABOUL. JE NE SAVAIS PAS QU'ELLE ÉTAIT DE TOI. J'AVAIS EU 12/20, JE CROIS. MAIS LE PROF NOTAIT SÉVÈRE.

En fait, Mohammed était un être pétri de surréalisme. C'était un membre « post mortem » du mouvement surréaliste : avec son encastration du 11 Septembre™, il avait d'abord fait jaillir une réalité qui était au-delà de la réalité tout en étant bien réelle, et, surtout, il se situait à la croisée de l'amour fou et du désir sexuel. Or, comme venait de le lui exposer André, le principal combat des surréalistes s'était situé à ce niveau : faire coïncider les battements de cœur avec les coups de bite, faire en sorte que les grands élans romantiques soient compatibles avec les plaisirs du corps. D'accord, le plus obsédé de tous n'était pas André (Breton), c'était Louis (Aragon). Chez Aragon, on appelait une chatte une chatte. Chez Breton, c'était plus diffus. C'était plus feutré. André était plus sensuel, plus esthète. Louis plus sexuel, plus porno. Plus frimeur, aussi…

On oublie trop souvent que Breton et les siens s'étaient réclamés du romantisme, avaient énormément aimé l'amour, avaient pris très au sérieux la passion amoureuse. Mais en même temps ils avaient été totalement fans de Sade (1740-1814), et c'était précisément ce qui avait intéressé le djihadiste Atta. Lui aussi avait eu sa Nadja, lui aussi, comme moi comme nous tous, avait eu son petit coup de foudre dû au hasard objectif, en 89, dans les couloirs de la fac d'archi du Caire. Mais il n'avait pas voulu rencontrer Aragon, il préférait s'adresser au chef, rien qu'au chef. Momo considérait André Breton comme le Ben Laden du mouvement surréaliste.

André s'était beaucoup interrogé sur le 11 Septembre™. Dans *Poèmes* (1948), entièrement consacré à l'attentat contre le World Trade Center, il avait eu des descriptions remarquables :

« Château qui tremble et j'en jure que vient déposer devant moi un éclair
Je ne vois qu'étroits couloirs enchevêtrés
Escaliers à vis
Seulement au haut de la tour de guet
Eclate l'air taillé en rose. »

— J'aime beaucoup ta description de mon encastration en Boeing dans la tour Nord, avait dit Atta à Breton. C'est très fort… Et aussi : « Dardée on ne sait à l'avance jamais vers où / Est un carrefour de fournaises. » On dirait du Claudel (1868-1965), fauteuil n° 13 en 1946. Tu sais, j'aime énormément Claudel. Tu reveux du jus de pamplemousse ?

— Non merci… Ecoute… Je vais te dire, Mohammed, ce qui est extraordinaire, d'une certaine manière, dans ton 11 Septembre™…

— Ce n'est pas que le mien. C'est avant tout un travail d'équipe…

— Ce qui est extraordinaire, au sens de « hors du commun », c'est qu'avec ton équipe, comme tu dis, tu as réussi à humilier la pensée humaine en ce sens qu'elle a été *forcée* d'enregistrer, d'homologuer minute par minute, ce mardi 11 septembre 2001, une série d'événements qui ne dépendaient aucunement d'elle et qui portaient la seule marque, la seule griffe, la seule signature de la barbarie. Une série d'événements purs de tout ce qui ne serait pas de la barbarie… Chapeau !

Les terroristes, culturellement, intellectuellement, étaient des gens très très ouverts. Ils aimaient rencontrer toutes sortes d'artistes. Jamais les plus romantiques, car s'ils avaient eu accès à l'éternité des plaisirs sexuels, c'était pour combattre cette fausse idée selon laquelle la femme méritait un piédestal échafaudé pour elle par les hommes. André Breton était très apprécié de l'équipe du 11 Septembre™. Il avait parfaitement assimilé ce besoin de débauche sexuelle céleste. C'était dans l'amas de la Vierge qu'il avait écrit ses plus belles pages :

« Il est temps de mettre de côté les apparences
individuelles d'autrefois
Si promptes à s'anéantir dans une seule châtaigne de culs de mandrills
D'où les hommes par légion prêts à donner leur vie
Echangent un dernier regard avec les belles
toutes ensemble. »

Pourtant, Mohammed et André s'opposaient sur le statut de la femme dans l'art. Pour André, le temps était venu de faire valoir les idées de la femme aux dépens de celles de l'homme, dont la faillite, à ses yeux, se consommait « assez tumultueusement » aujourd'hui. C'était à l'artiste qu'il appartenait de faire prédominer au maximum tout ce qui ressortissait au système féminin du monde par opposition au système masculin, de faire fonds exclusivement sur les facultés de la femme, d'exalter, mieux même, de s'approprier jusqu'à le faire jalousement sien tout ce qui la distinguait de l'homme.

— Tu sais ce que je voudrais vraiment, Momo ?

— Dis-moi.

— C'est que l'art donne résolument le pas au prétendu « irrationnel » féminin, qu'il tienne farouchement pour ennemi tout ce qui, ayant l'outrecuidance de se donner pour sûr, pour solide, porte en réalité la marque de cette intransigeance masculine qui, sur le plan des relations humaines à l'échelle internationale, montre assez, aujourd'hui, de quoi elle est capable.

— Tu es donc en train de dire, si je te suis bien (et Mohammed suivait généralement bien), qu'en art il faut se prononcer sans équivoque contre l'homme et pour la femme ?

— Exactement. Et de déchoir l'homme d'un pouvoir dont il est suffisamment établi qu'il a mésusé, pour remettre ce pouvoir entre les mains de la femme, de débouter l'homme de toutes ses instances tant que la femme ne sera pas parvenue à reprendre de ce pouvoir sa part équitable et cela non plus dans l'art mais dans la vie…

— Oula tu vas loin là quand même, André.

— Je sais, Momo. Je sais. Mais je crois qu'il est toujours bon de dire les choses. Ce n'est pas à toi, un « chevalier des temps modernes », que je vais apprendre ça !

Un journaliste est entré

Mohammed Atta n'était pas, contrairement à ce qu'il avait entendu dire ici ou là, ou lu dans la presse paradisiaque, un « chevalier des temps modernes ». « Chevalier », ça sonnait trop occidental, d'abord. Trop chrétien. Trop chevaleresque. Trop superhéros de Stan Lee (1922-…). Mohammed n'était pas un chevalier : c'était un martyr. Il était islamiste et martyr. Il était intégriste et martyr. Il avait été, quelque part, un homme d'armes, un guerrier. Mais pas un chevalier. Il n'avait pas cultivé la religion de l'honneur (il laissait ça aux Amerloques : dès qu'un G.I. se faisait tuer, il devenait star nationale posthume et on faisait de sa vie un film avec Tom Cruise (1962-…)), mais il avait cultivé la religion tout court, la sienne, celle en laquelle il croyait. Celle en laquelle il avait cru… Mohammed n'avait pas l'orgueil du héros : il avait l'humilité du kamikaze.

— Il y a une concurrence profonde entre la religion de l'honneur et la religion de Dieu, aimait-il à rappeler. (Il l'avait d'ailleurs exposé en ces termes à François Mitterrand et Mitterrand avait acquiescé.)

Une vocation trop profonde avait marqué Mohammed – et, en quelque sorte, c'était quand même un héros.

— Vous écrivez tout ça pour quoi ? Pour choquer ?

— Vous êtes qui, vous ? Qu'est-ce que vous foutez dans mon roman ?

— Je suis journaliste.

— Dehors ! Je ne veux pas de journaliste dans mon roman. Il y en a déjà trop qui en écrivent, des romans, des journalistes. Si en plus ils s'immiscent dans ceux des écrivains… Allez, dehors…

— Facho ! Homophobe ! Lepéniste !

— Bon : vous voulez quoi ?

— Vous poser deux questions, pas plus… Trois, disons… Soyez sympa…

— A chaque fois que je suis sympa avec un journaliste, après je le regrette.

— Là, vous n'aurez pas à le regretter. Promis.

— Heu… Vous allez fumer longtemps, là ?…

— Je le crains.

— Alors attendez, j'ouvre la fenêtre. Je suis désolé, je ne fume pas. C'est un roman non-fumeur, mon roman. Tous mes romans sont non-fumeur.

— Y a pas de mal.

— J'essaye de me donner de la contenance autrement qu'en fumant, en fait. Notamment par l'écriture. Mais je ne suis pas certain d'y parvenir aussi bien que vous avec votre cigarette, vos mouvements de poignet, vos volutes, vos contorsions, vos petites grimaces quand vous inspirez, puis que vous soufflez, que vous me soufflez vos volutes inspirées au visage.

— Vous m'avez l'air bien énervé.

— C'est parce que je n'ai pas commencé à fumer. Il faudrait que je m'y mette, quand même, un jour. J'ai 36 ans. Je ne suis plus un enfant. Il faut que je fume !

— Vous écoutez quoi, là ? On peut pas baisser un peu ?

— Du Michel Petrucciani (1962-1999)[1]. Non, on peut pas « baisser un peu »...

— Bon. C'est pour choquer, tout ça ? Mohammed et tout...

— Non. Je suis désolé, mais Mohammed Atta a eu besoin de courage pour faire ce qu'il a fait.

— Pour tuer près de 3 000 innocents, il faut du courage ?

— « Souvent les personnes délicates c'est des personnes qui peuvent pas jouir. » C'est de Céline. Dans *Mort à crédit* (1936). Mohammed était un être délicat. C'était quelqu'un « qui pouvait pas jouir ». Qu'on a jamais laissé jouir tranquille. A qui les femmes n'ont pas laissé la possibilité de jouir, parce qu'il n'est pas tombé sur des femmes suffisamment sensibles pour lui.

— Venez-en au fait. Vous essayez de noyer le poisson.

— Je vais vous répondre, bien que j'aie dès à présent

1. MICHEL PETRUCCIANI (1962-1999) : comme Mohammed Atta, Michel avait toujours su qu'il allait mourir avant nous, avant vous, avant moi. Chaque jour pouvait pour lui être le dernier. Il était un kamikaze du piano (il s'encastrait dans le clavier), mais un kamikaze qui ne connaissait pas la date de sa mort. Chaque jour pouvait pour lui être le dernier. Cela est vrai aussi de vous et moi. Mais pour Michel, c'était encore un peu plus vrai. Il ne faut pas s'embarquer à faire des phrases, de la littérature, du romanesque sur Michel Petrucciani. Michel avait eu à vivre en années ce que la nature lui avait donné, octroyé, en centimètres : quelque chose de très court. Quelque chose de trop court. Quelque chose d'écourté. S'il avait mesuré 3 mètres, Michel Petrucciani serait mort à l'âge de 150 ans. Mais Michel avait mesuré toute sa vie 36 années d'existence. Pas une de plus. Et on ne triche pas avec la mort en se hissant sur la pointe des pieds. Michel avait atteint le paradis sur la pointe des mains – et du bout des doigts. Michel, tu nous manques.

la certitude que vous êtes un sacré connard. Vous ne seriez pas journaliste à *Têtu*, par hasard ?

— Pas là, non.

— Aux *Inrocks* ?

— Non plus.

— Passons. D'abord, j'aimerais juste glisser cette idée, très pornographique sans doute, que le 11 Septembre™ n'est pas l'enfant, n'est pas l'œuvre des seuls terroristes.

— …

— Pas la peine de faire cette tête, je vous arrête immédiatement : je ne crois pas au complot « américano-sioniste ». Je dis seulement que je ne vois strictement aucune différence (je dis bien : aucune) entre Monsieur George W. Bush, intégriste chrétien, et Monsieur Oussama Ben Laden, ancien agent actif de la CIA, c'est-à-dire ancien salarié du gouvernement américain. C'est-à-dire formé par les Américains. Car Monsieur George W. Bush…

— On connaît par cœur ce discours : Bush est un croisé, il oppose le « Mal », Ben Laden et les intégristes musulmans, au « Bien » que lui incarne, et…

— Ta gueule. Je continue… En 1995, il y a eu à Alger un attentat à la voiture piégée. Cet attentat a fait 40 morts. Il a été revendiqué par un ex-dirigeant du FIS rallié au GIA et résidant par ailleurs à Washington : Anouar Haddam (?-?). Anouar Haddam n'a pas été capturé après cet attentat, après cet acte de « terreur ». Non : on l'a laissé vaquer, on l'a laissé baguenauder, on l'a laissé se balader, on l'a laissé s'ébrouer. On l'a laissé libre. En conditionnelle. Et c'est en liberté, conditionnelle, mais en liberté, qu'il a pu continuer son job. Son job de faire mourir des gens qui ne lui avaient rien fait.

Des « innocents », comme vous dites. Un terroriste, c'est comme un peintre ou un écrivain : si vous ne l'empêchez pas de poursuivre son activité, il la poursuit. Il la continue. Il a une œuvre à faire. Du point de vue des terroristes, le terrorisme est un métier comme un autre. Ils sont employés par Dieu. Ils sont salariés de Dieu, en somme : ils exercent leur profession – une profession par ailleurs moins démodée qu'écrivain ou peintre. Une profession plus pointue, plus dans l'air du temps, aussi. Une profession moins ringarde. Je me souviens aussi, tenez, d'un certain El-Hadge (?-?), vous ne devez pas vous souvenir de lui : comme il existe des peintres, des cinéastes, des écrivains confidentiels, il existe, bien évidemment, des terroristes confidentiels (tout le monde n'est pas Jean d'Ormesson (1925-1973, sur le fauteuil n° 12), tout le monde n'est pas Abou Nidal (1937-2002)). El-Hadge était un chrétien libanais converti à l'islam. Son métier à lui, c'était secrétaire particulier de Ben Laden – car, oui, Ben Laden a des secrétaires, lui aussi, qu'est-ce que vous croyez. Ben Laden est un chef d'entreprise. Que cette entreprise soit une entreprise destructrice, nul ne le nie, nul ne peut le nier, mais c'est une entreprise. Avec des chefs de service, des secrétaires, des stagiaires, des mesquineries, des petites luttes de pouvoir internes, des horaires, des bureaux, des fax, Internet, un siège social, un service courrier, une cantine, des comités d'entreprise, des rédacteurs, des concepteurs, des pigistes, des intérimaires, des primes de fin d'année, des bibliothèques, des femmes de ménage, du papier à lettres, des agrafeuses, des trombones, des photocopieuses, des chemises de différentes couleurs, des imprimantes, du Typex™, du harcèlement sexuel (!), etc. etc. El-Hadge, donc, était secrétaire de Ben Laden. Il s'occupait en outre de son patrimoine, de sa gestion de portefeuille – c'était une sorte de supersecrétaire. Eh bien parallèlement, El-Hadge était américain et El-Hadge (toujours parallèlement) tenait au Texas un magasin de pneus. Ce sont des détails, mais qui n'en sont pas… Car au fond, les terroristes ne gênaient personne à l'époque où ils exerçaient leur métier, leur profession de terroristes professionnels, ou amateurs, ou stagiaires, qu'importe, dans des pays qui n'étaient pas les Etats-Unis. Dans des pays compliqués, des pays qui n'en sont pas vraiment, qui sont loin, qui ne sont pas des pays comme vous et moi : l'Algérie, l'Egypte, les Philippines, l'Indonésie (vous connaissez l'Indonésie ? très beau), et même l'Europe.

— Vous ne racontez que des trucs anecdotiques… Tout ça pour ne pas répondre sur le soi-disant « héroïsme » d'Atta. Parce que si vous dites qu'Atta est un héros, alors moi je dis que vous êtes un fasciste.

— Atta est un héros.

— Vous êtes un facho.

— Atta est un héros parce que si sa mission était divine, la manière de la conduire, elle, était strictement humaine. A été strictement humaine. Il n'y a pas eu d'intervention divine dans la mission de Mohammed : il avait son 11 Septembre™ à faire, et il a fait, il a dû faire son 11 Septembre™, non avec des moyens divins, mais avec des moyens humains, une peur humaine, un courage humain, un trac humain, un sens de l'organisation humain, un sang-froid humain. Une détermination humaine. Atta était quand même plus proche de vous et moi, biologiquement, que de Dieu. Il n'y a eu aucune intercalation de protection divine entre Atta et les actes d'Atta, entre Atta et la conduite d'Atta lors du

11 Septembre™. J'aurais bien aimé vous y voir, vous, avec comme ordre de mission sur les épaules rien de moins que le 11 Septembre™.

— ...

— Mohammed a procédé à l'exécution, à l'accomplissement de sa mission dans le cadre de l'humanité, non dans celui de la divinité. Il était *dans* le ciel pour l'accomplir, mais pas encore *au* ciel. Dans les nuages, mais pas encore au paradis. Il n'y a pas eu d'assistance divine, c'est lui qui commandait, lui qui pilotait, lui qui « gérait ». Mohammed était en plein jour de sa mort, quand il a fait tout ça. Il ne s'est pas « vu mourir » : il a passé toute la matinée dans la matinée de sa mort, tout était pour lui, dans la texture de la réalité, dans la texture de tout, le jour de sa mort – pas encore exactement le premier jour de sa vie éternelle, mais le dernier jour de sa vie terrestre. Car il y avait une mission à remplir pour passer de l'un à l'autre, de la vie temporelle à la vie éternelle : et cette mission, déclencher la Troisième Guerre mondiale, vous m'excuserez, mais ce n'était pas une formalité. Ce n'était pas un article de *Têtu* ou des *Inrocks* à écrire !

— Mais c'était un illuminé. On sait bien que « djihad » ça veut dire « voix intérieure » aussi et que...

— Jamais Atta, malgré toutes les vocations, les grâces, les dons, malgré toutes les « illuminations » (vous le prenez pour Rimbaud ?), malgré toutes les « voix » (vous le prenez pour Jeanne d'Arc ?), n'a eu la faveur d'être invulnérable.

— Facho.

— Il aurait pu échouer.

— Facho. Fachofachofacho.

— Mohammed n'a pas eu de légions d'anges pour

l'escorter jusqu'aux tours. Il n'a pas eu de secours surnaturels, ailés, plumeux, duveteux, il n'a même pas eu d'assistance étatique comme d'habitude, quand un Etat fait la guerre à un Etat, non : car il était un homme seul qui faisait la guerre au monde, à une partie du monde. Et c'était inédit. Il n'a pas eu de troupes surnaturelles pour lui donner un « petit coup de pouce ». Atta a opéré sans filet – et il savait dans quelles conditions de sainteté absolue il opérait. Ce n'était pas seulement un héros, c'était plus que ça : c'était un saint.

— Nazi !

— Il n'a jamais demandé que les tours s'écroulent au son des trompettes. Le boulot, il l'a fait lui-même. Avec ses mains humaines. Ses mains d'architecte. Et Mohammed n'était pas assuré contre le malaise, l'infarctus, l'erreur... Imaginez qu'il ait raté son coup : quelle déconfiture, quel ridicule chez tous les intégristes. Quel flop historique. Ç'aurait été une des plus grandes humiliations de toute l'histoire de l'humanité... Rater les tours ! Rater l'encastrage : non mais vous imaginez ! Rater les tours ! Faire du 11 Septembre™ un 11 septembre lambda après presque dix ans de préparation... C'est pourtant avec ce risque-là, avec ce ridicule-là, que Mohammed a jonglé. C'est avec ce danger-là, perpétuellement collé à la peau, qu'il a vécu. Qu'il a œuvré. Il n'y avait pas, contre l'échec possible (car il était mille fois plus facile d'échouer que de réussir, vous l'admettrez), de garantie, de vaccin. Mohammed Atta a donc mené à bien, a donc effectué son 11 Septembre™ dans des conditions ordinaires – et si la mission qu'il a fini par accomplir était d'ordre divin, les moyens pour l'effectuer ont été strictement humains. Mohammed a exécuté un ordre divin par des moyens rigoureusement humains.

— Nazifacho.

— Simplement humains.

— C'était un lâche. Il a assassiné lâchement des milliers d'innocents.

— Oui. Mais il faut un courage immense pour être lâche de cette manière. Atta faisait quoi ? Atta faisait la guerre, le djihad. Pour un kamikaze, pour un martyr, Atta faisait un djihad extraordinaire, mais un djihad. Et ce djihad extraordinaire, il le faisait non couvert par des protections extraordinaires. Atta était exposé comme n'importe qui. Il était vulnérable comme n'importe qui… Comme le premier venu… Mohammed avait toujours été le premier venu de toute façon… Il avait passé sa vie à ça, être le premier venu. Il allait être également le premier venu dans le 21e siècle, le premier venu, le premier à s'encastrer dans l'histoire du 21e siècle. Tout contrôle à l'aéroport de Portland, toute rébellion aurait pu stopper, aurait pu blesser Mohammed. On en a eu, des exemples de collègues à lui interpellés, arrêtés, appréhendés, emprisonnés, torturés, martyrisés. Vous allez me dire : oui, mais il s'en fichait : il savait qu'il allait mourir.

— Il s'en fichait : il savait qu'il allait mourir.

— On en revient toujours là, en boucle. Parce que vous ne comprenez pas le sens de la mort de Mohammed. Sa mort n'était pas un suicide, c'était une destination. Sa mort n'était pas une fin (en soi). Elle était un but. Un but *précis* à atteindre – et d'une manière tout aussi *précise*. Sa mort n'a pas coïncidé avec la fin, avec le terme de sa vie : elle en a été l'acmé, elle en a été l'apothéose, elle en a été le sommet, elle a été le chef-d'œuvre, le point d'orgue de cette vie, de sa vie de premier venu... Mohammed venait de détourner un Boeing, mais il y avait un risque qu'on détourne sa mort – qu'on le détourne de cette cible précise, cette cible obsessionnelle qu'était sa mort, ou plutôt : qu'était *sa façon de mourir.* Il y a eu en effet comme deux 11 Septembre™ superposés : le 11 Septembre™ universel, historique qu'a été le 11 Septembre™ du djihad, mêlé au 11 septembre plus intime d'Atta. Arrêtez cinq secondes de banaliser cet événement historique *vu par les terroristes* ! Merde : il faut quand même, ne serait-ce que cinq minutes, tenter d'imaginer le 11 Septembre™ du point de vue des intégristes – du point de vue des terroristes...

— Intégristes et terroristes, déjà, c'est pas du tout la même chose.

— On va faire simple, Ducon, OK ? J'appelle « islamiste » le type qui utilise l'islam, la religion « islam » à des fins politiques : le type qui transforme la mystique « islam » en politique « islam ». J'appelle « fondamentaliste » le même type, qui en plus rajoute à ça une condition idéologique : que le seul islam « valable », licite, légitime, « légal », est celui des origines, celui du Prophète... Du Prophète et de ses amis de l'époque... J'appelle « intégriste » un fondamentaliste, un islamiste fondamentaliste qui veut imposer, par la force, par le chantage, par toutes sortes de pressions, cette idéologie dont je viens de parler... Et un « terroriste », eh bien c'est le type qui passe à l'acte, qui transforme cette idéologie en actes... Qui transpose cette brutalité idéologique en brutalité physique. Un terroriste, c'est un islamiste fondamentaliste intégriste qui passe à l'action. Alors c'est vrai : on peut être intégriste sans être terroriste, comme on peut être fondamentaliste sans être intégriste, ou islamiste sans être fondamentaliste, ou musulman sans être islamiste, ou arabe sans être musulman…

— Intello ! Doctrinaire !

— Oula, hé ! Pas d'insultes, d'accord ?

— Facho, alors !

— Il faut s'imaginer les attentats contre le World Trade Center du point de vue des terroristes. Nous, ici, on pense que, de notre point de vue, le 11 Septembre™ est quelque chose d'incroyable, d'extraordinaire, d'inouï et que, du point de vue de Ben Laden et des siens, il a quelque chose de plus « normal », de plus « ordinaire »… Comme c'est faux !

— C'était préparé depuis dix ans…

— Oui, mais entre la théorie et le résultat ! Entre les préparatifs et la réalisation effective… Ce qui est incroyable, c'est que quelque chose d'aussi théorique, d'aussi purement, strictement théorique, théorisé, fantasmatique, fantasmé, que quelque chose d'aussi peu réalisable, d'aussi peu concrétisable ait fini par *réussir*, par être concrétisé, par être réalisé, par s'être réalisé. Voilà pourquoi c'était peut-être encore plus incroyable de leur point de vue que du nôtre. Pour nous, c'était impossible à imaginer… Pour eux, c'était le succès d'une telle entreprise qui était impossible à imaginer.

— C'est plus un roman, là, que vous êtes en train d'écrire… C'est un pamphlet haineux.

— Je ne suis pas haineux. Je suis peut-être haïssant. Mais pas haineux.

— Vous prêchez la cause islamiste, vous êtes favorable au djihad, au terrorisme. C'est atroce ! C'est à gerber…

— Vous savez très bien que je ne prêche pas – où serait mon magistère ? J'écris. C'est déjà beaucoup. Tout le monde ne peut pas en dire autant.

— Proarabe !

Poubelle verte, ma sœur !

Ce n'est pas que j'étais « proarabe » – ça ne voulait rien dire, ou bien alors j'étais « projuif » aussi. Je ne vivais pas dans cette dichotomie-là. Je n'avais pas cette vision du monde-là. J'adorais les deux, moi, les Juifs et les Arabes. Les Juives et les Arabes. A égalité ! J'avais quand même le droit, non ? Mais c'est vrai que j'avais toujours trouvé qu'être arabe, c'était super. C'était « bath ». Quand j'étais petit, je me disais : « Plus tard, quand je serai grand, je serai arabe. » Il y en avait qui disaient : « Je veux être américain », moi je voulais être arabe. Mais attention, pas n'importe quel Arabe. J'étais un fan de Malcolm X (1925-1965). D'Oum Kalsoum (1898-1975). Toutes mes petites copines étaient algériennes. J'avais voulu « me marier » avec une Syrienne.

Je savais qu'un Arabe, c'est d'abord, c'est avant tout quelqu'un qui parle arabe. Ce n'était pas facile d'être un Arabe… Si encore ils avaient remplacé ça par l'anglais, j'aurais eu plus de chances d'être arabe, mais non, ça ne marchait pas, ils ne voulaient pas, ça sonnait pas pareil. La langue anglaise ne sonnait pas suffisamment arabe.

En arabe, tu avais des centaines de manières de dire « je t'aime » : cette salope d'Hala n'en avait pas trouvé une seule pour moi, et Pam pas une seule pour Mohammed, pour « Mo » – cela dit, Catherine Langeais n'avait eu qu'une seule expression, n'avait eu que « je t'aime » à sa disposition pour dire « Je t'aime » à François Mitterrand, notre dieu à tous, et elle ne l'avait pas fait. Elle ne l'avait pas fait !

J'aimerais, là, maintenant, écrire une page entière sur la langue arabe et l'expression « je t'aime ». Mais on aura compris, je crois. Imaginez-la cette page : ce sera mieux, encore. En tout cas, pour un « romantique » comme moi, parler arabe, maîtriser une langue où les nuances pour évoquer l'amour étaient si nombreuses, c'eût été fantastique. J'aurais su les utiliser (moi) les cent mots pour dire « Je t'aime ». Souvent, en Occident, quand tu dis « je t'aime », les femmes se cabrent. Les femmes se ferment. Se referment. Se renferment. Elles te reprennent ce qu'elles t'ont, ce qu'elles t'avaient donné la veille. La veille encore. Tu lui as dit « je t'aime » ? Tu viens de la perdre à jamais. Là, enfermé dans un seul « je t'aime » valable pour toutes les sensations, valable pour toutes les nuances, valable pour toutes les combinaisons, les gradations, un « je t'aime » imbécile, plus petit commun diviseur, plus grand commun dénominateur plutôt.

Alors que, tandis que si tu avais été arabe, si tu avais été un Arabe, si tu avais parlé arabe, tu aurais forcément eu plus de mots à ta disposition, tu aurais forcément été plus raffiné. Etre arabe, c'était d'abord la garantie d'être raffiné. Les Arabes étaient (les Arabes sont) des êtres de raffinement. Ils sont comme Marcel Proust (1871-1922). Ou plutôt : le seul auteur arabe qu'on ait eu, nous, en France, c'est Marcel Proust. Lui il savait exprimer l'amour avec toutes ses nuances. Il avait mille mots différents pour écrire « jalousie » – et, même s'il n'avait eu qu'un mot, il avait su le placer dans des situations aux niveaux, aux degrés de subtilité tellement diversifiés, tellement profonds, nombreux, variés, tellement infiniment multiples, multipliés, démultipliés, que cela revenait à en avoir possédé des milliers. Quand Proust parlait d'amour, le mot « amour » n'était jamais le même, il ne signifiait jamais deux fois la même chose. Proust était notre auteur arabe. Il jouait du prisme, il jouait du reflet, de la moire, du kaléidoscope, il ne confondait pas « je t'aime le soir » et « je t'aime la nuit ». Alors que les autres écrivains (nous tous), nous tous les écrivains qui ne sommes pas arabes, qui ne sommes pas Proust, on appliquait une seule couleur de « je t'aime », un seul ton uniforme, un bloc, un forfait valable pour toutes les attractions de l'amour – sans jamais en démêler toutes les subtilités. *A la recherche du temps perdu* (1913-1922) avait été notre Coran… Le Coran précise : « Je suis révélé dans cette langue [l'arabe], l'une des plus pures. » La langue de Proust était aussi l'une des plus pures.

Je n'avais jamais eu le ridicule de m'exclamer « Je veux être Proust ou rien ! », mais je m'étais exclamé « Je veux être arabe ou rien ! ». J'avais assisté, dans les années 70, absolument choqué, froissé, meurtri, à l'essor de l'utilisation du mot « bougnoule ». C'était une France étriquée qui se vengeait : parce que l'OPEP ne rigolait pas avec les prix du baril de pétrole brut, d'une part, et parce que, d'autre part, la faiblesse attise la haine, comme disait Nietzsche (1844-1900), et que les travailleurs « arabes » qui apportaient leur main-d'œuvre « chez nous » étaient haïs parce qu'ils étaient gentils, parce qu'ils étaient faibles. La pub la plus choquante, la campagne de pub la plus choquante des années 70 (qui n'avaient pas été des années très intelligentes) était celle qui exhortait les Français à faire des économies d'énergie : « En France, on n'a pas de pétrole, mais on a des idées. » Autrement dit : « les bougnoules n'ont rien dans le sifflet ». (Et autrement dit, surtout : il est bien évident qu'on ne peut pas, qu'on ne saurait avoir les deux !)

Enfant, rêveur, j'entendais parler (songeur) du « monde arabe »... Pour moi c'était un autre monde, situé dans une autre galaxie : on allait bien sur la Lune, on devait sans doute pouvoir aller dans le « monde arabe ». Mais personne ne montrait jamais les expéditions – alors que pour la Lune, on avait tout vu. De même, à la télé, on montrait comment faire des dons à la « Ligue contre le cancer », mais on ne savait pas, en revanche, comment adhérer, comment envoyer ses dons à la « Ligue arabe ». Pour le café, on parlait (dans les pubs, encore – décidément) de « pur arabica ». J'avais demandé à ma mère qu'elle achète ça, du café « pur arabica ». Moi qui ne prenais que du Nesquik !

« Monde arabe » : 22 pays ayant adhéré à la « Ligue arabe ». C'étaient eux qui formaient, eux ces 22 pays qui formaient le « monde arabe ». Moi aussi, je voulais adhérer. Mais, hélas, je n'étais pas un pays. Les noms me faisaient rêver... Les 22 pays s'étendaient (écoutez, écoutez-moi ça !) de la Mauritanie jusqu'au Maroc, au Soudan, à la Somalie, à Djibouti... Bien sûr, l'Egypte... Mais aussi l'Irak, l'Arabie Saoudite... Le Qatar (pas « Quatar », « Qatar », sans « u » dans le « qu », comme dans les romans (parus chez Grasset) de Jack Thieuloy (1931-1996), dans les années 70)... Les pays du Golfe... Le Liban... La Palestine... La Jordanie... L'Algérie... La Tunisie...

La Syrie : j'avais continué, malgré mon râteau à Beaubourg, à écrire pendant quelques semaines à Hala (aucune dignité, n'est-ce pas ?). Et comme je lui avais déjà dit, à Beaubourg, que je l'aimais, comme je lui avais déjà dit « Je t'aime » et que lui dire « Je t'aime » n'avait plus de puissance, que la magie de la phrase était épuisée, j'avais terminé une de mes lettres par : « Je voudrais que tu meures. Je te déteste. Crève. » Il m'avait semblé qu'en écrivant ces mots terribles, que je ne pensais pas, j'avais trouvé une manière nouvelle, et opposée, de dire ce que la force de l'habitude m'interdisait de lui avouer encore : « Je t'aime. »

C'était une époque où, habillé de jeans et de chemises Wrangler, j'écrivais à des filles, qui ne s'en souvenaient plus aujourd'hui, des lettres qui rimaient. Voici (à titre d'exemple) l'ode que j'avais composée, et avais envoyée aussitôt, à une fille avec qui je voulais coucher, en hommage à une poubelle municipale de couleur verte, couleur de l'islam, et en forme de pomme, comme New York, qui me faisait face tandis que j'attendais depuis près d'une heure qu'elle sorte de la fac. Ça s'intitulait sobrement « Poubelle verte ».

« Ô poubelle verte, ma sœur !

Silencieuse et digne, solitaire, sans armure
Tu te tiens droite sous la pluie, et sans fléchir ;
Ton ventre se remplit de papiers et d'ordures
Personne ne te regarde, mais vois-moi qui t'admire !

Grâce à une longue attente je sais que tu existes
Et contemple ta couleur d'un très beau vert pomme ;
C'est vrai que si mouillée tu as l'air un peu triste !
Toi tu n'es pas qu'un trou, moi je ne suis qu'un homme. »

(extrait)

Si j'avais (d'abord) opté pour le romantisme romantique, à tendance romantisante, comme Mohammed, c'était parce que ma vie était bien ennuyeuse. J'étais un petit névropathe laborieux en liberté. Je ne savais pas quoi faire de cette liberté. Alors je rendais la vie impossible, ce qui restait somme toute la base du romantisme, à des filles jolies prises au hasard des rencontres, des rues, d'un bistrot un lundi, et je leur collais mon romantisme dessus, je leur déchargeais sur leurs pauvres frêles corps à gros seins de nymphettes pas forcément méga-intéressantes des gigatonnes de sentiments extrêmement sentimentaux, et d'amour très sérieusement amoureux.

Elle, la fille, ce n'était pas vraiment son problème. Elle n'avait jamais vraiment eu envie que j'aie ces sentiments-là pour elle, d'autant que, dans la plupart des cas, elle ne me connaissait pas quelques secondes plus tôt. Mais j'avais décidé que c'était pas grave. Que j'allais tout donner sur ce coup-là. Que j'allais lâcher les chiens de mon amour… Qu'il fallait bien que tout cet amassement d'amour que j'avais capitalisé pût venir étouffer une nana au hasard, la femme de ma vie.

De tant d'orgueil trempé,
Ô cœur modeste,
Ô cœur humilié,
Nourri de restes.

10

Partouz

La sensualité n'est rien sans l'obscénité.

Sacha GUITRY.

« Faire affaire »

Depuis un moment, avec Dorothée, dans les salons du Recto / Verso, on avait remarqué qu'un couple nous suivait (c'était pas trop tôt !), nous reniflait, nous calculait, était intéressé par *nous*. J'étais enfin parvenu à « échanger » Dorothée à un mec (1967-...) contre la nana du mec (1966-...). La fille me plaisait bien, le mec plaisait plutôt bien à Dorothée. Il n'y avait par conséquent rien de mal à faire affaire. « Faire affaire » n'était pas très difficile (loin s'en fallait), mais ce n'était pas si simple non plus : nous étions quand même des êtres humains, des êtres humains en perdition, certes, mais des êtres humains quand même, pas des chiens, pas des porcs, pas tout à fait des chiens et pas tout à fait des porcs. Donc ça tergiversait malgré tout, malgré l'endroit et tout ce qu'on pouvait s'y permettre, ça tergiversait malgré tout un petit peu. Juste de quoi apporter à l'autre couple, avec lequel le fameux « échange » allait se conclure, qu'on avait une certaine tenue, une certaine retenue du moins, et peut-être même, (éventuellement), une certaine culture, qui sait. On allait, on venait, on s'approchait, hop, on se rééloignait un peu, pas trop, pas trop loin, on se frottait rapidos, on s'écartait, on revenait se frotter, on s'envoyait des regards, en plaçant dans ses regards le plus d'envie possible, le plus de libido possible, le plus possible d'envie et de pénétration et de bite et de couille et de chatte et de tiens ma salope prends ça dans ton cul.

Bref : je ne vais pas te faire languir plus longtemps, l'échange avait eu lieu. Le type avait commencé, après quelques frotti-frotta sur la personne de Dorothée, à bouffer les seins appartenant à la personne de Dorothée, à la personne qu'était (qu'est toujours) Dorothée. Moi, j'avais tout simplement glissé ma main sous la jupe de la fille, puis dans la culotte mais « elle n'avait pas de culotte ». Elle mouillait déjà, elle salivait de la chatte, la pute, et ça devait faire un moment qu'elle devait s'imaginer avec mon dard dans un de ses orifices qui, si je me souviens bien, étaient au nombre de trois. Je ne savais pas encore dans quelle position la prendre, mais je savais que j'allais me la donner grave, dans cette brune aux cheveux très longs comme j'aimais, avec une sorte de moue, une sorte de strabisme, une sorte de regard très vicieux, une sorte de plein de choses qui vraiment me rendaient dingue. Elle avait des cils très longs également.

Rapide en sodomie

Instinctivement, je me baissai et passai ma tête toute entière sous sa jupe. C'était une jupe rouge à dentelles, et je m'y sentais bien. « Pendant ce temps », comme on disait encore dans beaucoup de romans français de l'automne, Dorothée, Doro, Dor, Do, D., était en train de devenir parfaitement anonyme, générique, anonyme et générique comme une initiale, une consonne, et s'était déjà mêlée, sur un sofa géant recouvert d'une fine pellicule de plastique, à un amas de gens baisant (AGB). Et le mec de la fille que j'avais échangée contre Dorothée, Dor, Doroth, D., Do, était en train de l'enculer de toutes ses forces. Le salopard n'avait pas perdu de temps. Il était rapide, en sodomie : moi, j'avais à peine commencé à saliver entre les fesses, entre les cuisses, entre les poils de sa dulcinée, que lui était en train de défoncer la rondelle de ma vieille copine de lycée.

C'était étrange, mais léchant sa salope à lui, je sentais bien que quelque chose n'allait pas… Que son organisme humain, à la salope, ne réagissait pas comme il l'aurait dû à mon cunnilingus magistral. J'avais l'impression que son corps n'acceptait pas mon désir, mon plaisir, mon envie, et surtout, que l'esprit, que l'âme qui était enfermé dans ce corps (de grosse salope) n'acceptait pas la règle du jeu, n'acceptait pas l'échange. Quand je sortis ma tête en sueur de dessous sa jupe, je pus m'apercevoir que j'avais vu juste : elle n'était pas du tout concentrée sur la jouissance linguale que je comptais lui fournir, mais elle matait son mec, épiait le moindre geste de son mec, la moindre saccade d'enculure de son mec, et moi, rien, j'étais absent de toutes ses sensations, j'étais un intrus, un étranger, quelque chose de hors sujet, qui ne la concernait pas, qui ne la concernerait jamais (jamais), et qui pouvait bien continuer à lécher de toutes ses forces, à laper de toutes ses langues, puisqu'elle resterait aussi sensible à ma démesure salivaire qu'un steak-frites posé sur la banquise.

Pornographiquement parlant

J'étais furieux : j'avais toujours détesté me faire avoir, dans le troc, dans les affaires. Je me souviens très bien que pour les images Panini de « Football 76 » et de « Argentina 78 », je ne supportais pas qu'on m'arnaque dans les échanges, en récré. Là, c'était la même chose. Un type tirait ma copine, il n'y avait aucune raison que je n'éjacule pas dans la sienne. Ou, au pire, si elle ne voulait pas que je jouisse dans son corps, ou sur son corps, ou par son corps, au moins qu'elle me laisse lui en donner, du plaisir. C'est vrai : il y a, dans le sexe, un plaisir étonnant à donner du plaisir. On se prend parfois à être, pornographiquement parlant, d'un altruisme qu'on n'a pas dans les circonstances « normales » de la vie. Tout le monde a pu remarquer à quel point un être humain (mec, fille), d'une radinerie à toute épreuve dans l'existence, pouvait au lit se démener sur une chatte, un gland, un cul. C'était assez spectaculaire. Cela faisait parler de l'énigme du sexe. Du GMS (grand mystère du sexe).

En attendant je me sentais incroyablement lésé. Le mec bandait à mort dans Doro, et moi, expulsé de la libido de l'autre conne, qui ne faisait que mater son mec en train de labourer Doro, Dor, D., je tentais vainement de ramener le désir de la salope au bercail, de l'émoustiller, de l'exciter, de la ramener vers moi, de la faire définitivement bifurquer vers ma langue, éventuellement vers ma queue. Rien à faire : elle restait sourde et glaciale et j'étais allé resucer, relécher pour rien, j'avais léché, lapé de l'absurde. Ce n'était plus du léchage altruiste, c'était du léchage abstrait, du léchage parfaitement gratuit, qui ne faisait pas sens : elle n'avait pas envie que je la lèche (ni même que je la touche) et, du coup, je n'avais plus vraiment envie de la lécher. Je tentais des doigts, dans la chatte, un doigt, puis deux, dans son trou du cul. Toujours rien. Je la branlais et elle s'en branlait.

Mes léchages, mes coups de langue, mes enfonçages, enfonçures, enfonciations de doigts avaient l'air de supplications de pauvre type, tandis qu'autour de moi, tout autour, partout, à l'infini, les culs claquaient, les croupes virevoltaient, se secouaient, dansaient, les corps se renversaient, les bras se tordaient, les langues se plantaient, les vulves s'écartaient, des jambes dépassaient, des spermatozoïdes jaillissaient, des soupirs s'échappaient, des anus (« ach-charj » en arabe) s'abandonnaient, le GMS s'accomplissait dans une angoisse frénétique qui ressemblait à l'impuissance de la volonté spirituelle à vaincre le désir. Un jour, tous ces partouzeurs seraient comme des statues, des monuments, figés chacun dans une vieillesse, et déjà on aurait dit que leur sang se caillait, que les CP (chattes pénétrées) allaient laisser couler leurs entrailles, que les cuisses et les hanches, soudain pures comme des urnes, portaient des calices amers, et les sexes béants étaient comme des bouches (« al-femm ») pitoyables qui criaient la misère d'aimer.

Je léchais, je lapais pour rien, j'étais un idiot, j'étais ridicule, j'avais l'air d'un con, et frénétiquement, et scolairement, et mécaniquement je continuais mon léchage, je poursuivais stupidement, incompréhensiblement, suicidairement, masochistement mon léchage, ma léchure, ma léchation, ma léchance, et je la poursuivais de toute ma léchéité, de toute la léchéité dont j'étais capable, et la salope qui n'était pas une salope à mon égard, qui avait décidé de n'être jamais salope avec moi, avec moi sous elle, ne sentait rien, ne savait même pas qu'un homme était en train de lui lécher le vagin et occasionnellement l'anus. Je tentais de guetter le moindre soubresaut du moindre muscle, du moindre tendon, la moindre électricité, dans le moindre morceau de talon, par l'échine ondulante, un courant spasmodique, une petite étincelle, un frisson de rien du tout qui aurait prolongé sa vibration jusqu'à sa moue convulsée : mais rien. N'y tenant plus :

— Ho ! Je te lèche, là, je te signale !

— Quoi ? Ben t'es pas obligé, hein… C'est pour toi, moi je m'en fous…

C'en était trop. J'arrêtai tout.

— Non mais… Je vous lèche et c'est pour *moi* ? Pour *mon bien* ? Attendez mais c'est le monde à l'envers, là…

— Arrête, détends-toi, t'es stressé, là… Moi je suis venue ici pour me détendre et pour m'amuser, pas pour qu'on me prenne la tête… Alors y a plein de filles, là, vas-y, éclate-toi, lèche-les si tu veux… Mais me soûle pas, t'es gentil.

Puis elle est allée rejoindre son mec et Dorothée et ils se sont « éclatés » (je ne supporte pas cette expression) tous les trois, et le con, le bon con, c'était encore moi. J'en avais les larmes aux yeux. De toute cette injustice, de toute cette méchanceté ambiante. Je me suis approché d'un tas de six êtres humains qui se faisaient tout, dans tous les sens, et par tous les trous, et j'ai léché le cou d'une fille (1967-...) qui dépassait, qui dépassait du tas. Personne ne faisait attention à moi. Le tas humain était semblable à un navire par mauvais temps : il se brinquebalait, se tordait, et puis le cap changeait, ça tanguait, et moi, moi, j'avais encore réussi à être le plus couillon de la soirée, de l'assemblée : tout le monde se faisait remplir les trous, tout le monde suçait, éjaculait, se faisait sucer, prendre, tout le monde jouissait, avait des orgasmes, nageait dans le plaisir, tout le monde couinait, écarquillait, se faisait écarquiller, pénétrer, défoncer, et moi, moi, histoire de participer, je léchais un cou ! Ça ne servait à rien : ça ne donnait pas vraiment de plaisir à la fille (qui avait déjà deux bites dans le cul et dans la chatte et une troisième dans la bouche) et on ne peut pas dire que ça m'en donnait beaucoup non plus, il faut être honnête. L'activité la plus dérisoire, la plus absurde, la plus gratuite, celle qui faisait le moins « sens », c'était moi qui la pratiquais qui étais en train de la pratiquer. C'était moi qui m'y étais collé... J'étais un cunnilingue du cou. Un counnilingue... J'étais ridiculement en train d'inventer le counnilingus.

Et cette mer humaine en jouisse, autour de ma langue imbécile, autour de ma langue cunnilingue-pour-cou, counnilingue, gratuite et sans objet. Et les seins de Dorothée, Dor, Doroth, qui roulaient comme la mer, et Doroth soupirait, elle avait rejoint le tas d'êtres humains dont je léchais le cou d'un des membres, et Dor grimaçait, confortablement installée dans une enculation, une enculure, une enculance. Et un grand nombre de seins roulaient comme la mer. « La mer se branle continuellement », avait d'ailleurs écrit Georges Bataille (1897-1962) dans *L'Anus solaire* (1927) – et pourquoi pas *Le Fion lunaire*, tant qu'on y était ?

Cœur tant de fois broyé
Sous le manteau,
Cœur tant de fois saigné
Sous le couteau.

11

« L'amour »

> Et aurais-je senti sous mon crâne ses cuisses palpiter, comme deux traversins possédés ?
>
> Samuel BECKETT (1906-1989).

Michel Houellebecq est un con

Une fois qu'on est arabe, se pose tout naturellement la question de savoir si on veut être musulman... Mon problème c'est que je suis athée comme un singe... Ce qui m'avait toujours intéressé, c'était de devenir arabe, pas musulman... Je comprenais très bien qu'il pouvait y avoir des gens, sur terre, qui fussent musulmans sans être arabes : les Turcs, les Iraniens étaient de ceux-là. Je voulais, par conséquent, qu'on m'autorisât à être, si j'ose dire, le « contraire » : arabe sans être forcé d'être musulman... C'était parler l'arabe, la langue la plus raffinée du monde, la langue la plus amoureuse de tous les temps, qui m'intéressait : or, 80 % des musulmans, dans le monde, ne parlaient pas l'arabe. Culture de l'oralité : la poésie avait été, un premier temps, bédouine, et ensuite, arabe. Puis musulmane. Quand on était « épris de » poésie, quand on était « épris de » romantisme (quand on voulait réciter des poèmes à une femme), on glissait facilement du statut d'Arabe au statut de musulman.

Le Coran était le Verbe, le Verbe par excellence. Le Verbe absolu. Le Verbe le plus abouti. C'est pourquoi aucun écrivain au monde n'avait le droit d'insulter le Coran. Insulter le Coran, c'était insulter le Verbe. C'était être un con. Michel Houellebecq (1958-...), qui ne se prenait pas pour de la merde, loin s'en fallait, avait pris sur lui d'insulter la langue la plus aboutie au monde, la plus aboutie du monde. Michel Houellebecq était un con.

Un assez médiocre, un relativement, un plutôt médiocre écrivain doublé d'un gros con. Alors qu'il venait de sortir un livre passable (son « meilleur ») intitulé *Plateforme* (2001), il n'avait pas pu s'empêcher de venir faire une petite provocation de beauf, cerise inutile sur son gâteau, en insultant l'islam. C'était comme un premier de la classe (sa littérature était très scolaire) qui aurait montré son cul à la maîtresse pour gagner le cœur des cancres. Comme le sexe n'étonnait plus personne, la seule chose sensible aujourd'hui, c'était la religion, alors Michel était allé chercher là-dedans de quoi choquer sa voisine du dessus. Dans le magazine *Lire*, il avait avoué « haïr » l'islam, cherchant ainsi un regain de notoriété en souhaitant voir tomber sur sa gueule de Droopy alcoolo chauve à chemises vichy une fatwa qui aurait fait de lui le Rushdie français. Il s'était dit « effondré » à la lecture du Coran – dont il n'avait pas lu une traître ligne. Parlait-il seulement un mot d'arabe, pour juger de l'extraordinaire pouvoir poétique et littéraire de ce texte qui valait mieux que n'importe laquelle de ses poésies poussives et bâclées ? Le Coran était une merveille ininterrompue de créativité, d'action, un modèle littéraire absolu qui, à la manière d'un kaléidoscope, à la manière de Proust, exposait la réalité en parcelles qui se répondaient, se complétaient, s'éclairaient les unes les autres. Mais Michel Houellebecq ne parlait pas un traître mot d'arabe (et pas un traître mot de Proust non plus) : sa culture arabe s'arrêtait à l'épicier en bas de chez lui, qu'il méprisait vaguement, de son racisme vague, de son racisme nonchalant, du bout du mégot, comme il conchiait du bout de l'Irlande les Palestiniens. Quel courage, de s'en prendre aux Palestiniens ! Quelle originalité. Quelle politique incorrectitude. La question qui m'était venue à l'esprit était celle-ci : pourquoi, quitte à choquer pour choquer en disant n'importe quoi sur n'importe quoi, ne pas avoir poussé le courage à tenir les mêmes propos sur les Juifs ? Ah oui tiens, voilà qui aurait été *vraiment* insoutenable. Non ? Ah oui mais zut, ç'avait déjà été pris par Louis-Ferdinand Céline. Il avait donc fallu trouver autre chose qui pût sonner « fou génial » quand même, « grand écrivain incontrôlable et maudit » quand même – alors bon, il avait essayé ça. C'était petit. C'était un peu minable. Ça faisait (un peu) peine à voir.

La petitesse de Michel Houellebecq n'avait pas été une révélation. En novembre 1998, pour *Les Particules élémentaires* (1998), il avait attendu le résultat du Goncourt pour décréter, sur LCI, que les prix littéraires étaient truqués. Il aurait pu le faire la veille. Mais non : il était comme ces résistants qui avaient pris le maquis en 1946 : il avait eu un léger contretemps. Il en avait profité, au passage, pour glisser que son livre était meilleur que celui de la lauréate de l'époque, Paule Constant (1944-1998), et qu'il méritait le Goncourt. Les branchés s'étaient indignés que Michel ne soit pas primé. Tout le monde avait fait plus ou moins semblant de plus ou moins s'indigner. Il ne fallait pas exagérer : le Goncourt 1998 n'avait rien eu à voir avec le scandale de 1932 où Guy Mazeline (1900-1996), avec *Les Loups*, avait été préféré à Céline. *Voyage au bout de la nuit* était tellement loin devant, tout au bout de la littérature, que *Les Particules élémentaires* restaient, par leur côté bourgeois et scolaire, de toute façon plus proches du livre de Mazeline (que j'avais consulté) que du *Voyage*. Les chefs-d'œuvre n'ont jamais besoin de venir montrer leur cul à la télé. Ils n'ont nul besoin de se défendre, de se justifier, tout leur passe dessus.

Mazeline, c'était la vie qui faisait peur. C'était la biographie qui foutait les jetons à tous les écrivains français. Il était mort en 1996 : il avait vécu soixante-quatre longues années après l'obtention de ce prix Goncourt 1932 que le jury lui avait accordé mais dont la littérature l'avait dépossédé. Soixante-quatre années passées à incarner le ratage, à être la figure du raté pour tous les étudiants, les lecteurs, les amateurs. Pas seulement l'incarnation du raté, pas seulement le cas d'école du raté, mais une sorte de jurisprudence à lui tout seul du raté, un moule du raté, le concept même, l'essence du raté. Soixante-quatre années à essayer de ne pas coïncider, dans son for intérieur, avec tout ce que le for extérieur hurlait sans arrêt en utilisant son nom, son patronyme de « Mazeline » comme le synonyme de raté, d'imposteur, de nullard, d'imbécile et de bourgeois. Guy était chez lui, enfermé, parmi ses chats. Il essayait de continuer, de parachever son œuvre, mais chaque fois qu'il regardait ses mains se poser sur la feuille, ses mains lui disaient, lui signalaient, qu'il n'était pas en train d'écrire du Céline, que rien de ce qu'elles étaient en train d'écrire, de tracer, pour lui faire plaisir à lui, Mazeline, n'était frappé de la moindre grâce, du moindre éclat, de la moindre étincelle de génie. Et Guy relisait ses pages et ne pouvait s'empêcher, quoique luttant à mort contre cette idée, de les trouver bourgeoises et étriquées, scolaires, houellebecquiennes, vaguement poussiéreuses – déjà anciennes avant même que d'avoir été corrigées, publiées. Il tentait parfois, pour montrer au monde entier qu'il n'était pas celui qu'on croyait, qu'on avait cru, de mettre des passages de cul de-ci de-là. Mais ça n'en rendait sa « littérature » que plus vieille encore, plus vieillissante, et plus triste. La nuit, parfois, il se relevait pour tenter de lire des passages, des extraits du *Voyage*, le livre qui avait occulté son œuvre et gâché sa vie. Et chaque fois, ça recommençait : non, franchement, il ne comprenait pas. Il ne comprenait pas que ces morceaux d'argot et de descriptions vulgaires aient pris tant de place dans le siècle. C'était du café-théâtre, pas de la littérature. Et puis « Céline » (se répétait inlassablement Guy depuis soixante-quatre très longues années), c'était un prénom de bonne femme, et les écrivains d'habitude ont un nom d'homme. « *Voyage au bout de la nuit* »... Franchement, sans mauvaise foi (non, vraiment), *Les Loups*, ça sonnait mieux... C'était moins pompeux, moins prétentieux... Céline était passé à la postérité et Guy aussi. Mais la postérité de Céline était celle des vainqueurs, quand la sienne était celle des vaincus. Rester dans les mémoires comme vaincu, en tant que vaincu, est bien plus terrible que d'en être effacé. On ne rêve même pas de célébrité de vainqueur, de postérité de vainqueur lorsqu'on est un vaincu célèbre : on rêve d'anonymat. Guy ne pouvait même plus travailler dans l'anonymat, il travaillait dans une célébrité blessante, dans une anti-postérité cancéreuse, qui le rongeait, qui rongeait tout ce qu'il entreprenait. Car la postérité avait décidé de le faire mourir en 1932 : tout ce que Guy avait fait, vécu, écrit depuis n'intéressait pas la postérité. Elle l'avait laissé là-bas, dans les années 30, abandonné, tout seul, avec son Goncourt.

La vie de Guy Mazeline s'était déroulée dans le chagrin. Il avait écrit sur sa souffrance mais sa souffrance n'avait jamais intéressé personne : aux yeux de tous, il était né en 1932, et, aux yeux de tous encore, il était mort en 1932. Et tous ses livres écrits, pour rien, lui criaient qu'ils étaient des livres futiles quand il les croisait dans les rayons de sa bibliothèque ; ils lui criaient : « Guy, mon vieux Guy, arrête de nous écrire… Nous ne t'en demandons pas tant. Ebauche-nous si tu veux, rêve-nous, mais ne prends pas la peine de nous rédiger, te fais pas chier à nous chercher une structure, une fin, des dialogues bien troussés, des dénouements… Nous faisons 600 pages pour la plupart, nous tes œuvres, nous tes romans, et tu nous aurais densifiés en un seul point, tu aurais condensé tes 12 000 pages écrites en un seul et même point (ou en trois petits points, comme Céline – non, je déconne, Guy, je déconne !), ç'aurait été mieux : tu aurais économisé de l'énergie et nous on serait pas là, coincés dans les rayons de ta bibli, sans jamais voir le jour, sans jamais respirer un peu d'air frais… Et puis, on veut pas te faire de peine, mais on se trouve ennuyeux… Tu ne nous as pas vraiment réussis… Moi, par exemple,

Guy, je te le dis en face : je suis gros, tu m'as doté de 756 pages en petits caractères, personne ne pose jamais le moindre regard sur moi, je suis raté, je ne suis fait que de longueurs… On ne croit pas à mon intrigue… Mais regarde-toi, mon vieux Guy… Regarde-toi : c'est normal, aussi, tu n'as aucune vie intérieure… Tu voyages pas, rien… Tu passes tes journées devant la télé… A regarder *Des chiffres et des lettres* et *Questions pour un champion*, putain… Voyage, un peu. Eprouve des choses. Vis ! Délivre-toi ! Et interromps notre descendance. Franchement. Parce que là, ça devient ridicule… »

Je critique Michel Mazeline-Houellebecq (je reviens à notre con), mais peut-être, ô Mohammed, ô toi mon Atta, que je ne vaux pas mieux : je suis un sale mécréant après tout… J'adorerais croire (en Dieu)… Je ne demande que ça… Mais je n'y arrive pas… Je promets que je vais essayer… Oui, promis, mais c'est que ma religion jusque-là, ç'avait été les femmes, les femmes dites « de ma vie » – car en ce temps-là, une femme de ma vie devenait « de ma vie » dès que je la croisais. N'écoutant alors que mon courage, j'allais l'aborder pour lui expliquer ce qu'il en était entre nous. De quoi, exactement, il retournait. Par honnêteté. Histoire quand même qu'elle fût prévenue de ce qui l'attendait. Qu'est-ce qui l'attendait, au juste ? Oh, pas grand-chose. Un peu de névropathie au cul. Ça n'avait jamais tué personne. Un amoureux un tout petit peu dangereux, pas plus que ça, dans les jambes à vie – sachant que le « à vie » ne durerait pas toute la vie, en fait, mais au pire quelques mois, parfois seulement quelques jours, ou bien deux trois heures, ça dépendait. Il faudrait qu'un jour j'écrive un livre, une manière de bottin, sur les la femme de ma vie. Sur toutes les la femme de ma vie que j'avais enfilées, essayées, choisies.

A ne considérer les choses que sous le point de vue de l'expédient sexuel, la quête de la femme de ma vie m'avait fait brusquement passer de l'éjaculation faciale bête et méchante à l'éjaculation in vagino accompagnée d'un compliment. La nuit appartenait aux hommes, mais le lendemain appartenait aux femmes. Il fallait toujours recommencer à les séduire pour coucher avec, à échanger des idées, pour les niquer. C'était toujours elles qui gagnaient.

J'étais brun, avec des gros sourcils bruns, des traits durs, rustres, j'avais toujours fait un peu peur, je ne rigole pas d'aspect extérieur. Mais au fond de moi, il y avait toujours un reliquat de blondeur, de douceur, de mièvrerie, d'arnaque, de rouquinerie romantique. Il y avait du roux, du houx, du coucher de soleil... Je trimballais, je véhiculais, je colportais, je dégageais quelque chose d'orange, d'orangé, un romantisme qui suppurait encore dans ma peau : et pourtant c'était terminé les romans d'amour, avec des amoureux dedans (qui ne faisaient jamais l'amour). J'avais écrit des romans d'amour mais j'avais décidé ne plus jamais écrire sur les sentiments.

Mais. J'avais beau faire. J'avais beau tout tenter pour me durcir. Il y avait un bagage romantique qui s'accrochait encore un peu, une légère fissure, ça s'infiltrait, c'était insidieux. C'était bien là. Il n'y avait plus dans mes livres de cœurs fendus, préfendus, surfendus, tréfendus, défendus, mais ma pauvre vie n'était qu'une vallée de larmes, de romances défaites, de chagrins dans les rues infinis et de solitudes méchantes. Des petites choses communes, bien merdeuses, mais qui me donnaient suffisamment de souffrance pour jouer les importants.

Je m'étais juré, sur un pont romantique enjambant romantiquement la Seine, que plus jamais ne sortiraient de mes mains des romans d'amants, des pages consacrées aux grands sentiments humains qui faisaient de minuscules histoires pour de vagues gamines au teint bleu. J'avais fait des livres qui parlaient de rivières, d'eau claire, d'éternité, de gens qui marchaient avec dans leur main la main de l'autre, et puis qui se suicidaient un peu. Ça ne m'avait pas aidé à aller bien.

Je suis un djihadiste

Allah resterait à jamais le plus grand, la plus grande chose et la plus noble chose du Monde, et du Temps, quand les femmes occidentales continueraient de faire s'agenouiller devant elles des mâles émasculés éperdus d'amour et pétris de souffrance, des mâles poétiques à bouquets de magnolias venus demander pardon, venus verser des larmes romantiques et souffreteuses pour « rattraper le coup », venus écrire de longues litanies, des chansons à la manière de Léo Ferré (1916-1993), de Pierre Bachelet (1944-2005) ou de Francis Lalanne (1958-...) pour étayer leur petite servilité sans bite ni dignité ni rien, que du néant : du néant pleureur.

J'avais été djihadiste à la manière de Monsieur Jourdain, fils du Fleuve et de Molière (1622-pas près de mourir) : un djihadiste occidental, contemporain, un islamiste amateur mais qui n'en pensait pas moins. Un terroriste du dimanche, carapaté dans ses problèmes, oublié dans une névrose comme en de profondes oubliettes, mais désireux aussi, finalement, d'en finir avec les orgasmes éparpillés, trop nombreux (et souvent réservés aux autres mecs) des femmes. J'étais, peu à peu, devenu intégriste musulman à force de râteaux, de découillages et de décapitages de bites par des émasculatrices à ciseaux géants, des hystéros coupeuses de gonades, des castratrices à gros seins. J'en avais marre de toutes ces femmes, ces filles qui avaient été des machines à me transformer en grand frère quand je ne rêvais que de les baiser par tous les trous, chaque seconde qu'Allah faisait.

Il faudrait, me dis-je, que je me convertisse à l'islam, mais *vraiment*. Pas à l'islam cool des cools, mais au vrai, à celui des durs à cuire et des encastreurs de Boeings. A l'islam des grandes puretés. Cet islam trancheur de queues frivoles toujours prêtes à niquer les femmes que j'aurais continué à désirer sans les baiser, sans y avoir accès, ces femmes qui jouiraient par d'autres queues. Cet islam trancheur de queues pointées comme des ogives vers le con des femmes que j'aurais dû niquer, que j'aurais dû aimer, que j'aurais dû faire jouir par tous les trous, par tous les pores de leur peau. Il fallait que je fasse peau neuve dans l'islam. Tautologie, car « faire peau neuve », telle était *ma* définition de l'islam.

L'islam, oui, c'était d'abord cette capacité de régénération. De voir le monde comme s'il venait de venir au monde. L'islam offrait cette capacité de tout regarder comme un nouveau-né, comme un nourrisson, comme un génie. L'islam conservait la tradition, mais à seule fin de balayer l'habitude. Il était la science, il était l'art de faire perpétuellement du neuf, d'être perpétuellement vierge, de créer de la pureté, de la virginité à volonté, ou plutôt : à foi. L'islam était une déshabitude. Il était une déshabituation du monde ; l'islam avait été inventé pour nous déshabituer.

L'islam n'annonçait jamais, n'avait jamais annoncé que du nouveau. C'était la croyance, non seulement dans l'inédit, en l'inédit, mais de l'inédit même. Islam était la contraction d'inédislam. Le Prophète l'avait prédit : il vous restera les annonciatrices de bonnes nouvelles. Les visions nocturnes des musulmans. Ar-ru'yâ. Le rêve était une part importante de la croyance. Mahomet (570-632) n'avait pas attendu Freud (1856-1939, cancer de la mâchoire, euthanasie à la morphine). Il connaissait la puissance du rêve, la force de régénération du rêve… La réalité n'était qu'un cas particulier du rêve. Car les visions, les songes englobaient aussi le réel. La réalité était trop figée, trop scolaire, trop étriquée : il fallait la prolonger avec plus de raffinement, plus d'aventure intérieure, plus de nouveauté et plus d'étonnement. L'islam, c'était rêver la réalité. Poursuivre la marche du monde en soi. Faire entrer, faire tenir dans son propre esprit tout le contenu désordonné, mais limité, mais pas très intelligent, du monde. L'islam, c'était la continuation de la réalité du monde par d'autres moyens.

Mohammed Atta, sans doute, était (devenu) un saint. Un héros doublé d'un saint. Mais les saints de l'islam n'étaient pas les saints chrétiens. Il n'y avait pas besoin d'être un héros pour être un saint de l'islam. La plus proche de la vision de la sainteté islamique était probablement, était certainement, sainte Thérèse de Lisieux (1873-1897, en septembre), qui n'avait fait en somme « que » recevoir la grâce, qui n'avait fait « que » se rapprocher de Jésus (– 3 avant lui-30 après lui), son maître, son idole, en s'oubliant dans le plus de simplicité possible, d'humilité possible, et avait passé sa (courte) vie à pénétrer *dans* Jésus, à se faire une place *à l'intérieur* du corps de Jésus. A s'y loger, comme une balle s'était logée, le 5 septembre 1914, dans le front de Charles Péguy, né 5 jours après sainte Thérèse.

Mohammed Atta avait eu (a encore, aurait toujours) un certain nombre de points communs avec la petite sainte de Lisieux : elle et lui s'étaient dépouillés, s'étaient épurés, s'étaient débarrassés, s'étaient dévêtus de leurs individualités anecdotiques, passagères, quelconques, pour les transformer en comportement. Comme les alchimistes transformaient le plomb en or, Mohammed Atta et sainte Thérèse avaient changé leurs existences en comportements. Ils s'étaient métamorphosés en actes. Il y avait transmutation de l'*être* en *faire*. C'étaient des paracheveurs d'actes excellents. A la parole divine, ils répondaient par l'acte humain. Par l'acte irréprochable. L'acte pur. Il fallait forer, opérer des forages, avec les rêves, mais aussi avec les mains (le travail du rêve ne faisait que répondre, que compléter le travail des mains), pour que jaillît le divin sur la terre, sous forme de nouveauté perpétuelle, et cette nouveauté perpétuelle pouvait s'appeler la lumière.

Il faudrait que j'aille voir un imam, à l'un des sermons du vendredi, qu'il me dise comment faire pour que des types cessent d'éjaculer à ma place dans les nanas dans lesquelles j'allais vouloir éjaculer quand je les rencontrerais, quand je les croiserais, quand je les apercevrais dans la rue, au cinéma, au restaurant, à une soirée Nokia. Une fois recommandé par l'imam, j'irais faire mes classes quelque part en Afghanistan, je deviendrais kamikaze, je finirais par avoir une ceinture de pains de dynamite autour de l'abdomen et des couches-culottes, plus des coquilles de hockey sur glace sur les parties génitales afin que mes parties génitales puissent intactement se faire pourlécher les contours au paradis des djihadistes.

Là-haut, je rencontrerais Mohammed Atta et son équipe, entouré sucé de femmes plus belles encore que sur terre, des femmes plus salopes et moins voilées qu'en bas. Des femmes non plus violées mais violeuses, et vêtues de leurs plus beaux atours, et partouzant jusqu'aux banlieues de l'infini avec les amis de Dieu. Atta serait en train de célestojouir au moment où j'arriverais, en train de voielactofrémir de plaisir. Du vert, des taillis, des gazouillis et des bites musulmanes conservées en bon état de marche, et ces putes volantes, ailées, bien nichonnées, roulées dans les pluies de pétales et de sperme rose, du sperme neuneu, du sperme naïf comme les dessins naïfs, du sperme Douanier Rousseau (1844-1910, en septembre), dans les râles, les papillons et les diverses croyances.

Tannhäuser

1992. Mohammed Atta quitte l'Egypte pour l'Allemagne. A Hambourg (située à 6 142,842 km de New York). Hamburg. Il est au pays de Richard Wagner (1813-1883). Lui Atta. Lui l'Orient. Lui l'Orient Atta est physiquement au pays de Tannhäuser. Lui Atta a croisé Tannhäuser agenouillé devant Vénus, lui Atta est entré, quittant le Venusberg, dans la salle des chanteurs, à la Wartburg. Wolfram l'a introduit. Et lui Atta assiste, le lundi 14 septembre 1992, au concours qui va célébrer le retour de Tannhäuser. Concours dont Elisabeth, la « mouhsana » de Tannhäuser, sera la reine, et lui Atta, lui Mohammed pense à la sienne de reine : Pamela Wiltshire. Son bel amour, sa déchirure. Sa femme idéale, sa femme et demie comme dit joliment, comme dit merveilleusement, comme dit sublimement la langue arabe, sa nisf', son amra. Sa Pamela qui n'a pas voulu de lui au Caire, à la fac d'architecture. Et Mohammed l'Egyptien regarde toute la cour qui entre dans la salle des chanteurs de la Wartburg. Les chevaliers et les nobles dames acclament le Prince de Thuringe : « Heil ! Heil ! Thüringens Fürsten Heil ! Der holden Kunst Beschützer Heil ! Heil ! Heil ! »

Comme à son habitude, depuis 1861, (et même depuis 1845 puisqu'il y avait eu en 1845 une première version de *Tannhäuser* abandonnée pendant près de vingt ans par Wagner) le Landgraf a énoncé le sujet du concours : l'essence de l'amour, et Elisabeth tire au sort, dans un seau à champagne, un papier sur lequel est inscrit le nom du chanteur qui chantera le premier : comme à chaque fois depuis 1861, (depuis 1845), c'est Wolfram von Eschinbach qui chantera le premier : « Wolfram von Eschinbach beginne ! » Mais pour Mohammed, c'est la première fois que Wolfram von Eschinbach passe le premier, chante le premier. C'est pour lui la première fois comme ça l'avait été pour Baudelaire, Théophile Gautier (1811-1872) et Gounod (1818-1893), le mercredi 13 mars 1861, soit 51 315 jours avant Ground Zero, ou encore 140 années, 5 mois et 27 jours avant Ground Zero, à l'Opéra de Paris (situé à 5 842,718 km des Twin Towers). Ils sont tous les quatre unis dans une première fois tannhäusérienne :

lui Atta et eux Baudelaire Gautier Gounod. Quand nous assistons pour la première fois à une représentation de *Tannhäuser*, nous sommes chaque fois le mercredi 13 mars 1861, nous sommes chaque fois à l'Opéra de Paris, et chaque fois nous sommes un peu, nous sommes presque, nous sommes momentanément Baudelaire, Gautier et Gounod.

Mohammed se confondait avec eux tandis que Wolfram, comme pour la toute première fois, comme la toute première fois aussi d'ailleurs, défend sa conception de l'amour : il oppose houbb 'oudhri à houbb ibâhi, l'amour courtois à l'amour physique, cet houbb 'oudhri poétique cher aux Egyptiens, ces grands lyriques, ces grands romantiques, et c'est avec une attention immense que Mohammed écoute la tirade de cet Eschinbach. Il veut le rencontrer après sa tirade, il veut lui parler... Lui poser des questions sur les femmes. Savoir si c'est vraiment ça qu'il faut penser : il note tout un tas de questions, en allemand, sur son petit carnet de moleskine noire (qui ne le quitte jamais et qu'on va retrouver dans les décombres du World Trade Center d'ici 3 284 jours), en faisant bien attention aux déclinaisons (accusatif, datif, génitif) et en prenant soin de bien placer le verbe en fin de phrase dans les relatives.

Dans son long dégagement sur l'amour courtois, sur houbb 'oudhri, sur al-houbb al-'oudhri, censé faire craquer Elisabeth, Wolfram avait employé des mots tels que « auguste aspect », « hoher Anblick », avait évoqué (sans craindre le moins du monde le ridicule – mais, depuis 1861 qu'il nous refaisait le même manège, qu'il nous resservait la même soupe, il était la preuve même que le ridicule ne pouvait tuer personne), avait évoqué, donc, des « couronnes aux cent parfums de fines fleurs aimables », « lieblicher Blüten düfterreichtser Kranz », et son âme, seine Seele, oui son âme, ja, seine Seele, se prosternait et s'abîmait en prière, andächtig sinkt in Gebet, devant une « fontaine merveilleuse », « Wunderbronnen », dont il ne voudrait surtout (surtout !) jamais (au grand jamais !) « troubler le jaillissement par quelque audace impie » (« den Quell mit fremden Mut nicht berühren »).

Mohammed ne savait pas si c'était du lard ou du cochon. Il avait envie d'applaudir. C'était un discours cohérent sur l'amour, et c'était ça qu'il cherchait désespérément, cherchait depuis toujours : un discours cohérent sur l'amour. Ce Wolfram von Eschinbach était un bédouin, un poète-bédouin, commun à ceux qui avaient hissé en même temps, sur le même piédestal, la langue arabe et la femme idéale. Wolfram von Eschinbach était un descendant direct (Mohammed l'avait tout de suite remarqué, et l'avait noté dans une marge de son carnet) des tribus arabes du Nadjd et du Hedjaz. L'amour était d'abord chaste, oui : tel devait être, tel devait rester l'amour absolu, le vrai, le pur amour. Entre ce Wolfram et cette Elisabeth, qu'il ne connaissait pas, à qui il n'avait pas encore été personnellement présenté (mais ça viendrait, car lui, l'Egyptien, serait tôt ou tard au cœur de toutes les mythologies germaniques, lui, l'Egyptien serait tôt ou tard l'ami et confident des muses des bords du Rhin), entre ce Wolfram et cette Elisabeth il se passait la même chose qu'entre Djamil et Boutaïna, couple wagnérien lui aussi, couple chaste absolu, issu des Fils de la Chasteté, Banou al-'Oudhra, les Virginalistes. Et Eschinmachin, là, Al-von-'Eschinbasha, là, était une sorte de Virginaliste, il était de la tribu de ceux qui pouvaient, qui savaient mourir à force d'aimer. Le pays de Werther était décidément un pays pour lui Mohammed von Atta.

Il se sentait bien en Allemagne : un compositeur qui n'aimait pas trop les juifs, un certain Richard Wagner (il faudrait retenir ce nom, confectionner un dossier sur ce gars-là, en parler aux copains), avait composé une œuvre dans laquelle des personnages défendaient les mêmes thèses, tenaient les mêmes propos qu'Ibn Dawoud (868-909 ou 910) ou que Kouthaïr (?-723), le fameux « fou d'Azza » comme Aragon avait été « fou d'Elsa (1896-1970) », et dont l'Azza s'appelait ici, s'appelait ici à Hambourg, Elisabeth : c'était Eliazzabeth en somme. Subtil ! s'était exclamé Mohammed en lui-même (ce qui était mieux que de ne pas s'exclamer du tout). Ç'avait été son premier jeu de mots en allemand, son premier « Wortsspiel ». Lui Herr Mohamanfred Attasturm, Herr Atta, lui Atta, lui Momo von Atta, retrouvait à Hambourg (in Hamburg !) sa conception de l'amour, parmi les Walkyries, Or du Rhin, Or du Nil, les créatures des bords du Rhin, les Lorelei, les chevaliers teutons, les Niebelungen, les mélancolies pluvieuses, al-chajwn, la Sehnsucht (al-houzn), mais c'était une Sehnsucht en djellaba, Lili Marlene avec un voile, dans un désert, sous le soleil égyptien, et une Lorelei perchée tout à coup en haut d'une Pyramide, Forêt-Noire et ramadan, Apfelstrudel et ablutions, Weissbier et caravansérail, et Hermann dans sa Teutoburgerwald mélangé à des senteurs de cardamome, Hermann le héros (ce Vercingétorix chleuh) fumant le narguilé, sous l'averse. Ce Richard établissait donc une différence, et ç'a avait éclaté quand Tannhäuser était venu plaider en faveur d'houbb ibâhi.

Tannhäuser ne concevait pas l'amour humain de la

même manière : il voulait du cul. Il en appelait aux sens. L'amour selon Wolframahmed Al'Eschinbasha, lui semblait « arg enstellt » (« fâcheux »), trop basé sur at-ta' abboûd, l'idolâtrie, Anbetung, et pas assez sur le Verlangen, 'ichq, le désir, quoi, la peau contre la peau, mon désir a toujours soif concluait le Poète, le désir et pourquoi pas le plaisir, Vergnügen, ladhâ, tamattou', Orgasmus, la jouissance. Les idées avaient tendance à s'emmêler les pinceaux dans la moleskine noire de Mohammed Attannäuser qui, à présent qu'une autre version, qu'une autre vision de l'amour lui avait été donnée, avait changé d'avis à nouveau. Il lui fallait un maître, et voilà que les maîtres se succédaient. Il lui fallait un maître un seul. Un prof d'amour. Pas trente-six. Un prof et un seul, fût-ce Jean Guitton (1901-1999), fauteuil n° 10 à l'Académie, 1961. Il fallait savoir quoi penser sur l'amour. C'était dur de penser – et de manière générale, il est difficile de s'inventer sa propre vie, avec ses propres règles, sa législation à soi. Mohammed ne savait pas encore ce qu'il allait devenir, en 1992… Il savait juste qu'il ne voulait pas rester comme un Guy Mazeline de l'islam. L'avenir allait lui donner raison. Ce qui avait handicapé Mazeline, finalement, c'était son côté timoré. Mazeline n'avait jamais osé foncer. Ce n'était pas un kamikaze. Céline, si. Céline avait été un kamikaze.

Perdu tout seul en Allemagne, le jeune (24 ans) étudiant égyptien ne savait plus quoi penser. Les femmes étaient-elles des mecs bien ? Etaient-elles méchantes ? Comment fallait-il aborder la phase de séduction, al-foutoum ? Comment gérer l'amour-passion, al-miqâ ? Comment avoir ses chances avec une fille qui avait dit non ? Comment revenir, comment se faire aimer d'elle ?

Que faire de sa tristesse, al-houzn, de sa douleur, al-akti'âb ? Il aurait adoré rencontrer ce… ce Wagner, là… Oui, c'était bien ce nom-là : Wagner. L'imam Richard Wagner. Mais dans quelle mosquée œuvrait-il, si tant est qu'il ne fût pas décédé, le bougre ? Vous vous foutez de la gueule de qui, oh !, là ? Vous croyez que Mohammed Atta était un demeuré, qu'il était inculte, que sous prétexte qu'il n'était pas né « chez nous », en Europe, il ne savait pas que Wagner était mort ? Vous nous prenez pour un con, mon ami Mohammed et moi, ou quoi ? Nous vous parlons de solitude, de souffrance, et vous ne suivez pas. Je vous parle de la solitude, je vous parle de la souffrance d'un jeune musulman paumé tout seul au pays du schnaps et de Heidegger (1889-1976), et vous ne pensez qu'à rigoler. Qu'à ricaner. Vous n'êtes pas des gens sensibles.

Mohammed, est sensible, lui. Regardez-le, à l'Opéra de Hambourg, debout derrière un pilier parce que les places assises sont chères pour un étudiant, regardez-le en train de pleurer comme un enfant, pensant à son nouvel ami Richard, qui est mort, c'est dommage : il savait si bien exprimer les tortures de l'amour. Mohammed Attannhäuser avait fini, implicitement, par choisir son camp : il aspirait à l'amour ET au sexe, mais pas un sexe de malade mental, pas du débridé, pas forcément du hard, non : du sexe aimant, du sexe amoureux, du sexe respectueux de la personne qu'on aime, du sexe gentil avec la gentille Pamela qui s'était comportée comme une méchante, mais elle était jeune, il faudrait aller la chercher, quelque part dans le monde où elle était, où elle était bien obligée d'être, et lui montrer (de gré ou de force) cette « œuvre majeure de Richard Wagner ». « Je suis wagnérien », avait pensé

Mohammed derrière son pilier fauché, son pilier étudiant, son pilier amour et sexe à la fois. Il était entré en empathie avec Richard. Les solitaires, les révolutionnaires, il aimait bien ça. Lui Atta, solitaire, c'était fait, il l'était déjà. Il lui restait à être révolutionnaire, il ne savait pas encore ce qu'il fallait faire pour ça, ni comment exactement y parvenir, mais il le serait, comme Richard. « Tout comme Richard ».

Et il se renseignerait, à la bibli de la fac, sur ce que mangeait Richard, sur comment dormait Richard, sur ce que faisait Richard quand il avait 24 ans, et il découvrirait en lui un frère, une sorte de jumeau, car Richard aussi, la plupart des gens l'avaient pris pour un illuminé, un type à part, un être bizarre. On trouvait qu'il était gauche, qu'il avait toujours l'air d'avoir emprunté ses fringues parce qu'il était ridicule dedans, trop étroit dedans, les génies sont toujours trop étroits dans quelque chose : leurs vêtements, leur temps, leur société, leur existence, leur corps. Mohammed découvrirait que l'opéra génial auquel il venait d'assister en versant des larmes avait été retiré de l'affiche parce que tout le monde, dans l'assistance, avait fait comme toi, lecteur : tout le monde avait rigolé. Tout le monde avait ricané. Gloussé… Hormis eux Baudelaire-Gautier-Gounod, les autres, pour la plupart, s'étaient moqués. Et Mohammed serait blessé quand il apprendrait ça, quand il ne manquerait pas, tôt ou tard, d'apprendre ça. Et il aurait caressé le rêve de s'encastrer avec un Boeing 747 dans la façade de l'Opéra de Paris pour faire taire ses rires dégueulasses, ses rires insupportables, ses rires de riches qui n'y connaissaient rien à l'amour, aux souffrances de l'amour, celles de Richard, et celles, les mêmes, de Daoul'mâkân dans *Les Mille et Une Nuits*.

Et, surtout, surtout, Mohammed n'oublierait jamais. Jamais ce qu'un autre musicien, engoncé dans sa jalousie, avait éprouvé le soir du mercredi 13 mars 1861. Car je ne l'avais pas dit, je voulais garder la surprise pour plus tard, pour maintenant (en fait), mais il y avait un autre « people » ce soir historique, dans la salle. Le soir de cette ignoble humiliation. Et ce people, voilà ce qu'il avait écrit. Voilà, en toutes lettres, ce que ce salaud avait écrit dès le lendemain, 14, à une connasse répondant au nom (affreux, débile, inepte, ridicule, nul, tout pourri) d'« Aglaé Massart » (?-?) : « Ah ! Dieu du ciel, quelle représentation ! quels éclats de rire ! Le Parisien s'est montré hier sous un jour nouveau ; il a ri du mauvais style musical, il a ri des polissonneries d'une orchestration bouffonne, il a ri des naïvetés d'un hautbois ; enfin il comprend donc qu'il y a un mauvais style en musique. »

Lui Atta ne pardonnerait jamais ce que Berlioz avait écrit, ce que Berlioz (1803-1869) avait dit. Ce que Berlioz avait pensé. Lui Atta vengerait Wagner contre les pensées de Berlioz. Ce qu'il pardonnait le moins à cet aigri, ce n'était d'ailleurs pas tant qu'il n'avait pas aimé ce chef-d'œuvre, que le fait que 1) il s'était réjoui de son fiasco et 2) il était allé assister aux représentations suivantes pour rejubiler du fiasco. Voici en effet la lettre que cet enculé de Berlioz avait écrite à son fils Louis (?-?) le jeudi 21 mars 1861 : « La deuxième représentation de *Tannhäuser* a été pire que la première. On ne riait plus autant ; on était furieux, on sifflait à tout rompre, malgré la présence de l'empereur et de l'impératrice qui étaient dans leur loge. L'empereur s'amuse. En sortant, sur l'escalier, on traitait tout haut ce malheureux Wagner de gredin, d'insolent, d'idiot. Si l'on continue, un de ces jours la représentation ne s'achèvera pas et tout sera dit. La presse est unanime pour l'exterminer. Pour moi, je suis cruellement vengé. »

Mohammed, Momo, Mo découvrirait que lui Wagner avait souffert le martyre avec sa Pamela à lui : Minna. Richard était fou amoureux, hawâ, de Minna (?-?). Elle était venue, toute fraîche, le rejoindre à Paris 141 années, 9 mois et 23 jours avant que Mohammed Atta ne s'encastre dans la tour Nord, le jeudi 17 novembre 1859. Paris se trouvait à 5 842,718 km de New York.

Cœur tant de fois saigné
A l'abattoir,
Viscère embesogné
Au dépotoir.

12

Partouz

> La sensualité n'est que la prose de l'érotisme, l'obscénité en est la poésie.
>
> Sacha GUITRY.

Salle Georges-Bataille

J'avais toujours été persuadé qu'il ne fallait pas lire Georges Bataille. Que ça ne servait à rien. Que la vie était courte. Avec sa cravate, ses petits cheveux gris lissés comme un notaire, avec ses manies et ses petits pas, sa petite laine, sa brillantine, Bataille n'était qu'un fonctionnaire à branlettes. Lustrine. Il y avait un côté lustré de Bataille. Je me souvenais de la bibliothèque d'Orléans, la Salle Georges-Bataille (il y avait une plaque dans la salle d'étude : « Salle Georges-Bataille »), parce qu'il en avait été le directeur, le parquet qui craquait, le parquet ciré où on eût pu glisser en patins, oui Bataille était un cireux lustré. Un monsieur qui avait beaucoup lu de livres compliqués et qui avait plaqué ses lectures compliquées sur l'acte de se masturber – tu rajoutais un ou deux doigts dans le cul à tout ça et Georges était aux anges : il sortait Hegel (1770-1831) et te composait des vers là-dessus. Georges Bataille, c'était une sorte de Hegel avec doigt dans le cul. Il écrivait des livres compliqués pour reproduire cette complication qu'il avait observée chez les autres et qui le fascinait. Il avait adoré écrire des choses qu'on ne pouvait pas vraiment comprendre. Des pages entières qui ne voulaient pas vraiment dire quoi que ce soit.

Il y avait des écrivains difficiles, et c'étaient des écrivains. Il y avait des écrivains compliqués, et ce n'étaient pas des écrivains. Proust était difficile (encore que). Bataille était compliqué. C'est que Bataille compliquait. Comment se faisait-il que quand on lisait Proust, qui était 100 fois plus intelligent que Bataille, on comprenait tout, et que quand on lisait Bataille, on ne comprenait rien ? Réponse : parce que, justement, Proust était 100 fois plus intelligent que Bataille ! Si Proust était difficile, c'était justement parce qu'on comprenait tout et qu'il y avait chez lui beaucoup à comprendre (le programme était chargé). Mais c'était parce qu'on ne comprenait rien à Bataille que Bataille était compliqué. Pourtant, on ne pouvait naïvement, bêtement, benoîtement pas s'imaginer qu'il n'y avait *rien* à comprendre chez lui. Ç'aurait été injuste. Il y avait sans doute un ou deux trucs à comprendre chez Bataille, et peut-être même mille. Mais dans ce cas, pourquoi s'arrangeait-il pour qu'on ne les comprenne pas ?

J'étais allé chercher dans ma bibliothèque du Bataille et du Proust : j'avais recopié une phrase de l'un et une phrase de l'autre, tirée chacune au hasard parmi les milliers de pages de leurs œuvres respectives. Le procédé était facile, intellectuellement limite, et pourtant, comme par hasard, c'était la phrase de Georges qui allait me sembler bizarre, louche, douteuse et tarabiscotman. Chez Proust, je savais exactement quel genre de choses j'allais trouver. Je connaissais le registre. Chez Georges, chez Giorgio, le suspense était à son comble : j'ignorais si ça allait être un texte sur Marx (1818-1883) à la lumière de Freud ou les aventures d'un nain priape déguisé en fée qui pissait sur le futur cadavre d'une pute qui finissait de vomir dans un cimetière le mauvais vin qu'elle avait bu par la chatte en comptant les étoiles du ciel où était inscrite la mort de Dieu.

C'était parti : page 168 des *Œuvres complètes*, tome 3 (Gallimard, 1971) : « Tant d'hommes et de femmes rencontrés au cours de ma vie qui ne cessèrent pas dès lors un instant de vivre, de penser une chose puis l'autre, de se lever, de se laver, etc. ou de dormir. A moins qu'un accident ou quelque maladie ne les ait retirés du monde, où ils n'ont laissé qu'une insoutenable dépouille. » Merde. Problème : je trouvais ça plutôt bon. (Et même, pour tout dire : plutôt très bon.) C'était toujours comme ça avec la littérature : à chaque fois que je croyais détester un type, le hasard me mettait le type sous le nez d'une autre manière, inattendue, inédite, et voilà que l'œuvre m'emportait avec elle, la deuxième fois était la bonne et elle avait gagné… J'avais voulu caricaturer Bataille et c'était lui qui venait de me caricaturer. Du coup, je n'étais rien allé chercher dans Proust : tu imagines la frayeur si ce que j'y avais trouvé n'avait pas été *si génial que ça* ?

Du coup, ça m'avait donné envie d'aller rechercher une phrase dans Giorgio (il suffisait peut-être d'une phrase, mais il fallait que ce soit la bonne, pour aimer un écrivain. Et ensuite, on lisait toute son œuvre pour retrouver l'équivalent de cette phrase-là, ou du moins l'équivalent du plaisir qu'elle nous avait donné, et on ne le trouvait peut-être plus, jamais plus...) : (page 136, même volume) « ... si maintenant je pense – en ce moment le plus lointain d'une défaillance, d'un dégoût physique et moral – à la queue rose d'un rat dans la neige, il me semble entrer dans l'intimité de "ce qui est", un léger malaise me crispe le cœur. Et certainement je sais de l'intimité de M., qui est morte, qu'elle était comme la queue d'un rat, belle comme la queue d'un rat ! Je le savais déjà que l'intimité des choses est la mort. » J'arrêtai là. Bataille avait gagné.

« Partouz »

J'avais passé la journée, la journée dont la nuit serait ma première sortie en partouze (où je devais, selon ce qui avait été convenu entre nous, retrouver Laïla « en pleine action ») à chercher à l'Institut du monde arabe (IMA) des documents sur la Syrie pour une saga arabe – un gros roman qui partirait de Saladin (1138-1193) et qui remonterait jusqu'à Ben Laden. C'était un chantier immense qui s'annonçait. Je m'étais précipité sur une monographie consacrée à Ibrahim Pacha (1789-1848), fils du sultan d'Egypte Méhémet-Ali (1769-1849) : horreur ! Tout, à l'intérieur, était en arabe ! Il faudrait absolument que je trouve quelqu'un qui m'aide à traduire cette petite centaine de pages. J'avais déniché, en revenant de l'Institut, sur les quais de Seine, deux « pépites » (comme on disait sur RFM) : un ouvrage paru chez Grasset en 1939 intitulé *De Jérusalem à Istanbul*. Le chapitre intitulé « Sur les routes syriennes » m'intéressait. Et puis un guide touristique épuisé, édité en 1971 chez Albin Michel, *Liban, Syrie et Chypre inconnus*. Le bouquiniste m'avait demandé si je partais là-bas. Je lui avais expliqué que j'en revenais. Son père avait passé un an en Syrie pendant la guerre, en 1940, à l'époque du mandat français.

Ç'avaient été mes derniers achats de non-partouzeur, de type vierge de toute partouze, de type innocent de toute partouze. Le lendemain, ces mêmes livres appartiendraient à un king de la partouze. J'orthographie ça « partouze » mais je suis conscient que c'est un peu désuet comme mot. Il a cette sonorité Lauzier (1932-...), années 70. Lauzier dessinait les partouzes mieux que personne dans *Pilote*. Les couleurs sentaient le vomi, une sorte de vomi pompidolien, couleurs orange et mauve et rouge qui portaient sur le cœur, car les années Pompidou (1911-1974, forme rare de leucémie) avaient finalement été des années vomi, dans les teintes, dans les tons vomi. Béton et vomi. Et partouzes : des gaullistes de l'ombre avaient tenté d'éclabousser Georges Pompidou avec des photomontages compromettant « Pompon », avec ses gros sourcils et une toute petite bite, en train de se faire sucer par deux nymphes seventies en bas résille rouges. Bref : tout ça pour (vous) dire que je préfère dorénavant orthographier ça « partouz », ça modernise le mot et le concept, et puis ça l'islamise un peu, ça sonne un peu comme Naguib Mahfouz (1911 (comme Pompidou)-...), vous savez, l'écrivain égyptien, égyptien comme Mohammed Atta. Pourquoi islamiser « partouze », me direz-vous ?

Ça ne lui aurait pas plu du tout, ça, à Mohammed Atta, comme spectacle, ça ne lui aurait pas plu du tout, cette partouz. Peut-être. Mais, en même temps, c'était pour se faire sucer la bite qu'il s'était encastré dans les tours jumelles. Je ne lui jette pas la pierre : à sa place, j'en aurais fait autant. Ce type était une sorte d'alter ego, pour moi. Un frère. Et je voudrais souligner ici (c'est important) qu'il n'y a dans mes propos aucune dérision. Je déteste ça, la dérision. Le comique, j'adore. La dérision, je déteste. Le comique est du côté des faibles. La dérision est du côté des nantis. C'est quand on rit, quand on se marre entre gens « avertis », la dérision – c'est quand on met tout à égalité, sur le même pied, Bernard Tapie (1943-…) et Marcel Proust, c'est quand la culture, c'est quand le raffinement ont complétement disparu, la dérision. Le comique, lui, ne respecte pas les puissants. La dérision, si – et elle les craint, et elle pactise avec, et elle en fait partie. Je ne supporte pas le second degré. Si j'aimais Atta, si je le comprenais si bien, si je comprenais si bien sa démarche, c'est parce que j'avais vécu les mêmes traumatismes que lui, en ce bas monde. Il avait souffert ici, parmi les femmes hautaines, inaccessibles, méchantes, et il avait parfaitement raison d'aller là où les femmes étaient gentilles.

Le Coran lui avait promis un paradis spécial composé de « blanches compagnes aux grands yeux » (sourate 44, verset 54), 72 vierges en tout, qui passeraient l'éternité à le faire jouir, avec gobage de couilles et doigts dans le cul et tout le toutim, lors de coïts marathons de quatre-vingts années chacun. Il aurait fallu être con pour refuser un truc pareil.

Mohammed Atta, mon frère

Ma soirée n'aurait donc peut-être pas plu au Mohammed Atta vivant (1er septembre 1968-11 Septembre™ 2001) mais le Mohammed Atta mort (11 Septembre™ 2001-Eternité), c'est-à-dire le Mohammed Atta jouisseur, aurait sans doute adoré. Ça me rassurait un peu, d'ailleurs, de savoir que pendant que j'étais à ma partouz, Mohammed était à la sienne. Je me sentais moins seul. Je te répète que c'était une sorte de double, pour moi, un frère en râteaux, un frère de vestes : on avait eu les mêmes problèmes avec les filles. On n'avait d'ailleurs eu que ça, avec les filles : des problèmes. Pas étonnant qu'on soit devenus, morts ou vivants, lui mort et moi vivant, des partouzeurs. Certes, je n'étais pour l'instant, dans la chronologie du récit, pas encore à son niveau. Mais il me rassurait, Momo, et je pensais à lui, je pensais qu'il me voyait et qu'il n'avait guère approuvé la conduite désobligeante de la rousse aux seins pendants à mon égard.

C'était marrant, quand même, qu'on communie, Mohammed et moi, à travers la débauche sexuelle (DS) (le paradis islamiste était le royaume de toutes les DS). C'était par le bout de nos queues que nos deux civilisations se rejoignaient enfin. La partouz était doublement double : terrestre et céleste, occidentale et orientale, chrétienne et musulmane, éphémère et éternelle... En deux jouissances de même forme, symétriques, ou plutôt homothétiques. Pendant que ça partouzait ici-bas, ça partouzait là-haut. Atta et les siens partouzaient islamiquement, islamistement. Ils se faisaient bouffer les couilles fondamentalement, fondamentalistement.

Sous un ciel vert, le « terroriste » Mohammed Atta se

faisait lécher le cul par des houris à la peau transparente, et dont les os apparaissaient comme les cailloux au fond des ruisseaux clairs. Lui et son équipe, entourés de tous les kamikazes de Jérusalem et de la Bande de Gaza, de tous les suicidés aux parties génitales intactes, comme toutes neuves, ils passaient des millénaires cools à baiser comme des malades, à rattraper près du Nuage de Magellan tous les coups avortés du temps qu'ils étaient sur terre, à se venger de tous les râteaux de leurs pauvres vies humaines et religieuses, faites de misères et de piétés, ces vies dédiées à une femme puis à Dieu puis à Dieu à travers toutes les femmes, ces minables vies parties en fumée et reconstituées ici, sous forme de bites uniformes et gonflées, héroïques, érotiques enfin, parfaitement pornographiques cette fois et fières de l'être, des bites au garde-à-vous, des bites puissantes et immémoriales, faites pour satisfaire à tout moment, et en une seule cognée, tous les désirs sexuels de toute l'Histoire de l'Univers.

DEUXIÈME PARTIE

Masturbator

La masturbation vaut certainement mieux que la continence. Mais à la longue, elle devient insatisfaisante et désagréable, parce que l'absence d'objet d'amour devient rapidement pénible.

Wilhelm REICH (1897-1957).

1

Présentation de ma bite à Notre-Dame-de-la-Salle-de-Bains

> L'être humain le plus calme, assis dans la maison la plus paisible, éprouve parfois, sans la moindre raison, un besoin soudain de merveilleux.
>
> Gilbert Keith CHESTERTON (1874-1936).

Enceint de moi-même

De bonne heure, je me suis branlé longtemps. La première fois, c'était devant un miroir dans la salle de bains de chez mes parents. Face à moi-même, comme si j'avais été attiré par moi, que je m'étais fait l'amour tout seul et que je m'étais bien plu. Comme si j'avais été pédé avec ma propre personne. Pendant ce temps-là ma mère tapait à la porte, elle finirait tôt au tard par posséder la vérité : avoir un fils qui se branle, un fils branlé de partout, branleur, branloteur, branlant, toujours en train de se secouer le salsifis, romantique dans l'apparence, mais monstrueux dans la solitude, horrible en coulisse, toujours mêlé, enchevêtré dans l'action de se masturber. En fait, ça, c'était la deuxième fois.

Parce que la toute première fois, la vraie toute première fois des premières fois, je ne l'avais pas vraiment fait exprès. Je n'avais pas compris, le ventre plaqué au sol et m'activant jusqu'à faire un trou dans le ciment recouvert de moquette, que je pouvais utiliser les mains et toucher ma bite avec pour arriver plus vite à mon orgasme petit-bourgeois. C'était, je m'en souviens parfaitement, sur un numéro de *Fluide Glacial* en 1980. La même année, au même âge, Mohammed Atta avait commencé à prier. Son père avait dit « aux alentours de 1980-1981 » dans une interview. On avait eu des pratiques symétriquement opposées, avec « Mo » – mais en simultané. Lui, prieur, moi, branleur.

Je n'avais pas encore le sens de la technique scientifique : l'explosion eut lieu sans les mains. Ce fut une éjaculation non pas éjaculée, projetée, mais rentrée. J'avais des frissons dans les pieds. Ça me grattait jusque dans les molécules des cheveux. Je m'étais quasi évanoui sérieusement, sévèrement, en baissant les yeux et en fermant à demi la bouche, plissant un peu les lèvres. Cet événement total allait devenir perpétuel, je le sentais bien.

J'avais d'abord cru que je venais de faire une découverte. Que j'étais le seul au monde à posséder ce pouvoir. Et je m'étais persuadé qu'en continuant ce manège, j'allais tomber enceinte. Enceint (si on préfère). Alors, la nuit, je m'étais relevé pour aller vérifier mon ventre dans le miroir de la salle de bains. J'avais peur des neuf mois à venir. Ça finissait sans doute par se voir, les trucs enceints. Je serais ainsi, je serais donc le premier mâle de toute l'histoire de l'humanité, et même de toute l'histoire des mammifères, et sans doute de toute l'histoire du règne animal et de l'univers, à tomber enceinte sans « e », à tomber enceint, enfin bref : à attendre un enfant. Et qui plus était : un enfant de moi-même par moi-même. Un autoenfant. Un bébé ex nihilo. Non seulement j'étais la Vierge Marie, mais en mec. J'avais donc fait mieux qu'elle – j'étais allé beaucoup plus loin qu'elle, puisque en lisant *Fluide Glacial* (il s'agissait des « Aventures de Super-Dupont » où Super-Dupont se tapait une fille aux seins énormes, style Pamela Wiltshire) j'allais donner au monde son premier Fils né sans la moindre cause d'une mère de sexe non féminin.

Adolf Hitler et ma mère

Je ne m'étais pratiquement jamais branlé en pensant à ma mère (1945-...), sauf des fois, par une sorte de masochisme crispant et inconscient, qui avait à voir avec quelque chose de punitif, quand, au moment précis, très précis, où l'orgasme n° 8 (c'est un exemple) montrait le bout du bout du bout de son nez, toc, tu avais le visage de ma mère qui apparaissait comme une punition mêlée d'interdit, un vertige gâché par une morale sortie de nulle part, une morale maternelle, maternante, matermoyante : insuppportable.

Parfois, il se passait des choses étranges dans la branlette, il y avait comme une sale pensée qui venait m'encombrer le mouvement, comme une piqûre que je m'infligeais à moi-même. Et c'était comme ça que sous ma main, dans la paume même de ma petite main frénétiquement, pianistiquement, lisztement en train de me tarauder la queue en vue d'un plaisir somme toute bien mérité, et tout à fait légal, c'était comme ça que hop, un vieux pote (1968-...), un cousin éloigné (1963-...), un handicapé moteur (1974-...), une feuille de laitue, un déporté rachitique (1922-1944) ou Adolf Hitler lui-même éclatait en feu d'artifice, occupait toute la place dans mon orgasme, j'essayais de chasser tout ça, ces cauchemars, j'essayais de convoquer des grosses salopes au dernier moment dans mon imagination, mais non : le cousin éloigné et Hitler étaient là, et les suppliciés d'Auschwitz, bien installés, ils s'y plaisaient. Ils trônaient, sévères et impériaux. Ils gâchaient tout. Ils me faisaient avoir honte de moi. Mais ils étaient là, avec un je ne sais quoi de solennel. C'était l'horreur. Et je finissais par me branler non pour me débarrasser d'une pulsion de ma biologie, mais pour évacuer des culpabilités.

Fabriquer son propre porno

C'était une phase de ma vie durant laquelle j'étais extrêmement fidèle. Fidèle à moi-même. Je m'étais fidèle de partout. Et tout le temps. Je passais des heures à me branler. Le pire, c'était les vacances chez ma grand-mère (1923-...), parce qu'il n'y avait pas grand-chose de porno à se mettre sous la dent à Limoges. Il y avait plein de numéros de *Modes et Travaux*, de *Confidences* et de *Femmes d'aujourd'hui*. Mais la branlette sur ces femmes-là ne coulait pas de source. Il fallait aimer les femmes droites et scolaires, un peu raides, avec chignon, qui ne laissaient entrevoir qu'exceptionnellement quelque chose de leur chair. Ou du moins était-ce de la chair neutre, de la chair genre épaule, morceau d'épaule, et même les soutiens-gorge avaient quelque chose qui sentait le papier glacé. On n'avait pas assez l'impression d'avoir affaire à des salopes, à des chiennes, des chaudasses. C'étaient des femmes studieuses, avec une peau studieuse, des seins studieux installés dans des soutifs studieux. Ces femmes-là ne devaient pas vraiment exister au-dehors. C'étaient comme des mannequins en plastique, mais humains. Leur fonction primait sur leur femmitude. C'était le sourire qui n'allait pas. Il était crispé, il était magazine.

Certes, il était toujours possible, il était toujours intéressant d'aller chercher du porno là où il n'y en avait pas. De se fabriquer son propre porno. Son porno à soi. Partir d'une photo de petite nana stricte innocente gentille figée magazine, et, en se montant le bourrichon comme pas possible, transformer toute cette non-pornographie rassurante et aseptisée en trash porn mégabandant. La réalité était toujours pornotransformable.

Cœur qui a tant rêvé,
Ô cœur charnel,
Ô cœur inachevé,
Cœur éternel.

2

Partouz

> « Inutile, dis-je. Je ne peux pas bander dans ce patelin. »
>
> Philip ROTH (1933-…).

A deux dans Laïla

Et j'en étais là, et je la cherchais Laïla… Et je ne la trouvais pas. Ensevelie sous des masses de corps ? Je ne la voyais pas. Pas encore arrivée ? Les grand(e)s spécialistes arrivaient tard en partouz. J'avais encore une chance de la retrouver. Je regardais une sodomie, d'un air un peu distrait. On s'habitue à tout. Et j'aurais presque pu comprendre (sur le coup) que les bourreaux, dans les camps, se fussent habitués plus vite que prévu à l'horreur et au spectacle de l'horreur. La pornographie, dans la volupté des sens comme dans le meurtre des corps, passait d'abord par le franchissement mental du nombre et, par là, de l'interchangeabilité des entités humaines concernées. Entre des corps entassés dans la furie du plaisir et des corps entassés dans le silence de la mort, il n'y avait pas la même différence, immense celle-là, qui séparait un corps unique vivant d'un corps unique mort : comme si la quantité seule était responsable du dégoût, de la nausée. Comme si la quantité, par son entassement et son anarchie, offrant à la vue ses bouquets de viandes et d'organes multipliés, similaires, rapprochait les notions de vie et de mort dans une seule vision ramassée, de cauchemar : l'homme n'était plus homme, mais reproduction d'homme, on pouvait l'annihiler dans son propre nombre, le dissoudre dans sa propre ressemblance infinie à lui-même, à lui-même semblable à tous ses semblables, entassés là, dans cet amas de biologies jumelles qui faisaient de lui un animal comme un autre. Il y avait banalisation de l'humain par surproduction d'humains... Je me souvenais d'une photo de Himmler (1900-1945) posant fier au milieu d'un charnier.

Dans les dictionnaires, quand on cherchait la profession de Ben Laden, il y avait inscrit « terroriste ». C'était une profession. Pour Himmler, il y avait généralement écrit : « homme politique ». Himmler avait donc été un « homme politique » – comme Paul Deschanel (1855-1922), Jean Jaurès (1859-1914), Jean Lecanuet (1920-1993), Helmut Schmidt (1918-...) ou encore Antoine Waechter (1949-...). Voilà. Antoine Waechter et Heinrich Himmler avaient exercé la même « profession ». Ils avaient été des « hommes politiques ». Leur truc, ç'avait été la politique. Himmler avait été un homme pétri de politique, la chose publique le souciait. Tous ces cadavres carbonisés parmi lesquels il dansait, botté, sanglé, arme à la ceinture et brassard cousu, ces milliers de morceaux de femmes éventrées et d'enfants désossés, parmi l'amas desquels il trébuchait, parfois dans lesquels il shootait, à cause desquels il manquait parfois de se tordre la cheville, sa cheville nazie, tout cela avait fait de lui un « homme politique ». Sa politique. Il remplissait ses fonctions, il incarnait, botté, rasé de frais, la nuque raide et dégagée, sa fonctionnarité, sa fonctionnalité, son fonctionnarisme.

— Accouche un peu.

— OK.

— Tu l'as vue ?

— Qui ça ?

— Laïla…

— Oui.

— Et alors ?

— Elle portait des bas et…

— Au fait. Directement au fait.

— Elle était en train de se faire enculer quand je l'ai aperçue…

— Et ?

— Je me suis approché.

— Et ?

— Je lui ai dit bonjour. « Bonjour Laïla » j'ai dit… Ou un truc comme ça…

— Mmm…

— J'étais un peu gêné…

— Et ?

— Elle m'a dit bonjour… Dorothée se faisait massacrer la couenne à quelques centimètres de là et…

— Rien à foutre : Laïla. Des infos sur Laïla. Des détails sur Laïla. Toi c'est Pamela qui t'obsède : moi c'est Laïla. Je suis très très branché rebeu en matière de gonzesses… Surtout quand elles sont très salopes… Alors continue…

— Elle m'a dit « viens ».

— Et ?

— Ben… C'est-à-dire que comme il y avait déjà un… un jeune homme (1977-…) qui l'enculait, je ne savais pas trop où il fallait que je vienne…

— Et ?

— J'ai interprété ça comme un appel à la fellation… J'ai sorti mon sexe comme si c'était celui de Mohammed, je me suis forcé, pour pas la décevoir mais je ne bandais pas. Pas vraiment. C'était stressant… Je me suis approché de sa bouche, la queue molle, en m'astiquant pour pas qu'elle s'impatiente…

— Et ?

— Elle a froncé les sourcils et quand j'ai approché ma queue de sa bouche, elle l'a fermée. Elle ne voulait pas me sucer. C'était pas ça qu'elle voulait… Je comprenais mieux. Son refus de me sucer éclairait la vision que j'avais du 11 Septembre™.

— Elle voulait quoi ?

— Que je l'encule.

— Je comprends pas : y avait pas déjà un mec en train de l'enculer ?

— Si…

— Comment tu le sais que c'était ça qu'elle voulait.

— C'est quand elle a dit : « Encule-moi à sec » : ça m'a mis la puce à l'oreille. Je me suis dit : « Oula, là, m'est avis qu'il est question de sodomie. »

— Et ?

— Arrête, putain, avec tes « Et ? » ! « Et ? », « Et ? », « Et ? », tu veux que j'arrête mon livre ou quoi ? C'est ça que tu veux ? Que le livre s'arrête, là, maintenant ?

— Moi, non… En revanche, je connais des critiques qui…

— Qui vont en boîte à partouz avec des putes. Moi aussi j'en connais... Moi aussi je les connais.

— Bon alors, et après ?

— Le type qui l'avait déjà enculée, en fait, entretemps avait basculé dans sa chatte... Quand je suis arrivé à hauteur du cul de Laïla, le gars pratiquait sa pénétration vaginale normalement, tranquillement. Sans arrogance. Gentiment, presque sympathiquement. Je... Je me suis approché du trou du cul de Laïla, de son anus si tu préfères, et là, une fois déshabillé complètement, j'ai dû faire un peu de gymnastique pour trouver la position idéale – ce qui n'était pas simple, parce qu'à deux derrière une fille, on se gêne. En plus, forcément, tu es obligé de frôler ton collègue de jouissance, ton frère en trou... J'entendais Mohammed en bruit de fond. Il me chuchotait des trucs. Il m'encourageait. Souille-la... J'ai commencé à bander un peu, pas génialement mais un peu, et le mec à côté m'a regardé avec un air un peu niais, un peu entendu, tu sais, comme dans les pissotières des gares ou des restaurants, et qu'il y a un type qui pisse avec toi, en même temps que toi, de concert avec toi, parallèlement à toi.

— Et ?

— Je pouvais pas. Ça m'a complétement déconcentré... Je me suis barré. J'en pouvais plus de tout cet univers d'obligations de résultat.

Obligation de résultat

Je le rerereredis. C'est important : au royaume du sexe, de la peau, des sens, elle existait cette fameuse obligation de résultat. Ce n'était pas seulement en entreprise qu'elle faisait régner sa petite dictature. Elle en avait fait débander des hommes humains, et des plus costauds, et des plus efficaces, et des plus spécialisés, et des plus calés. Il y avait des femmes humaines qui faisaient du lit une antichambre de l'ENA – et même une antichambre tout court. On sentait (tout ton corps sentait) que tout serait évalué, noté, soumis à des règles précises, à un barème assez scrupuleux. Toi, avec ton âme d'enfant, toi, l'innocent, le pur, tu étais venu sous ces draps-là pour être toi-même, et la fille, elle, était venue pour voir ta bite dans une érection générique, une érection automatique, une érection érectile, une érection en érection.

Telle était l'ambiance en partouz. Dans le monde extérieur (« dehors »), la société avait inventé des filtres pour classer, trier, répertorier les individus. Une fois classés, triés, répertoriés, ceux-ci percevaient (en fonction de ce classement) un salaire. Le salaire n'était rien d'autre que la visualisation immédiate de ce classement. Il était une note sur 20.

En boîte échangiste, les individus étaient rangés autrement. Il y avait ceux qui bandaient et ceux qui ne bandaient pas. Point. Ce n'était pas : les pauvres et les riches, les nantis et les humbles, les économiquement forts et les économiquement faibles, les milliardaires et les SDF, mais : les qui-bandaient (QB) et les qui-bandaient-pas (QBP). Tu pouvais venir avec toute ta frénésie d'amour, tes diplômes, les poésies que tu avais apprises par cœur (par cœur) au long des quinze dernières années, tu pouvais te trimballer dans les salons avec tes centaines de milliers de références, de lectures, de pensées originales et d'opinions pointues : ça ne servait à rien.

Dans la journée, je m'étais trouvé pointu, abstrait et grand parce que j'avais éprouvé un plaisir intense à « parcourir » les œuvres complètes de Péguy. De cette grandeur-là, il ne restait plus rien : j'étais seul avec mon corps au milieu de jolies filles qui ne pensaient qu'à la bite. Péguy était écarté du jeu. Il n'entrait pas en ligne de compte, il n'avait rien à faire ici, aucune littérature n'aidait qui que ce soit ici. Mes heures passées dans Balzac (1799-1850), ou à écrire des poèmes, mes jours entiers dédiés à des choses nobles et belles, comme noircir des pages et des pages, avoir des pensées, lire Guitry au soleil sur une terrasse, élaborer une « œuvre », ne pesait pas une cacahuète parmi les culs.

Ce qu'on attendait ici de moi, ce n'était pas que je sois capable de m'effondrer en larmes en plein solo de guitare de Frank Zappa, ni que je puisse expliquer avec brio pourquoi Péguy était un génie, mais que je prenne une femme et que je la baise à blanc. L'idée générale de ma supériorité intellectuelle s'était évanouie d'un trait, laissant la place à toute l'infériorité dont je me sentais pourvu. Et à mesure que ça criait, que ça jouissait autour de moi, je n'étais plus rien. Toute pénétration visait à amoindrir un peu plus mon importance sur la terre. Chaque fille qui mettait sexe en bouche niait ce faisant mon existence, et elle sucerait des bites jusqu'à ce que je rapetisse au point de disparaître tout à fait.

J'ose

« Lâche-toi », me disait la voix de Mohammed. « Moi, là où je suis, je peux te dire, je me prive pas… Lâche-toi, putain ! » (Il n'avait pas dit « putain »). Et j'abandonnai momentanément Laïla pour me faire la main (pour me faire la bite) sur une autre meuf. Une meuf qui me servirait de brouillon. De brouillon de Laïla. De cahier d'exercices… Une Black (1976-…) se faisait enculer. Sa bouche était libre. Allez, j'ose. Je promène ma bite devant ses lèvres (je me branle un peu avant pour ne pas me présenter mou devant elle). Elle la prend aussitôt et me suce. J'entends Mohammed qui me dit : « C'est bien »… Il m'encourage de ses nuages là-haut, la bite lui aussi gobée par une houri survierge en chaleur. Mais je me rends vite compte que ce n'est pas moi qu'elle suce : c'est ma bite. Ce n'est pas tout à fait la même chose. Ce que ma Black, ou plutôt notre Black, veut, ce n'est pas tout à fait moi (moi elle me tolère) : c'est ma bite, ma bite opérationnelle, opérationnelle tout de suite, ma bite tendue, ma bite dure, ma bite prête, ma bite première de la classe. Pas ma bite qui pend en pensant à autre chose, pas ma bite ridicule, inutile, dans un repos biologique qui ne présente aucun intérêt, pas ma bite frôlant le sol comme la bite d'un âne, pas ma bite évasive, pas ma bite hors sujet, pas ma bite jolie, émouvante, drôle, pas ma bite romantique, pas ma bite sympa, non, pas la bite que je mettrais dans un maillot de bain, celle à qui on donne un nom rigolo, elle veut ma bite bitante enfonçeuse et marteau-pilonnante, ma bite obsédée de trous, de perforations, d'effort, de prouesse. C'est ma bite technique qu'on sollicite. Ma bite de résultat. Ma bite notée sur 20. Ma bite à concours. Sur le starting-block. Pas ma bite de petit garçon en 1975, mais ma bite de tout de suite, ma bite hic et nunc du 21e siècle tout de suite là maintenant. Ici, ma bite est une fonction. Je suis fonctionnaire. Ici.

Un type (1956-...) s'est approché de la Black et l'a projetée sur un des matelas. C'était un moustachu qui me faisait énormément penser à Régis Debray (1940-...) mais attention, hein, ne me faites pas dire ce que j'ai pas dit, oh, ce n'était pas Régis Debray. C'était un type qui lui *ressemblait*, voilà, c'est tout. Vous pensez bien que si j'avais croisé Régis, le vrai Régis, au Recto / Verso, je ne l'écrirais pas. C'était quelqu'un que j'aimais trop pour le balancer comme ça, pour le trahir. D'autant que lui aussi, dans ses derniers écrits, tout comme moi dans le livre « que vous êtes en train de tenir entre vos mains », il s'était interrogé sur la religion, sur le terrorisme (un type comme Atta n'avait plus de secrets pour un type comme Debray), sur Dieu (un type comme Dieu n'avait plus de secrets pour un type comme Debray). Et lui, mon gars, je peux te dire qu'il pouvait se le permettre (contrairement à moi). Car Debray était aussi Dieu, quelque part – enfin, une sorte de Dieu.

Cœur dur comme une tour,
Ô cœur de pierre,
Donjon de jour en jour
Vêtu de lierre.

3

Déluge de spermatozoïdes

> Qu'est-ce qu'un baiser ? Ce n'est autre chose que le véritable effet du désir de puiser dans l'objet qu'on aime.
>
> CASANOVA.

A cinq doigts

Mes mains en devenaient rugueuses de mes pignolades à répétition. Et on aurait dit que ma bite était octogénaire, avec sa peau cuite couleur de brique, sa peau de couenne et de lard toute râpée, raclée, sarclée. Grattée.

Je sortais chaque fois de la salle de bains avec des yeux de fou, une revue porno planquée, plaquée, sous le sous-pull, la chemisette ou le pyjama. Je sortais de ma dernière branlette en date un peu épuisé, un peu affaissé, un peu plié, un peu exténué, atténué. Un peu vidé, du dedans, un peu creusé, au milieu, du milieu, du centre, secrètement creusé du dedans du centre. Mais prêt à repartir, d'ici un quart d'heure, pour une nouvelle partie de jambes en l'air avec cinq doigts.

Je me remettais à mon bureau, pour les révisions, pour des exercices de mathématiques, des choses en histoire-géo, des interros demain, et voici soudain que les seins, pris isolément dans ma tête, de Sylvaine Thomas (1969-…), voici que les seins de Sylvaine Thomas détachés de la personne même, arrachés au corps de Sylvaine Thomas revenaient me hanter le slip comme des entités à part entière, des animaux imaginaires, style griffons, mais bandants. C'est ainsi que, deux équations du second degré plus tard, je me retrouvais de nouveau sur la moquette de la salle de bains, allongé au sol, comme plaqué dans ma petite frénésie, nez à nez avec des flaques d'eau de pied de douche. Et je me rerererebranlais avec une force invincible, la bite comme par enchantement toute neuve, ma jeune bite si souvent éprouvée pourtant, perpétuellement éprouvée et qui me faisait crédit pour une nouvelle branlette. Je me demandais si le stock d'orgasmes était limité dans une vie humaine, si je ne rognerais pas, à force de puiser dans ce précieux capital, dans mes réserves de survie. C'était peut-être du plaisir que je n'aurais plus après. Ce serait trop bête. Il faudrait éventuellement penser à être plus précautionneux, moins dépensier, plus radin de la bite, m'astiquer le pistil avec un peu plus de parcimonie.

Chaque fois je pensais que ma bite était fourbue, usée, décédée, que ma réserve humaine de sperme était quasi épuisée et chaque fois, à ma grande surprise, malgré les endroits de peau à vif de mon prépuce, toute la vaillance, toute la force, toute l'énergie de guerre, tout le vice déposé sur les seins extraits du torse de cette salope de Sylvaine Thomas (qui me faisait tous les dimanches, sans s'en douter le moins du monde, des pipes marathons dans ma baignoire) refluait du centre aux extrêmes, du cœur aux extrémités, du nombril aux doigts de pied, et des poings vers les cheveux.

Toutes les mères du monde auraient pu frapper à la porte, encorner la lourde avec un bélier, et hurler, beugler, crier au feu, rien n'y aurait fait : je serais resté, robuste et antique, figé dans ma statue de type en train de jouir (pour la dix-septième fois de la journée). Je serais resté là, sans plus aucune frousse, sûr de moi et de la légitimité de ma branlette car le plaisir que j'en retirais semblait légitimer tout, de Hitler à Amin Dada (1923-2003, hypertension et insuffisance rénale) en passant par Pol Pot (1925-1996) et Jean Bedel Bokassa (1921-1996).

Je passais à cette époque des journées de classe entières à me concocter mes branlettes pour « ce-soir-à-la-maison ». Ainsi, toute fille, et même tout geste de fille, toute expression de visage de fille, d'emplacement de coude, de manière d'actionner une cheville, un morceau de genou, de remuer une lèvre, toute action de Sylvaine Thomas, de Christelle Witz (1968-...), de Sabine Sullerot (1968-...) ou de Christelle Gallien (1968-...), toute forme de vie en elles, toute leur réalité, même la plus désagréable à mon endroit, même leurs réactions les plus ennemies étaient pour moi des objets, des sujets d'interminables pignolades.

Parmi la foule, la foule immense de toutes ces filles précises le jour et un peu plus floues le soir sous mes draps, je ne cherchais pas à communiquer, je ne cherchais pas à échanger des idées, je ne cherchais pas à me faire remarquer, je ne cherchais pas à séduire, je ne cherchais pas à plaire, je ne cherchais pas de l'amitié :

je cherchais des motifs de branlettes. Le plus étrange c'est qu'aujourd'hui, à 36 ans, il m'arrive de me retaper Sylvaine Thomas en branlette, sachant que je ne l'ai pas revue depuis 1985. C'est donc sur une adolescente, sur elle-adolescente que je continue de me masturber : j'ai vingt ans de plus qu'elle chaque fois que je me branle sur elle-en-1985. Il y a une pédophilie rétroactive de la branlette.

Le cul de Christelle Witz

Sous les draps le soir, je retrouvais, presque intactes, les fesses de Christelle Witz en histoire-géo à 15 heures en salle B 12, ses fesses de tout à l'heure, encore bien neuves, inépuisables pour ma mémoire, revisitables à chaque séance masturbatoire. Je retrouvais les plis de son cul, de la fente de son cul avec l'espèce de string formant sillon, le bout de peau blanc entre le tee-shirt et la culotte, mais je les retrouvais à une autre place (chez moi), en mon lieu cette fois, sous la même forme et pourtant sous une autre forme. Ses fesses en histoire-géo à 15 heures en B 12 avaient fait le chemin d'Orléans jusqu'à Chaingy (8 km), elles étaient toujours assises là-bas et en même temps elles étaient entrées dans ma maison par la grande porte, car ça faisait des heures que je savais que j'allais me branler sur ces fesses-là, sur ce moment-là des fesses de Christelle Witz, sur cet épisode-là de l'histoire des fesses de Christelle Witz.

Au bout de mes doigts de petit taré branleur obsédé sexuel, le cul de Christelle n'était donc ni tout à fait le même qu'à 15 heures en B 12, ni tout à fait autre.

Introduit par une voie plus directe, moins publique, plus intime, plus mienne surtout, plus royale et de face (car en classe il m'était apparu légèrement de côté, de biais), en façade, ainsi se présentant plus avantageux pour ainsi dire, dans tout son avantage. Ce n'était plus un fessier scolaire, historio-géographique, scolarisé, assis, mais un fessier de vice, fait pour qu'un sexe (virtuel) d'écolier le pénètre (en rêve, en branlette, en fantasme).

Dans le fatras du collège, qui m'était tout l'univers, dans le désordre vivant de toutes ces filles branlettisables, il y avait toujours de la ressource, et de l'espoir. Dans toutes les classes, à la récréation, pendant les heures de permanence, à la sortie (où certaines mamans étaient encore plus branlettisables que leur salope de progéniture), il y avait partout des sujets de masturbation, d'onanisme, de pignolage, de tapage de queue. Le collège Dunois suintait le sexe. Alors toute branlette pouvait toujours se concocter, et faire sa naissance, toute petite (dès le matin, s'amplifiant toute la journée pour ne devenir une fois rentré qu'une seule et même obsession, explosive !), et son alimentation, et sa vie, et sa place.

Je savais aussi, lorsque la prof de maths, Mme Estrada (1936-...) m'adressait la parole, m'engueulait, je savais pertinemment laquelle de ses mimiques, avec quelle conjonction de croupe ou de sein livrée avec, allait finir dans mon pieu sous la forme liquide d'une Mme Estrada vraiment cochonne, me voulant, me réclamant, voulant que je lui fasse des choses vraiment très dégueulasses. Qu'elle était demandeuse ! et gourmande ! celle-là même (elle avait la mémoire sacrément courte) qui m'avait envoyé au tableau tout à l'heure résoudre un problème d'espaces vectoriels. Elle m'avait regardé sévèrement, avait tenté de m'humilier devant la classe tout entière mais je savais que les moindres secousses, tressaillements de ses seins piriformes, avec leurs petits tétons bien seyants, bien excitants, que le moindre mouvement de sa croupe de pute à bite seraient, dans quelques misérables heures, et à 8 kilomètres seulement de cette salle de classe, ramassés pieusement, comme reliques, dans ma salle de bains. Oui, les moindres traces de ce qu'elle laissait entrevoir de sexuel (de sale, de porno), de cette réalité-là, comme elle fut, de ses seins, comme ils se dodelinèrent dans le soutien-gorge, comme ils naquirent, des événements de seins, comme ils vinrent à mon esprit, à mon esprit de petit branleur branlé à mort.

Téléfoutre

La télé m'avait beaucoup aidé aussi, dans la vie sexuelle de mes branlettes. J'avais été très (très) branché animatrices. Je m'étais incroyablement masturbé sur Fabienne Egal (1954-…), par exemple, qui animait *Tournez, manège* dans les années 80 et qui, dans les années 70, avait participé aux *Visiteurs du mercredi*. Une brune archibandante, avec du chien, et un petit nez qui devait savoir où aller se coller (cette partie douce et lisse et un peu idiote située entre la verge et les testicules). Je ne voulais rien laisser échapper de Fabienne – je ne la regardais qu'en prévision de ce que j'allais lui mettre le soir dans mon lit ou dans la salle de bains. Je n'avais pas de magnétoscope. Le magnétoscope, c'était moi. Il en fallait de la mémoire pour retenir toutes les possibilités de jouir (et de faire jouir Fabienne) qui m'intéressaient. Il y avait une grosse déperdition quand la nuit tombait. En général, quand je le pouvais, j'allais me branler le plus rapidement possible juste après l'image qui me plaisait (se branler devant la télé étant évidemment la formule la plus avantageuse, encore que d'autres images pouvaient brouiller le moment qui avait déclenché mon envie de branlette).

Les femmes sur lesquelles je m'étais le plus branlé étaient : Fabienne Egal, donc, Catherine Ceylac (1956-...), Marie-France Cubbada (1947-...) et Evelyne Dheliat (1948-...), Danièle Delorme (1926-...), dans *Vidocq*, Farrah Fawcett (1947-...), dans *Super Jaimie*, Linda Carter (1951-...) dans *Wonder Woman*, Evelyne Leclercq (1951-...), Marie-Ange Nardi (1961-...) et Elisabeth Tordjmann (?-...) – des mégatonnes de foutre sur les seins et les cheveux, et en plus elle suçait comme une folle, contrairement à Denise Fabre (1942-...) ou Anne-Marie Peysson (1935-...), avec lesquelles je débandais au bout de quelques minutes. Mais *Les Jeux de 20 heures* m'avaient servi aussi d'énorme réservoir à branlettes : Juliette Mills (1941-...), Anne Lefébure (?-?), Sophie Agacinski (1943-...), mon trio gagnant, Evelyne Grandjean (?-?), Marion Game (1942-...), Perrette Pradier (1938-...), Christine Delaroche (1944-...). Christine Fabrega (1931-1988) avait sans doute été une belle femme, et excitante, mais elle était un peu retapée. Je me souvenais de cette fameuse fois où, me pignolant comme un parfait détraqué sur Marion Game, les visages de Sim (1926-...), Paul Préboist (1927-1997) et Bernard Lavalette (1926-...), qui avaient été invités, un soir d'émission, en même temps que Marion, venaient me hanter, me parasiter l'orgasme, me brouiller l'onanisme.

Enormes métropoles
D'hommes mouvants,
Enormes nécropoles
De morts vivants.

4

Partouz

> Ce ne sont pas des aventures érotiques que je cherchais au « Retiro », mais – déséquilibré comme je l'étais –, assommé, déshérité, et dévié, dérouté de mes rails, rongé par les passions aveugles qu'avaient déchaînées en moi l'écroulement de mon univers et la faillite de mes destinées – que cherchais-je au juste ? La Jeunesse : la mienne et aussi celle des autres.
>
> Witold GOMBROWICZ (1904-1969).

Vraies fraises vs. fraises Tagada^{TM}

Il y avait (je l'ai su plus tard) une différence fondamentale entre le Recto / Verso et Les Jarretelles : c'était les fraises. Aux Jarretelles, considérée comme la boîte échangiste la plus « sélect » de la capitale, les fraises offertes à volonté, dans de petites assiettes disposées sur des tables comme lors d'un buffet, étaient de fausses fraises : des fraises Tagada™. Tandis qu'au Recto / Verso, c'étaient des vraies. De vraies fraises de verger, de jardin, de soleil, bref : de vrais et sains produits de la terre. Des fraises bonnes pour la santé.

Ce qui était également distribué à volonté, évidemment, c'étaient les préservatifs. Comme tout débutant ringard, j'avais pris avec moi, scolairement, mes propres capotes, mes capotes maison, mes capotes personnelles, mes capotes rassurantes, « au cas où », un peu comme si un bleubite en matière d'hôtellerie avait emporté sa propre serviette de bain lors d'une semaine offerte au Plaza Athénée. Dans les boîtes, il y avait des petites corbeilles, un peu partout, remplies de préservatifs. Dans les salons, fixées au mur, il y avait également, « à portée de main », des tirettes, comme à la fête foraine, mais des tirettes gratuites (pas d'argent à l'intérieur, tout ce qui était billets, cartes, monnaie était relégué dans un autre monde, au vestiaire, dans le monde monétaire et financier, économique, du monde de l'extérieur) ; il y avait, fixés eux aussi aux murs, des distributeurs de Kleenex, pour s'éponger le sperme à tout moment.

Une des choses qui m'avaient le plus marqué, c'était cette mesquinerie étrange, cette radinerie presque déplacée dans un lieu où la rétention se devait pourtant d'être plus rare que dans le vrai monde du dehors, le monde économique, cette radinerie, donc, qui poussait certains convives à remplir leurs poches, non pas de fraises Tagada™, il ne fallait pas non plus exagérer, mais de capotes. Des types s'en foutaient par dizaines dans les fouilles, ce qui posait parfois de gros problèmes de baise : tu pouvais enfin, après de longues minutes (heures) d'attente, avoir accès à la métisse (1976-...) que tu avais reluquée dès que tu étais arrivé et qui n'avait pas encore été disponible une seule seconde (parce qu'assaillie de toute part, parce que sollicitée par toutes les queues présentes, et toutes les langues des autres femmes) et voilà qu'une pénurie fâcheuse de préservatifs t'en empêchait.

Tu te renseignais, restait-il des capotes quelque part ? Les types étaient évasifs, ils ne te répondaient pas, ils regardaient ailleurs. Et toi tu savais que des capotes, il y en avait plein leurs poches, si bien que tu te disais que ce n'était peut-être pas tant de la radinerie, que de la concurrence déloyale, une forme de compétition dégueulasse : ces salauds, en te privant de capotes, voulaient tout simplement te couper tout accès à la fameuse métisse. C'était un moyen de se la garder pour eux, de se l'accaparer, de la *monopoliser*. Ça m'avait vaguement rappelé les classes prépa, quand des mecs dévalisaient les librairies pour que personne de leur classe ne puisse trouver les annales des épreuves corrigées de Centrale ou des Mines de Paris. Les partouzards se comportaient comme des taupins. L'un d'entre eux (1961-...), en revanche, se comportait comme un lapin.

« Le Lapin »

Ce type était absolument fascinant. Je l'avais baptisé « le Lapin » un peu trivialement je l'avoue. Mais il niquait comme un malade, sans jamais faire de pause : les seules pauses qu'il s'autorisait, c'était pour changer de préservatif parce que en limant la même fille pendant près de deux heures, il fallait de temps en temps faire attention à ce que la capote ne brûle pas, avec les frottements incessants de la bite contre la paroi vaginale ou anale. Pas loin de lui, dans ses parages, ça sentait vraiment comme une odeur de caoutchouc brûlé. Comme quand on conduisait quelques kilomètres en ayant oublié de débloquer le frein à main…

Mais lui, le Lapin, il ne freinait pas. Il ne freinait jamais. Il attaquait, il se saccadait, il donnait ses petits coups de reins frénétiques, presque fous, avec les yeux ronds, presque impassibles, d'un robot, et fracassait les côtes, le cul, les cuisses, les reins de tout ce qui lui passait sous la verge : des petites et des rondes, des intellectuelles et des vieilles, des rousses et des Blacks, des Blacks rousses, des sublimes cochonnes et des moches relativement mal à l'aise, des bombes et des très peu sexy, des vicieuses et des scolaires, des vendeuses de parfum et des philosophes.

J'avais remarqué une chose étrange chez lui : il n'ôtait jamais ses chaussettes pour baiser. Il était complétement à poil sauf les chaussettes. Cela lui conférait une allure burlesque, extrêmement peu érotique, mais les femmes s'en fichaient : ça leur semblait un honneur de passer sous le laminage, le burinage, le saccage, l'usinage, le bizutage, le pilonnage, le pilotage de ce lapin-là.

Le Lapin ne choisissait pas ses proies : il les convoquait, il les convoquait avec une extrême confiance en soi, presque une sévérité, la sévérité naturelle, légitime, de l'examinateur qui, le jour du bac, vous appelle au fond du couloir, et auquel il ne vous viendrait jamais à l'idée de vous soustraire. Hébétées, impressionnées, hypnotisées, et en même temps intéressées par ce qu'il serait susceptible de leur faire vivre, de leur faire subir (elles avaient observé avec fascination la manière dont il s'était occupé, comme un malade, des précédentes), elles s'avançaient vers lui comme si elles avaient déjà joui. Comme déjà reconnaissantes au Lapin, et pour toute la vie, de ce qu'il s'apprêtait à leur faire, et que leurs conjoints, leurs maris, leurs petits copains, leurs mecs, tous les hommes de leur vie n'étaient jamais parvenus, semblait-il, à réaliser. Elles étaient au paradis, à Disneyland, comme avant de monter dans le manège le plus couru, le plus sensationnel (celui qui fournissait le plus de sensations), l'attraction la plus populaire. Elles avaient le trac.

Le Lapin, lui, n'avait pas le trac. Et il n'avait pas la moindre honte avec ses chaussettes, nu comme un ver dans ses chaussettes, bite à l'air mais avec chaussettes. Je voulais comprendre pourquoi, pourquoi les chaussettes. En regardant de près, je m'étais aperçu que dans la chaussette gauche il y avait une sorte d'excroissance rectangulaire qui semblait indiquer qu'il gardait là sa carte bleue. Mais qu'aurait-il fait ici de sa carte de crédit ? Ce n'est que plus tard que je compris qu'il s'agissait de sa cartouchière : c'étaient ses munitions, dans les chaussetttes. Et ce qui m'avait semblé rectangulaire l'était en effet : il s'agissait des emballages de préservatifs. Ses chaussettes étaient son coffre-fort.

L'homme humain

Il n'y avait pas la moindre forme de sophistication dans sa manière de baiser. J'allais dire : presque pas la moindre forme de vice. Aucune déviance notable. Il baisait. Point. Il limait. Il était efficace dans sa lime. Il était franc dans sa baise. Il n'essayait pas de faire le malin en inventant des figures, des godilles, des exercices farfelus, des danses indiennes et des petites inventions intellectuelles. Il n'y avait chez lui aucun procédé : il besognait, il faisait l'amour une bonne fois pour toutes, de manière générique, et aurait pu tenir le rôle principal de l'homme humain, du mâle humain, dans une cassette vidéo qu'on aurait envoyée hors du système solaire, pour montrer à d'hypothétiques vies extraterrestres comment l'homme humain, comment l'humanité faisait généralement, faisait génériquement, faisait génétiquement, faisait biologiquement l'amour.

Le Lapin avait tellement expurgé tout érotisme et toutes les finesses de l'amour, il avait tellement balayé toute science, nettoyé le coït de toutes ses acceptions, de toutes ses complications esthétiques, culturelles, raffinées, de toute sophistication civilisée, qu'il ne restait dans son limage que quelque chose de strictement mammifère et en même temps de totalement humain. Il baisait avec la seule Nature au-dessus de ses épaules, il niquait, il enculait, il retournait, il levrettait, il missionnairisait comme si la Nature elle-même l'avait fait à sa place. Le Lapin était sommaire et brutal, et les femmes hurlaient de plaisir sous ses coups de boutoir. Il était naturel et biologique et les femmes nageaient dans un bonheur fait tout entier d'instinct, de forêt, de grotte et de lacs et de soleil et de pluies. Le Lapin niquait sans fioritures : il était le genre humain dans son besoin de jouir, et tous les autres partouzeurs alentour semblaient être des ramifications plus abouties, des avatars plus vicieux, plus second degré, plus complexes, de ce même Lapin. Mais personne ne parvenait à son niveau, qui, étant le plus bas, était aussi le plus haut. Sa bestialité épurée, naïve, n'était pas seulement la plus vivante : elle était la vie.

Le Lapin ne tripatouillait pas, il ne faisait pas partie du groupe des tripatouillés, des tripatouilleurs. Des masturbés, des masturbeurs, des trifouillés, des trifouilleurs, des triturés, des tritureurs. Des tripotés. Des tripoteurs. Tout autour de lui, il n'y avait que ça : des partouzeurs très forts en tripatouillages, des hommes excessivement intelligents, plus intelligents que lui, des malins, des cultivés, des qui avaient énormément de talent. Mais c'était sous le ventre du Lapin que les femmes se succédaient, s'inscrivaient sur une sorte de liste d'attente virtuelle : le génie du Lapin, tout simple, ne procédait pas d'un talent du tripatouillage, du libertinage cultureux, de « l'enfer des bibliothèques ».

Cœur pécheur et malade,
Ô saint et sain
Feras-tu ta parade
Toujours en vain.

5

1980

> Seul ce qui est spirituel façonne sa propre forme.
>
> Oscar WILDE (1854-1900).

Interview

Q. — Cette forme de sexualité, la masturbation, vous a-t-elle convenu longtemps ?

R. — Par timidité, par manque de confiance, par peur du ridicule (ce qui a bien cessé depuis, car le ridicule me sied à ravir et j'ai appris à l'aimer), j'avais renoncé à toute ambition de plaire un jour à une fille, puis à une femme. Je fus donc très heureux de découvrir qu'il existait un moyen, jusqu'alors inédit pour moi, de se passer du corps des femmes. Il entrait de l'aigreur dans cette affaire… Je me suis reclus dans une sexualité monosexuelle, à faire des partouz à mon seul usage, à coucher tout seul, depuis ma chambre, dans mon lit, sur la moquette de la salle de bains, avec les plus belles femmes du monde mais aussi avec toutes les filles du collège, puis du lycée, qui m'excitaient à en crever. Une telle sexualité, quand on s'y condamne à vie (ce que je m'étais résolu à faire !) est un peu éprouvante à assumer : car se donner du bon temps, c'est très bien. Mais au bout d'un moment, les parties de jambes en l'air avec zéro jambe et cinq pauvres doigts, cinq pauvres obsédés sexuels de doigts, c'est vite devenu morose, sans compter l'abîmage, l'abîmaison, l'abîmature de la bite, avec les bouts de peau qui partent en lambeaux jusqu'à faire des croûtes. Mes cent vingt-sept mille huit cent quarante-cinq premières nuits d'amour, elles ont eu lieu sans personne. Je suis donc obligé de les prendre en compte. De les intégrer à ma vie sexuelle. Il est extraordinaire, quand on y pense, que la première fois de notre vie qu'on fait l'amour, on le fasse tout seul. Ce qui a été inventé pour avec des femmes, ou toutes sortes de gens, on le pratique d'abord sans personne. On est d'abord puceau de soi-même.

Q. — Pourquoi avoir si longtemps fait l'amour avec vous-même ?

R. — Parce que les filles ne voulaient pas de moi. « C'est parce que tu ne t'aimes pas assez », m'expliquait-on. Pourtant, je m'aimais plus que n'importe qui, puisque j'étais le seul, alors, qui acceptait de faire l'amour avec moi !

Q. — Vous n'exagérez pas un peu ?

R. — Sincèrement, je pense réellement être un des plus grands masturbateurs que la planète Terre ait comptés. Si on pouvait être célèbre en se branlant, j'aurais la notoriété du Christ, de Karl Marx ou de Mao Tsé Toung (1893-1976). Je suis un branleur haute catégorie, mais voilà, il faut travailler. Il ne suffit pas d'avoir été doué, d'avoir été outillé. Les plus grands masturbateurs ont travaillé. Ou plutôt les plus grands sont ceux qui ont le plus travaillé. Et se branler avec professionnalisme n'est point s'exciter sur la première chatte de revue porno venue. C'est même le contraire. L'excitation est une opération de peau. Le travail vient du cœur, et la fécondité du ventre.

Q. — Pourquoi un livre sur ce sujet, après un roman sur Johnny Hallyday (1943-...) qui a eu beaucoup de succès ?

R. — Je n'apporte mon témoignage que pour avoir la conscience tranquille, et parce qu'il ne faut rien oublier. Cela dit, si les hommes commencent par se branler avant de pénétrer qui que ce soit, c'est parce que leur sexe est prêt avant. Avant de rencontrer les filles qui couchent. C'est cette salle d'attente, entre maturité sexuelle biologique et autorisation sociale de baiser, qui est d'une incroyable cruauté.

Q. — Pourquoi parlez-vous autant de votre « conscience » ?

R. — C'est vrai... Il faut vraiment que je cesse d'avoir cette tête de coupable, cette tête de type qui a l'air d'avoir volé quelque chose quand il sort de la Fnac, comme si la fonction même des gardiens à la sortie m'acculait à la culpabilité, me transmettait une culpabilité fonctionnelle, faisait de moi un voleur automatique, préréglé, habituel. En sortant de la Fnac, où j'avais trouvé un Leroy Hutson (1945-...) introuvable (ce qui était bien, avec l'introuvable, c'est qu'on finissait toujours par le trouver au milieu de l'hypertrouvable : le problème de la trouvabilité était finalement moins une question de lieu qu'une question de moment), j'avais suivi une fille (1977-...) dans la rue. Ça ne m'était pas arrivé depuis avril 1997. Les filles suivies le savaient; le sentaient (que je les suivais). Au bout d'un moment elle s'était retournée et m'avait demandé ce que je voulais. J'avais dit la vérité : coucher avec vous. Elle m'avait répondu : « Vous suivez toutes les filles avec qui vous avez envie de coucher ? » ; et cette réponse, j'avais su immédiatement que c'était la réponse d'une fille qui était d'accord, qui avait envie aussi... Car ce qu'elle craignait (mon interprétation était infaillible) ce n'était pas que je la suive et la poursuive de mes obsessions, de mon assiduité spéciale, mais que j'emploie cette technique avec d'autres, qu'il s'agisse d'une méthode générique et non personnalisée, d'une démarche aveugle et universelle niant sa particularité à elle, son unicité d'être humain rempli de subjectivité, d'originalité. Je n'éprouve plus le besoin de m'adapter aux cas particuliers. Je généralise, je fais des mathématiques, je choisis des dénominateurs communs, j'invente des plus grands communs diviseurs, je mets les êtres en facteur des situations. Je fabrique de drôles d'équations et souvent ça marche.

Q. — Des équations ?

R. — L'être humain est unique, mais il est général aussi (il y avait des lois dans les attitudes, de la répétition axiomatisable dans les réflexes et les réactions des filles que je finirais bien par pénétrer, aimer, épouser, quitter). Plus ça allait, plus je découvrais que les femmes étaient variées et leurs attitudes générales. Il y avait plus de femmes différentes que de réactions de femmes différentes. « Toute guerre est bourgeoise, car la guerre est fondée sur la compétition, sur la rivalité, sur la concurrence », avait écrit Péguy. La drague est guerre. Compétition perpétuelle, inlassable, de tous ceux qui baiseraient à ma place, et pire : à ma santé, celles que je laissais filer vers je ne sais quel firmament fait d'éther, de timidité, de roses fraîches et de lâcheté. Il ne faut jamais (jamais !) se laisser impressionner par une fille dans la rue. Car la plupart des dragueurs, des suiveurs, craignent un résultat positif, meurent de peur à l'idée que leur proie réponde par l'affirmative, si bien que les chasseurs chassent dans la perspective non d'une réponse positive mais, en vaincus résignés (et avec l'attitude et le regard des vaincus minables), d'une réponse négative en accord avec leur perception de la vie qui se résumait à : « les filles n'ont pas autant envie de baiser que nous ». C'est là le contresens le pire au monde, et qui fait écrire à des millions de romantiques à la Mohammed des alexandrins saugrenus et des lettres d'amour grotesques : les filles rêvent de hardcore autant que nous (peut-être plus) et ne sont attentives aux vers, gentillesses et bisulettes dans le cou qu'une fois correctement, honnêtement, légitimement baisées à blanc. Moi qui avais passé ma vie à être romantique avec les filles, à être romantiquement romantique avec les filles, je m'étais (ainsi) peu à peu, forçant et violant ma nature, fait mufle ou grossier, ou « impoli » (pour rester poli). Et très direct avec les femmes : « J'ai envie de toi. Tu me plais. » Point. Cette « méthode », employée sans remords ni hésitation, était vite devenue ma marque de fabrique, ma griffe : et ç'avait été soudain comme si, miraculeusement, j'avais découvert un gisement de pétrole, comme James Dean (1931-1955, en septembre). Toutes les femmes venaient… Des réserves entières de femmes réservées jusqu'alors, et surtout réservées à d'autres, s'ouvraient, ouvraient les vannes, les barrières, se donnaient, s'offraient, me voulaient.

Elles me désiraient avec la même violence, le même automatisme incompréhensible que la violence d'avant quand elles me disaient non, que l'automatisme des années 90 quand elles détournaient leur regard de moi. Voici qu'elles me trouvaient beau parce que je les traitais comme de la merde. Je ne leur donnais plus cette grande considération de 1989, cette considération toute particulière, romantique, scolaire, attatique, idiote, adolescente, florale, offreuse de fleurs. Les filles avaient cessé d'être inabordables le jour où j'avais cessé d'être irréprochable. Elles étaient (toutes, la plupart de toutes) parfaitement accessibles. J'étais odieux : elles étaient amoureuses. J'étais sans morale : elles étaient sans tabous. Mais étais-je sans morale ? Il ne suffit pas qu'une action ait une apparence ou même une évidence première belle pour qu'elle soit morale. Souvent, une action belle emporte avec elle des corollaires ou des conséquences inaperçues, mais inséparables et immorales. Inversement, j'avais connu des actions apparemment laides qui non seulement étaient morales mais qui étaient rigoureusement commandées par la morale. J'étais peut-être un peu malheureux d'avoir été dégueulasse, abject, grossier et dégoulinant, mufle, impoli, et beauf, et très beauf. Mais je ne savais pas assurément si j'avais eu tort.

Q. — Quel serait d'après vous la différence entre le sexe « à la maison » et le sexe en boîte échangiste ?

R. — En partouz, tu es contraint de faire jouir tes « partenaires ». Tout le reste, préliminaires, etc., n'a aucune importance, n'étant que du temps perdu, c'est-à-dire, dans la plupart des cas, du temps gagné sur la peur de ne pas bander. Ce n'est pas vraiment des femmes que tu as l'impression d'aborder, d'appréhender, puis de pénétrer, mais des tables des matières de femmes, des sommaires, des catalogues plus ou moins analytiques de positions, des index plus ou moins alphabétiques de ce que tu peux leur (faire) faire. Les femmes ne sont plus des femmes comme dans la vraie vie dans la rue, mais les innocentes victimes infiniment consentantes de pulsions exclusivement biologiques.

Q. — Et l'amour dans tout ça ?

R. — L'amour… Je viens d'éteindre la télé, là… Il vient d'y avoir un nouvel attentat… Madrid. Revendiqué par Al Qaïda… Les corps humains. Les têtes, les bras… Tous ces morceaux de corps humains… Ils jonchaient le sol et n'avaient plus qu'un seul métier, qu'une seule fonction, qu'une seule profession et un seul et même avenir partagé : être mort. Et un seul et même unique destin : être mort. Et plus les membres des familles des victimes prononçaient la phrase « il est mort » ou « elle est morte » ou « l'homme de ma vie est mort » ou « ma fille est morte » (ou : « la femme de ma vie est morte » et/ou « mon fils est mort »), moins on y croyait, moins la mort sonnait mort, moins la réalité semblait réelle, si bien qu'on s'attendait, à chaque instant, à les voir revenir l'air rieur, l'air serein, l'air normal, l'air chiant, l'air vraiment vivant, avec leurs vrais défauts qu'on détestait, ce qu'on aimait chez eux, et ce qu'on ne pouvait absolument plus supporter chez eux.

Q. — Mais l'amour ?

R. — Je cherchais l'amour comme, après un crash, on cherche des survivants… On sait très bien que ça ne sert à rien, mais on ne peut s'empêcher de poursuivre les investigations. Six mois après l'explosion de la navette Columbia, on nous montre encore à la télévision le spectacle, le simulacre de « la recherche de survivants ». On voit des hommes-grenouilles, avec tubas et masques, bouteilles sur le dos, palmés de partout, aller remuer des algues sous les eaux glacées pour faire mine d'aller chercher une vie oubliée, une vie encore en vie, une vie vivante qui ne serait pas trop noyée, pas trop brûlée, une vie pas encore tout à fait morte. Les journalistes prolongent les existences, et, épisode après épisode, nous annoncent finalement que « les espoirs de retrouver des survivants sont minces ». Sept êtres humains se trouvent dans une navette qui pénètre dans l'atmosphère à la vitesse de 20 000 km/h, puis explose, et on nous dit que « les espoirs de retrouver des survivants sont minces ». Le lendemain, on nous inflige des images d'obstinés qui cherchent quand même, et ramènent un bras, une jambe carbonisée, un casque, un morceau de tôle, un autocollant d'aigle, une Adidas d'enfant (pour les crashs d'avions) avec le pied encore dedans mais rien que le pied.

Q. — Bien. Merci… C'est bon…

R. — Je suis allé voir un psy (1936-…)… A cause de toutes ces histoires de femmes draguées dans la rue, toutes ces femmes… J'étais alors beaucoup trop malheureux pour n'avoir aucun orgueil. J'ai expliqué au docteur que je les voulais toutes (les femmes, les filles), les croisées, les rencontrées, les aperçues, les entrevues, les entrecroisées, les entraperçues, et même les perçues tout court. Il m'a regardé tristement. On aurait dit qu'il avait mentalement abandonné la consultation. Je n'avais plus affaire à un docteur, mais à un homme, un homme profondément malheureux. J'avais dépassé l'âge de trente ans, et je savais très bien ce que c'était que la vie. Il est étrange qu'on ne le révèle jamais. On croit, jusqu'à trente ans, que la vie est heureuse, ou enfin qu'elle le sera, qu'elle doit l'être, au moins quand on sera vieux. Même quand on est intelligent, avant trente ans, on croit qu'il y a du bonheur dans la vie. Au moins des moments, des temps de bonheur. Le docteur et moi, nous savions la vérité. Nous la connaissions la vie. Ce qu'il y a d'extraordinaire, c'est que d'un secret aussi formidable, le grand secret, détenu par des millions de personnes, il n'ait jamais rien transpiré. J'admire ce secret des vieillards, cet accord tacite entre tout le monde, cette confidence, cette entente, ce complot des pères et des mères, cette conspiration universelle, tacite, jamais trahie. Tout le monde le sait… Personne ne le sait. Le secret le mieux gardé du monde (et de l'histoire de l'humanité). Peut-être que les terroristes ont compris ça, eux, que le grand secret de la vie c'est que le bonheur n'existe pas, et qu'ils en ont tiré des conclusions terribles. Ils en ont conclu que, malheureux pour malheureux, la mystique doit se substituer tôt ou tard à la politique. Qu'être malheureux avec Dieu, avec un Dieu, vaut mieux qu'un vague bonheur étatique. Les terroristes ont-ils raison pour autant ? Les terroristes sont une minorité. Ni plus ni moins qu'une minorité. Une minorité terrorisant une majorité. Une minorité terrorisant la majorité. Une minorité d'hommes terrorisant l'immense majorité des hommes. J'étais moi-même, je le répète, un terroriste – sentimental. Ma minorité à moi, très minoritaire puisque réduite à ma seule personne, terrorisait l'immense majorité des femmes. J'étais né terroriste. J'étais devenu terroriste. J'étais terroriste. « Qu'est-ce que tu fais dans la vie ? » « Terroriste. » Si j'avais fait un mètre quatre-vingt-dix-huit et eu les muscles que j'avais toujours vainement souhaités, j'aurais été moins terroriste. Si j'avais été un peu plus Brad Pitt (1963-…), j'aurais moins harcelé de gonzesses. J'aurais été moins coléreux, moins hystérique, moins obsédé sexuel, moins romantique, moins névrosé, moins moi. Moins violent, moins gentil, moins idiot, moins autoritaire et moins capricieux. Et plus sûr de moi. J'étais donc perpétuellement terroriste. Je terrorisais.

Q. — Bon là, c'est du « off »… On a tout ce qui faut… Vous leur disiez quoi aux filles dans la rue ? « Mademoiselle vous êtes magnifique » ?

R. — T'es con ou quoi ? Il ne faut jamais dire à une femme : « tu es magnifique », « vous êtes magnifique », « vous êtes, tu es, la plus belle », il faut (toujours) dire à une femme : « j'ai envie de toi », susurrer « j'ai envie de toi » et aller faire un tour, revenir plus tard récolter la moisson, les fruits du courage qu'on a eu (soudain), venir déguster ton culot, comme à la distribution des prix de ton culot. Ce n'est pas un outrage de dire, de glisser, de balancer, d'avouer à une fille avec qui tu veux coucher que tu veux coucher (avec). Ça résume tout, ton coming-out : que tu la trouves belle, désirable, sexy, qu'elle t'intéresse, et en plus tu gagnes sur le temps de drague… La drague, il faut toujours s'en passer, il faut la laisser aux autres, à ceux qui ne couchent pas, qui couchent moins, qui veulent moins coucher, qui n'aiment pas seulement coucher. J'ai décidé à vie, personnellement, j'ai décidé définitivement, du moins provisoirement, de laisser la drague aux lents, aux impuissants, aux meurtris de la vie, à tous les déçus du destin, aux pauvres, aux miséreux de la bite, à ceux qui sont dans le besoin, à des dégingandés qui s'approchent (timides) et veulent emmener les filles au cinéma (pour voir des films), au restaurant (pour manger des choses), dans les prés (pour voir de près des prés !!!). J'ai appris à sauter (par-dessus) l'étape de la drague, tout le processus non rigolo, scolaire, universitaire, de la séduction. La séduction... Avec ses plans en trois parties, son côté Sciences-po. Les fiches techniques de la séduction, les fiches bristol de la séduction. Je ne bristole plus avec les femmes ; je les emmène à la maison, comme une branlette. Toutes les femmes sont à emporter. C'est McDonald's, pas les fiches de Sciences-po... C'est chez soi que ça se passe, une femme. A la maison ! Comme les devoirs, en CM2 ! Les exercices à rendre pour demain. La rédaction « à la maison » pour mardi 12. Une femme, ça ne se déroule jamais à l'Institut d'Etudes politiques de Paris (IEP), avec une fiche, une conversation bristolée, une liaison bristolisée, bricolée par du scolaire, ce n'est pas du par cœur, jouir avec et par et pour et dans une femme (plein de femmes, plein). Tu ne tires pas un papier, la femme. Draguer, c'est du par cœur. Or, je n'ai pas, moi, à 36 ans, je n'ai pas (je n'ai plus, je ne veux pas, je ne veux plus) avoir à prouver à une femme (à toutes les femmes de la terre et il y en a des milliards de milliards de milliards) que je suis fin (car je suis fin), que je suis beau (car je suis beau, enfin, je pourrais l'être si je voulais, mais je suis un peu paresseux, en beauté), que je suis drôle (car je suis drôle), que je suis cultivé (car je suis cultivé), que je suis intelligent (car je suis fin, beau, drôle, cultivé), que je suis riche (car je ne suis pas riche) à la seule fin, dans le très seul but (unique !) de coucher avec. Pas de ça entre nous ! A 36 ans ! Je fonce directement vers la chatte des femmes, c'est plus court, moins menteur, moins hypocrite, plus glissant, plus fluide, plus fleuve, plus Loire, plus Seine aussi, un peu plus Rhin, et ça me permet d'éviter l'étape du marketing, ça m'évite d'être mon propre vendeur, d'être un publicitaire de qui je suis, de quoi je suis, un VRP de mon enfance malheureuse, de tous ces destins qui m'attendent... Tu sais, les VRP avec des cravates de golfeurs, avec des petits souliers, des mocassins, des petites socquettes blanches (avec des dessins dessus, parfois Gaston Lagaffe, tu as aussi Tintin, tu as aussi, si jamais tu préfères les animaux, tu as aussi le Marsupilami). Des VRP que tu peux rencontrer dans le métropolitain ; ils ont une mallette à métropolitain, une chemisette rose métropolitaine, d'un rose pas trop accentué mais rose, et puis parfois (mais ce n'est pas obligatoire) une moustache. Ils parlent de choses qui sont des choses dont parlent les salariés. Ils parlent la langue du salariat métropolitain. Les mots qu'ils disent, les mots métropolitains qu'ils échangent ont un salaire. Leurs socquettes ont un salaire métropolitain, tout est : salarié, métropolitain, salarial, métropolital, chez eux. Ils sont des fiches de paye ; métropolitainement, ils font de la route en voiture (dans leur tête c'est le métro quand même, c'est toujours c'est sans cesse le métropolitain dans leur tête métropolitaine et salariale à mallette et socquettes). Ils vendent des choses à des gens ! Ils garent leur véhicule devant chez des gens pour leur vendre des choses ! Je n'ai pas à dire que je suis drôle (à une femme) (avec qui j'ai envie de (avec laquelle je vais) coucher), je n'ai pas à montrer que je sais analyser des choses difficiles (j'ai un esprit de synthèse incroyable, ma chérie !), que j'ai lu des livres que la future coucheuse n'a pas lus. La vie passe trop vite. Je n'ai donc qu'une ambition dans la vie : réduire, à l'infini, le laps de temps qui sépare le moment où je vois, où j'aperçois, où je « calcule » une femme et le moment où je pénètre à l'intérieur, sans mots inutiles.

J'abolis les durées. De toute façon, elles voient quand même que j'ai un résidu de blondeur (romantique), de rousseur, de roussi, d'orangé, d'orangers romantiques avec de la fleur (romantique) d'oranger, que j'ai la tête à avoir traversé au moins une fois romantiquement une orangeraie, que je sais ce qu'est une orangerie, que je suis un peu orange, un peu niais, un peu coucher de soleil sur fond orange, de cet orange des années 70, un peu jaune, un peu (dé)passé, un peu moins orange que l'orange tout neuf de la société Orange. Elles savent que je suis capable de boire de l'orangeade (cul sec), que je mange des oranges que j'épluche moi-même avec les doigts (et après, camarade, tu as les doigts qui sentent terriblement l'orange). Elles savent qu'en des temps reculés, éculés, j'ai bu des Orangina™.

Q. — Que croyez-vous qu'elles pensent de vous ?

R. — Elles se disent que je suis fou, obsédé : en réalité, je suis un OSS : Obsédé Sexuel Sentimental. C'est mon côté orange qui me permet d'avoir une autre face, plus directe, mais je ne dirais pas plus hard : la hardeur, la harderie, la hardiesse, c'est au contraire dire « tu es magnifique », car les filles ne veulent pas entendre ça : « tu es magnifique » c'est pour (longtemps) après ; de plus, et tu le sais bien, les femmes ne t'ont pas attendu pour savoir qu'elles sont magnifiques quand elles le sont, magnifiques.

Q. — Oui mais…

R. — Ta drague est ainsi tautologique, ton approche redonde, tu es superflu, tu es redondant, tu ne les éclaires en rien sur ce qui les mine vraiment au fond d'elles : suis-je ou non désirable ? la terre entière veut-elle (ne veut-elle pas) coucher avec moi ? L'information qu'une femme espère glaner est d'ordre sexuel ; ce type veut-il, a-t-il envie (oui ou non, si c'est oui, je prie pour qu'il me le dise) de me pénétrer ? Ce mohammed qui me parle de fleurs, de suicides amoureux, de beautés (de ma beauté) ? Je m'en (contremégatétra)branle : dis-moi une seule chose : que mon corps t'intéresse comme le meuble ancien fascine l'antiquaire aguerri. (Pour l'instant, pour le moment, à cet instant *t*) je ne veux rien savoir d'autre. C'est une histoire entre les corps. C'est quelque chose qui se déroule entre des corps. Des corps humains posés, jetés là sur la terre… Des corps humains propices à la jouissance humaine et qui se voient, s'aperçoivent, et ont la nécessité biologique, humaine de se visiter l'un l'autre avec une langue, parfois, souvent, un organe génital – « des organes génitaux », pour faire moins « littéraire » et plus « sciences nat ». Nous possédons des orifices. Ces orifices sont à la disposition d'autres êtres humains qui peuvent en amortir l'existence par différents jeux sexuels, de types buccaux, génitaux, ou plutôt génitals et buccals car les pluriels en *aux* des mots en *al*, je ne supporte pas. Nous sommes de grands enfants, je suis resté un enfant. Comme Mohammed avec ses couches-culottes avant de s'encastrer. Comme Sacha (Guitry) qui disait : « N'étant pas père, je suis toujours un fils. » L'enfanteté est importante dans le sexe. Le grand exploit, dans l'enfanteté, c'est que l'enfant parvient à faire la même chose pendant des heures et des heures, regarder en boucle le même dessin animé, lire le même livre, demander à ce qu'on lui raconte, en boucle, la même histoire, en boucle. Dans le sexe, tu peux lécher l'orifice d'un autre être humain pendant des heures et des heures et tu n'en as pas marre. Une femme peut, aime, veut, te lécher les couilles, ou l'anus, ou faire des va-et-vient entre les deux, et hop, s'enrouler la bouche autour de ton gland comme une salive qui vivrait pendant des siècles et elle peut mourir de faire ça, passer sa vie à ça : ne plus jamais sortir de ton lit, on lui apporterait tout à domicile, elle commanderait des vidéos, des pizzas, depuis ton lit, et continuerait, comme si tu n'existais pas, à te sucer la bite. Tu sais, on s'étonne souvent de ce que les êtres humains sont capables de faire pour se faire du mal : terrorisme, tortures, conflits, 11 Septembres™, etc., mais il est tout aussi étonnant de voir ce qu'ils sont capables de faire pour se faire du bien. Quand l'homme est au maximum de ses capacités, de ses possibilités dans le bien, on appelle ça la « luxure » : c'est péjoratif… Quand il est au maximum de ses capacités dans le mal, on appelle ça la guerre : et ça passe comme une lettre à la poste. Va faire un tour en partouz, tu vas voir que, quand même, il y a une énergie qui est mise dans le « se faire du bien » qui est assez vertigineuse… La « partouz », version islamisée, version analphabétisée, aussi – sur Internet, tous les petits gars de banlieue qui veulent aller y faire un tour ou en « organiser » une orthographient ça « partouz », également. Partouz… Partouze… Quel mot ! Quelle étrangeté de mot ! C'est le « ouze » final qui fait ça. Le « ouze » qui suit le « part » sent, suinte les années 70, sur fond de couleur orange, sur fond de monochromie, de tons qui rappellent des formes ovales, comme à Flunch – comme *chez* Flunch. A Orléans, dans les années 70, on allait souvent chez Flunch. Oui, Orléans. Parfaitement Orléans. Toute formation sexuelle qui se respecte commence en province. Je me demande d'ailleurs si toute formation tout court ne commence pas en province. A Orléans. A Limoges. A Blois ! Ou à Tours, regarde Balzac. Tous les grands écrivains sont des provinciaux. Tous les grands Parisiens sont des provinciaux. Les plus gros partouzeurs de toute l'histoire de la planète Terre sont nés, ont vécu longtemps en province… En province, Orléans, La Rochelle, Dijon, etc.

Obsédé Sexuel Sentimental (OSS)

C'est le jeudi 24 janvier 1980, vers 16 heures, que je suis tombé amoureux pour la première fois. Quand on aime pour la toute première fois, c'est de l'amour qu'on est amoureux. Elle s'appelait Carole Denis (1968-…). Je n'aurais jamais songé à coucher avec elle (j'avais 12 ans) : en revanche je continuais de me masturber encore plus, mais sur elle uniquement, je veux dire : uniquement en pensant à elle. J'étais très fidèle – comme Mohammed. Carole Denis appartenait au monde vrai, au monde de la Création, elle était dans cette création-ci, elle était dans la réalité. Mais moi, j'appartenais désespérément au monde de la branlette : je n'avais accès à elle que par ce biais-là, me caresser, me toucher, me tripoter en pensant à son visage, ses hanches, son dos (et son cou).

Il y avait deux Caroles Denis superposées : la vraie et la branlée. Lorsque je lui disais bonjour, l'embrassant sur les deux joues (deux bises sur chaque, c'était comme ça alors à Orléans), il fallait que je sorte du monde branlé, branlatoire pour me hisser jusqu'au monde réel, présent, passer de mon similimonde d'incontinence orgasmique au monde nôtre.

Je voulais lui avouer mon amourpassion. Mais mon amourpassion ne portait pas tant, je le sentais bien, sur la Carole Denis réelle, que sur la Carole Denis nocturne, ainsi définie, ainsi épinglée, étiquetée, *Carole-Denis-prends-ça-ma-salope*. J'étais déjà un OSS, un Obsédé Sexuel Sentimental. Dans mes nuits, c'étaient des multiplicités de Caroles Denis qui défilaient, se faisaient défoncer, enculer, prendre par tous les trous et asperger de mille foutres. Carole Denis devenait une maladie au bout de ma queue, elle défilait, elle s'exponentialisait, elle se récréait à l'infini, toujours différemment salope. Elle proliférait. Je n'en avais jamais marre de me la faire pour de faux. Des gigatonnes de spermatozoïdes se déversaient sur elle sur fond de grossièretés et d'exclamations germaniques.

La caroledenisation de mes nuits, peu à peu, avait fini par s'évaporer. Je me rebranlais en mélangeant des seins de diverses filles, en mettant sur le corps de l'une le cul de l'autre et les cuisses d'une troisième encore. C'était un collage à branlette. Un puzzle compliqué. Comme des monstres. Des morceaux de femmes inventés, réagencés pour fabriquer une créature faite pour la branlette définitive, complète : parfaite.

Longtemps Carole Denis (c'est-à-dire la Carole Denis de 1980, Carole Denis telle qu'elle avait été au cours de l'année scolaire 1979-80) était revenue me hanter. Sur cet immense tapis étalé à ma gauche, côté passé, et à ma droite, côté avenir, Carole Denis-1980 se promenait en compagnie d'autres filles que j'avais aimées ; elle vivait encore, elle avait tout le temps sa tête de 1980 puisque je ne l'avais jamais revue depuis. Mais elle était là, elle avait toujours été là, avec moi, en moi… Elle trottinait sur le présent infini. Je m'étais peu à peu aperçu que c'était ça, la réalité : des êtres en promenade sur une étendue de présent. Comme dans un musée on accrochait des tableaux, j'avais accroché au tapis des dates : 1980 était l'année Carole Denis, de même que Carole Denis était l'année 1980. Ces dates, ces années étaient agencées selon un ordre chronologique qui, en vérité, n'avait aucune importance. Car ce n'était pas parce que je ne la vivais plus au moment où j'écrivais ces lignes que l'année Carole Denis n'existait plus.

1980

L'année 1980, si elle avait cessé de m'être contemporaine, si son déroulement avait effectivement cessé de coïncider avec la tranche de présent que le calendrier des chrétiens lui avait dévolue, continuait de mener son existence – non comme déroulé, mais comme figure achevée, un peu comme on distinguerait un dessin en train de se faire d'un dessin définitif qui ne supporterait aucune retouche, aucune modification, aucune rature. Ma mémoire me permettait de vivre aussi souvent que je le souhaitais en 1980, à Caroledenisland, d'y vivre aussi longtemps, aussi pleinement que je le souhaitais. Cette vie n'était pas moins licite, pas plus « imaginaire » en tout cas que ce que les gens appelaient la « réalité » sous prétexte que cette vraie vie était, non pas plus présente que la vie recréée, puisque tout n'était, n'avait jamais été que du présent, mais plus actuelle.

Aussi, je ne passais pas (je ne passais presque jamais) ma vie dans ma vie actuelle, mais dans ma vie « passée ». Mon aujourd'hui n'était fait que d'hiers. Dans une mélancolie vouée à la « littérature », ou à des conneries de ce genre, je voulais visiter une cour de lycée de 1980 traversée par la petite silhouette révolue de Carole Denis, à la Proust. Je me proustisais grave. Je m'emproustisais. Je ne cessais pas de penser au visage de Carole Denis ; à ce qu'elle disait – et ce qu'elle disait m'enchantait. Carole était souvent moqueuse, mais ces moqueries-1980 faisaient partie de mon royaume. Aux joies de la « réalité », de la « réalité actuelle », je préférais mille fois les vexations de 1980. Toutes les horreurs proférées à mon encontre par une petite peste comme Carole Denis, désireuse que je lui « lâche les baskets » (expression de 1975 environ) constituaient à mes yeux un véritable trésor. Le souvenir avait épinglé chacune de ses méchancetés, et c'est sans crainte d'être incessamment ridicule à ses yeux, et jusqu'à la fin des temps, de 1980 à l'infini, l'objet de ses railleries cruelles, que j'écrivais tout seul mes livres dans le noir, à la lumière artificielle.

Peine seule tendresse
Toujours présente,
Peine seule maîtresse
Et seule amante.

6

Partouz

Une certaine pudeur m'interdit d'écrire exactement ce qu'on attend de moi.

Witold Gombrowicz.

Levrette claquée

Le Lapin ne procédait pas par malaxations, décantations, triturations : parfois seulement, il donnait des claques sur les fesses de celle qu'il prenait en levrette : une levrette d'une simplicité absolue, totale, infinie (il s'était retourné vers moi et, désignant ce qu'il allait faire à la salope (1967-…) dont il était en train de s'occuper, il m'avait lancé, juste avant de lui donner une fessée : « Levrette claquée ! », puis m'avait adressé un clin d'œil et était reparti à la tâche).

J'avais cru qu'une Chinoise (1982-…), qui avait mollement sucé un Allemand (1954-…) un quart d'heure auparavant, allait tomber dans les pommes sous son joug. Elle hurlait. Avec une stridence que je n'avais jamais rencontrée nulle part... Ses cris n'étaient presque pas humains. Le Lapin avait continué tranquillement sa besogne, sans se laisser impressionner le moins du monde : on avait l'impression que Dieu lui avait demandé, après une catastrophe nucléaire, de recomposer au plus vite la race humaine, de prendre sur ce qui lui restait de vie pour redonner à la terre sa démographie d'avant l'explosion.

Autour du Lapin se formait généralement un attroupement mixte et admiratif qui le laissait parfaitement indifférent : ses assauts ne connaissaient pas la moindre défaillance. Les curieux, les badauds (certains interrompaient leur propre fornication pour regarder cinq minutes le Lapin à l'œuvre) sentaient bien que, comme au Musée de l'Homme par exemple, ils assistaient à quelque chose qui avait plus trait à l'histoire de la race humaine (je le répète) qu'à un jeu dégueulasse pour adultes parisiens. Ils auraient presque pu montrer ça à leurs enfants. Le Lapin baisait, baisait et à travers lui, tout le monde comprenait, finissait par comprendre que les forces qui opéraient n'étaient pas tant celles d'un obsédé sexuel que celles (je le répète) de la Nature. C'étaient les organes (je le répète) de la Nature qui fonctionnaient ; comme opéraient et fonctionnaient les arbres et les végétaux arborescents, ainsi et généralement opéraient et fonctionnaient notamment les races, qui elles aussi faisaient appel à des sources toujours plus profondes, de plus en plus profondes. Et ainsi opéraient et fonctionnaient les peuples, les nations.

Léchage de couilles

Alors je suis enfin retourné à Laïla… Comme on retourne à un stand… A un manège… Elle m'a sucé deux… trois fois. Mais c'était pas génial, ses pipes. Laïla ne pratiquait la fellation que timidement, terrorisée à l'idée que je puisse lui éjaculer dans la bouche (« rien ne me dégoûte plus au monde »). Pourtant pour tout le « reste » je peux te dire qu'elle se lâchait…

Il y avait dans le sexe, dans la pratique du sexe, dans la manifestation du sexe, dans l'expression du sexe, une sorte d'entêtement, celui de donner, de vouloir, à tout prix, donner du plaisir à l'autre. Une Isabelle (1967-…) aux seins refaits était en train de me lécher les couilles (enfin !!!) comme une malade – quant à Laïla, je l'entrapercevais par à-coups, en toile de fond. L'Isabelle en question m'avait prévenu : « Je suis une hystérique des testicules ! » Et il y avait, de fait, dans le moindre de ses gestes une frénésie qui relevait non de la simple gestuelle, non d'une mécanique qui se serait bêtement déroulée comme une bille dévalant selon les règles de la physique galiléenne un plan incliné très scolaire, mais une gestuelle au carré, une intention folle sans cesse renouvelée, sans cesse improvisée dans sa cadence, son envie, son exercice emballé, fou, avide, et qui tirait son excès de l'excès précédent, de l'excès infiniment précédent, de sorte que l'acte sexuel humain, à observer cette grosse salope en transe sur mes boules, semblait se composer nettement de microfolies successives, de successions d'emballements, de successions de cadences qui s'exagéraient à chaque coup de langue un peu plus.

Toute théorie était oubliée. Nous étions là, au Recto / Verso, dans le royaume inouï de la pure pratique. De la pratique absolue. Il n'y avait que de l'action, perpétuelle. Une action qui se déclenchait toujours, en déclenchait d'autres. Une frénésie inexplicable dont l'objet s'oubliait chaque seconde un peu plus pour ne devenir que l'envie elle-même… Le but suprême, amnésié de toute intention intellectuelle, de tout enjeu sentimental, comme nettoyé de toute obligation de couple, pour n'obéir qu'à sa propre transe, le but suprême était d'oublier tout but, toute humanité, tout monde, pour s'abîmer dans une solitude totale où l'autre n'existait plus, où le lécher des couilles ne devenait plus qu'un rassasiement prévu, une brute à rassasier dans une joie solitaire, ronde, parfaite.

Lundis de pluie

Le sexe humain, sa pratique, sa manifestation, son expression, était une gestuelle au carré, un emballement d'emballement, un acte où l'autre se transformait en un autre biologique que des lois, amplifiées à l'infini par elles-mêmes, exagérées par chaque loi précédente, des lois induites à l'infini, à l'infini renouvelées, rassasiaient à coups d'instinct. La grosse salope continuait de me laminer les valseuses de plus belle et j'étais au paradis – comme Mohammed. C'était de loin le truc qui me foutait le plus la trique. Qui me rendait le plus dingo. Souvent dans ma vie j'avais demandé aux filles, avant toute chose, de me lécher les couilles. Ce n'étaient d'ailleurs jamais vraiment les filles qui me léchaient les couilles : c'étaient leurs névroses. C'étaient leurs problèmes dans l'enfance, leur rapport au père, les complexes qu'elles avaient développés quand elles étaient adolescentes qui se mettaient soudain en branle au bout de mon nombril, et me gobaient les deux belbes (en même temps).

C'étaient des lundis de pluie en classe, de nombreux traumatismes de leur toute prime jeunesse qui me fournissaient, avec cette énergie d'énergie, cette mécanique de mécanique, cette obstination d'obstination, cet aveuglement multiplié, cette manutention débile, et totale dans son dévouement de dévouement de dévouement de dévouement, qui me fournissaient (avec une mécanique bien huilée, éprouvée depuis longtemps) du plaisir.

Quand mes couilles étaient battues à plein par la salive d'une fille, que sa langue me faisait subir de telles épreuves (car il y avait des épreuves dans la joie, comme il en était dans la peine ; il y avait (par exemple quand je me faisais lécher les couilles, mais on pouvait étendre cet exemple à beaucoup d'autres sensations du même ordre) de légers moments, des paliers *désagréables*, vaguement douloureux, mais d'une douleur *nécessaire, utile*), il fallait remercier les parents de cette fille, il fallait remercier son enfance, ses années 70, ses années 80, 90, les écoles visitées, les douleurs vécues, enfouies, car c'était tout son passé qui était en train de me saliver sur le grelots.

C'était toute la juridiction de son vécu d'avant qui s'offrait à moi. Les campings, les vacances à la mer, ses cousins, la plongée avec ses frères, à La Baule : c'était sous l'influence, c'était à l'aune de tous ses souvenirs que j'étais sucé, lessivé, nettoyé, manutentionné des pieds à la tête. C'était son enfance abolie qui me branlait de partout. Il fallait remercier l'hier, les longues années défilées en mon absence (pendant que j'étais occupé à vieillir ailleurs). Il avait fallu vingt ans, vingt-quatre ans à ce petit être qui ne lâchait plus mes parties génitales pour élaborer ma milliseconde de plaisir absolu… Tous les étés (à La Baule, à Saint-Tropez, peut-être à l'étranger, à Londres sans doute, et même, allez savoir, au Club Med de Djerba, un voyage au Mexique) qu'il lui avait fallu patiemment vivre pour parvenir à (converger vers) cette fellation précise, très courte en regard d'une vie, microscopique à l'échelle des années de Baule.

Tout ce qu'il lui avait fallu vivre, affronter, surmonter, essuyer, subir, combattre, connaître, éprouver pour que s'établisse, progressivement, lentement, en elle, cette *manière* de sucer. Tout ce qu'il lui avait fallu traverser, comme épreuves, pour en arriver à ce style de léchage, pour trouver enfin son style ; la façon de me lécher ; la manie qu'elle y mettait ; la personnalité qu'elle y dénotait ; le vice qui s'y dévoilait ; l'entêtement d'entêtement d'entêtement d'entêtement qu'elle y mettait ; tout son cœur à l'ouvrage, ses choix d'endroits de léchation, le temps qu'elle passait à chaque endroit, la densité organique, mécanique, têtue qu'elle plaçait dans cet acte.

Le sérieux qu'elle mettait dans cette toute petite chose niaise, prosaïque qu'était le plaisir, toute l'importance que revêtait soudain pour elle, et pour tous les hommes, et pour toutes les femmes, un instant, un misérable instant, d'éjaculation. Ce perpétuel effleurement appliqué, exhaustif, complet, scolaire dont elle usait avec sa langue humaine et normale, biologique, pour me procurer, selon une loi mécanique qui voulait que tout suçage, que tout léchage trouvât son issue dans l'éjaculation, une nanoseconde de total frisson, un frisson humain, normal. Répertorié ! Il y avait quelque chose de *sérieusement* élaboré dans sa manière de sucer, de gober mes belbes, de me mordiller la peau des couilles, ou de les aspirer, de les pomper, de les enduire de sa salive humaine. Elle y apportait tout son soin.

Il y avait là-dedans une sorte de gravité. Une application grave. C'était fouillé. C'était pensé ! On eût dit que chaque coup de langue, que chacun des coups de dents que je recevais d'elle, était pesé. Qu'il y avait là-dedans une vie entière qui se livrait, qui s'offrait, que c'était finalement toute une biographie qui me suçait. Qui me triturait les testicules. Regarde ce qu'elle faisait, putain ! Cette façon de placer, avec la rigueur notariale d'un notaire, sa main dans sa bouche pour enduire cette main de salive, et placer enfin cette main à un endroit précis (choisi sérieusement, pas *du tout* au hasard, par elle) de mes couilles. Parce qu'elle pressentait (elle n'avait jamais pu l'éprouver personnellement, elle qui n'avait pas de couilles, qui n'avait pas la *moindre* couille) que cette salive allait me procurer une sensation précise – c'était son instinct qui lui soufflait – et, de fait, ça me donnait une sensation de rafraîchissement non seulement au sens propre, c'est-à-dire au sens où la salive provoquait une réelle sensation de froid, mais aussi rafraîchissante « en ce sens » (disent les profs de philo) que ça renouvelait un peu l'ensemble des sensations éprouvées depuis quelques minutes, que ça faisait comme une pause, que ça ponctuait un tout petit peu ; que ça faisait, en quelque sorte, comme un point-virgule. Il y avait d'étonnantes ressemblances ; en effet ; entre le sexe et la littérature. Il existait, chez la fille qui me léchait les couilles, puis vite fait l'anus de temps en temps, et me salivait au bout du gland, une ponctuation qui, finalement, c'était ma conclusion, n'appartenait qu'à elle. En sexe aussi il y avait les céliniennes, les proustiennes… *(à suivre...)*

Brisant comme une lame
Au ras d'un roc,
Frisant comme une flamme
Jaillie au choc.

7

Anne

> Je commence à craindre que les journalistes ne m'administrent la cinglante correction que je mérite.
>
> Witold GOMBROWICZ.

La noyade d'Anne De Klerk (vendredi 21 juillet 1972)

En me cloîtrant dans mes dates fétiches, je tentais, sans trop y réussir, de modifier le cours des choses – empêcher, par exemple, la mort par noyade d'Anne De Klerk (1965-1972) en juillet 1972. Chaque fois, le même jour, à la même heure, Anne De Klerk revenait imperturbablement se noyer sous mes yeux. Chaque fois que j'assistais au vendredi 21 juillet 1972, je la laissais se noyer sous mes yeux, incapable d'intervenir… Sa mort prévue ne laissait pas de chance à une issue moins dramatique et, implacable, elle ordonnait incessamment la même sentence qu'elle exécutait toujours de la même manière. J'aurais adoré faire comme

Bill Murray (1950-...) dans *Un jour sans fin* (1993) et éviter le drame, mais ça ne marchait jamais, je ne trouvais jamais le moyen d'intervenir concrètement. Les gestes, la panique, les cris sourds étaient les mêmes quelle que fût la manière dont je m'immisçais dans le 21 juillet 1972, l'appréhendais, quelle que fût la paroi par laquelle je tentais de le gravir...

La noyade d'Anne De Klerk ne dépendait pas de ma discrétion, mais du destin. A chacune de mes visites, de mes incursions dans cette journée précise, Anne recommençait sempiternellement sa noyade, s'entêtant dans sa noyade comme pour satisfaire un je ne sais quoi d'inscrit dans les astres qui m'exaspérait, mais en même temps me rassurait par sa constance, par sa conformité à ce que j'avais jadis vécu « en direct » et qui, lorsque je le revivais en différé, m'assurait que tout était en place, comme dans une chambrette maniaquement disposée.

La plupart des écrivains que j'avais croisés écrivaient sur des êtres, ils griffonnaient des personnages en espérant les hisser jusqu'à la réalité des personnes, mais ils ne pensaient jamais à faire des *années* les héroïnes des romans qu'ils publiaient. J'aurais rêvé de réparer cette erreur. J'avais voulu me concentrer surtout sur cette année 1972 parce qu'elle recelait un drame qui a marqué toute ma vie. Lorsque j'étais fatigué de vivre, c'était vers la noyade-1972 d'Anne De Klerk qu'inlassablement je revenais, comme on revenait sur une colline sacrée voir le Christ ensanglanté sur son poteau.

Au milieu de la nuit, j'entendais mes propres cris qui, mêlés aux siens dans un rêve, faisaient de toute ma carcasse mélancolique une gueule errante que le passé accueillait comme une terre d'exil. Je pouvais alors me reposer un peu, reprendre mes esprits et vivre quelques instants de liberté. Mais je savais que Carole Denis et Anne De Klerk, que 1980 et 1972, étrangement unies dans un même souvenir à l'eau de mer et de première branlette, écume et foutre, reviendraient sans cesse me dire des trucs. Je savais aussi que, sur terre, il y avait des gens qui ne comprenaient pas Marcel Proust. Moi, j'avais l'impression que Marcel Proust, c'était la seule personne qui me comprenait.

Tendres stocks

Il y avait un stock de corps de femmes dans les rues des cités modernes. Elles arpentaient les trottoirs, s'enfonçaient dans des ruelles dérisoires, s'engouffraient dans le métro, et étaient finalement à la disposition des plus courageux. Je me servais... Je puisais dans cette réserve humaine en perpétuelle translation sur les avenues. Le meilleur, c'étaient les vendeuses (surtout dans les grands magasins). Car non seulement leur organisme humain était disponible à tout moment, mais il était en outre localisable en permanence. Certains corps à baiser étaient prisonniers d'une géographie imperturbable. Ils étaient en prison quelque part, parfumerie, Christian Dior™, joaillerie, costumes, Kenzo™, et Fadila (1975-...), Sophie (1967-...), Nathalie (1973-...), étaient comme des points géométriques dont on pouvait exprimer les coordonnées cartésiennes ou polaires. Le nez de Brigitte (1966-...), les seins énormes de Sophie (1973-...), les fesses rebondies de Martine (1959-...) possédaient une abscisse et une ordonnée dont les variations, par rapport à un point

« O » choisi comme origine (arbitrairement : chez moi), étaient infinitésimales. Si j'évoque les seins énormes de Sophie, c'est parce que je les avais énormément bouffés (comme Momo aurait adoré bouffer ceux de Pamela) : elle était mariée et voulait rester fidèle. Je ne la pénétrais donc jamais. Mais heureusement : elle n'était pas fidèle des seins.

J'appelais ces femmes des femmes *répertoriées*. Localisées, si on préfère. Ça voulait dire qu'à tout moment de la journée, on y avait accès… Elles étaient retrouvables à l'infini. Seule la mort changerait leurs coordonnées dans mon petit repère cartésien de malade mental. De même que j'aimais, la nuit tombée, construire des femmes improbables avec les silhouettes presque évanouies des inconnues croisées dans la journée, j'éprouvais, parallèlement, le besoin de focaliser mon attention sexuelle sur ces femmes précises, répertoriées, (bien dessinées dans ma mémoire parce que je les avais approchées cent fois) qui venaient apporter un peu de leur concision au magma flou des culs et poitrines divers sur lesquels je me branlais…

Je n'avais jamais réussi à me palucher sur une femme précise. Si je choisissais par exemple Patricia (1965-…) comme sujet de branlette, je savais que ce serait sur Frédérique (1971-…) que ma giclette finirait. Mais la route que mon désir empruntait pour aller de l'une à l'autre n'était pas une ligne droite. Frédérique n'avait pas été *prévue* quand l'astiquage avait commencé : elle n'était que la résultante aléatoire du chemin erratique choisi par ma frénésie. Patricia m'avait servi de starting-block : crampons aux pieds, genou à terre, c'étaient ses loches énormes, qui le mercredi 14 avril 1999 dépassaient de son soutien-gorge bleu ciel un peu serré, qui m'avaient donné le départ. Une branlette, c'est pas la NASA : la trajectoire calculée ne coïncide pratiquement jamais avec la trajectoire réelle. Car soudain, les nibards de Patou appelaient ceux d'Eva (1978-…), dont les lèvres gonflées débouchaient, avec une logique si simple que cinq minutes plus tôt encore je m'étais laissé entraîner par elle, sur la notion de fellation, notion impensable sans le souvenir de Monique (1959-…), une assistante de direction dont le quartier avait été aussi celui de Maeva (1981-…), grosse et cochonne, aussi sale sous la couette que Sylvie (1977-…), spécialiste du gobage, de la gobation, de la gobure, du gobement de belbes.

Stop : comme le bouchon, sur la Loire, achève à Montargis un raisonnement commencé à Limoges sans s'être aperçu de sa progression mécanique et passive, je me rendais compte que Patricia et ses doudounes étaient déjà loin, minuscules à l'horizon. Patricia n'était qu'une introduction, une entrée en matière, une coda… Au mieux, elle m'avait donné la tonalité, la *couleur* de cette branlette et peut-être, par un phénomène d'hystérésis bien connu des physiciens, y avait-il quelque chose d'elle, un legs diffus, une *mémoire* de son influence dans l'éjaculation libératoire.

On aurait tort de croire, cependant, que Frédérique, ma destination finale, fût un réceptacle aussi clairement identifié que ça. Après réflexion, « Frédérique » ne désignait pas tant la grande gigue aux cheveux jaunes baisée la première fois dans les toilettes du « Forum des images », aux Halles, le samedi 27 juin 1998 qu'un fourre-tout improvisé pour la circonstance où d'autres maîtresses, comme par hasard les plus salopes (il me fallait une *concentration* du plus de vice possible car la jouissance est une *synthèse*, presque une abstraction), étaient venues s'agglomérer au dernier moment dans ma tête. Recherche du *maximum de densité* (comme l'eût écrit un adepte de la revue *Tel Quel*).

C'était sur une compilation des meilleurs morceaux de corps de femmes baisées que je me masturbais en réalité, une compilation faite aussi d'instants fragiles d'extase, de secondes de bonheur, tant et si bien que j'en étais arrivé à jouir non sur des visages ou des fesses, mais sur des pensées, des souvenirs, des émotions. « Frédérique » était un terme générique de l'orgasme : s'y mêlaient un parfum, une journée, une promenade aux Buttes-Chaumont et même, dans les branlettes les plus abstraites, le simple bonheur de vivre. « Frédérique », de nom de femme, était passé à nom de plaisir. C'était une trousse cosmique, une vision du monde. A la cime de la jouissance, c'était un univers disparu, un concentré de ma vie, un raccourci foudroyant, j'éjaculais sur des jours enfouis, enfuis, oubliant les femmes pour disparaître instantanément dans un espace nouveau, où seuls comptaient les amis disparus, la beauté des criques de Dubrovnik, la fraîcheur de la menthe et les volutes que faisaient les cigarettes légères dans le ciel de juillet. J'éjaculais sur un solo de Zappa, dans un solo de Zappa, et cette explosion de spermatozoïdes s'approchait de si près du solo qu'il le devenait. Dans l'éjaculat, je n'étais plus que ce solo-là, illimité, désigné par un point d'une densité infinie.

Partouz tout seul

Dans la masturbation, je changeais sans cesse d'avis, sans m'en apercevoir. Je passais de genre en genre comme on passe de liane en liane. Ce qui me montrait en même temps que les corps sont interchangeables dans la jouissance. Se branler, c'était épuiser des variétés... Je me fabriquais ma femme idéale, elle n'était pas composée d'un assemblement de toutes, c'était une espèce de chose monstrueuse composée des seins de A (1974-...) greffés sur le corps de F (1957-...), F qui avait le cul de K (1965-1999) et les cheveux de Z (Zoé ? (1967 ?-... ?)). Non : la femme idéale n'était pas, dans ma branlette, une composition de femmes éparses (à la manière d'un bouquet de fleurs) mais une succession de femmes furtives dont chacune, à toute vitesse, me faisait désirer la suivante. Ce que j'aimais chez une femme, c'était toutes celles qu'elle annonçait et qui la précédaient et la suivaient. C'était cette mobilité du catalogue, cette fuite, ce passage de témoin qui, comme dans une course de relais, me plaisait dans la branlette.

Il y avait une grande joie (en moi) lorsque, exactement comme Meursault dans *L'Etranger* (1943) « s'amusait », en prison, à se souvenir des choses pour la première fois, je redécouvrais une fiancée que je n'avais pas explorée, honorée, convoquée depuis longtemps – un peu comme on tombe par hasard, dans sa bibliothèque, sur un livre qu'on n'avait jamais eu l'idée de relire et qui nous donne du plaisir (ce plaisir était double : il provoquait l'envie). C'était le contraire de l'habitude. D'habitude : j'avais envie de lire un livre et je le lisais. Là, la *redécouverte* du livre et l'*objet livre* se confondaient. Ainsi, il y avait, au creux de ma main de branleur, des petites salopes qui attendaient leur tour – certaines dormaient là depuis des mois, des années, sans jamais être remontées à la surface. Oubliettes... Elles avaient été dissoutes. Seul un événement fortuit pouvait les faire rejaillir, comme par magie, au bout de ma queue. On pouvait être oublié comme dans un R2 téléphonique. On pouvait même y mourir. En juillet 1995 (le mardi 4), j'avais été oublié dans un R2. J'y étais encore. J'étais au téléphone avec une fille, elle avait eu deux bips, elle m'avait dit qu'elle me reprendrait tout de suite et, au jour d'aujourd'hui, j'attendais encore. J'attendais toujours... Car comme l'avait écrit Marcel Proust, savoir qu'on n'a plus rien à espérer ne doit pas nous empêcher de continuer à attendre. Phrase que Mohammed Atta avait inscrite, soulignée en rouge, dans son carnet en moleskine noire – le même que celui qu'il avait emporté le soir de *Tannhäuser*.

Les ailes et le centre
Et le débris
Le monstre dans son antre
Et le pourpris

8

Partoux

> Me rétrécir ! Me limiter ! Ne vivre que ce qui est ma vie ! Une vie concrète et privée ! J'en ai par-dessus la tête des théoriciens qui voudraient m'intéresser à la Chine.
>
> Witold GOMBROWICZ.

Suceuses céliniennes, fellations proustiennes

Les suceuses céliniennes avec les trois petits points... Celles qui te faisaient languir un peu au bout de chaque phrase, goutte à goutte dans leur salive, et hop elles s'exclamaient, avec un immense coup de langue inouï, inexplicable, un coup de langue inné, inexpliqué, violent, un coup de langue ovni qui venait te surprendre, et qui venait te tuer à plein frisson, et c'était le point d'exclamation célinien. La langue ! Le style. Célinien. Le léchage par cette sorte d'à-coups ; cette sorte d'acupuncture avec des fléchettes, et même avec des flèches tout court, qu'était la langue de Louis-Ferdinand Céline. Les suceuses céliniennes n'étaient jamais laborieuses ; elles étaient saccadées ; elles te saccadaient la couille ; elles étaient hachées ; elles surprenaient ta bite. C'était l'orgasme par surprise ; c'était le plaisir-surprise. Comme dans une pochette-surprise. Une sorte de hardiesse ; une énergie d'énergie ; tu recevais comme des décharges électriques. C'était un plaisir quasiment par hématomes – des hématomes de langue, des bleus linguals et linguistiques, puisque nous étions dans la littérature.

Il y avait la suceuse proustienne, les longues promenades mélancoliques dans tes couilles, elle surfait sur ta couille, avec une lenteur spéciale, une gravité très profonde et qui insistait, revenait, ne s'épuisait pratiquement jamais. Une fellation dont on pensait qu'elle durerait toujours, qu'elle ne s'arrêterait jamais plus. Une fellation qui déclenchait un frisson rempli de mémoire, car à chaque seconde ce frisson contenait tous les frissons éprouvés depuis le début de la fellation ; le plaisir qui drainait, transportait, sous forme d'une indescriptible alluvion, sa propre mémoire. Un plaisir fleuve ! Une frontière floue entre la sensation d'avant, de pendant, et d'après. Un plaisir qui s'étendait, irradiait, à chaque coup de langue de la vraie salope qui t'entreprenait notarialement la queue, la bite, le sexe, le pénis, le gland, la « biroute » – mais « biroute », il fallait bien le dire, c'était très daté, comme « partouze » avec un *e*.

Un frisson extensible à l'infini ; qui débordait sur sa propre causalité ; un plaisir fait tout entier d'avenir, de passé, de présent. Hier et futur. Auparavant et dans un instant. De chaque instant. Mais un instant qui durait tellement longtemps ; un instant qui durait toute la vie.

Un instant horizontal, avec des pics verticaux. Une pipe perpétuelle avec des pics éphémères. Une pipe très courte et pourtant très longue. Une pipe si précise et en même temps si évanescente, volatile. Une pipe inscrite, avec sérieux, dans une pipe bloc, une pipe solide. Une pipe coulée dans une pipe de bronze. Une pipe cadette, des millions de milliards de pipes cadettes inscrites dans une pipe aînée. Des naissances de pipes abonnées à une pipe de mort, à la mort infiniment lente d'une pipe qui ne voulait pas mourir. Une pipe qui se retardait le plus longtemps qu'elle pouvait ; où la jouissance n'arrivait jamais parce qu'elle était déjà là, elle avait toujours déjà été là, présente à chaque nanoseconde ; un frisson de frisson de frisson transbahuté dans chaque pipe de pipe. C'était l'œuvre, le style, c'était là l'art de la véritable fellatrice proustienne.

Un pays un peu étranger

En partouz, les choses avaient l'air plus compliquées, moins clairement cataloguées, plus floues qu'à l'extérieur. Les possibilités (organiques, gymnasistiques, humaines) semblaient multipliées à l'infini. On pratiquait là de l'inédit, du non-euclidien. C'était du haut algèbre. Quelque chose en tout cas de haut niveau, un univers auquel on n'accédait pas par la compréhension…

Un blond (1977-…) donnait des fessées à une chatte épilée (1952-…). Une femme au nez refait (1956-…) buvait le sperme d'un type (1963-…) qui avait gardé sa chemise et une seule chaussette. Deux Blacks solides et musclés (1978-... ; 1976-2003) donnaient des coups secs, l'un dans le vagin, l'autre dans l'anus, d'une sorte de charcutière (1955-...) aux seins abondants. Un Anglais (1960-...) se masturbait en mâchant un chewing-gum.

Moi, je regardais tout ça en dégustant de vraies fraises. Beaucoup de ventres se frottaient contre, glissaient sur, beaucoup de ventres. Une (très très) jeune salope (1986-...) prise en levrette par un gros Chinois (1959-...) tirait exagérément sa langue pour atteindre les couilles d'un vieux beau (1942-...) qu'elle devait, dans la vraie vie (celle qui pique) mener par le bout du nez. Mais il faut reconnaître qu'elle plaçait dans son léchage de couilles un je ne sais quoi de reconnaissant qui ressemblait à de la loyauté. A ma gauche, un étudiant en quelque chose (1980-...) remplissait la chatte un peu détendue (par au moins trois naissances) d'une plus âgée que lui (1967-...) dont il ignorait le prénom, et peut-être même l'existence (mais à quoi bon ?) :

— Défonce-moi.

Et je crois me souvenir qu'elle avait rajouté « plus fort ». Puis, je les ai perdus de vue. Ils ont été ensevelis par un fatras d'actes (sexuels) parallèles, connexes, jumeaux, contemporains, voisins, mélangés. Ils ont cessé soudain d'être des protagonistes pour devenir le décor d'autre chose, d'un autre accouplement, d'un autre assemblement de chair humaine cadencée.

J'avais l'impression d'être dans un pays étranger – un peu étranger. J'ai approché des femmes. J'ai touché, j'ai frôlé, j'ai caressé (fugacement) leurs corps (leurs corps qui étaient en train de se faire mettre). La sexualité, ici, avait l'air d'être en *relief*. Il y avait des positions, ou plutôt des configurations, que je n'arrivais pas à suivre.

Il y avait des cris oraux et des soupirs oraux, et d'autres cris et soupirs qui, eux, semblaient écrits. Ils avaient quelque chose de forcé, d'artificiel, de « littéraire »... (La littérature est du côté du vrai, le littéraire, de celui du faux.) Il faisait une chaleur insoutenable là-dedans. Ça sentait aussi très fort la menthe (pour voiler, pour occulter, les odeurs de sperme, pour déguiser en arôme de menthe les arômes de sperme). Une boîte échangiste est un endroit qui sent la menthe et où tu manges des fraises.

Les corps-en-sueur

Les corps-en-sueur se secouaient (donc) les uns les autres dans le menthol, dans une sorte de chlorophylle piquante et absurde. On n'était pas là en proie à une ébullition politique, à une ébullition économique, à une ébullition artistique, à une ébullition sportive, à une ébullition littéraire, à une ébullition historique, à une ébullition géologique, à une ébullition créatrice : non, on était en face d'une réelle ébullition sexuelle. A perte de vue, une vaste région de bites : après les culs ronds qui tombaient sur des torses légers, c'était une mer de poils (faisant comme une manière de velours dégueulasse), interrompue en quelques endroits par des gueules grimaçantes de gens laids.

Vous lisez bien : on acceptait là les gens *laids*. C'était un lieu démocratique. Il ne semblait pas (du moins au premier coup d'œil) y avoir d'antagonisme de classes au Recto / Verso. Mais chaque être particulier était en même temps un être générique. Chaque prénom était un comme un numéro. Chaque entité humaine (chaque queutard, chaque salope) était individuelle, mais au sein du groupe, concentrée sur son plaisir et son plaisir seul, concentrée sur son individualité (sa particularité, son égoïsme), mais une individualité, un égoïsme groupés. Le chauve à la montre à quartz des années 80 (1950-…) qui s'égouttait sur la blonde pute efflanquée (1961-…) était un chauve effectif, pas un chauve abstrait, mais il était doublé d'une sorte de chauve standard, de schéma de chauve. Sa bite empirique avait des airs théoriques.

Ils arrivaient tous là avec leurs bites (pendantes, puis bandantes et) scientifiques. Leurs bites biologiques. Généalogiques. Leurs bites de laboratoire. Leurs bites médicales. Alors, des femmes à la fois particulières et générales, c'est-à-dire des femmes qui en même temps s'appelaient Isabelle Robinet (1965-…) et étaient des êtres humains flous, plus universels, de sexe féminin, et étaient nanties de cheveux de femmes et d'une chatte, s'avançaient, médicales et génériques comme une bite, et suçaient, se mettaient à sucer comme des folles, des dingues, des malades, à scientifiquement sucer des bites médicales généalogiques et biologiques.

Des monceaux s'élevant
De place en place,
De rares survivants
Sous cette masse.

9

Marcel Proust

> A dater de ce jour, je commençai à mettre au point ma nouvelle façon d'être qui consistait à tirer les choses au grand jour pour m'en libérer.
>
> Witold GOMBROWICZ.

La Carole Denis de Marcel Proust

A la recherche du temps perdu pouvait finalement se résumer à la recherche d'une femme, Gilberte, Marie de Bénardaky (1875- ?) dans la vie, sa Carole Denis à lui, que Marcel Proust n'avait jamais eue. Et qu'il avait toujours aimée. Sans retour. Son seul moyen de posséder cette femme, ç'avait été de l'enfermer dans le temps – c'est-à-dire dans une œuvre. Et de l'y maintenir prisonnière. Gilberte *était* temps (comme on l'eût écrit dans *Tel Quel*). Elle n'était que le temps qui passe. L'unique moyen de la posséder avait consisté à aller à la recherche du temps perdu, comme moi avec Carole

Denis en 1980. C'était ça que Proust avait voulu faire. *La Recherche* s'ouvrait sur Gilberte (*Du côté de chez Swann*, 1919) et se refermait sur elle (*Le Temps retrouvé*, 1927). Toutes les autres femmes (Albertine, Mme de Guermantes, Mlle de Stermaria) n'étaient en fait que des alibis pour rechercher celle que le narrateur n'avait pas eue, n'aurait jamais plus : Gilberte.

La vie de Marcel Proust avait été une véritable tragédie. Voilà l'exemple de quelqu'un qui n'avait jamais été aimé une seule fraction de seconde par aucune femme. Lui qui avait su parler d'elles comme personne. Il n'avait jamais eu d'avenir. A 25 ans, il n'avait déjà plus que du passé : il avait écrit *Jean Santeuil* (1952). Puis il s'était enfermé à 35 ans dans sa chambre pour ne plus jamais en ressortir.

Albertine aussi avait existé... Elle s'appelait Jeanne Pouquet (1874-1961). Proust l'avait connue à l'époque de son service militaire à Orléans. Il l'avait draguée. Il l'avait voulue coûte que coûte ; il lui avait fait des compliments et elle lui avait tourné le dos. Elle avait écrit à Gaston de Caillavet (1869-1915), le meilleur ami de Proust : « Votre ami Marcel me déplaît beaucoup. » Pour mieux atteindre la fille, Marcel avait tout fait pour plaire à la mère (1844-1910). Il les avait fait venir toutes les deux, la mère et la fille, à Orléans, et avait dragué la mère comme un malade. Lors d'une réception à Paris, Jeanne s'était servie de Marcel comme bouche-trou : « Remue ciel et terre pour décrocher quelque ami bienfaisant... Ce détraqué de Proust ferait bien l'affaire, quoique papa ait une grande sympathie pour l'immense René Alvares. » Pour l'attirer à Orléans, il avait inventé des histoires abracadabrantes et avait été prêt à faire n'importe quoi pour la séduire. Il avait inventé une histoire de château à acheter… Il n'y a pas de château à acheter « en ce moment », avait-il précisé dans son acharnement à en trouver. Mais il pouvait lui louer « les plus belles chambres du meilleur hôtel ». Avec l'aide d'un tapissier et d'un antiquaire, il y installerait pour elle et sa mère un « appartement agréable ». Un jour, il était revenu chez les Pouquet, triomphant : il avait enfin trouvé un château à louer ! (Château de Saint-Loup à Saint-Jean-de-Braye près d'Orléans, devenu aujourd'hui un couvent.) « C'est un agréable toqué », avait dit de lui Jeanne Pouquet.

« Se lever des gonzesses »

Je ne savais pas comment faisaient « les autres » pour « se lever des gonzesses ». Je ne savais pas où ils avaient trouvé leur(s) nana(s), leur(s) meuf(s). Dans les années 90, je me serais damné pour avoir accès, tout simplement accès, je ne dis pas même à une fille, une femme, une nana, une meuf, mais à *l'attention* d'une fille, femme, nana, meuf, etc. Je ne demandais pas la lune, pas encore du moins : juste intéresser, dix secondes, après je l'aurais rendue, après je vous jure que je l'aurais rendue, une fille. J'étais comme Proust et Momo…

Je n'avais pas d'exigence précise, ni sur l'âge, ni sur la profession, ni sur la culture, ni sur rien : je rêvais juste, tandis que je me branlais comme un maudit sous mes draps maudits, qu'un être humain de sexe féminin daignât s'intéresser (momentanément, après je la remettrais dans le circuit, promis juré) à mon « cas ». Car j'étais un cas. Je vivais alors dans un monde éthéré, à part, un monde malade, maladif, parfaitement névrosé dans lequel le théorème de départ, ou plutôt le postulat, car le postulat contrairement au théorème ne se démontre pas, que *toute fille donnée était impossible à avoir.* Que sortir avec une fille était un combat ; un combat de chaque instant ; un exploit sportif – et intellectuel. Que séduire une fille, parvenir à sortir avec *n'importe quelle fille* était un parcours du combattant ; la chose la plus difficile du monde. Et de tous les temps. Que ceux qui y étaient parvenus, qui y parvenaient, continuaient d'y parvenir, étaient de véritables héros. Mes dieux. Mes dieux vivants. Mes maîtres absolus. Mes icônes. Mes maîtres à penser – si je puis dire, car en réalité, on l'aura bien saisi, mon problème était que je pensais trop.

Ainsi, j'avais longtemps vécu dans cette illusion que tous ceux qui avaient réussi là où je passais ma vie à avoir l'impression que j'échouerais à jamais, avaient fourni d'incommensurables efforts pour en arriver là. Ou plutôt, non. Ce n'était pas ça. Pas du tout ça. Je m'en rendais compte. C'était pire en fait : je vivais dans cette illusion que j'étais le seul à avoir à faire ces efforts, herculéens, pour ramener une fille dans ma chambre, ou même simplement pour prendre un thé dans un café à la con, pendant que les autres, *tous* les autres, sans se poser la *moindre question* (les enculés !) parvenaient à cueillir des êtres humains de sexe féminin que j'étais pourtant persuadé de faire rire plus et mieux qu'eux, de pouvoir intéresser mieux et plus qu'eux à des millions de milliards de sujets que ces ignares ignoraient. Il m'aurait juste suffi d'avoir un accès *direct* aux femmes pour que ces mêmes femmes m'aimassent. M'adorassent ! Soyassent folles amoureuses. Me vouassent, me vouassassent un culte définitif – et total, et absolu. Et tellement justifié ! Mais non.

Désir bilatéral

J'avais fini par avoir peur de souffrir. J'étais arrivé à un stade où je ne pouvais aimer uniquement que si j'étais sûr d'être aimé aussi. Les charmes de la non-réciprocité, du désir unilatéral, je laissais ça aux nouveaux venus dans l'âge de 20 ans. Combien de galères j'avais connues : des centaines, des milliers, des centaines de milliers. Des plans où j'étais avec des filles sublimes, sublimissimes, et qui me faisaient souffrir comme un damné parce que je voulais les (re)couvrir de baisers, les inonder de baisers, les asperger de salive, les caresser, les toucher partout (et tout le temps), comme un malade, parce que j'étais un dingue, un fou, un intégriste, un mohammedatta de leur physionomie, de leur physique, de leur aspect, de leur enveloppe charnelle, de leur corps, de leur sourire, et de leurs yeux et de leur bouche.

Et je souffrais tous les supplices de l'enfer parce qu'elles riaient, elles me regardaient avec un petit air d'ange et précisaient qu'elles étaient ma petite sœur, ou encore que nous deux ce n'était rien d'autre que de l'amitié. Et je faisais des efforts surhumains, les larmes me montant aux yeux, pour ne pas prendre leurs mains dans les miennes… Car si j'avais pu, si j'avais pu prendre leurs mains dans les miennes alors j'aurais été l'homme le plus heureux de tous les temps, et même le seul homme de tous les temps, le seul homme sur terre. Hé, est-ce que tu peux comprendre ça, Pam ?

J'avais dépucelé des filles, éjaculé entre des (gros) seins, mordu à sang des épaules de nanas, et là, j'étais comme un petit canari perdu, comme une douce petite merde aux yeux embués, rougis du sel de larmes romantiques (et donc à la con), parce qu'une demoiselle voulait faire du copain-copain de très très haut niveau au lieu de me donner son cœur, son corps, son amour, ses jours et sa vie. Et ses gros seins. Parce que je ne pouvais pas prendre des mains dans mes mains, que je n'osais pas prendre des mains de femme dans mes mains d'homme, parce que ça m'apparaissait comme la chose la plus difficile du monde soudain, parce qu'il y avait un gouffre entre ces mains et mes mains et qu'on m'interdisait de sauter ce gouffre, je voulais tout simplement m'ouvrir les veines, et j'avais envie de m'effondrer en larmes comme un petit enfant. Je me sentais demandeur, je me sentais ridicule, je me sentais plus âgé que jamais.

Bélier tu enfonçais
D'un choc frontal
Le château et le roc
Son piédestal.

10

Partouz

> Quand on chérit le plaisir, il ne faut pas philosopher pour le diminuer.
>
> CASANOVA.

Punition

Ben Laden et les siens avaient sans doute voulu punir ça : ma débauche sexuelle, les petites partouz mesquines des petits Occidentaux étriqués et gâtés dans mon genre, des nantis obsédés qui, après le restaurant et le cinéma, allaient se faire sucer la bite pendant des heures dans des renvois de whisky-coca. C'était ça, la « culpabilité judéo-chrétienne » : s'en vouloir d'avoir éjaculé comme un gros porc sur des corps en pleine santé pendant qu'on crevait de faim dans les bidonvilles du tiers monde.

Je n'avais jamais été croyant… J'avais essayé d'être pratiquant, pour la beauté des églises, pour la beauté des messes, des lieux de culte – mais je n'avais jamais été croyant. Je n'avais jamais été croyant et j'étais, néanmoins, farouchement partisan d'un retour au religieux, à la religion, aux religions. Dans un monde qui allait plus vite que sa propre vitesse, dans un monde gouverné non tant par la vitesse que par l'accélération, la croyance religieuse, la foi, insistait sur ce qui était durable. Elle incarnait le contraire du caprice et de l'éphémère. Du provisoire et du jetable. Elle pouvait remplacer le rôle que l'art aurait dû jouer (mais l'art jouait de moins en moins de rôle ; il continuait d'être l'art, et les artistes s'entêtaient à poursuivre leur chemin artistique, leur voie propre, leur voix propre, et les « amateurs d'art » avaient quasi disparu, chaque jour un connaisseur s'en allait, chaque matin mourait un passionné, un pair, un frère). La foi était devenue l'art d'aujourd'hui… C'était à travers elle que Dieu continuait, se frayait un chemin ; la foi était l'hommage de la constance temporelle des hommes à la constance éternelle de Dieu.

La foi était la cathédrale des temps modernes : une cathédrale têtue qui se diluait dans les sociétés, s'affirmait face aux difficultés, aux caprices de la consommation ivre d'elle-même, à ce ringardisme autodémodable, perpétuellement autoringardisable, que l'on appelait « la modernité », « le modernisme » ou « les temps modernes » et qui n'était que défilé de mode(s). La foi apparaissait comme une victoire du doute sur l'hésitation.

Comme un triomphe de l'immuabilité de la dignité humaine et de la fierté humaine sur la précipitation des enfants gâtés. L'intégrisme religieux s'était échafaudé, spontanément, contre l'arrogance de ceux qui avaient toujours raison. L'intégrisme religieux, par définition, faisait siennes toutes les hésitations, les remords, les doutes. Il incarnait la même foi que jadis, la même foi historique mais qui, pour préserver sa pureté première, pour laisser inchangées ses variables, pour rester constante, au sens où l'on parle de constante mathématique, avait dû s'adapter, avait dû muter, parce que les temps s'étaient « tout simplement » durcis.

Le terrorisme était d'abord une réaction au terrorisme intellectuel. Le terrorisme, pétri de réflexions, d'introspections, de complications, de tergiversations, de réunions, de résignations, de contradictions, d'objections, de tractations, d'interrogations, de circonvolutions, de dénégations, de pérégrinations, de récriminations, de circonspections, n'était pas une élévation de foi : c'était une élévation de voix. C'est que la foi, la dignité de Dieu, le travail de Dieu, son discours ne parvenaient plus à trouver une longueur d'onde pour s'exprimer : toute cette laïcité obligatoire et fictive, illusoire, factice, de façade, cette ridiculisation permanente des sacrements et des rites, et du culte, toutes les ironies idiotes, gratuites, étaient venues brouiller la parole de Dieu, et par conséquent les messages chrétiens, islamiques et juifs.

Je vivais dans une époque où le vocabulaire s'emballait, où la syntaxe rendait les spécialistes pointilleux, souvent bavards et sentencieux. On passait des pages et des pages, dans *Le Monde*, *Le Figaro* ou *Libération* à distinguer les Arabes des musulmans, les musulmans de l'Islam, l'Islam de l'islam, l'islam de l'islamisme, l'islamisme de l'intégrisme, l'intégrisme du fanatisme, et le fanatisme du terrorisme.

En réalité, l'islamisme, c'était l'islam par haut-parleur. Ce n'était pas un islam exagéré, c'était un islam crié. Ce n'était pas un islam défiguré : c'était un islam hurlé !

L'islamisme était un islam désespéré. Ce n'était pas un islam qui voulait se faire craindre, c'était un islam qui voulait se faire entendre. C'était le même islam que l'islam de toujours, mais le muezzin, dans les pays arabes, était diffusé par haut-parleur (la première fois que j'avais entendu ça, c'était à Amman, en Jordanie, et je n'avais pas fermé l'œil de la nuit). Le muezzin était devenu indissociable de la hi-fi. L'islamisme, c'était un islam haute-fidélité.

Haute fidélité

Pas une fidélité plus dure, mais une fidélité plus haute... On ne se durcissait pas, pour combattre une époque dure : on s'élevait ; on élevait la voix, on élevait la voie, on élevait la foi. C'est pourquoi la matérialisation concrète de l'islamisme avait eu recours à la haute technologie dans un monde hard(ware).

On pouvait désigner par terrorisme, en gros, le mariage de la foi et de la haute technologie. Le monde en connaissait de deux sortes : un terrorisme consensuel, chrétien, horizontal et niveleur, nivelateur, nivelant, insidieux, diffus, invisible, hypocrite et officiellement courageux, qui était celui des Etats-Unis ; et un terrorisme scandaleux, islamique, vertical et diviseur, divisateur, divisant, frontal, affirmé, visible, qui s'assumait et était, dans le monde occidental et dans de nombreux milieux musulmans, officiellement condamné pour sa cruauté et sa lâcheté.

A y regarder d'un peu plus près, le terrorisme se définissait finalement par le mélange parfait, chimiquement parfait, du courage et de la lâcheté. Etre terroriste, c'était être persuadé d'avoir raison sur le fond tout en sachant qu'on avait, très certainement, tort sur la forme. C'était prendre le risque d'avoir tort sur le fond en ayant, tout à fait complètement, tout à fait certainement, tort sur la forme. Chaque fois qu'une entreprise tendait à faire vivre une idée en tuant des hommes, elle était qualifiée de « terroriste ».

La foi, en ce début de 21e siècle, était ébranlée de toute part. Dieu avait fait ce qu'il avait pu pour qu'on l'écoute. On ne l'écoutait pas des masses... Il avait horreur de cette situation. Il n'y avait plus aucune différence entre les aventures de Bruce Willis (1955-...) à l'écran et les pages des faits divers dans la vraie réalité vraie. Alors Ben Laden, homme de réalité pure, de réalité haute, de réalité absolue, avait pris la décision de plagier Hollywood dans le réel. D'injecter dans la vraie réalité réelle réaliste les meilleurs moments ultraspectaculaires des dernières superproductions du cinéma de la côte Ouest des Etats-Unis. Il allait inventer le cinéréalité.

Guy Debord et Dark Vador

Il allait être le premier à faire du détournement de spectacle, du détournement de divertissement, de l'entertainment antientertainment, du divertissement dont le but serait précisément de ne divertir personne, de ne faire rire personne, de n'entertainer personne. Ben Laden avait inventé, avec son 11 Septembre™, mélange de Guy Debord (1931-1994) et de Dark Vador (1977-1980), l'anti-société du spectacle absolue. En retournant l'Amérique contre elle-même ; en détruisant l'Amérique avec les propres armes de l'Amérique ; en ébranlant l'Amérique par de l'imagination strictement, purement américaine. C'est pourquoi le 11 Septembre™ contenait une part de second degré, d'ironie, et même une pointe d'humour. Rabelais (1490-1553), Voltaire (1694-1778) et Alphonse Allais (1854-1905) nous avaient appris que l'humour pouvait être dévastateur.

Dès le lendemain du 11 Septembre™, le gouvernement américain avait comme par hasard confié à des scénaristes d'Hollywood la mission de lister, dans une sorte de brainstorming géant, national, sans précédent, quels nouveaux attentats les terroristes seraient capables d'imaginer… L'imagination retournait, en boomerang, à l'imagination. L'entertainment retournait à l'entertainment – mais d'une manière inattendue, abrupte, inimaginable.

Tu passes toute la nuit à te faire lécher les glandes, les orifices, les cheveux, les doigts de pied et l'intérieur des oreilles, tu as éjaculé sur des couches horizontales d'êtres humains gémissant, et voici qu'au réveil, des avions s'offrent à des tours dans un tourbillon de flammes orange. Il t'a d'abord semblé qu'il y avait un abîme entre tes orgasmes de groupe et ces morts verticales, ces êtres humains verticaux qui tombaient des tours verticales, dans l'air vertical putréfié. Quelques heures auparavant, tu as éprouvé l'interchangeabilité des corps humains, le nivellement des corps par le nombre et la volupté, et voici à présent que toutes celles que tu as baisées la veille, toutes ces entités humaines génériques, pleuvaient les unes sur les autres, cramaient ensemble, en groupe, rassemblées dans une piété chrétienne improvisée.

Cœur qui as tant aimé,
D'amour, de haine,
Ô cœur accoutumé
A tant de peine.

11

Présentation de ma gueule
à Notre-Dame-des-Lecteurs

Qui peut calculer l'orbite de son âme ?

Oscar WILDE.

Jean-Baptiste Cousseau

Je ne me suis pas vraiment présenté. Je m'appelle Jean-Baptiste Cousseau, tout le monde m'appelle Couscous – je suis « écrivain ». Je suis moins médiatique que des gens comme Frédéric Beigbeder (1965-…), Guillaume Dustan (1965-…) ou ce connard de Yann Moix (1968-…). Pendant qu'ils passent à la télé, pendant qu'ils ardissonnent, pendant qu'ils se dechavannent, moi je travaille. J'écris. Des livres très serrés : ils sont plus profonds que les leurs. Plus fouillés (ce n'est pas très difficile). Je les laisse à leurs « romans de rentrée », à leurs automnes, à leurs littératures pour fillettes, leurs alexandries-alexandras, leurs alexandrejardineries. Leurs jardins-à-la-française : ils écriraient sur l'art du bilboquet ou un *Traité des verrues* que ça reviendrait au même. Il ne restera rien d'eux.

Les mois d'automne, avec les romans très attendus, c'est le cas de le dire… La plupart des « écrivains français » tombent tous les deux ans dans le panneau : ils griffouillent un petit étron spécialement conçu pour les lauriers, attendant leur prix Médigoncourenaudallié comme les cancéreux attendent la mort : sans être sûrs que ça viendra tout de suite, mais sachant que ça ne devrait quand même plus trop tarder. Il y aura des « dossiers » dans toute la presse, sur la « rentrée ». Des « critiques ». Des « grandes tendances »… Dans les hebdomadaires pour cadres dépressifs, il y aura sept pages de plaintes, les mêmes depuis quarante ans, pour dire qu'on publie trop de merdes. Et la plupart des journalistes signant ces pages viennent, il y a quelques mois à peine, de déféquer un gros roman non seulement illisible, mais illu, et qui le restera jusqu'au dernier souffle du dernier homme sur cette planète.

Je ne lis jamais les « dossiers » de rentrée, les comptes rendus de « rentrée ». Rentrée des classes. Tout ce qui fait croire que les livres qui éclosent en septembre sont plus importants, plus fondamentaux, mieux écrits, mieux « troussés », plus vitaux, que leurs petits frères des mois de mai ou d'avril. De juin. Si j'étais Yann Moix (Allah m'en préserve), je publierais mes romances uniquement pour l'époque des plages. Des gares… J'assumerais : je soulignerais que c'est une littérature de trajets. Une littérature pour aller d'un point à un autre, jusqu'à Saint-Malo, une littérature pour t'accompagner (dans ton voyage) jusqu'à La Rochelle – et hop, à La Rochelle, tu ne t'embarrasses pas de *Yoyotations dans l'azur* (1996), de *Je t'aime mon amour*

(1997), de *Falbala Porto* (2000), de *Ok* (2002) ou de *Partouz* (2004) : tu jettes le tout à la mer. Et ensuite, léger, tu profites des paysages. Tu profites des flots.

36 ans

Je suis né le 31 mars 1968, à Pékin, à São Paulo ou à San Francisco, à moins que ce ne soit à Nevers, dans la Nièvre, qui en 1974 abritait 45 068 habitants et dont la Porte du Croux est célèbre dans le monde entier et en particulier à Nevers. Mes parents tenaient un commerce qui leur laissait, bon an, mal an, plusieurs milliers de francs de bénéfices. Pour jouer dans le Parc, il y avait Frédéric Josnard (1966-…), les frères Miskovic (1968-… et 1970-…), Loïc Jaillard (31 mars 1968-…) et Martial Tiret (1963-…). Notre famille était nombreuse mais pas très. Elle se constituait d'une majorité d'êtres humains et d'une poignée d'animaux qui étaient posés sur le sol pour leur tenir compagnie. Sur la table, c'étaient les humains qui mangeaient. Sous la table, c'étaient les bêtes. On devait être pas loin de douze en comptant les chiens et les chats.

Après, mais je ne sais plus après quoi, on est partis pour Orléans… C'était une ville où Charles Péguy était né. A Orléans, il y avait eu du vent, des nuages, de la pluie, mais il n'y avait pas eu la mer. On ne comprenait rien à Orléans si on croyait qu'à Orléans y avait la mer. Quand j'étais enfant, j'étais allé à l'école… Maintenant que j'étais adulte, la société ne m'envoyait plus dans cet endroit que j'aimais tant. Désormais, sous prétexte que j'avais 36 ans, je suis obligé de prendre ma vie en main tout seul. Personne n'est plus là pour me dire ce que je dois faire de 11 à 12 heures, ni en quelle salle, ni avec qui. Ça me rend triste et je me sens un peu perdu. Je n'ai plus de notes en rien. Personne n'est plus là pour noter sur 20 les trucs que je fais, ni pour me punir si je fais un truc mal, ni pour me récompenser quand je suis brillant (à un dîner, par exemple). Il n'y a plus d'oral et plus d'écrit. Je ne sais plus tellement à quoi je sers.

Quand je pars en vacances, ou que je vais au cinéma, j'y vais sans personne de la classe, je suis tout seul. Je ne suis plus en scolaire. On ne pratique plus le tarif de groupe sur moi. Des fois, je me demande ce que je vais (bien pouvoir) devenir. Je ne me suis pas aperçu du moment (de l'instant précis) où mes camarades de classe sont partis. Ils ont dû foutre le camp pendant que je refaisais un lacet…

Pour faire revivre ces années-là, je retournais parfois faire du vélo à Fourneau-Plage, un camping installé sur les bords de Loire, « de l'autre côté de la nationale », où j'allais jouer ado. Pour être tout à fait honnête, l'endroit n'évoquait que très modérément *La Plage aux romantiques* sur laquelle Pascal Danel (1944-…), par un soir aux tons orangés de 1965, avait donné libre cours à ses pulsions amoureuses. La plage de Fourneau était lugubre, mais on ne pouvait pas non plus attendre d'une station balnéaire située sur la Loire, en plein cœur de la Beauce, une gaieté exceptionnelle.

L'été, des familles de Chleuhs, de Hollandais, de Scandinaves à la peau blanche, venaient y passer quelques jours (l'instant de visiter les châteaux de la Loire) entre le fleuve charriant ses tonnes de merde, l'aire pour enfants aux portiques rongés par la rouille, et les chiottes en ciment où les rats venaient se suicider.

Les chiottes étaient tellement immondes que les touristes allaient tous poser leur pêche au petit bonheur la chance, dans les champs de blé alentour ou dans le petit bois cafardeux qui jouxtait le camping et qu'on aurait dit inventé pour qu'y soient violées des fillettes à longueurs de journées. C'était en réalité un ancien camp de vacances datant des années Blum qui avait connu son heure de gloire jusque dans les années 50 mais qui, démocratisation des loisirs oblige, avait souffert de la concurrence d'autres campings, situés (ceux-là) à Sainte-Maxime, à Saint-Raphaël ou à Port-Grimaud.

Les époux Kipov (Marie-Pierre (1941-...) et Gérard (1936-...)), un couple de cinglés qui avaient toujours prétendu avoir croisé Claude François (1939-...) quelques jours avant sa mort au Moulin de Saint-Ay, « logeaient » là à l'année, dans une caravane toute pourrie des années 70, traversant ici des mois tels que novembre, décembre ou encore février. Mais dès le mois de juillet, les Kipov retrouvaient leur petit monde, des gens du coin qui habitaient parfois à moins de 5 kilomètres, mais qui venaient passer un mois d'été ici : « Ça dépayse quand même ! » Les uns allaient regarder sur la télé des autres le bulletin météo. Les séances barbecue qui reprenaient sous le soleil jaune, tandis que la Loire trimbalait sa couleur verte et des bidons d'essence parmi les ajoncs. Le barbecue est généralement la première chose que sort un campeur de son break. « Ici, c'est pas une usine à vacances pour ceux qui ont le porte-monnaie bien garni ! » Des gros porcs jouaient aux boules. Leurs insupportables gosses, à qui j'aurais balancé des tartes pendant vingt-quatre heures non-stop, se livraient à des batailles d'eau de Loire (un coup à attraper une maladie de peau). Les femmes, flétries d'un peu partout, faisaient la popote. Trois douches étaient plantées dehors, près d'un chêne. Elles devaient dater de juin 1936. J'avais plusieurs fois essayé de les actionner. Aucune d'entre elles ne fonctionnait. Le plus souvent, les campeurs de Fourneau allaient se récurer la fesse à la piscine de Meung-sur-Loire, dans le petit bain…

Sinon, pour me faire un peu de blé, vers 18 ans, j'avais travaillé à « l'Arche ». A la cafétéria. A la plonge. L'Arche était situé sur l'aire de service d'Orléans-Gidy, en bordure de l'autoroute A10, à 120 km au sud de Paris. On avait vu passer Jean-Marie Bigard (1954-…), Michel Delpech (1946-…) et Rose Laurens (1953-…). Il paraît que Coluche (1944-1986, accident de moto) s'était arrêté aussi, avec sa Kawasaki, mais ce jour-là j'étais de congé et je l'avais raté. On pouvait dénigrer, dire que la cuisine de l'Arche était dégueulasse… N'empêche que quand tu crevais la dalle, tu faisais ta petite halte chez nous, mon salaud. Le Bœuf jardinier ? Trop tard : fermé (et puis bonjour les prix, de toute façon). Alors, penaud, tu montais à l'étage et tu jouais du plateau-repas. Comme un veau, tu regardais les voitures passer à toute allure sous le self. Tu prenais le steak haché-frites, en faisant bien attention à prendre l'assiette dans laquelle il y avait le plus de frites. Et des bien grillées. C'est vrai que le poulet n'avait pas bonne mine. Que la moutarde avait un goût de mayonnaise. Que les carottes râpées avaient l'air de céleris peints en orange… N'empêche que tu t'y arrêtais, saloperie, à l'Arche. Tu arpentais la salle, le plateau dans les mains – il y en avait de deux sortes, des plateaux : des beiges ou des marron foncé. Tu choisissais la place d'où on voyait le mieux l'autoroute.

Le jour même où j'avais enfin achevé mon premier roman, *L'Archange du mépris* (Le Blaireau-spectral, 1997) – supercritiques dans *Les Inrocks*, *Le Monde des livres* et *Télérama* –, l'Arche avait fêté ses vingt ans au service des automobilistes. Ç'avait été la totale : fruits et légumes en crépon, ballons, guirlandes, fanions avaient « habillé » tous les Arches répartis sur 43 sites dans toute la France. Au niveau national, on avait en moyenne 50 000 clients par jour : ça représentait quand même plus de vingt millions de visiteurs par an. Ils venaient se nourrir, s'approvisionner, se reposer. Ils étaient parfois en couple... Ils formaient en août une foule monstrueuse : si je ne dis pas de bêtise, l'Arche réalisait 60 % de son chiffre d'affaires annuel pendant l'été, ce qui nous faisait des pointes à 6 000 clients par jour.

A la station Total de l'Arche, tu pouvais trouver des *Captain Swing,* des *Akim Color,* des *Kiwi, Spécial Kiwi,* des *Blek* et des *Zembla*. Ma préférence allait à *Zembla* – ou à *Spécial Zembla* quand il y avait des *Spécial Zembla.* Physiquement, Zembla ressemblait à Akim, sauf qu'il avait les cheveux longs et qu'il était brun. Si c'était à lui qu'allait ma préférence, c'était surtout à cause des personnages secondaires, comme le teenager africain Yéyé, impayable avec son casque de MP (*Military Police*), ou encore Rasmus, sorte de Mandrake raté qui foutait les jetons avec son chapeau haut de forme et ses petites moustaches de chochotte en pleine jungle (il avait la tête du parfait partouzard). Il y avait aussi le lion, Bwana, Pétoulet le kangourou et Satanas le chat sauvage. Mais dans les sachets renfermant plusieurs livres, on pouvait aussi trouver des vieux numéros de *Hot Vidéo* et de *Nanoo Contact.* En février 1986, je travaillais à la plonge quand la navette Columbia avait explosé dans les airs, devant le monde entier bouche bée. Sur les visages des Américains la tête en l'air, impuissants et qui ne réalisaient pas encore ce qui s'était réellement passé, il y avait des expressions de peur de fin du monde.

On verrait bien

J'avais 36 ans et je savais encore aimer (et je savais encore souffrir, et je savais encore me couvrir de ridicule et exposer mes faiblesses, et je savais encore tout donner tout de suite). Ça me rassurait, ça me faisait plaisir : mais je savais que, vu par un observateur extérieur, tout ça devait avoir un tout petit peu moins de gueule quand même que lorsque j'avais 24 ans. Je commençais doucement à flipper, car l'âge n'était pas le genre de chose, je le savais, qui aurait le pouvoir de me faire renoncer à la drague, à la séduction, aux femmes. On verrait bien. J'avais couché avec des filles qui m'avaient expliqué qu'en dessous de 40 ans, un homme ne les intéressait pas, qu'en dessous de 40 ans un homme c'était trop un enfant. Une telle information n'était pas véritablement tombée dans l'oreille d'un sourd.

Je commençais à m'en vouloir violemment (et sérieusement) et à en vouloir à mort à mes parents (car tout ça, c'était évidemment de leur faute) d'avoir fait des complexes physiques très sévères entre l'âge de 0 an et celui de 30. Parce qu'à cause de ça, à cause de cette conviction profondément ancrée en moi que j'étais, que j'avais toujours été d'une laideur extrême, je n'avais pas pu profiter des filles, de l'amour, du sexe et des fantaisies d'être à deux pendant la toute première partie de ma vie. Ça s'était enfin décoincé aux alentours de 1998, mais je ne voyais plus les enjeux de la séduction (de l'amour, des femmes) que comme un manque à gagner, un rattrapage de temps perdu, d'adolescence perdue, gâchée, brûlée sur l'autel des complexes physiques, de la haine de soi, de la honte (pénible) d'être moche (d'être persuadé qu'on est moche – ce qui revient de toute façon à être moche).

Je passais ma vie à coucher avec des filles avec qui j'aurais dû coucher dans les années 80 et 90. Je vivais mon adolescence avec vingt ans de retard, j'avais une impression terrible de course contre la montre, de précipice, de chronomètre, de temps qui fusait, de mort aussi, car il fallait non seulement que je me mette à vivre la période 1986-1998, mais aussi ma vraie vie de trentenaire, d'homme, d'homme débarrassé de toute enfance en lui, de toute adolescence, de tout passé passé à se branler, à faire jouir des draps, des dessous de couette et des pans entiers de moquette au lieu de faire jouir des femmes des vraies. J'avais à rattraper dix ans de passé, pendant que le présent marchait de son pas régulier.

C'était d'ailleurs à cause de ces complexes physiques abyssals que j'avais pris l'habitude, pour aborder et séduire les filles, de leur parler beaucoup. De gloser. D'étaler toute ma culture en 28 secondes. Comme une mitraillette. Compilant à la vitesse de l'éclair toutes les citations que je connaissais, épuisant en une seule conversation (surréaliste et étouffante, prétentieuse et suffocante pour la fille) toutes mes références, toutes mes lectures et mes voyages et mes goûts, et pariant déjà sur l'avenir, sur notre avenir commun, et nos voyages communs, et trinquant déjà (le regard complice et le clin d'œil efficace) « à nos futurs souvenirs » (l'expression est du dieu Guitry). Elles attendaient un peu de cynisme, de sérénité et de bite, un peu d'assurance et de détachement, de certitude mâle, de certitude de bellâtre et d'assurance un peu de beauf (pas trop, mais un peu quand même) et voilà qu'au lieu de les prendre d'un peu haut, le regard vainqueur et le sexe prêt à les défoncer, attendant mon heure avec une totale satisfaction rentrée, je m'égarais dans des circonlocutions paniquées et littéraires, bafouilleuses, naïves, craintives, émasculées, complexées, des comparaisons entre Charles Péguy et Jacques Maritain (1882-1970), voilà que je leur parlais des habitudes de Léon Bloy (1846-1917) alors qu'elles ne savaient pas qui était Léon Bloy (et ne voulaient pas, et ne cherchaient surtout pas à le savoir), voilà que, persuadé de n'être rien sans mes gimmicks et gadgets cultureux, je remplissais l'espace, je leur promettais de leur prêter une édition rare du *Journal* de Paul Léautaud (1872-1956), ou de leur montrer une lettre originale de François Truffaut (1932-1984). J'avais peur…

Eh bien avec l'âge, alors que j'avais déjà parlé beaucoup (beaucoup caqueté) dans ma vie pour séduire « en dépit » de ma gueule, je commençais à comprendre qu'il me faudrait me remettre à parler encore. A citer encore ! Mes complexes s'étant dissipés à 30 balais, piges, ans, et l'âge commençant à sévir à 40, je n'aurais eu finalement qu'une seule misérable petite décennie de rien (du tout), de merde, pour être moi-même, sans bavardage inutile, sans Léon Bloy, sans gadgets. J'avais peur…

A 40 ans, je regretterais alors d'avoir complexé à 20.

Toutes ces années parties en fumée. Evanouies. C'était injuste et dégueulasse, c'était à pleurer. Mais en même temps, j'aurais pu (j'eusse pu !) finir dans un accident à 23 ans, avoir un cancer pas drôle du tout à 32, et je n'avais rien eu de tout ça, et par conséquent ce n'était pas trop la peine de pleurer sur mon sort non plus.

J'avais toujours su, j'avais toujours pressenti que la fin de ma vie serait triste à mourir. Je n'avais rien réussi à construire à 36 ans. Les années qui s'annonçaient seraient faites de nouveaux râteaux avec les filles, mais pas des râteaux de jeune, pas des râteaux de type qui avait toute la vie devant lui : non, des râteaux de vieux. A tous les obstacles qu'avaient pu rencontrer les femmes, les filles, les nanas, les meufs, pour que je finisse par leur plaire, pour qu'elles s'intéressent (enfin) à moi, il faudrait bientôt, il faudrait dans pas tard rajouter l'âge, une tare de plus dans mon panier ras-la-gueule de tares, et avec l'âge les corollaires de l'âge : des morceaux de couperose qui attendaient patiemment leur heure, des cheveux qui faisaient des concours de celui qui resterait le plus longtemps sur mon crâne, et des efforts infinis en piscine pour garder « la ligne ». J'avais peur.

Je ne comprenais pas ce qui s'était passé. Ce qui avait bien pu se passer… Hier encore, oui : pas plus tard qu'hier (je te le jure), j'étais encore un jeune écrivain plein d'avenir, un très jeune homme, une promesse, un être en devenir, une sorte de bébé, et voilà qu'à présent, sans qu'il se fût rien passé d'exceptionnel, d'extraordinaire, de notable, j'étais devenu un vieux imminent, un ancien jeune qui était en train de faire son paquetage pour aborder une autre période de sa vie, une période dans laquelle une seule chose était sûre : c'est que je n'y serais plus jamais jeune. J'avais peur…

J'avais été jeune pourtant, et même très très, et, sur le moment, je ne m'en étais pas aperçu. Personne ne me l'avait signalé. Le temps avait passé et je n'avais pas saisi le moment, l'instant (fugace), l'instant *t* pendant lequel je l'avais été.

Je m'étais plaint longtemps de N. (1972-…) parce qu'elle ne voulait pas coucher avec moi. Je savais pourtant qu'elle m'aimait. Et elle savait à quel point moi je l'aimais. Au début ça me rendait fou qu'elle ne veuille pas baiser, ça me rendait triste, ça prenait toute la place – comme ç'avait pris toute la place dans la tête de Mohammed avec Pamela. J'avais tort de voir les choses comme ça. Je compris par la suite que les femmes qui m'aimaient et me refusaient leur corps étaient des femmes qui avaient peur de me perdre, et que par conséquent elles devaient tout faire, utiliser toutes les armes à leur actif pour entretenir bien vivant le désir que j'avais de parvenir à me les faire. Quand j'y parvenais, je ne les désirais plus (ou plus pareil), car on ne désire pas ce qu'on possède, « ami lecteur ».

Ces théories, en tout cas, me rassuraient… Ce que je redoutais, c'était le jour où plus une seule femme (au monde) ne voudrait. Je me souviens qu'Alain Delon (1935-…) avait dit un jour à la télévision que, ce jour-là, il se « supprimerait physiquement ». Seulement, le suicide, c'était quand même une idée chiante. On n'a jamais vraiment envie de se suicider ! Les kamikazes avaient résolu ce problème, eux : le suicide n'existait pas puisque leur mort choisie était un morceau choisi de leur vie – le meilleur morceau. Au bureau de recrutement des terroristes, on leur demandait leur date de naissance et leur date de décès (car les attentats étaient prévus longtemps à l'avance). Ça donnait ceci :

— Nom ?

— Atta.

— Prénom ?

— Mohammed.

— Spécialité ?

— Aviation et encastration.

— Réseau ?

— Al Qaïda filière allemande.

— Date de naissance ?

— 1er septembre 1968.

— Date de décès ?

— 11 septembre 2001.

— Mmm… Félicitations…

— Attendez : ce n'est pas encore fait…

— Non, mais vous devez quand même faire partie des bons… De l'élite…

Ô cœur laissé pour mort
Dans le fossé,
Cœur tu battais encore,
Ô trépassé.

12

Partouz

> Je connaissais mal les femmes à cette époque. Je les connais toujours mal d'ailleurs.
>
> Samuel BECKETT.

Horizontalité

Il y avait eu un premier Boeing horizontal, puis un deuxième Boeing horizontal, et les deux avions s'étaient horizontalement encastrés dans les tours d'acier verticales, marquant de manière totale, aveugle, définitive et absolue la séparation totale entre les pauvres horizontaux et les riches verticaux, entre les opprimés horizontaux et les oppresseurs verticaux. Ce qui resterait vertical, sans doute à jamais, c'était la séparation des Arabes et des Juifs.

La veille, ces humains-là étaient horizontaux, allongés… Aujourd'hui, les mêmes, des êtres humains aussi anonymes, aussi groupés, aussi salariés, aussi occidentaux que ceux du Recto / Verso, étaient verticaux ; ils exprimaient la verticalité. La Troisième Guerre mondiale serait une guerre perpendiculaire, la guerre orthogonale de l'Orient contre l'Occident, de l'Orient des Arabes contre l'Orient des Juifs, de l'islam horizontal perpendiculaire au christianisme vertical, de l'islam (en abscisse) orthogonal au judaïsme (en ordonnée) ; et dans cette guerre de stricte géométrie euclidienne, par conséquent, les Chrétiens et les Juifs seraient parallèles, parallèles dans leur illusion d'optique (islam = Satan) historique, d'optique pour ainsi dire topologique, d'optique politique et sociale qu'il y aura lieu quelque jour d'examiner dans un plus grand détail.

Oui, Ben Laden avait peut-être fait tout ça pour me punir, son attentat était peut-être un avertissement salubre pour que j'arrête mes conneries. Je vivais dans une société de sexe et qui pourtant n'était pas sexuelle ; au Moyen-Orient, c'était le contraire. Lorsque j'avais passé tout ce temps en Syrie, en Jordanie, au Liban, j'avais été frappé par la sensualité des femmes orientales. Je n'avais jamais aimé que des Arabes : Hala, Syrienne, Houria (1962-…), Algérienne, et Sabrina (1982-…), et Samira (1979-…), et les autres. Tandis que je n'avais jamais entendu parler, que je n'avais jamais (jamais), éprouvé la moindre « sensualité française », la moindre « sensualité à la française ».

Autant les mecs arabes ne me fascinaient pas, ne me passionnaient pas, me laissaient indifférent (voire méfiant), autant j'étais un intégriste de « leurs » femmes. Pour moi, le sexe (la sexualité) avait toujours été arabe, arabisant, arabique. Les femmes arabes n'étaient pas seulement mes maîtresses : elles étaient mon maître. C'étaient elles qui m'avaient enseigné le sexe. Sabrina m'avait sucé puis avait avalé mon sperme (sans que je le lui eusse spécifiquement demandé). J'avais trouvé ça bien agréable, soudain une gifle était venue m'écraser le visage. « Maintenant tu sais ce que c'est, une femme arabe ! »

New York 1933

Le lundi 10 septembre 2001, le plus haut monument de New York était encore ces Twin Towers qui dataient de 1973 : le lendemain, mardi 11 Septembre™, c'était de nouveau l'Empire State Building, comme en 1933. La ville du futur était redevenue une ville de jadis. Les « talibans » n'étaient pas archaïques que dans leurs idées : ils fabriquaient du passé comme on fabriquait des armes bactériologiques. Avec du 2001, ils parvenaient à fabriquer du 1933. Ils nous menaçaient de passé comme ils nous menaçaient d'un virus. Oui, c'était ça leur arme : le passé. En détournant les avions, les terroristes avaient détourné le temps.

Avoir du passé en guise de futur n'était pas très bon signe. Tout, faut dire, nous portait à croire qu'on avançait à l'envers : le président des Etats-Unis s'appelait George Bush (1946-...), comme celui qu'on avait eu dix ans auparavant (1924-...). Valéry Giscard d'Estaing (1926-...) venait de déclarer qu'il n'excluait pas l'Elysée en 2002 – comme en 1974, vingt-sept ans plus tôt. Ces propos, il les avait tenus chez Christine Ockrent (1944-...), qui avait présenté le journal télévisé vingt ans auparavant, à la même époque que Noël Mamère (1948-...), dont on parlait tous les jours (et sans nul doute exagérément). Ces propos, Giscard aurait très bien pu les tenir chez Michel Drucker (1942-...), qui avait une émission tous les dimanches, comme en 1974, où il recevait déjà un chanteur qui cartonnait en ce moment et qui, dans quinze jours, serait à l'Olympia : un certain Michel Fugain (1942-...), déjà au top en 1972. Son collègue Leonard Cohen (1934-...) faisait également l'actualité, comme en 66, année où Bernard Tapie (1943-...) sortait son premier 45-tours sous le nom de « Bernard Tapy ». Avec un *y* à la fin, comme dans Mathilda May (1965-...), star du cinéma des années 80, qu'on retrouvait sur les pubs Rodier en septembre 2001.

L'intégrale de Stanley Kubrick (1928-1999) venait de sortir en DVD. Son *2001, Odyssée de l'espace* (1968), qui nous parlait d'un lointain futur, était censé se dérouler cette année. Oui, le futur, c'était maintenant. La science-fiction, c'était tout de suite. Dans les meilleures ventes de la rentrée, on trouvait la Bible. (Elle serait très vite rejointe par le Coran.) L'avenir était vieux comme Hérode (40-4 av. J.-C.). Loana (1977-...) de *Loft Story 1* (2001) avait écrit ses Mémoires, intitulées *Miettes*, mais on avait l'impression que ce que les lecteurs attendaient, c'était les Mémoires de Ben Laden, *Ruines*. Quelques curieux s'étaient mis aussi, (donc) avec une certaine application, à la lecture du Coran, « pour mieux comprendre le 11 Septembre™ ». Ils avaient eu beau chercher, ils ne trouvaient pas le passage, la sourate, où il était dit qu'il fallait envoyer des avions dans des tours et des bactéries mortelles par la poste.

Depuis les attentats, la presse n'arrêtait pas de voir des petits Nostradamus partout... On parlait des prémonitions de Jean d'Ormesson dans son dernier roman où il avait évoqué « les ruines qu'auraient pu provoquer parmi les gratte-ciel une bombe comme celle d'Hiroshima ou une attaque aérienne ». On faisait de Salman Rushdie un prophète parce que la couverture de son nouvel ouvrage montrait un nuage noir au-dessus de l'Empire State Building. L'écrivain Marc Lambron (1957-…) était qualifié de devin car, dans son dernier livre, *Etrangers dans la nuit* (2001), il avait posé cette question : « L'Apocalypse serait-elle cette lente pétrification, cette nuit blafarde s'abattant sur les tours de Manhattan ? » En outre, la pochette du groupe de rap THE COUP montrait les Twin Towers en train d'exploser et un récent bouquin sur Lautréamont (1846-1870) représentait des tours new-yorkaises calcinées. Du coup, j'avais ouvert au hasard (je le jure : au hasard) des livres de poésie que j'avais chez moi… Eh ben tu me crois si tu veux mais tous les poètes avaient dû prévoir les attentats car ils ne parlaient que de ça ! Voici *Ballade* (cherche toi-même la date !) de Claudel, qui évoquait les passagers des avions détournés : « Nous sommes à bord. Il n'y a plus qu'un peu de fumée dans le ciel. Vous ne nous reverrez plus avec vous. » Péguy, lui, dans *Eve* (1913), s'attardait sur les kamikazes : « Heureux ceux qui sont morts dans cet écrasement. » Pierre Reverdy (1889-1960), dans *Plupart du temps* (1945) nous disait : « Tout ce qui passe tourne en cavalcade où le métal résonne et s'enflamme. » « Dans cette vallée métallique », renchérissaient Philippe Soupault (1897-1990) et André Breton dans *Les Champs magnétiques* (1920), « les fumées, pour un sabbat cinématographique, se sont donné rendez-vous ». Quant à Jules Romains (1885-1972), il perçait les pensées de Mohammed Atta dans *Ode à la foule* (cherche toi-même la date !) : « Frapper contre tes murs et vouloir que tu meures. Une force d'acier dont je tiens les deux bouts perce de part en part ta masse, et la recourbe. » Corneille (1606-1684), dans *Cinna* (1641), s'intéressait lui à Washington, avec cette réplique : « Tu veux m'assassiner demain au Capitole. » Mais celui qui avait le mieux résumé la situation internationale après la vague d'attentats du 11 Septembre™ était André Suarès (1868-1948). Les lignes qui suivent datent de 1939 : « Il ne suffit pas qu'un peuple se dise et se croie plus civilisé qu'un autre : ce n'est pas assez pour qu'on lui fasse crédit. Il faut d'abord qu'il ne se montre pas plus cruellement barbare, contre la barbarie, plus lâchement, plus impunément que le barbare lui-même. Plus plein de soi : car, le barbare, c'est cela. » Il ignorait qu'en évoquant l'Allemagne hitlérienne, il décrirait les Etats-Unis en l'an 2001.

Astrophysique de la partouz

Pendant que cette blonde (non pas celle-là, l'autre) aux dents pourries (1957-…) se faisait salement dérouiller, la planète Terre, elle, entraînait les partouzeurs à travers l'espace à 30 kilomètres/seconde, soit 108 000 kilomètres/heure, dans sa révolution annuelle autour du Soleil. Lorsqu'une fellation durait 16 minutes, par exemple, eh bien pendant cette fellation, la Terre avait parcouru 28 800 kilomètres au milieu de la galaxie. Le Soleil lui-même emmenait la Terre et les partouzeurs de la Terre dans son voyage autour de la Voie lactée à une vitesse de 230 kilomètres/seconde ou encore 828 000 kilomètres/heure. Pendant la fellation de 16 minutes, il avait parcouru 220 800 kilomètres. Mais la Voie lactée, à son tour, était attirée vers la galaxie d'Andromède à la vitesse de 90 kilomètres/seconde, c'est-à-dire 324 000 kilomètres/heure. Dans notre référentiel fellation, cela représentait 86 400 kilomètres supplémentaires... En outre, la Voie lactée, Andromède et une quinzaine de galaxies naines annexes, dont le petit Nuage et le grand Nuage de Magellan formaient un groupe local de galaxies, encore appelé amas, qui subissait l'attraction, à la vitesse de 600 kilomètres/seconde, soit 2 160 000 kilomètres/heure du superamas local dit de la Vierge et par le superamas le plus proche, celui de l'Hydre et du Centaure. Pendant la fellation de 16 minutes, notre amas avait par conséquent effectué 576 000 kilomètres en direction du superamas. Le nombre de kilomètres parcourus dans l'espace par les échangistes lors de la fellation susdécrite s'élevait ainsi à 912 000. Mais le superamas de la Vierge et de l'Hydre se déplaçaient eux-mêmes vers un autre grand conglomérat galactique appelé le Grand Attracteur, d'une masse de 100 millions de milliards de masses solaires. Tout ça se déplaçait en direction du paradis. En direction de Mohammed, de François Mitterrand, des houris pompeuses de dards et d'André Breton.

Halluciné d'amour,
Cœur fou, cœur sage,
Guériras-tu un jour
De cette rage.

TROISIÈME PARTIE

Laïla

— Sois gaie, lui dis-je, ou va dans ton lit.

CASANOVA.

1

Métro Glacière

L'avenir c'est pas une plaisanterie…
Louis-Ferdinand CÉLINE.

La FSG du métro Glacière

Il faut quand même que je te raconte comment j'avais atterri là, dans une orgie contemporaine du 6e arrondissement de Paris, moi le romantique excessif, moi l'ex-roi du bouquet de roses et de la poésie qui rime. On ne se retrouve pas au Recto / Verso par hasard, comme ça. Il fallait de sérieuses raisons pour (en) arriver là. C'était à cause d'une femme (Laïla), figure-toi. Dont j'étais tombé amoureux… C'était à cause de l'amour que j'avais fini au milieu des gang-bangs. Mon côté fleur bleue m'avait envoyé au royaume spécial du foutre et des salopes et des chairs humaines entassées dans le plaisir. J'avais repéré cette fille sublime, sublimissime, sublimissimissime, sublimissimississississime, dans le métro, à Glacière. Je ne connaissais pas son prénom :

elle n'avait d'abord été à mes yeux qu'une fille sublime générique (FSG).

Je n'allais jamais au métro Glacière, parce que c'était un coin de Paris où je n'avais aucun repère, où j'étais gratuit, aléatoire, arbitraire. Hors sujet. C'était un endroit où mon organisme humain ne faisait pas sens. Un lieu où j'étais absurde. Mais je venais de décider que tous les jours désormais je me rendrais de nouveau à Glacière, sans la moindre gratuité, pour rerencontrer par hasard ma salope générique et sublimissimississime. Je l'attendais, je la guettais, je la réclamais, je la voulais, je la voulais pour toute la vie. J'avais fini par la croiser tous les matins dans le métro. Elle était fabuleuse car elle était belle et excitante, ce qui est rare comme doublé. Ça va t'étonner : c'était une Arabe. Sans doute une Algérienne. Il y en avait au bas mot pour vingt ans de branlettes tellement elle était belle. Et la branlette, je peux te dire que. Enfin. La branlette, je. Je touchais ma bille, quoi. Si j'avais dû calculer les litres de foutre que j'avais répandus en ce bas monde, sans quitter ma chambre, pour me donner du plaisir, je serais arrivé à une sorte de Nil, comme Mohammed Atta dans sa chambre du Caire, parallèlement à moi pendant toutes ses années, mes années, nos années, de misère sexuelle et sentimentale, de misère seximentale. Mais tout ça, tu le sais déjà... Je vais quand même pas revenir dessus. Encore que !

Et je croisais mon FSG de Glacière, et je la recroisais, et je la rerererecroisais, et un jour je m'étais dit que ça ne pouvait plus durer. Qu'elle ne pouvait pas rester une croisure à vie, une croisiation, un croisement, un croisage, une croisade. Je m'étais dit qu'il fallait qu'elle sache que j'existais, que je lui dise des choses à propos de l'amour, de mon amour pour elle. J'avais dépassé 30 ans, je savais traiter les filles, les femmes, de salopes (je m'étais entraîné, j'avais pris des cours accélérés : ceux de la vie, ceux de l'expérience), mais j'étais resté suffisamment con pour leur écrire des poèmes. Toujours ces fameux poèmes... De merde.

J'entendais l'épouser, lui faire des enfants, l'emmener en vacances, la faire rire, puis pleurer, puis rerire, puis repleurer, et puis à chaque fois elle descendait à Montparnasse et la foule me l'arrachait, m'en privait, m'en frustrait. M'en amputait. Dans la journée (à part me branler, je n'avais pas gras à branler de mes journées), je pensais à elle. La savoir quelque part en train de faire quelque chose, peut-être accroupie près d'une photocopieuse à faire des pipes à un rouquin bon en contrôle de gestion (1964-...), était vraiment agaçant : ce qu'elle faisait, ce qu'elle manigançait, ce qu'elle ourdissait, c'était sans moi qu'elle le faisait, qu'elle l'exécutait, qu'elle le fomentait, qu'elle s'y livrait.

Je ne prenais aucune part à l'immense majorité des fellations qu'elle pratiquait. Et si ça se trouve, au moment où elle pipait des rouquins (à chemisettes de golfeurs ?) j'étais en train de lire Joyce (1882-1941), de me faire croire que je lisais Joyce, que Joyce était important, intéressant, passionnant, alors qu'il était pourtant bien évident, pourquoi se le cacher plus longtemps, que tous les romans de Joyce étaient de la merde (en réalité, c'était moi qui en étais, de la merde, pas l'œuvre de Joyce). Ô lecteur, il n'y avait que les petits êtres maladifs de la revue « littéraire » *Ligne de risque* pour choisir d'étudier au scalpel, à la loupe, que dis-je : au microscope, *Finnegans Wake* (1932) plutôt que d'essayer de rencontrer une JJF, jeune et jolie fille, dans le but de lui donner, et de se donner surtout, un peu de plaisir, un peu de frisson, un peu d'orgasme, tout simplement, tout naturellement un peu de bonheur humain.

J'avais été très *Ligne de risque*, moi aussi, sur ce coup-là : c'est-à-dire que j'avais pas risqué grand-chose. J'étais rentré chez moi avec un bloc de feuilles et un feutre neuf et j'avais commencé des vers, comme Mohammed, comme Mo avec Pam. Comme Mitterrand avec Catherine Langeais. Ça parlait de son sourire et de son corps, si je me souviens bien. A un moment, je comparais sa chevelure à un soleil, ou à du soleil, ou au soleil tout court. Bref : j'avais posé un « IMLF » dessus, j'étais déjà plus ou moins fou d'elle, j'avais aussi imaginé lui acheter des fleurs très très colorées (très très).

Posages d'IMLF

J'avais toujours aimé « poser des IMLF » sur les filles. « IMLF » était l'abréviation pratique de « Il Me La Faut ». Dès qu'une fille me plaisait, je posais un IMLF dessus et j'allais l'aborder… Une fille appartenait toujours à celui qui posait un IMLF en premier sur elle. Il était ensuite possible, après de longues et pénibles négociations, « entre hommes », de s'échanger les IMLF, sachant qu'il y avait des IMLF qui comptaient double. C'était un peu comme les cours de la Bourse. Les hommes, dans leur très grande majorité, étaient des poseurs d'IMLF passifs, fictifs, velléitaires. Ils posaient leur petit IMLF en faux-jetons, dans leur barbe, sans rien oser faire, et ils rentraient « à la maison » piteux, indignes, malheureux et impuissants, la tête pleine de tous ces IMLF en friche, ces IMLF de la journée passée, ces IMLF posés débilement, frénétiquement pour rien. Quand moi je posais un IMLF, je le posais vraiment : j'y allais à fond (les turbines, les manettes).

Tous les matins je prenais le même métro à la même heure, même ligne même rame même tout, et j'essayais de faire en sorte que le hasard (très grand mec) me fasse (me fît !) rencontrer encore mon IMLF. Il suffisait d'une fois. Une seule fois, une seule et unique et misérable petite fois, et j'aurais (j'eusse !) pu enfin lui donner ma lettre, ma déclaration, mon poème de trentenaire con qui n'avait pas vraiment compris dans quelle époque il vivait, il faisait semblant de vivre. De trentenaire qui n'avait encore pas compris que le romantisme n'était pas quelque chose de sérieux, qui n'avait pas du tout, du tout, compris, que les femmes attendaient tout de la vie sauf des lettres, et encore moins des lettres d'amour. Je voulais faire des enfants à mon IMLF et lui avais écrit ceci :

« Les enfants sont ma vie et tes yeux sèment l'amour
Si tu le veux bien je t'en ferai trois ;
J'attends ton sourire qui rime avec toujours :
J'attends tous tes caprices, et tu feras ma loi. »

Je me fichais pas mal, je l'ai dit, « ami lecteur », je me fichais complètement, du ridicule. Si le ridicule avait tué, je serais mort à la naissance. Je serais mort dans l'œuf de ma mère. Etouffé, pendu, suicidé. Je me serais tranché le poignet, je me serais tranché la gorge dans des utérus et des placentas, en 1968-quand-j'étais-né-comme-Mohammed-Atta. Et alors je ne serais pas venu sur terre pour compter les femmes de l'univers, les comparer à des étoiles, à des moments de mort quand je les pénétrais, à des fantaisies tournoyantes, à des êtres ordonnés comme une danse. Un jour, je construirais un instrument spécial pour dénombrer les femmes seules, toutes les femmes seules qui auraient pu, qui auraient dû être, qui sont les femmes de ma vie.

Mon existence, ma vie n'était faite que de morceaux de femmes croisées, des femmes avortées dans un virage, de visages de femmes perdus dans une foule, de milliers de femmes in extremis, de femmes impressionnistes, ou en pointillés, éparpillées quelque part, éparpillées loin de moi. J'apercevais dans le ciel, les jours de nuit noire, des galaxies formées par toutes les femmes que j'avais voulu avoir et que je n'avais pas eues. Elles formaient un nuage spécial, une voie lactée à part, bis, pas loin de la Grande Ourse. Et au milieu de telles étoiles, elles donnaient du plaisir aux terroristes, confinés en ces lieux très sûrs (« Les hommes pieux seront dans un lieu sûr » (sourate 44, verset 51)), en tenue d'orgie, apprêtés au milieu des jujubiers et des pamplemoussiers dans des odeurs de foutre et d'atomes d'hydrogène. Je me disais que dans l'espace, un jour, il y aurait des morceaux de Laïla (tu sais depuis le premier chapitre qu'en réalité elle s'appelait Laïla), de ma Laïla IMLF de Glacière, le I, le M, le L et le F en flottaison parmi les nébuleuses, des molécules d'elle finiraient par croiser des molécules de moi, de moi mort, de Mohammed Atta, le Atta post-11 Septembre™ (le Atta partouzeur, le Atta baiseur), le Atta mort et immortel, qui n'avait plus rien à voir avec le Atta passager, en simple visite de courtoisie sur la terre, ce Atta branleur, branlé de toute part, des couloirs de la fac d'archi du Caire. Quelques-uns de mes atomes, dans le ciel, dans le noir du ciel, s'uniraient par « hasard » à quelques-uns des atomes de Laïla, et nous baiserions dans ce noir-là, dans cette drôle d'étendue métaphysique, scientifique, relativiste, et en même temps islamiste, et en même temps religieuse, et en même temps orgiaque, fille d'Allah et d'Einstein (1879-1955) le Juif, et nous aurions autant d'enfants qu'il y avait d'atomes dans le grand univers.

« Et j'ai vu perler des larmes d'amour
Qui dureront plus longtemps que les étoiles du ciel. »

Les nuits étoilées, ce serait nous, et tout serait nous pour les astronomes devant leur télescope, et tous les radars n'auraient qu'une longueur d'onde à braquer vers toutes les étendues, toutes les galaxies courbées : nous, nous, nous. Nous tout le temps, nous tout l'espace, nous tout l'espace-temps de ce vertige immanent, dans toute cette transcendance absurde et spéciale qu'on appelait l'univers. Nous ferions des 69, et surtout, je me ferais sucer comme Atta mon frère jusqu'à la fin de quelque chose qui ne s'appelait même pas le Temps.

Chanson de geste et besoin de sexe

La « fille du métro Glacière » (FMG), Laïla, parlait à mon romantisme en même temps qu'à ma queue. Elle s'adressait à l'obsédé sexuel sentimental que j'étais. Werther c'était pas mal, mais baiser aussi c'était bien. Il fallait ramasser les deux en une seule et même virgule. Ce mélange de chanson de geste et de besoin de sexe m'avait toujours semblé ce à quoi on reconnaissait qu'un homme était vivant sur terre, heureux dans le coït et heureux dans le regard, car dans les coïts s'établissait une courbe mathématique, appelée parabole, au sommet de laquelle la plupart d'entre nous étaient éternels pendant quelques secondes... Et dans cette éternité si simple, si compliquée, si angoissante parfois, on se ressemblait enfin, on était à son sommet d'homme humain, à son sommet d'humanité humaine d'homme humain.

Les hommes préhistoriques, dans leurs fresques pour touristes futurs et visites scolaires, se dessinaient eux-mêmes sous forme de bites énormes. Ils passaient leurs longues journées à se branler, à fabriquer des godes en pierre de taille pour se les enfoncer dans le cul ou dans la chatte des femmes préhistoriques-aussi. Le reste du temps, ils sodomisaient des chèvres effrayées. Je me sentais un peu préhistorique, avec un mélange d'Egyptien (le Mohammed Atta vivant avait été égyptien) car en Egypte on avait longtemps préféré les poésies érotiques à deux balles aux coups de boutoir frénétiques dans le vagin de nos amoureuses immémoriales.

La plupart des amoureux que j'avais rencontrés dans ma vie restaient persuadés que l'amour, le vrai, l'amour courtois, que l'amour romantique, échevelé, que l'amour fou comme l'aimaient les surréalistes en général et André Breton en particulier était une invention chrétienne. C'était sans doute à cause de saint Paul (vers 15-65 ou 67/68) et son « Hymne à l'amour » (Corinthiens, 1, 13), mais c'était à cause d'un problème de traduction : saint Paul parlait en réalité d'amour au sens large, et plus exactement de charité. Rien à voir avec toutes ces femmes qui, Atta et moi, nous avaient rendus dingues dans les années 80-90 (après, dans les années 2000, on avait compris des choses, on en avait tiré des conséquences, lui Mohammed les siennes, et moi les miennes). C'étaient les Arabes, en fait, qui avaient inventé l'amour courtois, le pur amour, houbb 'oudhri, ou al-houbb, ou al-'oudhri, amour des poètes, et Momo et moi qu'étions-nous, sinon des poètes ?

Houbb 'oudhri, on l'a vu, n'était pas un amour pour partouzeurs, pour gros obsédés sexuels, ce n'était pas un amour avec du sexe dedans (ça, c'était plutôt houbb ibâhi). J'avais très longtemps été en proie à l'houbb 'oudhri, à l'al-houbb, à l'al-'oudhri, et puis était venu un temps, je dois dire, où l'houbb ibâhi était venu faire quelques ravages en moi – et des ravages sans doute chez le très romantique Atta (je crois quand même qu'il l'avait été plus que moi). J'étais un mélange de bite et de poème, de rime pauvre et de queue crâneuse. Mais si je devais écrire mon HMM (histoire de moi-même), de l'Antiquité à nos jours, de l'Antiquité à mes jours, je dirais que j'étais fait de Préhistoire et de Moyen Age, car dans son « Roman », Renart n'arrêtait pas de gamahucher les belettes comme un porc, de violer les louves, de pisser sur des poules après les avoir violées pendant des heures et des heures.

Plus chers que les désirs,
Plus verts, plus forts
Que les jeunes plaisirs,
Culte des morts.

2

Partouz

> Une petite femme un peu violente et un peu vicieuse, y a pas à dire, ça vous transforme un homme à pas le reconnaître…
>
> Louis-Ferdinand CÉLINE.

Un samedi soir sur la Terre

Souvent le samedi soir, pour 100 euros tout ronds, des gens prenaient la formule Hyppopotamus-cinéma-Pathé-Recto / Verso : dîner, ciné, partouz. Francis Cabrel (1953-…) apparaissait alors comme légèrement dépassé. Dans « Un samedi soir sur la Terre » (1994), Francis avait en effet fustigé les filles et les garçons qui, dans les boîtes normales (dancings), se frôlaient et se draguaient dans l'espoir de s'accoupler le soir même dans une chambrette ou sur la banquette arrière d'une automobile. C'était faire bien peu de cas des partouzeurs, et ce livre, *Partouz*, il faut le prendre pour ce qu'il est vraiment : un droit de réponse à Francis Cabrel.

Le 20e siècle avait inventé plein d'endroits clos : camps de la mort, villages de nudistes, parcs d'attractions et boîtes à partouz. Le terme technique était « boîte échangiste » – le 20e siècle avait également inventé les termes techniques mashed-potatoes, quarks, OGM, Dasein, bio-éthique, montants compensatoires, pulsars, équations de Schrödinger, fractals et trans-goa. Je n'avais strictement rien contre Francis Cabrel. Seulement voilà : à l'heure où les McDonald's s'implantaient à côté des boîtes à partouz, il aurait été bon que nos artistes, plutôt que de décrire un monde romantique et éthéré qui n'était plus, collassent un tant soit peu à la réalité : or, la France était devenue un pays de partouzeurs… Juste avant d'aller au Recto / Verso, j'étais allé dans les toilettes d'un café (Le Balto), pour vérifier qu'il n'y avait aucune trace de Dasein au fond de mon caleçon. J'étais heureux et fier en sortant. Zéro virgule zéro trace. C'était plus un caleçon, c'était une robe de mariée.

La Seconde Guerre mondiale avait marqué une césure dramatique dans notre siècle. Elle avait consacré la fin de la prépondérance de l'Europe dans le monde, qui était désormais dominée par les Etats-Unis. La France, en particulier, avait rétréci. Elle était devenue un pays d'hommes tristes qui, sur le coup de 19 heures-19 heures 30, se seraient bien fait une *petite* partouz. Le Français n'envisageait jamais de se faire une *grande* partouz, pas plus qu'une grande bière, une grande branlette, de se faire faire une grande pipe, non : une petite pipe, petite branlette, une petite bière (bien fraîche, demandée au serveur du Balto), une petite partouz. Tant et si bien que, la plupart du temps, sa partouz était si petite qu'elle se terminait à deux : l'homme triste et son boudin.

— On va enculer comme des dingues, ce soir, au Recto / Verso !

— Personnellement, je suis pas très sodomie, Pierre-Henri…

— Tu as tort : il se passe des choses super dans le trou du cul des femmes. Tu rates des trucs. Moi j'appelle ça se couper du monde !

On n'arrivait jamais à la bonne heure en partouz. Soit il était trop tôt et les salons étaient envahis par des vieux messieurs, tout en os, accompagnés de leurs vieilles dames dans lesquelles il n'était guère pratique d'éjaculer : on ne trouvait jamais le bon angle qui excitait, on tournait autour, on se perdait. Soit on arrivait trop tard, et les plus salopes parmi les plus blondes avaient achevé les orgasmes qu'elles avaient escompté connaître. On n'arrivait jamais à la bonne heure en partouz.

Il y avait quand même pas mal de vieux… Moins que de jeunes (heureusement) mais quand même… Les vieux avaient l'éjaculat sans gêne, ils s'épanouissaient sur les matelas plastifiés. Ils avaient la jeunesse qui les regardait d'un côté, et de l'autre côté la mort qui les observait. Du coup la jeunesse ne leur faisait pas peur, ils étaient détendus de partout, ils ne s'adressaient qu'à l'avenir. Ils se lâchaient la tête dans l'avenir, ils se vautraient dans le temps qu'il leur restait à vivre. Ils s'en foutaient.

Méfions-nous donc des vieux quand on est des jeunes. Les vieux (qui sont des salauds) savent mettre le doigt. En plein dessus. Très vite. Ils s'y connaissent. Ils ne font pas mal, ils s'approchent avec un peu de coton, un peu de mercurochrome, leur petite bouteille de ce mercurochrome qui sent les années 70, et ils pansent le truc, ils pansent là où ils pensent qu'il faut panser, et c'est bien, c'était bien là. Tranquillement, ils opèrent. Gentiment. Ils savent où c'est. Ils sont indolores. Elles ne sentent rien. Mais tout à coup elles se mettent (les femmes, elle se met, la femme) à respirer un peu, mieux. Ça va (beaucoup) mieux. Il y a (enfin) sur (la planète) terre quelqu'un qui les comprend, qui les sauve, il y a ici un mec, un vieux, qui a tout compris à la complexité de ce qu'elles sont. Elles se disent que personne n'avait jamais compris ça chez elles. Que c'est la première fois. Que c'est incroyable... Le vieux elles se sentent bien avec. Il faut toujours se méfier des vieux. Ils ont la culture du temps pour eux, ils appliquent mécaniquement leur expérience de la vie à l'aveugle, au pif, et ça finit toujours par faire mouche, ils tapent tout le temps dans le mille car ils ont eu toute la vie, toute une vie, ils ont eu l'intégralité de leur vie à eux pour faire une liste complète des névroses de femmes, pour dresser des stéréotypes, pour faire des synthèses, des annotations psychologiques, des répertoriages, des répertoriements, des répertoriures. Les filles aiment leur père et leurs profs et les vieux sont à la fois pères et profs. Un bon vieux qui veut tirer un coup doit être un bon père et un bon prof.

Nous, pendant ce temps-là, la jeunesse nous égare. On croit que pour tirer la femme de nos rêves, de notre vie, toutes les la femme de notre vie, il faut qu'on soit beau et riche, qu'on fasse des livres avec des prix littéraires marqués dessus, qu'on connaisse personnellement des gens qui font des films (de cinéma). Aussitôt après nous commence le monde des vieux. Pas un monde qui fait le malin comme nous. Pas un monde pressé et fou, avec des usages romantiques ou des soirées sadomasos. Non : un monde sage et avancé et qui sait. Qui a tout compris aux filles qu'on veut niquer mais c'est eux qui vont les niquer à ta place parce que tu es tout fou, et que eux sont le contraire de tout fous, ils sont là, gris et assis, comme s'ils n'avaient pas envie de baiser, et leur petit curseur interne de vieux, de rassurant vieux, de sale rassureur, de vieillard professionnel en train de rassurer gratuitement, leur petit curseur vieux de vieux cherche, et finit par trouver, finit toujours par trouver (la vieillesse est alerte quand il s'agit de tirer sa crampe), la bonne longueur d'onde, la station de radio interne des femmes qu'ils baiseront en douce, en faux-jetons, toutes ces femmes subtilisées à notre jeunesse (et à la leur), ces femmes sacrifiées pour notre jeunesse, arrachées à notre envie de vivre et d'en découdre et à nos jeunes années qui se trompent et courent vite et se moquent, dans la vitesse propre à la jeunesse, de se tromper. Mais nous ne sommes pas dupes, nous apprenons vite : tout ça est la preuve que quand la vieillesse nous sera tombée dessus (cette pute), nous niquerons en appliquant les mêmes méthodes déloyales, faciles et dégueulasses. Nous appliquerons nous aussi, nous utiliserons à notre tour notre expérience pour faire jouir et nous faire faire jouir par des corps humains de 20 ans. Nous saurons comment orienter nos mensonges. Comment faire bifurquer vers nous des désirs (sexuels, amoureux, sentimentaux, animaux) qui étaient normalement dus à des jeunesses, à la jeunesse. Je sais très bien qu'à 66 ans, des corps de 22 ans me passeront sur le corps, et que ce sera doux, que je pourrai éjaculer dessus, et que pendant ce temps-là, pendant que mes 66 ans se dérouleront avec des jeunes corps jeunes sur mon vieux corps vieux, pendant tout ce temps-là des amoureux de

24 ans iront pleurer partout d'amour, de colère romantique et de suicide que la femme qu'ils aiment préfère les vieux, et ils auront raison, les malheureux, les languis, car c'est le théorème le plus sûr de toute l'histoire de la mathématique humaine : les jeunes femmes jeunes préfèrent les vieux hommes vieux. (Elles les préfèrent aux jeunes hommes jeunes. Elles les préfèrent aux jeunes hommes vieux. Elles les préfèrent aux vieux hommes jeunes. Elles les préfèrent (aussi) aux vieux jeunes hommes et aux jeunes vieux hommes. Elles les préfèrent (enfin) aux jeunes vieux hommes jeunes, aux vieux jeunes hommes jeunes, aux jeunes vieux hommes vieux et aux vieux jeunes hommes vieux.)

Ce qui me rend fou, moi, là-dedans, c'est que j'aurais (eu) tendance à me dire que les vieux ont d'autres hobbys, d'autres centres d'intérêt dans la vie. Qu'ils ont des disques à écouter… Proust à (re)lire… Qu'ils prennent sur leur temps de vieillissure, de vieillissement, de vieillissature, le temps d'écouter Bach (1685-1750) *vraiment*, pour eux-mêmes, c'est-à-dire de passer la durée qu'il leur reste à vivre à faire des choses gratuites mais essentielles, avoir des activités hautement profondes. Qu'ils s'alignent sur la phase transcendante de la vie, qu'ils commencent à s'acheminer vers des hauteurs. Artistiques, reposantes, religieuses. Poussées. Qu'une sagesse pleine de complexité, de synthèse et de recul les emporte au pays des vers de Racine (1639-1699), fauteuil n° 13 en 1672 (le même que Claudel, il avait demandé le même que Claudel), des inédits de Berlioz ou des brouillons de Rimbaud. Qu'ils regardent de plus près les vitraux. Qu'ils se font d'un coup tout Scorsese (1942-…) pour mieux voir. Qu'ils étudient. L'hébreu, le grec. J'avais plaisir à les imaginer, calmés du sexe, retirés du sexe, repus de sexe, passionnés par des manuscrits, des peintures pas faciles, des détails métaphysiques à refouiller mieux. Je les croyais affranchis du sexe. Reposés. Repus. Calmés. Je les voyais (moi) dans un monde aseptisé, dans l'éther, un éther fait de films à la Cinémathèque, de Scarlatti (1660-1725) et d'Histoire des Religions, avec des passions style le Christ ou la numismatique. Je croyais que les vieux ça devenait spécialiste de la Tapisserie de Bayeux. Que ça connaissait mille races (différentes) d'alligators (dans des eaux du Nil) et que ça relisait des romans (russes). Je m'imaginais bien que ça ressortait la quéquette de temps en temps pour se frotter le vieil abdomen sur l'abdomen vieux d'une vieille femme spécialement faite pour les vieux, mais je les croyais (bien naïvement) nettoyés, débarrassés une fois pour toutes de ce qui nous tracasse nous (la jeunesse) toute la journée : bander, jouir, débander, faire jouir, se faire sucer, (se faire) lécher, draguer, attraper une petite, ramener une petite à la maison, lui coller la paume de la main sur la paume des fesses. Et la mettre, et la remettre, et lui faire encore l'amour toute la nuit, absolument toute la nuit. J'en conclus que les vieux sont une sale race, et que je n'aime pas les vieux. Je n'aimais déjà pas les enfants (en faire, en avoir, s'en occuper, les nourrir, les coucher, les éduquer, les emmener à l'école, les emmener en vacances : c'est non).

Des fellations, des sodomies, des 69, des missionnaires, il y en a plein la chambre. Plein ma chambre. Je peux en faire quand je veux. Cet après-midi si je veux ! Et quand je serai vieux, on m'en fera encore parce que les femmes même jeunes, donc, ne sont pas dégoûtées par les vieux. Il me suffira de tomber sur une bonne névrosée. Quand on couche avec une femme, c'est tout simplement qu'on a réussi à mettre le doigt sur la bonne névrose, sur la névrose qui va avec (je sais : je radote comme un vieux) : les femmes sont une névrose avec une femme autour. Quand tu as réussi à identifier la blessure, la petite cicatrice qui fait qu'elles sont ce qu'elles sont, alors tu es le roi du pétrole, et même du monde, et si ça se trouve de tout l'univers.

Q. — Comment en êtes-vous arrivé à cette conclusion ?

R. — Pendant des années, je me suis demandé pourquoi des mecs moches comme des culs parvenaient à coucher avec des filles belles comme le jour… Ce n'est pas une question d'argent – pas en première analyse (l'argent, c'est un sujet beaucoup plus compliqué, plus abstrait, auquel il faudrait consacrer toute une étude), non, c'est une question de névrose et de doigt mis dessus. Tu peux être le plus grand héros de tous les temps, dédier des livres qui paraissent chez Grasset à des femmes, mais ça ne sert à rien. Même les baiser bien ne sert à rien, si, au préalable, vous n'avez pas d'abord, les gars, mes amis, lecteur, circonscrit la plaie, la vraie belle plaie qui suinte et qui leur sert de biographie sexuelle, sociale, maritale, économique, politique et religieuse.

Q. — Il faut donc se livrer préalablement à une étude psychologique de la fille ?

R. — *Tu ne peux pas te faire une fille si tu es hors sujet avec.* Mohammed en sait quelque chose… C'est ça qui l'a perdu… Toute la littérature que tu produis, et l'amas de tous tes actes, tout cela (ce barda, ce fatras, cet outillage, cet arsenal) est inutile si, d'abord, si avant, tu n'as pas délimité ces quelques millimètres carrés qui chez la femme, les femmes, suppurent, souffrent, sont le lieu, le vésuve de toutes leurs souffrances, la capitale millimétrique, presque invisible de la douleur. Range ton armée et sors ton scalpel, (abruti). Il faut de bons yeux. Si tu mets délicatement ton doigt là-dessus, c'est miraculeux : tu n'as plus (ensuite) le moindre effort à faire pour la garder. Elle t'appartient à vie. Elle t'appartient à mort. C'est *ta* femme ! Tu peux la tromper, lui faire des sales plans, c'est ta femme ; elle est à toi, tu la gardes jusqu'à la mort. Et des milliers de types plus beaux que toi n'ont pas réussi à la garder, à la posséder, à la rendre amoureuse d'eux. Pourtant ils ont sué, ils ont perdu des dizaines de kilos, des centaines de milliers de francs, ils ont dit des choses drôles, à un moment elle a même rigolé. Un 28 avril (vers 16 heures) ils ont marché sur les mains. Elle a trouvé cela remarquable. Un 2 novembre, ils ont sorti leur sexe devant tout le monde à La Coupole pour montrer qu'ils étaient cap. Et puis il y a eu (21 avril) le voyage à Venise... C'était un voyage romantique (ils venaient de se jeter de la tour Eiffel en élastique la veille et elle avait trouvé ça « pas mal »), Venise. Mais il faut toujours se méfier de Venise si on est hors sujet dans la névrose de la nana qui va avec. Mais tu as bien senti qu'au tréfonds d'elle-même cette femme n'était pas de ta vie, qu'elle ne voulait pas l'être, qu'il y avait quelque chose, comme un bruit de fond, style ronronnement de réfrigérateur, qui s'était installé entre elle et toi, et ça, camarade, ça (citoyen), c'est tout simplement parce que tu n'as pas su trouver le noyau atomique, la base de tout, le triangle de ses bermudes à elle, la salle des coffres qui renferme (à jamais) la petite brûlure originelle, là où reposent, encore en activité, encore radioactifs, les mauvais souvenirs et les complexes, Œdipe et ses amis, toute la collection des traumatismes (de fille), les mauvaises expériences, les trucs incestueux, les attouchements pas cool, les avortements, les accidents, les coups et blessures et les blessures et coups.

Q. — Mais qu'est-ce qui vous fait avancer ? C'est quoi votre moteur ?

R. — Les deux choses que je préfère au monde, ce sont le sexe et la liberté. Le sexe sans liberté, c'est impensable. La liberté sans sexe, c'est impossible.

Q. — Vous dites quelque part qu'aucune femme n'est inaccessible pour aucun homme…

R. — Voilà mon schéma… J'étais fou d'une fille en 93… Une certaine Hélène (1970-…). En juin 93, je me branlais sur elle ; en juin 98, j'éjaculais sur elle. En 93, je me branlais sur ses seins. En 98, je me branlais entre !

Q. — Vous êtes très branlette, mais aussi très fellation…

R. — Oui oh tu sais, les meilleures fellations, c'est encore le vagin qui les fait.

Q. — Que pensez-vous des filles qui « avalent tout » ?

R. — Une fille qui avale mon sperme s'apprête à digérer mon plaisir.

Q. — Vous faites là du mauvais Guitry…

R. — Tous ceux qui cherchent à faire du Guitry en font du mauvais.

Q. — …

R. — Quand j'étais petit, je pensais que la chatte était en plein sur le ventre et que l'anus (des filles) était plus ou moins dans le dos. Que le vagin, en gros, était le trou du cul du trou du cul.

Q. — Vous aimez les insultes « pendant l'acte » ?

R. — Insulter une fille quand on la baise, c'est un peu comme marchander un objet quand on nous l'offre.

Q. — Pensez-vous que les partouz ont de l'avenir ?

R. — Les générations passent, et les partouz restent. La partouz est comme greffée dans l'humain, encastrée dedans. Tu as des corps sur la terre, exposés à d'autres corps : il faut alors que ces corps (après s'être rencontrés, humés, frôlés) se fassent jouir, entrejouir (de partout). Interjouir sans cesse… Ça les corps, j'ai remarqué, ne peuvent pas s'en empêcher.

Un peu de morale

Il était bien évident que j'étais moralement très « laid » en comparaison des baiseurs « normaux », en « couple ». Eux, ils ne livraient pas leur corps humain à d'autres corps humains au Recto / Verso ! Ils n'éjaculaient que sur des gens connus d'eux, des entités répertoriées, des morceaux de femmes, ou d'hommes, qu'ils possédaient dans leur bibliothèque, dans leur mémoire, dans leur cœur, dans leurs meilleurs souvenirs et dans leurs relations. Ils ne jouissaient que dans, par, avec, des camarades, des connaissances – et bien souvent des amours. Bref, ils se comportaient en amants. Ils exerçaient une activité sexuelle ordinaire. Ils baisaient, se suçaient, s'enculaient avec, dans les gènes, et à tout moment, un besoin d'universalité confus, une tendance assez vague vers un développement intégral de l'individu… Il y avait malgré tout un certain automatisme dans leur sexualité : faisant mine de se reproduire, ils usaient de préservatifs achetés en pharmacie et, utilisant toutes les possibilités que la biologie offre aux corps quand ceux-ci décident de se faire du bien, tentaient de tirer le plus de plaisir d'êtres humains qu'ils pratiquaient par ailleurs dans la conversation, que ce fût à la piscine, au bureau, dans des pavillons ou des lycées. Surtout, ils baisaient deux à deux, enfermés dans des chambres ou des salles à manger.

Peu à peu, je me suis dit que la seule voie qui est bonne est celle qu'on se trace soi-même. Le but de l'existence, c'est pas de répéter des vies déjà faites. On n'est pas sur terre pour vivre la biographie des autres, ni essayer des destins de masse. Le plus difficile, c'est de se tailler une existence terrestre à sa juste mesure, de s'inventer ses habits sociaux, amoureux, politiques, artistiques. Un mode de vie par individu, échapper aux panels. J'ai découvert que j'étais un OSS. Oui, c'était ça ma voie : les grands sentiments et le maximum de chattes à brouter.

Mais il ne suffit pas que des sentiments soient grands pour qu'ils soient moraux. La moralité, c'est pas par rapport aux autres : c'est par rapport à soi. La loi morale (en moi), c'est dire je t'aime en fanfare et, le bouquet de lilas offert à Yasmina (1975-…), partir à grandes enjambées baiser le cul de Sonia (1966-…). Le tout sans jamais mentir, en restant sincère et avec Yasmina, et avec le cul de Sonia. Les plus belles actions, comme nos sentiments les plus grandioses, sont ramifiées à l'infini et comportent des milliers de branches faites tout entières d'immoralité. Ma loi morale à moi, ma conformité absolue, quand mon être est infiniment ramassé sur lui-même en un point d'une densité de sincérité absolue, cohérente et libératrice, joyeuse, c'est de jamais laisser passer une chance de baiser. Le faire serait un crime contre ma propre humanité. Aussi, lorsque je fais tout pour séduire, quand (relativement pitoyable) je fais mon baratin ultra-usé à une fille (action apparemment « laide »), c'est dans le seul but d'avoir avec elle une relation sexuelle – action en conformité avec mon être profond, et qui par conséquent m'est commandée par la loi morale à laquelle j'obéis.

Il me les faut toutes, ce n'est pas compliqué. Je n'arrive pas à m'arrimer à un genre... Je ne peux me stabiliser sur un style, et godiller toute ma vie dessus, faire ma vie dans un créneau. Les préférences sont des prisons. J'aime m'évader, y compris vers les pulsions les plus contraires à mes penchants. J'essaye des corps par exotisme, pour le fun. Mais me fixer sur un genre, non. Soudain j'ai envie d'une rousse, une vraie, avec les deux écureuils suspendus aux aisselles, mais non, hop, ce qu'il me faut c'est évidemment une brune (une femme, c'est brun, avait expliqué François Mitterrand à Mohammed, abasourdi). Sans compter que, deux minutes plus tard, je croise une blonde (style Pamela Wiltshire) à épouser sur place. C'est un concept que j'ai forgé au cours des années, ça, « l'épousage sur place ». S'agit-il d'un compliment de la part de quelqu'un à qui la seule idée du mariage fait horreur ? L'épousage sur place combine un tas de sentiments mêlés : c'est une fille qu'on veut revoir absolument, une fille « question de vie ou de mort », une fille qu'on rêve de baiser, mais dont on attend de la tendresse, à qui on a envie, réciproquement, de prodiguer de la tendresse. Pourtant, la tendresse, ça non plus je n'aime pas trop. J'ai toujours exécré les bisous, poutous et autres ridicules « papouilles ». Je suis glacial dans ces cas-là. C'est que je ne vois pas l'intérêt de la chose, comme tous ces couples brassenssiens qui, sur les bancs ou ailleurs, se bécotent à tire-larigot alors qu'il y a quand même des milliards de choses plus intéressantes à faire – surtout quand on a la chance d'habiter Paris.

Une grosse vache (1979-...), devant moi, avec ses deux seins énormes (l'un est deux fois plus gros que l'autre, comme c'est étrange) se fait asperger de sperme par quatre types (1982-... ; 1974-... ; 1948-... ; 1971-...). Laïla, à côté d'elle (elle est d'ailleurs à côté d'elle) est d'une inépuisable beauté. J'avais de plus en plus envie de baiser tout ce qui bougeait... J'étais en train de devenir un vrai partouzeur (VP). Et c'est là que je me suis rendu compte que quand tu veux baiser tout ce qui bouge, ce n'est pas si facile... A cause de la concurrence. Je n'avais pas compris immédiatement la situation : j'avais pratiqué un très long cunnilingus sur une certaine Stéphanie (1966-...), et c'était un moustachu avec des cratères sur la gueule (1954-...) qui allait, contre toute attente, avoir accès à la pénétration (à la pénétration qui m'était due). « Il y a une telle bassesse dans le remplacement, une infamie », avait noté Charles Péguy dans les *Cahiers de la Quinzaine* du dimanche 23 octobre 1910. En boîte échangiste, on te remplaçait aussitôt ; on te remplaçait sans cesse ; à l'infini. Tu n'étais là que pour ça : être remplacé ! Par un autre, un remplaçant plus utile, pas forcément plus dévoué, mais plus approprié au désir, peut-être aux besoins, de celle qui entendait se faire mettre par ton successeur immédiat, l'être humain qui s'apprêtait (te laissant seul au monde, camarade) à prendre le relais.

Dure loi de la partouz, où la valeur d'une relation sexuelle n'était pas déterminée par le temps de travail.

J'allais devoir accepter le mouvement oscillatoire des envies, des corps, des caprices et de la nature. Je comprenais peu à peu qu'il régnait ici, dans ce « genre d'endroit », parmi les corps baisés à mort et infiniment sucés, pourléchés et caressés jusqu'à l'aube, une (je reviens sur ce concept) concurrence terrible. Je n'entendais pas céder ma place au rouquin : « Ça fait vingt minutes que je la lèche, je te signale ! » lui avais-je balancé. Le moustachu de 1954 avait souri ; il m'expliqua que Stéphanie n'avait aucunement besoin d'un cunnilingus de vingt minutes pour avoir envie de se faire baiser. Ce qui déterminait le désir de pénétration de Stéphanie, avait continué moustachu (en substance), ce n'était pas le temps que j'avais passé à la brouter (à brouter cette chatte de 1966), mais le minimum de temps nécessaire à déclencher en elle ce désir. J'appelais ça de la dépréciation du travail. Mais le concept de partouz commençait malgré tout à s'insinuer en moi... Je crois que j'étais réellement en train d'y prendre goût. Oui : goût.

3

Mariage, fidélité et autres aberrations

> Si la semence destinée à propager l'espèce humaine est mise en nous aux seules fins de la propagation, je vous l'accorde, l'en détourner est alors une offense ; mais s'il est démontré qu'en plaçant cette semence dans nos reins, il s'en faille de beaucoup que la nature ait eu pour but de l'employer toute à la propagation, qu'importe que, dans cette hypothèse, elle se perde dans le con, dans le cul, dans la bouche ou dans la main ?
>
> SADE.

Le mariage est un métier comme les autres

A ce rythme-là, j'étais pas près de me marier et d'avoir des gosses… Rien à branler. Le mariage civil et le mariage religieux, tous les mariages (officiels) réduisaient les jolies relations amoureuses à un contrat commercial, à une sorte de contrat sourd entre un homme et une femme, entre deux êtres humains et le sort, et à ce contrat le sort n'avait jamais réservé que des bassesses, des démagogies, de grands silences et des hivers mauvais. Le mariage était un contrat, une sorte d'entreprise commerciale, entre deux « partenaires », entre deux êtres se promenant ensemble, choisissant des surgelés ensemble, pratiquant ensemble différentes formes de copulations animales ou humaines. C'était un contrat entre des êtres perdus dans l'existence et l'ironie du sort. C'était un contrat entre deux individus sexués, vraisemblablement adultes, (d'une part) et le gouvernement (d'autre part). C'était un contrat entre deux spécimens humains majeurs, sexués, sexuels et consentants, et Dieu.

Mais les contrats, trop contractuels, ne disaient jamais ce qu'il fallait faire pour rester ensemble, pour garder la femme qu'on aimait. Ils ne garantissaient, dans les sentiments amoureux au sein du couple, aucune constante, aucune permanence, aucune totalité définitive éternelle… C'était un consentement qui en réalité reposait sur de la guerre, du temporaire, du fragmentaire. On s'épousait pour de grandes aventures, mais chaque fois on vivait, dans l'appartement (l'appartement du mariage, l'appartement des mariés, l'appartement marié), un affadissement de l'amour, une diminution du désir, une déperdition du besoin, un fléchissement du bonheur, un affaissement de l'envie, un affadissement de la vie.

En fait, le mariage était un métier comme les autres. Marié était une profession en soi, au sein d'une entreprise spéciale, mais d'une entreprise quand même ! A l'intérieur de cette entreprise, l'homme et la femme tentaient d'exceller, d'être les meilleurs, d'être performants, d'être stratégiques, d'être marketing, (d'être politiques), d'être directeurs financiers, d'être rentables, d'être compétitifs. Car la concurrence, autour, faisait rage. Les risques d'OPA étaient multiples, les risques de banqueroute. Les risques de faillite... On connaissait beaucoup de mariés qui ne l'étaient plus : des mariés sans profession de marié, des mariés en chômage de mariage.

Au sein du couple marié, l'usage voulait qu'on élevât des enfants. Les enfants avaient généralement une chambre (une chambrette, une chambre d'enfant), dans laquelle étaient ordonnancés des meubles manufacturés prêts à monter. On les achetait dans des grandes surfaces. Chez Ikea, par exemple. On fabriquait dans les couples (mariés) des enfants précis, des enfants répertoriés, des enfants assez mathématiques, des enfants qui sentaient une merde spéciale dans leurs couches, et qui finiraient par intégrer, après quelques souffrances préparatoires balisées, l'Ecole supérieure de commerce de Reims !

Ils auraient les mêmes traits de caractère que les deux connards (que les deux enculés) qui les avaient mis au monde, les deux enculés Ikea, les deux enculés bagués au doigt, les deux enculés menottés. Ils parleraient (les enfants) des langues étrangères et partiraient l'été en Allemagne, en Angleterre, au Japon, aux Etats-Unis, chez des correspondants. Ils se branleraient chez des gens qu'ils ne connaissent pas ! Ils joueraient un peu de violon, un peu de piano, un peu de tout. Ils feraient du droit à Reims, de l'économie, ils prendraient (ils choisiraient, ils opteraient pour) des modules de finance, Finance 1, Finance 2, contrôle de gestion. A Sciences-po, ils prendraient la section service public, à cause de l'ENA au bout.

Sup de Co Reims 92

J'avais fait une prép-ENA, avant Sciences-po, et avant encore j'étais passé par Sup de Co Reims. Un petit cauchemar climatisé où on fabriquait des chéfetons pour les entreprises de demain. A présent que demain appartenait au passé, on pouvait faire un (début de) bilan : la plupart des diplômés de ma promotion (1992, comme Momo et Pam au Caire en archi) étaient (en 2004) des cadres dépressifs qui s'étaient mariés (dès 1994) avec des thons. Ils étaient devenus des sortes de barbares, munis de bide, de carnets de chèques, de repas d'affaires, de soucis médicaux, mais jamais des soucis réellement artistiques, sentimentaux, littéraires, cinématographiques, politiques, idéologiques, politiques, musicaux, poétiques, lumineux, aériens, non. Ils étaient devenus (ils étaient restés) les barbares de 1992, les responsabilités en plus, le chéfisme en plus, le terrorisme et le harcèlement des secrétaires et de leurs inférieurs hiérarchiques en plus, des barbares et des incomplets, des têtes étroites, et des ignorants : s'ils n'avaient pas été des ignorants, ils auraient su comme il est vain, comme il est mauvais de vouloir commander à des hommes. Ils auraient su que rien n'est faux comme la supériorité d'âge ou de commandement… De hiérarchie. Ils auraient su que rien n'est laid, infertile et singe comme la pauvreté du subordonné qui ne s'affranchit pas.

Non, franchement, le mariage, ce n'était pas pour moi. Parce que je ne pouvais pas supporter la notion de « couple », que je ne supportais pas non plus qu'un être humain sur la terre puisse m'appeler « papa ». (Tu vas me dire : là, (une fois de plus), il y a un problème de concordance des temps : mais je t'emmerde, j'essaye déjà d'être en concordance avec le mien, de temps, ce qui n'est déjà pas si facile ; je te laisse donc tous les autres temps, et te laisse par la même occasion concorder au mieux avec eux.) Je ne supportais pas le couplisme, le paternalisme. Je ne me sentais pas fait pour être « père de famille » : d'abord parce que je n'avais jamais supporté le concept de « père », ensuite parce que je n'avais jamais supporté le concept de « famille ».

Charles Péguy, qui avait eu la tentation de se supprimer après avoir supprimé sa femme et ses trois enfants, avait longuement réfléchi sur le problème de la paternité. Il se sentait incapable de faire correctement le métier de père : il n'avait aucune autorité paternelle sur ses enfants, qui se foutaient ouvertement de sa gueule. Il n'en pouvait plus. Il ne se sentait pas à la hauteur. Il avait compris, il avait écrit que la « vie de famille » était quelque chose d'extrêmement violent, que c'était le contraire du confort, que c'était une forme d'engagement total que de « fonder une famille » (quelle horrible expression). Pour lui, pour Péguy, le plus grand aventurier du monde, de tous les temps, c'était le père de famille. « Les autres, les pires aventuriers, ne le sont aucunement en comparaison de lui. Ils ne courent absolument aucun danger en comparaison de lui. Tout dans le monde moderne, et même surtout le mépris, est organisé contre le sot, contre l'imprudent, contre le téméraire, contre le dé*réglé*, contre l'audacieux, contre l'homme qui a cette audace, avoir femmes et enfants, contre l'homme qui ose *fonder* une famille. Tout est contre lui. Tout est savamment organisé contre lui. Tout se retourne et se conjure contre lui. Les hommes, les événements ; l'événement, la société ; tout le jeu automatique des lois économiques. »

Les oiseaux sont des cons

Franchement elle était vraiment *très* belle, mon IMLF glacé, mon IMLF glacial, mon IMLF de Glacière. Je savais que je l'aimerais pour toute la vie, mais pendant quinze jours, six mois tout au plus ; car déjà des idées de blondes m'envahissaient… De brunes, aussi. Les accouplements chez les vertébrés avaient une explication physiologique : le besoin de protection qu'avait la femelle pendant la couvaison. Mais les exemples de monogamie pure et dure tels qu'on les trouvait chez les oiseaux ne prouvaient rien pour les hommes, puisque ceux-ci, justement, ne descendaient pas des oiseaux. Et si la stricte monogamie était le comble de toute vertu, la palme revenait au ver solitaire qui possédait, dans chacun de ses 50 à 200 anneaux, un appareil génital masculin et féminin complet, et passait toute son existence à s'accoupler avec lui-même dans chacun de ses segments… Mais si on s'en tenait aux mammifères, on trouvait chez eux toutes les formes de la vie sexuelle, la promiscuité sans règle, des formes analogues au « mariage par groupes », la polygamie, le mariage conjugal. Même (nos plus proches cousins) les singes offraient toutes les combinaisons possibles dans le groupement des mâles et des femelles. Bref : il n'y avait aucune relation rigoureuse, chez les mammifères, entre le degré de développement intellectuel et la forme des rapports sexuels.

Il y avait des salariées plein les rues. Elles avaient souvent des gros seins. Les nibards salariés avaient toujours eu sur moi un effet grandiose. Lorsque sur un coup de tête le courage me prenait d'appréhender une marcheuse pressée martelant le trottoir de ses talons aiguilles salariés, je m'imaginais déjà en chambrette, nu de partout, sursautant sur ce corps salarié qui était disponible dans la ville et que pour faire jouir il suffisait simplement de croiser. La terre existait depuis longtemps, mais des millions d'années de lave, de cataclysmes divers, d'ouragans par-ci par-là, n'avaient fait que tourner leur finalité gigantesque vers mon envie de bander à toute chatte, de foutre mon foutre en tout trou. La nature avait fait tout ça pour ça. Il y avait eu la guerre de Cent Ans, la Révolution française, deux guerres mondiales dont une avec camps de la mort et bombe atomique, des gens étaient morts à 18 ans dans les vapeurs de gaz moutarde, d'autres avaient été qui écartelés, qui guillotinés, et je me retrouvais, moi, la finalité de leurs combats, le résultat de leurs idéaux, le fruit de leur courage, à bander comme un obsédé dans le métro, l'avion, le train, la rue, et tous les endroits du monde où les croupes fumantes s'ébrouent. Je ne croyais pas à la fidélité.

Pourtant, on voulait nous appliquer la fidélité, à nous les humains. Alors que dans la nature, rien n'était fidèle à rien. Sauf la mort, qui finissait toujours par être fidèle à la vie qui nous restait à vivre. La première mort des hommes, c'était la fidélité ! La fidélité était un crime contre sa propre humanité. Quel être humain avait-il le droit de nous l'imposer ? Quel être humain pouvait-il nous l'inspirer, qui ne fût pas un être humain divin, mais un être humain humain ?

Baiser Cathia

Etre fidèle, c'était mourir un peu. On était seul dans son corps, dans sa vie, devant la télé, dans sa solitude. Seul dans la maladie… Et devant la mort. Au nom de quoi, de qui, eussions-nous été *nombreux* dans notre peau sous prétexte qu'on était vivant ? J'étais seul à l'intérieur de mon corps dans la mort : pourquoi eussé-je été *plusieurs* dans mon corps dans la vie ? On était tout seul quand on dernier-soupirait. Il eût été étonnant que, tout d'un coup, pour faire plaisir (ou rendre hommage) à je ne sais quoi, à je ne sais qui, on devînt soudain très nombreux, encombré, serré, complet dans notre corps (notre corps bien à nous, impartageable, inaliénable dans sa biologie, notre corps qui faisait l'amour avec un autre corps parfaitement libre dans la liberté du monde). Etant donc seul partout et toujours, je n'appartenais à personne, je ne pouvais pas me partager, me disséquer, me disperser !

Personne n'était propriétaire de personne sur terre. Personne n'avait le droit de posséder ce que pouvait m'offrir mon corps, que ce qu'il m'offrait fût des joies, des douleurs, des peines ou du plaisir. Personne n'avait le droit d'interdire à mon corps de m'offrir du plaisir. Personne ne pouvait me contraindre à la fidélité physiologique, biologique, et encore moins mentale. Tous les êtres étaient de toute façon mentalement infidèles. Mentalement, tout le monde couchait avec tout le monde. Le monde était une immense partouz. Virtuelle, fantasmée, fantasmatique, mais une partouz quand même. Le nombre de filles avec qui j'avais couché et qui ne le savaient pas ! Le nombre de filles avec qui j'avais virtuellement couché et je ne le savais pas. Parce que je n'avais été qu'un moment, un désir, une fugacité, un coup de vent émasculé.

Tu voulais être fidèle à Chantal, et à Sylvie si ça se trouve. Tu t'apprêtais à être fidèle à Valérie, à Nathalie, à des Fadilas et des Malikas et des Geneviéves. Des filles qui un jour te quitteraient pour Hervé. Pour William. Pour Pierre. Pour Mustapha. Pour Momo... Pour Henri ! Pour Eric. Pour moi... Toute cette fidélité scolaire, appliquée, construite comme un mémoire de maîtrise ou un exposé à l'Institut d'études politiques, toute ta petite fidélité patiente et laborieuse offerte à une conne que les années viendraient tranquillement abolir, dissoudre, faner. Tu allais donner toute ta fidélité à un autre organisme humain que le tien, et cet organisme humain finirait, un jour, par ne plus rien avoir de commun avec toi. Chantal (Malika, Evelyne) ne serait plus qu'une des nombreuses propriétés du monde, et ta fidélité maniaque, ta fidélité passée serait raturée par sa nouvelle vie sans toi dans ce monde. Chantal aurait cessé d'avoir la mémoire de ce que tu avais fait, ou plutôt : de ce que tu n'avais pas fait pour elle (baiser une autre, baiser Cathia, baiser Samira alors que tu en crevais d'envie) – en son honneur, parce que tu disais « l'aimer ». Parce que tu croyais l'aimer. Tout réfutait à présent ta petite fidélité positiviste et scientifique et bornée, ta sexualité conforme, ta bite conventionnelle et conventionnaliste.

Poitrine rémoise de 1989

Dire que j'aimais plusieurs femmes à la fois était devenu une banalité ; la question était de savoir combien, pourquoi, et comment. Les tableaux 13 et 14 (non reproduits ici) quantifient l'impression que l'on ne peut manquer d'avoir en découvrant les contrastes évidents entre celles dans la bouche desquelles je pouvais mettre mon membre en érection, celles qui ne pouvaient être besognées autrement qu'à l'envers, ou celles encore qu'on pouvait chevaucher cinq fois de suite. Les femmes mettaient souvent à ma disposition une grande variété de possibilités de baiser, dont je rejetais certaines en me fondant sur des phénomènes naturels. Les femmes étaient des millions sur la terre… Il s'agissait pour moi d'essayer de coucher avec le maximum d'entre elles. C'était cela, je crois, que j'appelais « vivre ». J'essaierais d'en tirer les conséquences. La surface du globe était riche de ressources sexuelles, mais imposait aussi des contraintes dont il fallait s'accommoder.

Non, je n'étais pas fidèle. « Il fallait me donner deux cents vies, Seigneur, et j'eusse offert mon cœur bien fidèlement deux cents fois. » Mais là, c'était impossible : il y avait trop de bassins différents, trop de formes de seins dissemblables à découvrir, de culs cousins, ou frères, mais pas jumeaux pour un sou. Les culs de la rue ne rebondissaient jamais de la même manière. Qui allait l'écrire, la thèse sur les culs de la rue ? Les culs filants comme des étoiles au milieu des rangées dans les grands magasins ? Les culs qui restaient, eux, dans la mémoire, si bien imprimés en moi que lorsque je les croisais sur sa route, je me disais (comme pour Laïla) : « J'en ai pour vingt ans de branlette. » Oui, avec certains culs, j'en prenais pour vingt ans... Dans le lit, le matin, le soir, ou dans des chiottes l'après-midi, je n'avais plus qu'à me fouiller les méninges pour tirer de ma mémoire un cul de 1988, un cul de 92, un cul de 96. Autant de culs mémorablissimes dont j'avais, d'ailleurs, oublié jusqu'au visage de la propriétaire. La bite n'est pas très romantique : elle oublie les traits blancs, aiguisés en lames de couteaux, des jeunes femmes à qui nous ne prêtons plus, à travers les couloirs du temps, qu'un cul mastoc élastique qui nous a traumatisé le crâne à jamais. Parfois, je baisais Brigitte (1967-1999) mais c'était dans ce cul 93, gare du Nord, que je me tortillais comme un fou. Toute la sueur que j'employais en vue de l'éjac était une sueur faite de cette gare ce jour-là, c'était une sueur pleine de la pluie de ce jeudi-là, gare du Nord, c'était une Eurasienne (1977-...), pardon : un cul eurasien, avec la fente timide des brugnons pas mûrs mais qui giclent un peu quand même quand le couteau les malmène. Au bout de ce couteau criait une blonde (1970-...), mais ce cri se trompait de destination. Il était voué à l'Eurasienne qui, dans l'imaginaire copulation où je l'avais depuis retrouvée des milliers de fois sous la douche ou sous les couvertures, me l'avait prêté pour faire plus ou moins jouir une autre (1974-...). C'est ainsi que je faisais l'amour : jamais à une femme tout entière, mais à des morceaux de femmes, j'assemblais les uns avec les autres. Celle en laquelle, dans moins d'une dizaine de secondes je le sentais, j'allais cracher ma mousseline, était faite d'une poitrine rémoise de 1989, de jambes effilées bronzées matées sur la plage de Sainte-Maxime quatre ans plus tard, juste après la quille, de deux énormes loches entraperçues dans une pizzeria, à Madrid, et que j'essayais de reconstituer tant bien que mal car la Brigitte que j'étais en train de brigitter dans tous les sens était, malgré son prénom qui faisait vieille salope seventies, plutôt plate. Toutes les géographies, toutes les années s'emmêlaient et participaient à l'éjaculation – que, à la dernière minute, j'avais choisi faciale. Oui, Brigitte avait eu droit à son petit *facial cumshot*. Je me demandais si ce n'était pas à cause de la sonorité de l'expression en anglais que je me livrais à cet exercice que les acteurs de films pornos pratiquaient de manière systématique pour bien prouver aux sceptiques qu'ils avaient bien limé, d'une part, et que, d'autre part, leurs petits sens sciences-nat, leur petite biologie médicale était réglée sur la nôtre – sur celle des « gens normaux ».

Un macho à l'envers

Je ne supportais pas d'être fidèle, mais je ne supportais pas plus la fidélité des femmes à mon égard. C'était en cela que j'étais le contraire exact, le symétrique opposé du macho. J'étais un macho à l'envers. Je me sentais enchaîné, étouffé, par celles qui m'étaient fidèles. Je ne voulais pas de leur amourpassion, de leur logique de couple très planifiée, de tous leurs projets établis. J'étais seulement heureux lorsqu'elles me léchaient les couilles gratuitement, que gratuitement j'étais gentil avec elles, que gratuitement nous marchions vers un restaurant où je payais gratuitement l'addition avant que nous ne rentrions sous une pluie gratuite, d'un pas gratuit, parlant gratuitement de sujets dont la gratuité gratuite m'émouvait. Je n'aimais que les femmes gratuites ! C'est-à-dire celles qui ne demandaient rien. On finissait toujours par en trouver, mais le problème était que la gratuité ne durait jamais. Tôt ou tard, après une quarantaine de léchages de couilles, elles passaient à l'amour. Elles commençaient à *éprouver* des choses. La salive des léchages était alors chargée de futur, d'avenir, de constructions, de planifications diverses, variées, multiples, nombreuses. Tout était dans le non-dit : les coups de langue ne disaient plus tout à fait la même chose. Les fellations n'étaient plus seulement techniques, plus complètement salopes. Les fellations devenaient un tout petit peu moins salaces, vicieuses, ce n'étaient plus des pipes sexuelles, mais des pipes amoureuses, des pipes romantiques, des pipes aimantes, des pipes qui voulaient mon bonheur. Moi, ce que j'avais toujours aimé dans la pipe, c'était que la fille aimât la pipe qu'elle était en train de me faire. Je me moquais bien qu'elle pensât à mon plaisir ! Je voulais qu'elle pensât au sien… Je voulais savoir que c'était ma bite seule qui intéressait la (grosse) pipeuse ; que je pourrais très bien rentrer chez moi tout seul sans ma bite, les laissant toutes les deux s'ébrouer. J'aimais que la suceuse me prenne pour une excroissance, un prolongement plus ou moins utile de ma bite qui, elle, était le personnage principal, l'appendice héros, un peu comme pour le Marsupilami.

Non, rien n'était pire au monde que la pipe amoureuse. Rien n'était pire que la pipe qui se dépornifiait, qui quittait sa vraie dimension pornographique pour le royaume (très con) des sentiments. La pornographie était l'écosystème de la pipe. C'était son milieu naturel. C'était là que vivait la pipe, au milieu des siens. Le porno était consubstantiel à la pipe. Ce raisonnement était valable pour toute la sexualité en général. Lorsque le sexe et les sentiments coïncidaient, c'était comme par un phénomène d'éclipse... Ça pouvait se produire, ça s'était déjà produit, ça se reproduirait, mais ça restait malgré tout exceptionnel. Je ne supportais que les fellations soustraites à l'amour, les doigts dans le cul qui n'attendaient pas qu'on leur passât une alliance, les éjaculations faciales qui ne croyaient pas au mariage.

(Brutalité

La brusquerie, la brutalité avaient droit de cité. Ici, c'était un enfer pour les timides et les doux. Le timide était écrasé par ceux qui savaient aller directement au corps, ces êtres qui savaient le chemin le plus court jusqu'au sexe. A l'extérieur, l'introverti était celui qui ne parlait pas ; ici, celui qui ne parlait pas était l'extraverti. Que faisait le timide ? Il se livrait à quelques discrets frottements ici ou là, des caresses vite avortées, en contrebande. Le timide était celui qui avait l'impression qu'on était toujours à l'extérieur, que les règles en sous-sol étaient les mêmes qu'à l'air libre. La brutalité était une qualité, au Recto / Verso : elle exprimait la vérité absolue, celle qui disait le désir sans fioritures et sans parole.)

La chatte des femmes préhistoriques

Il faudrait que je lui offre tout Proust à Laïla. De toute façon tôt ou tard je savais que je la ferais chier avec Proust, Céline, Péguy, Guitry, Gombrowicz (1904-1969), tous mes dieux, et Zappa, Pasolini (1922-1975), Truffaut, Fassbinder (1945-1982), Jacques Demy (1931-1990), Georges Cziffra (1921-1994). En attendant, il fallait l'aborder et je ne reculerais pas. Je n'avais pas reculé ! Je ne m'étais pas fait prier : j'avais laissé ma timidité maladive au vestiaire des années 90, époque où, plutôt que de dire je t'aime aux femmes, je déjeunais avec et courais ensuite chez moi me branler sur la version imaginaire de leurs seins, sur la version fictive, virtuelle, de leur cul et de leur visage sur lesquels je ne manquais jamais de m'autoriser (sans leur autorisation réelle mais avec leur autorisation fantasmée fictive, virtuelle) une petite EJ.

Une « EJ », c'était une « éjac' fac' », et une « éjac' fac' » c'était une éjaculation faciale. L'éjaculation faciale avait toujours été à mes yeux un mystère : je m'étais toujours demandé à quoi ça servait, et, surtout, quel plaisir les femmes pouvaient bien en retirer… Plus tard, je compris que le plaisir de faire plaisir, allié à celui de souiller vaguement les corps humains mis à notre disposition par le biais de l'amour (physique), constituait une forte part de la sexualité. La plupart de mes IMLF avaient eu droit à leur EJ.

J'aurais adoré une petite EJ sur le visage neandertal de Lucy après l'avoir violée comme une géline.

J'en avais marre de ma société, celle de Paris à la fin du 20e siècle et au début du 21e, une société peureuse où l'on ne pouvait jamais lécher sa voisine de table ou de métro quand on en avait envie. J'aurais adoré une vie, une époque où le sexe n'aurait pas été considéré comme sexuel, mais tout simplement comme normal, comme banal, comme quand on buvait un verre d'eau. On aurait pu niquer toutes les filles du bus, des boîtes de nuit, des restaurants et des aéroports. On se serait fait sucer dans la rue et ça n'aurait choqué personne parce que la pornographie n'aurait pas existé, ni la religion ni l'éducation, ni les sex-shops, du coup, ou alors une autre religion et une autre éducation.

Enculer néandertalement une blonde contre une colonne Morris en plein Paris, sur les grands boulevards, aurait été aussi inintéressant pour les passants qu'un type qui refait son lacet sur le trottoir. Il y a eu un stade de l'histoire des humains où le léchage de voisine de table et de métro avait existé, un état de nature, mais c'était il y a plus de cent trente mille ans et entre-temps, les choses avaient changé. Diogène, lui, avait été moins coincé : il s'était branlé à mort, lui, sur les grands boulevards, tout près du Grand Rex, ce même cinéma où il y avait eu, en 1980, une seule et unique projection du film de Frank Zappa, *Baby Snakes* (1979), « a Movie about People who do Stuff that is not normal ».

Seul

Le monde était un endroit où je me sentais seul. Il y avait du vide, des rues, et encore du vide et des gens placés dedans. Une foule immense de gens agencés dans la foule, scotchés dessus. Le monde était un lieu qui ne me disait rien. Essentiellement à cause des êtres humains qui couraient sans cesse dessus, à l'infini, et l'infini faisait comme un rond. Tout l'univers faisait trop de bruit. Dans trop de rues... La foule s'enflait de sa propre foule, tout le temps. Les êtres humains passaient des journées entières à s'escafioter, à focaliser, à poindre et grossir, à s'engraisser au soleil, desmesurables, desmesurés, sur des skis, sur des mers. Il s'agissait d'une foule crosculante et foisonnante, quelque chose de très bedonnant.

J'étais encore, j'étais toujours, je resterais, à jamais je resterais, un petit Orléanais désappris, étriqué et ridicule, muni d'une seule paire de baskets, qui considérait Frank Zappa comme le plus grand compositeur de tous les temps. Mon obscurité était intéressante. On aurait pu écrire un roman russe dessus. J'avais la solitude russe. C'était une solitude redoutable, littéraire et redoutée. J'avais pensé faire des tours d'hélicoptère au-dessus du château de Chambord, comme Jean Marais (1913-1998) dans *Peau d'Ane* (1970), un film de Jacques Demy, pour me détendre un peu. Mais Jacques Demy-1970 coûtait trop cher, alors je restais dans ma cuisine, à 8 kilomètres d'Orléans. Je passais mes journées à détester des chats. Il n'y avait pas de véhicule pour se rendre dans l'agglomération orléanaise. Je prenais des bus pour m'y rendre... Le bus s'arrêtait place d'Arc, où il y avait de la racaille composée d'Arabes en bandes, et de Noirs, et de Blancs, qui, isolément, auraient fait montre d'une très grande solitude littéraire et russe aussi. J'aurais mieux fait de pas venir au monde.

Le terrorisme nous rappelait aussi, sans cesse, qu'on allait tous mourir un jour. Il nous rapprochait de la réalité de la mort – idée qui avait commencé à perdre beaucoup de son sens dans les pays industrialisés depuis quelques années (décennies). Ainsi était venue se greffer sur notre mort naturelle, biologique, une mort encore plus accidentelle, encore plus arbitraire, encore moins intelligente, encore plus injuste (encore plus surprenante !) : la mort par attentat. Ainsi venait se greffer sur notre mort acceptable une mort inadmissible : la mort dans un attentat. C'était comme si, à chaque instant de la journée, on avait deux fois plus de chances de crever qu'auparavant. Avant, on n'avait aucune raison particulière de vivre. A présent, on n'avait aucune raison particulière de ne pas mourir.

La peur

J'étais fatigué de ma société peureuse où les IMLF étaient posés, semés à tout va, aux quatre vents, pour pas grand-chose parce que dans ma société peureuse les filles peureuses avaient peur, peur de la peur et peur d'avoir peur et peur de la peur de la peur, et de la peur de la peur de la peur d'avoir peur de la peur de la peur (d'avoir peur). C'était une société peureuse de prévention, une société peureuse de précaution. Tout le monde avait les jetons de tout. La température du globe grimpait un peu, et les êtres humains partout sur la planète paniquaient, terrorisés à l'idée de griller sur place.

Les OGM faisaient peur à la plupart des IMLF, qui sortaient à peine de la psychose ESB et vérifiaient sur les pots de yaourt que le lait était du vrai lait, pas du faux lait scientifique aux gènes branlants. On avait peur de voyager à cause d'Al Qaïda™ et de la grippe du poulet. Des intégristes cachaient des bombes atomiques dans leurs Nike™. On avait très peur des retombées de Tchernobyl, des Arabes du Neuf-Trois et de l'épizootie de vache folle. On pratiquait l'« abattage systématique », une sorte de Shoah pour animaux d'élevage, à cause de la fièvre aphteuse et de la peste porcine...

Dans le secteur du bâtiment, des êtres humains du bâtiment mouraient de cancers du bâtiment aux noms assez compliqués (asbestose, mésothéliome, bâtimensténose) parce que des fibres d'amiante s'étaient accumulées pendant toutes les années 60 et 70 (libération sexuelle) dans les alvéoles de leurs poumons du bâtiment. Les gens avaient moins peur du sida et ça faisait peur. On disait « je t'aime » à des femmes sur un portable cancérigène, cancérogène, un portable transgénique à tendance tumorale. On avait des cancers de tout : des tripes et des doigts, et des yeux.

On vivait tous dans le « principe de précaution » : on pensait avec des préservatifs. On voyait de la menace partout : les terroristes avaient bien réussi leur coup, avec le 11 Septembre™. Les « pouvoirs publics » passaient toutes leurs journées à essayer d'anticiper les catastrophes, les menaces « graves et irréversibles », les risques, alors que personne n'était certain que ces risques étaient risqués. Certaines municipalités paranos filmaient les rues, les gens dans les rues. On parlait essentiellement de sécurité, de traçabilité des viandes empoisonnées, d'épidémies de légionellose, de SRAS™. Le risque zéro, la tolérance zéro, la guerre à zéro mort symbolisaient les trois zéros de l'an 2000.

A Paris, on voyait un nombre inouï de salariés, dans les cafés, les tavernes, les bistrots, les brasseries, fumer, boire de l'alcool (bière, vin) et ingérer, sous forme de plats du jour ou formules, sous forme de steaks-purée ou frites, des graisses alimentaires susceptibles de déclencher dans leur organisme une prolifération anormale et anarchique des cellules, pouvant donner lieu à une tumeur maligne ayant tendance à s'accroître, à détruire les tissus voisins et à provoquer d'autres tumeurs à distance de son lieu d'origine (métastases !).

Ces types, ces salariés, tôt ou tard, cancéreux pouvaient être reproduits grâce à des cellules souches, et on aurait tous aimé, tous, sur la planète, que les cellules souches des femmes qui n'avaient pas voulu de nous fussent bercées par le vent d'automne, ou d'hiver, bref par un vent, afin qu'on les recueillît et qu'on fabriquât un double génétique, grâce à leur (putain de) tissu embryonnaire, de cette sublime salope de Malika (1964-...), de cette « inaccessible » et « allumeuse Stéphanie (1967-...) » ou encore d'une surpipeuse de la trempe slave de Ludmila (1978-...), partie avec un Black très peu sympathique au demeurant (1971-...).

La bite de Philip Roth

Je ne sais pas si le lecteur sait ce que c'est qu'un amant qui, prenant congé de l'objet qu'il aime, craint de ne plus le revoir. Il fait le dernier compliment, et après l'avoir fait, il ne veut pas que ç'ait été le dernier, et il le renouvelle jusqu'à ce qu'il voie son âme distillée en sang... Je passais des journées entières dans mon appartement qui n'était pas un appartement mais un bureau géant. Je ne pouvais y faire que deux choses : travailler et dormir, avec cette variante non négligeable du sommeil qu'est la fornication. L'espace était centré sur mon seul travail, et c'était du gâchis parce que le bien-être était sans doute aussi important (dans une vie humaine) que le travail. Surtout que mon « travail » c'était d'écrire mes conneries ; autant de conneries que personne ne lirait – ou presque personne car plus personne (car presque plus personne) ne lisait.

J'admirais infiniment Philip Roth (1933-…), qui avait fait une croix sur la vie, sur les femmes, sur le sexe, sur les voyages, pour ne se consacrer qu'à l'écriture. Chez lui, dans sa propriété au milieu des arbres et des cailloux, du côté de Newark. C'était une vie de solitude, une existence de moine qu'il menait avec un sérieux fou, avec une énergie sans pareille et peut-être, au fond, une sorte de désespoir. Certes, écrire était sans le moindre doute ce qu'il préférait faire à la surface de la terre ; ç'avait été aussi un grand obsédé sexuel (GOS) mais le sexe, à partir de 65 ans, préférait qu'on lui préfère l'écriture.

La bite de Philip Roth avait suffisamment vécu… Il n'y avait donc plus de place dans sa vie que pour la réalisation de chefs-d'œuvre, et de chefs-d'œuvre écrits patiemment, solitairement, solidement, fréquemment, à la fois rapidement (car le temps pressait et une œuvre ne se conclut qu'avec la mort ; un grand écrivain a toujours quelque chose à dire, à écrire, à voir, à découvrir, à faire découvrir), à la fois rapidement et lentement – cette sérénité qu'on lui devinait, cette tranquillité, cette profondeur tranquille, cette intelligence sûre d'elle-même malgré un affect rongé par le doute, malgré une affectivité abîmée, accidentée. Personne peut-être n'avait jamais aussi bien écrit que Philip Roth sur la peur. La peur du sexe, de la culpabilité, du désir, de l'absence de désir, de l'absence de sexe, de la fidélité, de l'infidélité, du célibat, de la religion, de l'absence de religion, du mariage.

Tous les grands écrivains, les grands artistes, finissent un jour par appartenir au même et grand parti : le parti de ceux qui choisissent enfin de faire une croix sur la vie, et sur la bite, les choses de la bite et de la vie, pour s'isoler dans leur œuvre, dans l'ombre totale où c'est eux-mêmes qu'ils vont rencontrer, jusqu'à la date de leur mort. C'est le parti de ceux qui sont passés de l'autre côté de la bite. Du côté de la chasteté profonde, artistique. La chasteté créatrice, peut-être imbécile, peut-être inutile : mais c'est qu'il n'y a plus de place pour la vie dans leur vie… Ils sont rongés par un cancer : le cancer de leur œuvre. Philip Roth, ex-mégabaiseur, était définitivement, dans sa maison de campagne de Newark, soumis à son œuvre, au joug de son œuvre, sa création continuait de travailler sur les femmes, mais elle ne collaborait plus avec. L'imagination de Philip Roth pouvait continuer sans l'appui, sans l'assistance des femmes… Elle avait emmagasiné suffisamment de femmes pour tenir jusqu'à la fin. Fin de l'existence de Philip, fin de l'œuvre de Philip : à la fin de sa vie, la vie du génie se confond avec son œuvre… Elles ne sont plus seulement parallèles, plus simplement égales, plus vraiment équivalentes : elles sont confondues.

Philip Roth se levait le matin, se mettait à sa table de travail, devant ses ordinateurs, avec dans la tête une infinité d'infinités de femmes stockées dont il pourrait resservir à volonté le souvenir, instantanément. Des multitudes d'infinités de femmes se mélangeant, des femmes infinies mixées en une ou deux créatures romanesques essentielles. De toutes ces femmes baisées dans sa vie, il dégurgitait la véritable dimension humaine, faisant entrer des petites grues hautaines dans des catégories métaphysiques ultraélaborées : c'est toute l'histoire de toutes ses femmes à lui Roth qui, dans ce petit coin de morceau de sous-bois où il cachait son bureau d'écrivain, en face de New York sans Twin Towers, il vous faisait, impudemment, une œuvre définitive, universelle et grandiose. Car Roth, débarrassé jusqu'à la tombe de son rothien pénis, n'éprouvait plus aucune difficulté à cesser de vivre pour écrire à la place : sa biologie, toute l'administration de son physiologique et biologique organisme humain n'était vouée, imperturbable, qu'à l'écriture solitaire inaltérable entêtée obstinée définitive autistique dérisoire géniale importante désespérée. D'une seule femme, il en faisait jaillir des dizaines. Et de dix, il en élaborait une onzième, extraordinaire et tellement réelle.

Enormes métropoles
D'hommes vivants,
Enormes nécropoles
De morts mouvants.

4

1968

> Persuade-toi donc bien que la vie du plus sublime des hommes n'est pas à la nature d'une plus grande importance que celle d'une huître.
>
> SADE.

De 68 comme Atta

Mohammed Atta et moi, on était tous les deux de 68, je le rerépète. Moi de mars et lui de septembre. Septembre avait toujours été son mois. On avait été en CM2 non pas ensemble, mais parallèlement… On s'était tous les deux parallèlement branlés aux alentours de 1980, moi sur Christelle Witz et lui sur Awatef Acherwazhoui (1968-…), son premier amour. On avait découvert en parallèle, Mohammed et moi, que nous avions un sexe, et nous avions de concert découvert la beauté des femmes et leurs cuisses, et leur poitrine, et la douceur de leur voix, cette manière plus tard qu'elles avaient eue de tenir entre leurs doigts une cigarette légère (CL) dont les volutes s'évanouissaient en direction du futur lupanar céleste de l'Atta terrestre. Car avant d'avoir été céleste, Atta avait été terrestre, il avait souffert avec nous, en même temps que moi. Il avait franchi les mêmes dates que moi au même âge que moi.

Ô Mohammed, mon ami, mon cousin, mon frère ! Ce qui est vertigineux, quand même, c'est de penser aux dates que nous avons traversées ensemble, toi et moi, ces dates où nous étions « à égalité » : le vendredi 13 avril 1979, le mardi 29 septembre 1987, le jour de l'an 1992 (un mercredi), tu n'étais censé rien devenir de ce que tu es devenu. Tu avais eu 9 ans lors de l'assassinat de Sadate (1918-1981), et 21 quand Chang (1972-...) avait humilié Lendl (1960-...) sur le central de Roland-Garros (CRG). Tu avais eu 14 ans quand Monk (1917-1982) avait disparu. J'aurais pu parler gonzesses pendant des milliers d'heures avec toi : on aurait comparé nos râteaux respectifs (RR) de l'été du bac (EDB) en 1986. On avait eu simultanément notre première carte d'étudiant. On avait fréquenté le même jour notre premier restaurant universitaire (RU).

On avait été jeunes ensemble, et moins jeunes ensemble, et on était encore ensemble dans la peur de l'autre le lundi 10 septembre 2001. Ton mois de juin 1983, tes grandes vacances 1989 n'étaient entachés d'aucun destin, qui viendrait rétrospectivement sinon les mythifier, les rendre différents. Le lundi 23 juillet 1984, le samedi 2 novembre 1991 avaient été des dates gratuites, légères, normales, neutres... Elles avaient glissé sur toi comme elles ont glissé sur nous tous... On ne rature pas le passé, je sais : mais quand tu retournes au pays de ces jours évanouis, tu dois te dire qu'ils convergeaient inexorablement vers le mardi 11 Septembre™ 2001, comme une suite mathématique converge vers sa limite… Ce n'est pas permis à tout le monde, ce n'est pas permis à n'importe qui de faire de la date de sa propre mort une date historique, de faire coïncider la date du dernier jour de sa vie avec une ère nouvelle de l'Humanité. D'habitude, seuls les prophètes et les grands hommes à la de Gaulle (1889-1970) y parviennent. Tu étais sans doute un genre de prophète, Momo, une sorte de grand homme à la de Gaulle.

Le 11 Septembre™ 2001 existait déjà en 1982. Non comme réalité, mais comme avenir, comme à venir. Et il est venu. Il s'approchait de toi, il te voulait. Son contenu allait en grande partie dépendre de toi. Cette date, tu lui as donné un visage : tes sourcils sévères, ton regard froid… Ce qui est tout aussi vertigineux, c'est d'imaginer ce que faisaient les victimes du WTC le vendredi 13 avril 1979, le mardi 29 septembre 1987 ou le jour de l'an 1992. Tu les avais peut-être déjà croisées, sans le savoir, au cinéma en faisant la queue, dans des rues, aux Etats-Unis, en Allemagne, en Egypte ou ailleurs. L'une d'elles t'a peut-être demandé du feu 2 476 jours avant que tu ne lui donnes la mort. Pense, encore, au nombre de films ou d'émissions que vous avez dû regarder au même moment, à la télé. Si ça se trouve, tu te serais super bien entendu avec certaines d'entre elles si tu les avais connues dans d'autres circonstances que dans leur agonie. Il y avait peut-être parmi elles des mecs comme toi et moi, Mohammed, des mecs comme nous ramasseurs de mégarâteaux (MRR), de vestes.

Le jour du bac, au moment précis où tu lisais la première question du sujet de maths, la victime numéro 234 écoutait la radio en prenant son petit déjeuner. Le jour de tes 10 ans, au moment précis où tu soufflais les bougies de ton gâteau d'anniversaire, la victime numéro 2458, qui en avait 16, était en train de faire du vélo sur une route de campagne. La première fois que tu as pris l'avion, au moment précis où tu décollais, la victime numéro 847 était au téléphone avec sa petite amie. Quant à la victime numéro 564, elle en était à la page 12 de son journal au moment précis où tu as reniflé pour la dernière fois dans ton cockpit.

CTNMC

Laïla avait des yeux verts, des CTNMC (cheveux très noirs mal coiffés), un JNEA (joli nez extrêmement arabe) et une paire de lèvres drôlement boudeuses (PLDB)... Elle faisait des gestes élégants (GE), presque millimétrés (PM), exacts (E), précis dans leur élégance (PDLE), comme si aucun de ses membres (bras, jambes, etc.) n'était susceptible d'exécuter une seule FMG (figure de mauvais goût), de s'oublier dans une configuration qui ne fût pas subtile (CQNFPS), C (classe), R (raffinée), sophistiquée (S). Elle était en train de lire *Comme un roman* (1992) de Daniel Pennac (1944-...). Daniel Pennac était un homme sympathique. Il faisait partie de ces auteurs, rares, trop rares, dont la fierté première était d'écrire pour ceux qui n'aimaient pas lire. Il y avait, en France, toute une catégorie de lecteurs qui, en lisant les livres de Pennac, avaient « quand même l'impression de lire de la littérature ». Ce qui était « super » c'était qu'il écrivait simplement. On comprenait tout. On aurait bien aimé lui demander (mais on n'osait pas) de récrire *Ulysse* (1922), *Albertine disparue* (1925), *Voyage au bout de la nuit* (1932) ou *L'Homme sans qualités* (1938), parce que, revus et corrigés par Daniel Pennac, ils auraient été beaucoup plus faciles à lire. Il t'aurait simplifié tout ça, lui ! Ça n'aurait pas traîné. Pennac, il était un peu comme Léon, le héros de Luc Besson (1959-...), il faisait le ménage.

Munich '72

Je l'avais suivie jusqu'à son lieu de travail. En réalité elle ne travaillait pas : elle était étudiante. Elle fréquentait toutes sortes de bibliothèques. Je la surveillais. De loin, je la surveillais... J'épiais (la plupart de) ses gestes. Je ne la lâchais pratiquement plus. « Il Me La Fallait ». J'éprouvais une certaine anxiété en la voyant. J'avais peur de lui dire les choses en face et de me prendre un râteau. Un jeudi, vers 15 heures, elle avait croisé les jambes à la bibliothèque municipale du 13e. Elle ne portait pas le voile. Mais j'avais vu qu'elle portait des bas.

Il faisait chaud. Le soir, je l'avais suivie jusque dans un bar branché du 8e dans lequel des célibataires mâles et femelles remplissaient des fiches avec leurs noms et pouvaient obtenir un face-à-face et se faire la cour, et se plaire, ou se déplaire, pendant 7 minutes. Ma « belle inconnue » s'adonnait donc à la pratique du « speed-dating » (SD) ! Innncroyable. C'était donc que. C'était donc qu'elle n'avait pas de *mec*. A l'intérieur du bar l'ambiance était fluo. On était en septembre 2001. Le 11 Septembre™ n'avait pas encore eu lieu. Ce que je suis en train de vous raconter se passait quelques jours avant. Quelques jours avant le début de la Troisième Guerre mondiale (TGM). Mais le terrorisme n'avait pas attendu le 11 Septembre™ pour exister, pour s'épanouir, pour se lâcher.

Il y avait eu Munich en 1972, aux Jeux olympiques (18 morts). Il y avait eu une bombe de l'IRA en Grande-Bretagne en 1974 (28 morts). Une autre bombe dans la salle d'attente de la gare de Bologne en 1980 (220 blessés, 85 morts). Il y avait eu le premier attentat simultané (dont le 11 Septembre™ devait devenir le chef-d'œuvre) en Italie et en Autriche, en 85, attribué au groupe Abou Nidal (1937-2002) dans les aéroports respectifs de Rome et de Vienne (20 morts). Bien avant l'Espagne du 11 Mars™ 2004 à Madrid (1 500 blessés, 200 morts), il y avait eu l'Espagne de 1985 : attentat à la voiture piégée à Barcelone (45 blessés, 21 morts). En 1988, il y avait re-eu la Grande-Bretagne, à Lockerbie, attentat revendiqué par la Libye : un Boeing 747 avait explosé en plein vol (270 morts). Il y avait eu Paris 1995. Une bombe à la station Saint-Michel. L'attentat avait été attribué à des extrémistes islamistes algériens (150 blessés, 8 morts). Il y avait eu l'Irlande du Nord, attentat à la voiture piégée, revendiqué par l'IRA (220 blessés, 29 morts). Il y avait eu Moscou, en 1998 (276 morts).

Du coup, on avait tous un peu peur. Pas autant qu'après le 11 Septembre™, mais suffisamment pour se réfugier de temps en temps dans une certaine compulsivité sentimentale et/ou sexuelle. On organisait un peu partout en Occident des speed-datings pour niquer le plus vite possible avant de mourir au bureau ou dans le train à cause des terroristes. Chacun dans son coin tentait de raccourcir à l'infini le laps de temps s'écoulant entre le moment où il rencontrait l'âme sœur d'un instant et le moment où il faisait l'amour avec. Lors de ces speed-datings, rendez-vous galants qui ressemblaient à des entretiens de motivation d'entreprise, on avait donc 7 minutes pour séduire. Pas une de plus. C'était quand même plus souple que dans la vraie vie, que dans la vraie rue, où l'on n'avait en général que 7 secondes pour se vendre, pour donner envie à la fille draguée de se faire draguer encore dans les jours, les semaines à venir. Dans la rue, c'était du « very speed dating » (VSD).

Depuis plusieurs années, j'avoue que je pratiquais consciencieusement le very speed dating et c'est pour ça que je me sentais si proche d'Atta. Mohammed et moi, on avait à rattraper, lui au ciel et moi sur terre, plusieurs années de passé, des années de passé opaques, des années de passé passées dans la misère sexuelle et sentimentale. Des années pendant lesquelles les femmes nous avaient fait peur et nous avaient dit non. Pendant que le présent marchait de son pas régulier, qu'Atta et moi étions en train de vieillir comme tout ce qui bougeait à la surface de la planète, on avait senti, lui et moi que, sexuellement, nos années 1986, 87, 88, 89, 90, 91, 92, 93, 94 et 95 n'étaient pas encore à jour, qu'elles se devaient, même après le 11 Septembre™ 2001, à 33 ans passés, d'être vécues enfin comme avaient dû les vivre, à l'époque, les contemporains de notre âge qui baisaient, niquaient, enfilaient des meufs à tout va, enfilaient et se faisait sucer et sursucer, les mains pleines de poitrines énormes de femmes jeunes qui l'étaient moins aujourd'hui, et Momo et moi avions raté la jeunesse hier, parce que nous étions, lui à Kafr El-Sheikr puis au Caire puis à Hambourg (faculté de technologie de

Hambourg-Harburg, de 93 à 99, où cette fois ce fut Elke Eibensteiner-Götz (1968-...) qui avait repoussé ses avances empreintes de timidité et de délicatesse) et moi à Orléans puis à Reims puis à Paris, occupés à être timides, parce que j'étais occupé à être matheux et Atta à être architecte, et parce que nous étions occupés tous deux, lui musulman et moi athée comme un singe, à être névrosés, et parce que j'avais, moi, dans les mains, dans mes mains branleuses de branleur à mort branlé, des exercices à faire sur l'équivalence de la masse (en repos ou en mouvement) et de l'énergie, et lui des TP à rendre sur la masse des poutres dans une configuration de type H.

J'avais été un polard. Mohammed avait été un polard. Et la grande injustice (GI) était que je n'étais pas pour autant le meilleur en mathématiques : des mégaqueutards, très bons sur la masse et très bons sur l'énergie, et bien meilleurs que moi sur l'équivalence entre les deux, avaient accès aux filles, aux nanas, aux femmes, avaient des copines, et faisaient l'amour avec. Ils étaient (très) bons en maths et baisaient comme des yacks... J'étais médiocre en maths et je m'épuisais dans la branlette. Même chose pour Mohammed : des plus calés que lui baisaient tandis que lui rêvait, solitaire et mélancolique, dans sa chambre remplie de posters d'Oum Kalsoum. Je me demandais sérieusement si je n'étais pas en train de me faire avoir – mais je ne savais pas exactement par qui, je ne savais pas exactement par quoi... Quelque chose m'échappait, et ce quelque chose, dans les années 2000, j'allais y revenir. Il fallait (tu es sourd ou quoi ?) que je tire mon quota de gonzesses de 1987, même en 2004. Il y avait eu un manque à gagner. Je ne voulais pas me laisser flouer à vie. Atta, lui, visait beaucoup plus haut que moi, c'était un type plus ambitieux que moi : c'était pour l'éternité qu'il n'avait plus jamais voulu se faire flouer.

Cœur tant de fois laissé
Sur le chemin,
Tant de fois ramassé
A pleine main.

5

Partouz

> J'ai vu la sagesse des nations, et j'ai pensé qu'elle ne valait pas la douce folie que m'inspirait mon amie.
>
> Denis DIDEROT.

Capitalisme de femmes

Le capitalisme était profondément associé à l'idée d'argent ; je constatais, ici, qu'il existait un capitalisme des corps. Il existait un capitalisme de femmes. J'étais moi-même venu pour capitaliser, faire fructifier quelque chose… Quelle chose ? Etait-ce de l'avenir ? Ou du passé ? Etais-je venu faire des réserves ? Ou rattraper des morceaux de passé faits de solitude et de misère (sentimentale, sexuelle) ? J'avais à rattraper des années de passé, six ans, dix ans de passé sans femme, sans caresses, sans éjaculation autre que dans des draps orphelins de toute meuf, fille, nana, petite copine, amie, bonne copine, salope, grosse cochonne, gonzesse, boudin, canon, super-coup, prostituée, vieille pute, chienne, etc. Je n'avais pas été un grand capitaliste, à cette époque. Je n'avais pas eu vraiment de monopole sur le marché des filles baisables (sur celui des imbaisables non plus, tu vas me dire). Mon passé, c'était du présent en retard. C'était des centaines de femmes en retard, un manque à gagner de jouissances, de fellations, de plaisir et de nuits blanches à faire l'amour (je n'aimais pas cette expression à cause du verbe « faire »).

Bien sûr, ma tête n'était qu'un immense cahier de toutes celles dont je savais que je voulais bien les baiser. Et puis ce cahier avait fini par s'émarger, par déborder de partout, les spirales avaient explosé, car peu à peu j'étais devenu prêt à baiser toutes les femmes du cahier des autres, et même toutes les femmes de la terre (puis, un peu plus tard, de tout l'univers). Je passais des heures en compagnie de filles qui ne savaient pas que je m'étais branlé sur elles quelques heures plus tôt et encore moins que j'allais recommencer quelques heures plus tard. Si elles avaient pu imaginer ce qu'elles avaient été capables de me faire ! Mais peut-être que le naïf, finalement, c'était moi ; peut-être que dans la « réalité » (je veux dire : la réalité des hommes et des femmes, de tous les hommes et les femmes rassemblés dans un même tout, car ma « réalité » à moi était circonscrite alors aux pages de mon cahier magique) elles étaient beaucoup plus cochonnes avec leur mec que je ne les avais imaginées l'être avec moi. Il aurait fallu définir un coefficient de cochonnitude pour chaque fille rencontrée, qui aurait permis de les comparer « toutes choses égales par ailleurs », comme disaient les thermodynamiciens et les économistes. Juliette (1979-...), qui avait l'air plutôt très sage, eh bien appliquons-lui un coefficient assez élevé pour rectifier un peu l'impression première, la faire plus cochonne qu'elle n'en avait l'air afin qu'elle coïncidât mieux avec ce qu'elle devait réellement être au lit avec son mec. Inversement, Isabelle (1969-...), plus salope tu meurs quand tu la voyais, ne négligeons pas qu'elle était sans doute un tout petit peu plus coincée qu'elle ne semblait.

Mais cette fois je sentais que j'étais prêt. Tout ça commençait à sacrément m'émoustiller quand même. Cependant, j'apprendrais plus tard, avec l'expérience, que le meilleur moment de la partouz, même quand on y participait activement, c'était l'après. Chez soi. Quand on y repensait, que les images pornos, mais du porno vécu, s'entremêlaient, s'entrechoquaient, et que je ne savais plus par quelle branlette commencer, sur quel moment me concentrer, à quelle salope précise me consacrer. Cette fois, j'avais prévenu Dorothée, j'allais me lancer, j'allais participer très énergiquement. Comment ? Oui. Oui, j'avais peur... Entraient dans mon existence, oui, des éléments de peur, d'appréhension, et aussi d'attente. C'était un mélange. Je touchai discrètement mon sexe pour voir si je bandais mais je ne bandais pas. Il allait falloir que je me pignole un peu, que je me frotte le gland contre le futal afin de ne pas aller m'avachir comme un gros flan sans érection sur la première salope surexcitée prête à me faire la fellation du siècle. Trop tard : une chienne (1971-...) m'avait happé, du genre pressée, elle m'avait tâté les testicules et m'avait collé sa langue immense, comme un serpent ou presque, dans la bouche. J'avais eu du mal à respirer. Elle avait continué en me plaçant cette même langue dans l'oreille, et j'avais eu honte parce que je venais de me souvenir au même instant que je devais avoir les oreilles sales – je ne pensais jamais vraiment à me récurer les oreilles, j'avais trop peur de me percer le tympan.

La fille était déjà en train de descendre vers mon sexe, tout en me caressant le ventre sous la chemise. Dor(othée) regardait. L'appréhension montait, je priais tous les dieux pour avoir un début, ou même une sorte, un embryon, un brouillon d'érection. J'en avais tellement eu dans ma vie, des énormes, des magnifiques, pour rien, pour personne, à vide, dans le vide, comme autant de manques à gagner, des érections totales et fermes, et absurdes, et vaines, et destinées au vent seul et aux seules saisons, et aux rayons du soleil et à des fantômes. J'avais connu des érections triomphales mais sans la compagnie de la moindre bouffeuse de bite dans mes parages, des érections gratuites, bêtes, méchantes, et voilà qu'à présent qu'une des plus grosses suceuses de toute l'histoire de l'humanité se faisait un plaisir de me croquer la queue et de me bouleverser les couilles à jamais, voilà qu'à présent je n'avais plus dans le slip qu'une crevette peureuse et craintive, quelques carottes râpées défaillantes et timides, une petite excroissance biologique de CM2, un salsifis péteux, pétochard, piteux, une bite que je ne reconnaissais plus, une bite qui ne voulait plus du tout être bite, qui était en train de remettre en question, c'était bien le moment, sa condition de bite et son métier de bite et sa fonction de bite, une bite littéralement défaite, démissionnaire, assommée, déprimée, alors que je ne lui demandais pas grand-chose, juste une érection matinale, une petite érection mécanique, une facile, pas une compliquée, non, une facile, un cas d'école, une qui ne lui aurait pas demandé beaucoup d'effort, ni d'énergie, ni d'implication, ni de temps, oh je ne lui demandais pas un chef-d'œuvre érectile, une bandaison Canal +, je ne lui demandais ni prouesse, ni exploit, mais juste, juste un essai d'érection, un commencement, un prologue, après je me démerderais tout seul. Trop tard : la salope avait vu, avait compris qu'elle avait eu affaire à un baltringue, à un non-bandant, comme il existait « à l'extérieur » des non-voyants... J'avais essayé de la retenir, de lui expliquer, de me justifier, mais ce n'était pas l'endroit. Et puis, ça ne l'intéressait pas : il y avait tellement d'autres queues partout ici, à sucer et bouffer, des queues de compétition, elles, pas des queues d'amateur comme moi, des queues qui savaient parler le langage de la mécanique, des queues qui bandaient, passaient leur vie à ça, des bites qui ne connaissaient pas le repos.

J'avais repéré un sacré lot de putes dans un des petits salons. C'était un salon qui m'avait semblé plus vicieux, plus expérimental, plus « pointu »... Dans le grand salon, « le grand bain », c'était du brut. On n'œuvrait pas dans la recherche fondamentale, on ne cherchait pas des lois nouvelles de la sexualité : on ne faisait qu'appliquer, avec un certain entrain, les lois fondamentales du coït, on se consacrait aux positions simples, nues, aux grandes arêtes, aux grandes lignes. Paradoxalement, j'avais le sentiment qu'il était plus facile de me mouler dans le décor du pointu plutôt que dans celui du bestial. Car dans le bestial du grand bain, il fallait sortir la bite direct et défoncer le premier trou qui se présentait, là, comme ça, sans vergogne, sans chichis ni manières, à la bonne franquette. On ne pouvait pas tricher, on ne pouvait pas gagner du temps. Tu étais là pour jouer de ton instrument et, si tu ne savais pas en jouer, tu faisais bien, dès lors, de ne pas le sortir de sa housse et d'annuler le concert. Tandis que dans le petit salon vicelard, très « éditions Jean-Jacques Pauvert », tout m'indiquait qu'on avait affaire à des esthètes. A des maniaques. A des scientifiques. On avait l'air de s'attarder énormément, de faire durer les choses. C'était la capitale du préliminaire. Un chauve entre deux âges (1959-...) avait passé des heures à inspecter telle anfractuosité de l'anatomie féminine. Ça me rassurait. Ici, on faisait dans le détail, dans le cauteleux, dans le mystère. On examinait à la loupe. Un quadragénaire concentré comme un funambule sur son fil (1961-...) introduisait dans le cul de sa partenaire de 20 ans (1984-...) un index (de 1961) qui durait des heures, et il invitait quelques curieux bien triés, agenouillés devant le rectum de la petite, à venir voir, ou plutôt à constater un phénomène, à assister à un événement qui semblait pointu, qui semblait particulier, qui semblait étonnant, qui semblait d'une importance capitale, mais je ne saurais jamais quoi. Après un très, très long aller-retour anal des doigts du quadra, les curieux s'étaient regardés, bouche bée, puis ils avaient acquiescé, comme impressionnés, hochant la tête, et le metteur de doigt dans le cul leur faisait signe que ce n'était pas terminé, qu'ils n'avaient rien vu, et son index repartait pour un aller rectal, le tout dans un silence de mort, un silence scientifique d'expérience de physique fondamentale. On était à Saclay, soudain. Et des Nobels du fion avaient fait le déplacement pour assister à la naissance d'une particule nouvelle, plus petite encore que le quark. J'avais essayé de m'approcher, extrêmement intrigué, extrêmement intéressé, mais le fouteur de doigt dans le derche m'avait jeté un regard noir qui voulait signifier que ma présence risquait de faire échouer l'expérience et, ce faisant, des années et des années de travaux. J'avais senti également, dans son regard terrible, que si l'incident venait à se reproduire, il mettrait un terme définitif à l'expérience : les curieux l'avaient senti également et m'avaient envoyé à leur tour des regards d'assassins. On ne plaisantait pas avec ça, dans le « salon Pauvert ». Quant à la petite nana de 20 ans, rien ne semblait la perturber ; elle était très consentante et très patiente. Pour elle, le spectacle était rodé depuis très longtemps sans doute. Cet étrange duo m'avait fait penser à un lanceur de couteaux : d'un côté le mec obsessionnel et malsain, de l'autre sa compagne belle, soumise et un peu con.

Sortie de queue

Je ne m'étais pas contenté de mater. J'avais sorti la queue. Une nana qui sentait le pinard (1979-…) m'avait bouffé les couilles et, au moment où sa copine (1981-…) s'apprêtait à la rejoindre (délaissant un amant anonyme (1964-…) qui venait de la tringler à mort), je fus tellement excité à l'idée de me faire lécher par deux filles en même temps que j'éjaculai immédiatement, laissant mon fantasme couper la tête à la réalité pourtant possible, à la réalité imminente, à la réalité à portée de main. Une des deux (celle qui sentait le vin) fut extrêmement étonnée. Elle avait l'air de trouver ça immature… Je devais avoir l'air d'un écolier. Quant à l'autre, elle partit immédiatement vers une autre queue, une queue encore tendue qui n'avait pas (encore) éjaculé.

Une queue qui pouvait attendre, qui avait encore de la ressource, des disponibilités (des réserves).

Le poids de la colère
En surplombant,
Le creux de la galère
En retombant

6

Le Parti démocratique arabe (PDA)

> Le sentiment et la vie sont éternels. Ce qui vit a toujours vécu et vivra sans fin. La seule différence que je connaisse entre la mort et la vie, c'est qu'à présent vous vivez en masse, et que dissous, épars en molécules, dans vingt ans d'ici vous vivrez en détail.
>
> Denis DIDEROT.

La peur du sexe (PDS)

Avant le 11 Septembre™, du temps qu'il n'était encore devenu cet homme à femmes (HAF) que nous connaissons tous aujourd'hui, chaque jouissance de femmes dans un coin du monde était pour Atta une provocation, une attaque personnelle, un microattentat, un 11 Septembre™ à l'échelle individuelle. Atta et ses copains, Atta et ses collègues avaient toujours eu peur du sexe (PDS). Les terroristes avaient derrière eux une longue carrière de terrorisés. Le paradis vert les avait débarrassés de leurs psychoses, de leurs phobies, de leurs trouilles. Là-haut, les vagins étaient des vagins gentils. Ils n'humiliaient pas. Ils ne se la jouaient pas. Il n'y avait pas en eux la moindre forme d'arrogance. Et puis on pouvait les pénétrer sans avoir les jetons des préservatifs, qui faisaient souvent débander : les vierges étaient vierges par nature, quelles que fussent les gigatonnes de sperme qu'elles pouvaient se prendre dans les entrailles. Plus on les engrossait et moins elles étaient enceintes.

En avril 1996, Mohammed Atta avait pris soin d'écrire son testament de futur gros baiseur. Après une introduction dans laquelle il exhortait sa « famille et ceux qui liront » la lettre à ne pas pleurer, il avait exigé que ses proches « craignent Dieu et ne se laissent pas détourner par la vie ». La suite du testament se penchait plus particulièrement, dans une grande clarté de style et une concision admirable, sur le rituel à suivre pour préparer le corps de Mohammed après sa mort : « Ceux qui veilleront sur mon cadavre doivent être de bons musulmans. » Puis, plus loin : « Les femmes enceintes et les personnes impures ne doivent pas venir me faire leurs adieux. » Ou encore : « Les femmes ne doivent pas être présentes à mon enterrement ni venir se recueillir sur ma tombe. » Dans la dernière partie, on sentait déjà percer le futur partouzeur sous le poète en herbe : « Celui qui lavera mon corps au niveau des organes génitaux devra porter des gants, afin que je ne sois pas touché à cet endroit. » Les proches ne devraient pas rester plus d'une heure auprès du corps… S'apprêtant à défoncer des chattes et des fions pour toute la durée des temps, Mohammed avait 1 000 fois raison de vouloir préserver sa bite, cette bite qui sur la terre des hommes ne lui avait servi qu'à souffrir le martyre et à pratiquer l'incontinence orgasmique dans sa chambre d'étudiant. Momo avait clos son testament sur une menace : tous ceux qui n'obéiraient pas à ses dernières volontés ou qui violeraient les commandements de la religion devraient en subir les conséquences. Mohammed avait enfin exprimé le vœu que chacun, au nom de Dieu, témoignât qu'il était mort en musulman, dans la croyance de la religion de Dieu.

Le numéro 34

Je m'étais évidemment arrangé pour tomber sur mon Arabe de Glacière lors du speed-dating. J'avais eu le numéro 34. On s'était retrouvés face à face et ça m'avait ému. Elle ne savait pas, elle, que notre histoire d'amour avait commencé quelques jours plus tôt. Ça me faisait drôle de la voir de très près… Je crois qu'elle ne m'avait pas reconnu, preuve (vexante) qu'elle n'avait strictement jamais fait attention à moi (à ma merde de vie (MDV)) c'était une BAYNEP (brune aux yeux noirs et perçants), avec de la culture générale et de l'intelligence dans le regard, et plus d'intelligence d'ailleurs que de culture générale, et c'était tant mieux, parce que l'intelligence avait toujours plus compté pour moi que la culture.

Voici ce que j'avais réussi à apprendre sur ma BAYNEP, ma FMG, mon IMLF, ma SG ; ma BAYNEP-FMG-IMLF-SG : elle s'appelait Laïla N. C'était une Arabe israélienne. Elle était née à Umm al-Fahoum. Elle vivait en France, avec sa mère, depuis avril 1994.

Son père était un ancien peintre reconnu qui, après les accords d'Oslo, avait servi de conseiller au gouvernement palestinien. Lors de la confiscation des terres palestiniennes à Jérusalem-Est, il avait voté une motion de censure obligeant le gouvernement Rabin à reculer. Il avait été, avant d'être assassiné par un groupuscule de l'extrême droite israélienne, proche d'Abdel Wahab Darawshé (?-?), fondateur du PDA (Parti démocratique arabe). Il avait, auparavant, appartenu au Parti travailliste israélien (PTI) dont il avait démissionné pour protester contre la répression de l'intifada.

Laïla n'avait pratiquement pas d'accent : elle étudiait la musicologie dans une fac de musicologie. Elle adorait Francis Poulenc (1899-1963), les *Nuits d'été* (1834-1841) de Berlioz (1803-1869) et sans doute plein d'autres choses, mais 7 minutes c'était trop court pour refaire l'HDM (histoire de la musique) – surtout qu'elle venait déjà de refaire celle du Proche-Orient. Elle m'avait définitivement conquis... J'avais enfin pu greffer de l'esprit sur ses atours, de l'âme, un peu d'âme, beaucoup d'âme, sur son corps. D'aussi près, j'avais été extrêmement intimidé par la beauté de son visage (BDSV). De plus, elle avait vraiment de très gros seins. J'avais bien vu, pourtant, que je ne lui plaisais pas plus que ça : elle était trop polie avec moi, trop démonstrative dans la politesse : c'était louche. Mais ce n'était pas grave parce que, quitte à passer pour un prétentiard, 100 % des filles que, dans ma vie, j'avais vraiment décidé d'avoir à partir de l'âge de 30 ans, eh bien, tout simplement, tu le sais lecteur mon ami, je les avais eues. C'était également l'âge auquel mon copain, mon frère, mon double en râteaux, mon jumeau en vestes Atta Mohammed, avait compris qu'il fallait que quelque chose change, qu'il fallait vraiment passer à la vitesse supérieure. On allait entrer, Atta et moi, dans nos années chaudes, hot, nos années de braise, nos années porno, nos années cul et léchage de cul, nos années de fous de la chatte, mais des fous de la chatte contents, satisfaits, rassasiés, déconneurs et gentils, repus, revenus de loin.

Lui au-dessus de ma tête et moi sous ses pieds, Mohammed et moi on allait être parmi les plus gros fornicateurs du monde, à égalité avec les hardeurs professionnels. Oui, j'avais changé, j'avais écrit des livres, je m'étais en quelque sorte un peu accompli, et ce début d'accomplissement m'avait donné un embryon de ce que je n'avais jamais (jamais) connu auparavant : la confiance en soi. Là, d'un coup, je m'étais dit stop : les filles, si tu arrêtes tes conneries, tu peux toutes les avoir, parfois au prix de choses inconsidérées, d'exploits qui n'en valent peut-être pas le prix. Mais disons que j'étais de ceux qui savaient vraiment, mais vraiment mettre le paquet. Je n'avais jamais été du genre à abandonner, et c'était comme ça qu'il fallait toujours faire avec les femmes désirées.

CIA, FBI et KGB

Depuis mes 30 ans, j'étais surpris chaque fois qu'un ami me disait : « Je laisse tomber, ça ne marchera jamais, je ne l'aurai jamais. Tant pis. » Je rigolais intérieurement, car je savais bien, moi, depuis 1998 qu'il avait tort et que toutes les femmes étaient accessibles, possibles, attrapables ; je savais bien qu'on pouvait toutes les avoir, ou du moins, qu'on pouvait toujours avoir celle(s) qu'on voulait... Des centaines d'entre elles m'avaient déjà signifié que c'était non, un non irréversible, qu'elles ne voulaient jamais plus voir ma gueule de macaque névropathe romantique en rut, fou à lier, et qu'elles appelleraient les flics et la CIA, et le FBI, et le KGB si jamais j'insistais. Elles m'accusaient de tous les torts, m'insultaient de tous les noms. Me traitaient de TS (terroriste sentimental). Disaient que j'étais lourd, que j'étais un MM (malade mental), qu'il n'y aurait jamais rien entre nous, voire même que je ne leur plaisais pas, ni physiquement, ni moralement, ni intellectuellement. Et que le mieux serait, une bonne fois pour toutes, par pitié, que j'abandonne. Définitivement.

Mais jamais je n'abandonnais. Je me disais qu'elles ne voulaient pas de moi, là, hic et nunc, mais qu'un jour elles voudraient bien. Qu'un jour, même, elles ne voudraient que ça ! Car je savais que les femmes adoraient se sentir coupables dans l'amour, qu'elles adoraient les transgressions, les trucs de malade, qu'elles étaient passionnées, en réalité, par ceux qui leur foutaient les jetons – et Dieu sait si les jetons, je les foutais... On ne pouvait pas m'enlever ça ! Et puis une femme masquait toujours ses désirs, tandis que les miens s'exhibaient partout, montraient leur quéquette, vendaient des tee-shirts à leur effigie. Je n'avais jamais rien su dissimuler, planquer, garder pour moi : je balançais tout, tout de suite. Mais je restais persuadé que si je n'avais jamais fait les premiers pas, si je n'avais pas balancé mes « je t'aime » et autres « tu es la femme de ma vie » à tout va, à tous vents, la fille aurait bien fini par le faire, elle, et d'ailleurs je rêvais que tous les gars du monde, l'espace d'un mois (d'un jour, d'une heure !) se donnent le mot et qu'ils ne draguent plus, ne fassent plus le moindre effort, juste pour voir ce qui se passerait : un quart d'heure américain à l'échelle de la planète. On devine ce qui se serait passé : toutes les femmes seraient venues nous draguer, nous brancher, nous chauffer, nous aborder, nous séduire. Et peut-être nous violer.

Et les chiens du désir,
Cœur en lambeaux,
Et l'horreur du plaisir,
Cœur au tombeau

7

Partouz

> Après dîner, les dames causent, le baron s'assoupit sur un canapé, et moi je deviens ce qu'il me plaît.
>
> Denis DIDEROT.

Imagination de la nature

J'avais toujours été amateur de gros culs. Le gros cul était quelque chose de presque exclusivement féminin : du moins, ce qui était féminin, c'était qu'un gros cul pût habiter un corps qui lui n'était pas gros, un corps mince. Si je m'étais écouté, j'en aurais malaxé un différent tous les jours, de cul. Et ce, sans même regarder le visage de sa proprio. Finalement, moi qui étais quand même assez romantique, ou plutôt qui avais encore quelques beaux restes de romantisme, j'étais, dans la rue notamment, un gros reluqueur de culs. La nature avait une telle imagination, en culs.

C'était d'ailleurs bien ça qui me fascinait : que Dieu

parvînt à publier plus de culs inédits, dissemblables les uns des autres, que de visages. Pourtant, il y avait beaucoup plus de variables modifiables sur un visage humain que sur une paire de fesses humaine. Mais non : malgré la simplicité désarmante, au niveau du dessin, du crayonné, de l'agencement, de l'architecture, Dieu était un Picasso des culs, c'était là qu'il innovait le plus incroyablement : dans l'inouïe simplicité des culs, dans l'épure des culs. C'était très fort. Très très fort. Car essayez de dessiner, sur une feuille de papier, vingt têtes différentes : facile. Ici un gros nez, là un aquilin, ici de grandes oreilles, là pas de cheveux, ici un catogan, etc. Essayez à présent de dessiner vingt culs réellement, objectivement différents, distincts les uns des autres. Au bout de cinq ou six, vous allez ramer. C'était là le génie de Dieu et c'était là, par conséquent, votre médiocrité. Votre non-déité, votre non-divinité.

Il n'existait pas de culs jumeaux sur terre, et c'était une raison suffisante pour être croyant. Et, sinon croyant, du moins pratiquant. Maintenant, si une petite au visage d'ange et au cul approximatif entre dans ma chambre et me tend les bras, je ne ferai pas exprès de l'éliminer. (Stéphanie 4 (1978-…) et Nolwenn (1982-…) étaient de celles-là.)

Politesse anale

D'abord, je les embrasse. Je leur dis bonjour. J'ai toujours été bien élevé envers les culs… C'est ainsi que je fais connaissance avec toute nouvelle petite : par son cul. Par des baisers romantiques, langoureux, par des baisers adolescents sur ses fesses. C'est un peu la carte d'identité de la fille, c'est là qu'on voit où on en est, à qui on a affaire. Quand je n'aime pas un cul, je fais la tête. Je n'aime pas le cul qui fait le malin. Le cul des maigres, des anorexiques, des droguées, je n'aime pas le cul des paumées. Je n'aime que les culs qui aiment manger. Car un cul qui aime manger aime le sexe. Les femmes ne sont pas nées de la dernière pluie : elles savent que leur cul est un moyen de bandaison hors norme pour nous, c'est pourquoi j'estime que toutes celles qui ont le cul fait d'os, le cul osseux, le cul casse-bite, le cul rachitique et anguleux, le cul continu non dérivable, l'ont en connaissance de cause et sont, par conséquent, des castratrices, des pisse-vinaigre, des qui veulent que tu bandes mou. J'aime les fesses rebondies, comme des melons de Cavaillon… Je suis définitivement un gros consommateur de culs. Je les lèche, je les serre dans mes mains, je les mords, leur donne la fessée en les léchant, je les triture, c'est un vrai terrain de jeux. Ça peut durer des heures. Pendant une levrette, il est bien rare que je ne les gifle pas. La plupart des filles apprécient : il est toujours étonnant, en sexe, que la cause donne autant de plaisir que l'effet. Il est toujours étonnant que l'on devine, que l'instinct devine ce que l'instinct de l'autre réclame, adore, attend. Car il n'y a jamais eu aucun livre dans lequel il a été théorisé que claquer des fesses pendant une levrette était une bonne chose. Pas plus qu'il n'a existé une conversation primitive entre un homme et une femme, il y a des millions d'années, dans une sorte d'état de nature à la Hobbes (1588-1679), établissant, par quelque jurisprudence sexuelle des taillis, que la fessée était le corollaire obligé de la levrette.

(Les bites trop pressées se pressaient pour pénétrer et

limer les vagins disponibles, vacants, en quelque sorte offerts. Il y avait des bites qui semblaient s'excuser de vivre, qui balbutiaient, qui bafouillaient, bafouillaient.)

Les gens laids

Ce que la plupart des détracteurs de l'échangisme ne supportaient pas, en fait, en partouz, c'était la laideur. Ça les dérangeait que des gens laids puissent avoir une sexualité qui était la même que celle des gens qui se croyaient, qui s'imaginaient qu'ils étaient, beaux. Je me souviens qu'un jour, un petit humoriste dandy bien-pensant et éternel « chroniqueur-télé » m'avait traité de « beauf » parce que je fréquentais (parce que j'avais osé fréquenter) les boîtes échangistes. Toute cette laideur l'épouvantait… Ça l'épouvantait d'imaginer des laideurs humaines entre elles, des laideurs, des horreurs. Ce petit humoriste daté (son humour ravageur n'avait finalement ravagé que lui-même) ne supportait que la beauté, pas la laideur du peuple, pas la laideur peuple, la laideur peuple mélangée à elle-même, entre elle seule mélangée, à elle-même mélangée, et qui, peuple, se donnait du plaisir peuple, se faisait peuplement, démocratiquement, très simplement plaisir. Le plaisir people, c'est mieux (sans doute). Ce doit être moins dégoûtant, et moins dégradant, que le plaisir peuple. L'orgasme peuple. L'orgasme populaire.

Les gens ne supportent pas l'égalité des laideurs dans la partouz. Ils ne veulent pas croire qu'on puisse faire des choses sexuellement poussées en n'étant physiquement pas abouti, pas beau. Ils ne supportent pas cette forme d'égalitarisme dans l'échange des corps, dans le commerce (bénéfique, juste) des corps. Ce sont des corps qui s'échangent ici. Pas des styles, pas des origines sociales, pas des titres en Bourse et pas des titres (non plus) de noblesse. Ce ne sont pas des carnets d'adresses qui s'enculent, s'entrelèchent. Ce sont des camarades. Il y a un immense communisme qui surnage là – un communisme d'apparence (car tu as bien compris que rien n'était plus ultralibéral qu'une partouz).

Saintes vous nous voyez,
Ce que nous sommes,
De misérables hommes
Mal nettoyés.

8

Fabrice Luchini

> La vibration devient générale, c'est une multitude de chocs et de lésions mutuelles, où chacun regagnant à l'instant ce qu'il vient de perdre se retrouve sans cesse dans une position heureuse.
>
> SADE.

Mon terrorisme perso

J'avais bien observé ceci (depuis 1998) : que les femmes adoraient se faire draguer, se faire talonner, se faire suivre, se faire poursuivre de mes assiduités vraiment très assidues. Elles adoraient le désir qu'elles savaient, qu'elles sentaient que j'avais pour elles. Leur seul cauchemar était qu'elles s'aperçussent que je fisse la même chose, les mêmes choses, pour d'autres qu'elles (ce que la plupart du temps d'ailleurs je ne faisais pas, parce que pour obtenir celle dont on rêve, il fallait rester concentré dessus, ne pas courir partout et se diluer). Elles ne résistaient pas à mon terrorisme. D'ailleurs, quand celui-ci se calmait stratégiquement quelques jours, elles prenaient peur. Elles avaient peur, soudain, que je ne leur fasse plus jamais peur. La liberté qu'elles pensaient que je leur rendais ne les intéressait plus : il leur manquait quelque chose, une douleur, une présence, un poids, une trouille spéciale que je sécrétais, bref : il leur manquait moi. Autre chose encore : j'étais nouveau dans leur existence, j'avais quelque chose du parfum de l'inédit (PDI), et, d'une certaine manière, même si je leur signalais que je voulais les avoir, elles ne m'avaient pas encore eu. Il était évident que, comparé à leurs mecs, j'étais comme une grande récréation pour elles, je sentais le neuf, la folie, et quand même un peu l'aventure… L'avantage est toujours du côté de la nouveauté, et c'était aussi pour cela que, sur la planète Terre, la fidélité ne pouvait, ne pourrait jamais avoir lieu…

Pas grave que je plusse pas à Laïla, puisqu'un jour elle viendrait sur mon palier, en larmes, me supplier de m'intéresser encore à elle, et de lui donner 3 enfants tous aussi crétins les uns que les autres. J'écoutais tout ce qu'elle me disait, parce que c'était en les écoutant de très près qu'on parvenait à embarquer toutes les filles de la terre. J'avais décidé de l'impressionner un peu, de la luchino-draguer, c'est-à-dire de la draguer « à la manière de l'acteur Fabrice Luchini » (ALMFL), qui était le DA de la CA, le dieu absolu de la citation adaptée. Ce qui m'avait toujours frappé chez Luchini (1951-…), c'était qu'il en faisait des tonnes pour draguer – que ce fût le public ou les filles ou même ses amis. Il y avait quelque chose de frénétique, d'hystérique dans son comportement. Je ne comprenais pas pourquoi, étant une star du cinéma français, il avait encore besoin : 1) de prendre le métro ; 2) d'en faire autant avec les femmes. Mais son génie résidait précisément dans ce fatras de contradictions.

Luchino-drague

— Bonjour… Laïla.
— Enchanté.
— Enchantée.
— Vous allez bien, Laïla ?
— Ça va. Et vous ?…
— C'est Gide (1869-1951) je crois qui rapporte dans son *Journal* ce mot d'Ingres : « Avec le talent on fait ce qu'on veut, avec le génie on fait ce qu'on peut. » Moi, moi je fais ce que je peux. Vous allez me dire que le talent sans génie est peu de chose. Mais alors je vous répondrai comme répondait Valéry (1871-1945), que « le génie sans talent n'est rien ». Je me souviens, je-me-souviens-!, de ce mot incroyable d'Oscar Wilde (1856-1900) à André Gide, encore : « J'ai mis tout mon génie dans ma vie : je n'ai mis que mon talent dans mes œuvres. » Je n'ai pas fait d'œuvres, mais j'ai fait, je fais une vie. Enfin j'essaye, Laïla, c'est ça ? Laïla… Modesssstement. J'essaye… Laïla !
— Vous voulez un morceau de tarte aux pommes ?
— « Dis-moi ce que tu manges, disait Brillat-Savarin (1755-1826), je te dirai ce que tu es. »
— Vous êtes pas écrivain, vous ? Je crois que je vous ai vu à la télé… Par contre, j'ai lu des critiques sévères

d'un de vos derniers livres sur un sosie de Dave (1944-…), je crois… Dans…

— Stop ! Plus un mot, là, Laïla ! Plus un mot… C'est pas moi l'écrivain qui passe à la télé. C'est pas moi ! Je vous jure ! « Je est un autre »… Rimbaud ! C'est mon sosie le mec qui passe à la télé. Moi aussi je suis écrivain. Mais je suis un écrivain qui ne passe pas à la télé. Qui ne veut pas ! Quant aux critiques… Relisez Aragon !, mais relisez Aragon ! Le grand !, l'immensissime Aragon ! Les gens ne lisent plus Aragon, c'est effrayant à quel point les gens ne lisent plus Aragon : « Le propre du génie est de fournir – c'est dans *Traité du styyyyle* ! – le propre du génie est de fournir des idées aux crétins une vingtaine d'années plus tard. » Alors il faudra que ces petits messsssieurs les critiques revoient ce film dans vingt ans… Et entre-temps, relisez Aragon !… Aragon !, bon Dieu !

— J'ai une copine qui dit… Que vous… Je suis pas forcément d'accord avec elle, hein… Que vous êtes… Que vous seriez un peu en baisse depuis votre premier roman… Moi j'ai rien lu de vous, hein… Elle dit que c'est le meilleur et que…

— « Le génie abaisse davantage qu'il n'élève » ! C'est pas moi qui le dis, c'est Georges Bataille.

— Vous avez pas l'air… très… simple…

— J'allais y venir ! J'allais y venir ! Bataille !, Bataille ajoute ! : « L'idée du génie empêche d'être simple, engage à montrer l'essentiel, à dissimuler ce qui décevrait : il n'est pas de génie concevable sans art. »

— Ma copine m'a dit que vous étiez assez génial dans votre genre…

— Le génie est une habitude chez moi. Valéry,

toujours ! : « Le génie est une habitude que prennent certains. »

— Elle m'a dit aussi, je vous dis tout, hein ?… Que vous étiez un peu… prétentieux…

— « Etre prétentieux, c'est être trop modeste pour être modeste. »

— Elle est de qui, celle-là ?

— Celle-là, elle est de moi, Laïla. Elle est de moi… Modestement… Hein ?…

— Vous vous aimez à ce point ?

— « Je m'étudie plus qu'aucun autre sujet. C'est ma métaphysique, c'est ma physique. »

— C'est de vous aussi, ça ?

— Je sais plus… C'est peut-être de Montaigne (1533-1592), ça… En tout cas c'est un des deux… De toute façon, ça n'a aucune importance puisque « je ne suis pas ce que je suis ».

— Ça c'est Shakespeare !

— Non, c'est Shakespeare (1564-1616) cité par Julien Green (1900-1998), dans son *Journal*. Nuance ! Laïla : nuance !

— Ne le prenez pas mal… Mais… Vous ne m'avez pas posé une seule question sur moi… Il reste deux minutes à peine et… Vous n'avez parlé que de vous… Je suis désolée d'être franche mais… Je trouve ça pas bien… Je trouve ça un peu pathétique de votre part… Pas classe…

— « Qui s'affecte d'une insulte, s'infecte », a écrit Jean Cocteau (1889-1963).

— Je vous intéresse pas ?… Vous voulez pas que je parle un peu, moi… De moi ?… Non ? Ça, ça vous dépasse… Pas vrai ?…

— Beckett (1906-1989) : « Je suis obligé de parler. Je ne me tairai jamais. Jamais. »

— Vous avez envie de moi ?

Proposition sexuelle

Il me semble bien que j'avais répondu oui (si ma mémoire est bonne). C'est vrai que j'avais bien envie de mordre à pleines dents dans ses seins. De me lâcher… D'éjaculer entre… C'est là qu'elle me parla pour la première fois de boîtes échangistes. J'étais sous le choc. Je venais de me prendre le Boeing de Momo Atta en pleine gueule. Moi, le romantique, moi qui… Qui voyais en elle (qui n'avais jamais vu qu'en elle) des promesses de beautés, de partages, de campagnes, d'un peu de sexe aussi, de pas mal de sexe c'est vrai, mais pas… Pas des touz ! Certainement pas des touz. Avec son petit air d'ange. Ses allures de fille qui a des allures classe. Je l'imaginais très, très mal douée pour les pipes en surnombre, les multibites dans le cul, les ahanements carrément trash. Toutes ces viandes frénétiques, aspergées de sperme humain. Ces récapitulations de viandes. Ces assimilations de biftecks. Ces morceaux en confusions, ces plis, dans les manies éjaculatoires. Tous ces orifices repus de mauve. Ces stricts organismes plongés dans leur propre délire, leurs fesses rougies, dans les hoquets de vulves. Son visage si doux à elle, perdu dans les trous. Son sourire cristallin parsemé de poils de quadras louches. Elle dans les panoplies pornos. Prisonnière et tiraillée, malmenée par les bites. Pas elle ! Léchant les glands évasifs, touchant des couilles de salariés. Mais non ! Et elle dans les embouteillages de prépuces pressés, elle empêtrée dans les anus. Parmi des gars qui ne voudraient jamais la rendre, qui voudraient la garder toute la vie sous leurs coups de boutoir. Mon IMLF à moi ! De Glacière. Ma Laïla d'amour toujours… Je vivais un cauchemar – je regardais son visage et il restait hors sujet avec les scènes de partouz que j'imaginais.

Elle haletante, fourbue de pines, ravagée, écroulée abolie dans les veines, elle hématome et violée. Dans la pesanteur du nombre. La loi écrasante des corps. Tous ces mecs qui ne cesseraient de peser sur elle, elle en train de couiner. De haleter. Laïla ! Mes poèmes alors ? Baudelaire ? Les pornomecs s'affriolent. Ils s'ébrouent. Ils se trémoussent. Ils sont là pour se dépenser. Dans des allégresses. Ils caressent les culs. Les claquent. Laïla… Je…

« Tu pratiques ? » J'ai répondu non, c'est-à-dire la vérité. C'est un sujet sur lequel j'ai toujours préféré ne pas trop mentir, le sexe. Prudence et modestie. Règle sacrée. Ne rien promettre (jamais). Montrer. Sur des exemples (précis, concrets, « bien choisis »). Je n'avais jamais mis les pieds dans ce genre d'endroits – mais c'était la mode, à Paris, et en banlieue, et dans la France entière remarque. Il y avait eu un grand « revival ». On allait s'enculer tranquillement le samedi.

Tu n'oublieras jamais,
Cœur obsédé,
Un bonheur désormais
Impossédé

QUATRIÈME PARTIE

Au paradis des terroristes

Qu'on s'accoutume à considérer comme indifférente l'action qui vient de donner des remords, qu'on la juge telle par l'étude réfléchie des mœurs et coutumes de toutes les nations de la terre ; en conséquence de ce raisonnement, qu'on renouvelle cette action quelle qu'elle soit, aussi souvent que cela sera possible, et le flambeau de la raison détruira bientôt le remords, il anéantira bientôt ce mouvement ténébreux, seul fruit de l'ignorance, de la pusillanimité et de l'éducation.

SADE.

1

Pamela Wiltshire

> Corrompons-nous donc, mes enfants ; souillons-nous donc de toutes les impuretés possibles ; foutons sans règle et sans mesure ; lâchons la bride à tous nos penchants ; chérissons nos goûts.
>
> SADE.

Un 11 Septembre™ anal

Je pourrais vous parler des voyages que j'ai faits, des fax, des recherches sur Internet, des fausses pistes, bref, de tout le merdier « grand reportage » que j'ai mis à ma propre disposition (et à mes frais, camarade : à mes frais) pour retrouver Pam. Je tiens les documents à ta disposition : pendant près de trois ans, j'ai échoué tout le temps. J'ai même cru qu'elle était morte… J'ai pensé que, prise d'un soudain remords, elle s'était suicidée le 11 Septembre™ en voyant les images (d'autant plus que, nous le verrons, Mohammed lui avait téléphoné la veille). Ou même, oui, (puisque le hasard n'existe pas) qu'elle était dans les tours ! Je suis allé à Sydney, au Caire, à New York, en Allemagne… Rien. On m'a dit qu'elle était peut-être en Syrie… Je suis allé à Damas, à Alep.

Hé, romancier qui racontes tous ces détours (chiants, oui : chiants) au « lecteur », tu perds ton temps. C'est fini ce temps-là, où on raconte tous les détours, où on donne tous les détails, où on distribue les informations comme un vomi. Je ne travaille pas dans les précisions littéraires « pour faire vrai », « pour que ça fasse réaliste » : rien à foutre, rien à branler. Si tu veux des descriptions et des « recoupements », tu cours acheter n'importe où le dernier roman français assez épais, avec sa prose informée dedans, et ses informations informées dedans, et son journalisme élaboré, sa « doc », ses « sources »… Sa concision. Ses articulations nettes. Son insincérité.

J'ai retrouvé Pamela Wiltshire, vivante, pas sous les décombres : vivante. A Paris ! En chair et en os et toujours (bien) prête à se faire mettre par un mec. Cette petite bouche, ces petits yeux, ce cul excitant : c'est ça que je vais raconter, cette petite mine, cette petite sorte de chétive apparence qui cachait une chaudasse qui a fait souffrir Momo, cette chevelure et ce sourire, et sa façon de découper les mots, et ses gros énormes seins responsables de la Troisième Guerre mondiale. Une jolie pétasse déclencheuse de l'Armageddon. D'habitude les pétasses déclenchent rien. Une vague érection. Une envie de courir vers la mer avec, et puis de leur mordre les seins (gros énormes) dans l'eau, tout bien dedans l'eau. Les pétasses réussies, les pétasses professionnelles, les pétasses qui exercent leur métier de pétasse correctement, ne sont jamais déclencheuses d'Apocalypse (dites-moi si je me trompe). Elles disparaissent généralement de la mémoire des hommes, et Pamela a bien failli être emportée elle aussi par l'oubli, mais j'étais là, j'étais là.

Dans la plupart des romans des automnes « littéraires », tu aurais donc eu, camarade, toute la description, académique et tatillonne, chipoteuse et gratuite, tellement inutile, tellement vieillotte, de mes aller-retour et circonvolutions paméliennes. Je te les épargne et c'est ça, justement, qui mériterait un Goncourt ! Le plus pressé n'est pas de faire la glose des temps morts : comme les pages sont comptées, que tout n'existe finalement que dans nos pensées, passons directement au rendez-vous que Pamela m'avait donné, le jeudi 13 février 2003 à la Grande Mosquée de Paris… Je n'avais vu qu'une seule photo d'elle : la photo de promo… Promotion 1992. Fac d'architecture. Le Caire. Avec Momo fier comme un (futur) chef (des terroristes du 11 Septembre™) à ses côtés.

Elle avait à peine changé. Blondeur et énormité de seins. Ses seins que Mohammed aurait voulu bouffolécher, salivotéter, spasmotriturer jusqu'à la fin du monde. Ils étaient là, les seins. Ils étaient venus avec elle. Pamela Wiltshire était venue accompagnée de ses deux seins historiques, attatiques, 11-septembrals. Ses cheveux blonds… Bouclés salope. Elle parlait doucement, avec un léger accent australien. Pas trop prononcé : juste ce qu'il fallait pour faire bander. Elle parlait doucement, avec beaucoup de classe, de « componction », et on voyait aussi qu'elle était du genre à se foutre des godes dans le cul. Elle avait cette classe particulière qui n'est que la face voilée des trucs plus obscurs qu'on se carre dans l'anus loin des regards, de la société des hommes. Je n'avais pas osé lui demander tout de suite si elle était encore avec (cet enculé) de Pavlì – elle n'était plus avec cet enculé de Pavlì.

J'étais quand même impressionné. J'avais devant moi l'amour de la vie d'Atta ! J'avais devant moi la femme la plus importante, pour l'instant, du 21e siècle… La dédicataire de ce « chef-d'œuvre » qu'avait été le 11 Septembre^{TM}, comme Elisabeth Craig (1902-immortelle) avait été la dédicataire de *Voyage au bout de la nuit*. Elle parlait doucement, lentement : j'avais envie de la saisir, de l'entraîner par les cheveux blonds jusque dans un des sous-sols de la Grande Mosquée de Paris et de lui planter ma bite dans la chatte, éventuellement dans la bouche. Dans son vagin pamélien, camarade, devait régner le silence affreux de Ground Zero. Antrecuisse : c'était un tombeau son con. Le tombeau des victimes du 11 Septembre^{TM}… J'avais mon idée derrière la tête. Pam ne perdait rien pour attendre. En attendant, elle était « sympathique » avec moi. Elle n'aimait pas trop les journalistes. Elle avait accepté de me rencontrer parce qu'elle préférait les écrivains.

— Nous sommes faits pour nous entendre !

— Mmm…

Elle disait souvent « Mmm » au lieu de « Oui ». Ça m'était bien égal. De toute façon aucun journaliste au monde n'avait songé à la rencontrer : aucun journaliste au monde ne savait qu'elle existait. Sans Sabrina, cette bavopipeuse égyptienne que j'avais baisée comme un yack pendant près de trois ans (avant qu'elle ne se case avec un Brésilien de Recife), moi non plus je n'aurais pas été au courant de son existence… On fait bien parfois de promener sa queue au hasard des penchants. Des inclinations… Ça vaut mieux que de rester dans une salle de rédaction enfumée, clavier d'ordinateur et café noir à la con, à lire des « dépêches », à faire des « réunions », et à se faire sucer tous les soirs par la même langue, placer sa queue sempiternellement entre les mêmes mâchoires (tous les journalistes sortent avec d'infâmes boudins).

Elle avait commencé par me parler de choses pas importantes. Pas tout de suite de Mohammed… Elle devait avoir un large trou du cul, avec les godes, à force. J'aimais son sourire un peu timide mêlé à cette autorité naturelle qui fait vraiment qu'une femme fatale peut t'être fatale. Que tu peux mourir pour une femme, à cause d'une femme. Je ne quittais qu'à grand-peine ses tétons pour me reconcentrer sur son visage. Elle avait beaucoup voyagé dans sa vie, surtout au Brésil (décidément !), parce qu'elle était fanatique d'Oscar Niemeyer (1907-…). Elle adorait Brasilia. Moi aussi ! J'avais vraiment envie de lui pétrir les loches. J'avais envie de m'encastrer dedans. Je comprenais Mohammed à 1 000 % : déjà avant je l'adorais, je l'avais toujours considéré comme un frère jumeau, un autre moi-même, mais là, je voyais pourquoi il avait fini par s'abîmer dans le béton : c'était parce qu'il n'avait pas pu se faire entrer lui-même dans le téton. C'était pas du béton d'abord, c'était de l'acier, les tours : pas grave. Mais il avait opté pour du dur parce qu'il n'avait pas eu accès au mou. Islam dur, acier dur, vie dure, parce que la mollesse n'avait pas voulu de lui.

Les kamikazes sont des exclus de la mollesse. C'est pour ça qu'il s'encastrent. Qu'ils s'enfoncent dans de l'inenfonçable. Cet état de belle inertie d'une paire de seins secoués de ballottements dans un corsage est leur vrai paradis, le lieu de leur vrai fantasme… La capitale inaccessible de leur bonheur. Alors, bannis du mou chaud, ils optent pour le dur froid. Interdits de chaud mou, ils s'orientent vers le froid dur. Quand tu peux pas t'enfoncer, tu t'encastres. Tu fais du bruit. Des dégâts. Tu fais des morts… A quoi servent les gros seins dans l'univers ? A ne pas détruire des mégalopoles. Si aucun homme sur la planète n'avait le droit de lécher des seins, alors New York ne serait plus qu'une flaque de vomi de neutrons. C'est parce que nous parvenons à placer régulièrement notre verge en érection entre deux putains de nibards remplis de lait, de flotte, de graisse et de mouvement et de désir et de vice et de sexe et d'envie de sexe que la terre tourne encore un peu dans la galaxie. Que tous les humains ne sont pas tous morts… Sans gros seins énormes dans lesquels on peut mégamordre, la guerre et la tristesse et la méchanceté domineraient le monde. Les gens y languiraient. Les gens y végéteraient. Il n'y aurait ni mouvement ni force, et tout retomberait dans le chaos. Pensez à ça, et cessez (cinq minutes) de juger (mon ami) Mohammed (mon frère).

Je voudrais bien que tu cesses, citoyen, que tu cesses, camarade, de voir en Mohammed Atta quelqu'un de pas bien. Essaye de te priver de gros seins pendant 33 ans et tu vas voir si tu ne seras pas pris, toi aussi, d'une envie pressante d'apprendre à piloter un Boeing dans le ciel américain, de mettre sur pied une fin du monde et d'aller prendre le tien, de pied, dans des nuages libertins islamistes perdus dans les nuées galactiques : au paradis. Moi j'aurais été capable, si j'avais été courageux comme Momo (mais je suis un trouillard, c'est ça mon problème), de foutre le feu à la planète, de créer de la peur, d'inventer des formes toutes neuves de peurs. D'être grand créateur de psychoses… De faire de la mort un spectacle un peu comme un défilé de mode. Moi aussi, sans léchage, sans pipage ni léchure ni pipure, sans fellature, sans jouissement ni jouissure, moi aussi je serais devenu Atta Mohammed, 33 ans, encastreur-en-chef, génie de l'acier en flammes, maître des peurs nouvelles.

« Encule-la ! me lançait Mohammed à travers les nuages. Encule-la donc, imbécile ! Ne crains pas de céder à tes désirs ! » J'ai mon idée, Momo... Patience. « Sodomise-moi cette pute ! Si tu veux je te tiens la bite... Comme un crayon ! J'aime cette idée de te tenir la bite pendant que tu encules une fille inaccessible. J'aimerais tant te voir lui branler à mort le cul... Que tu lui éjacules sur les seins. Que tu baves sur son anus dilaté par les coups de gode. Fais-lui un 11 Septembre™ anal ! » Patience, Mohammed. Je te dis que j'ai mon idée. Mon plan... D'abord, j'aimerais bien avoir sa version à elle de votre « relation ». Qu'elle me parle de toi. Pamela s'était détendue, elle avalait doucement, calmement son thé à la cardamome... Elle était prête je crois pour me parler de Momo.

Mohammed Atta par Pamela Wiltshire

« J'avais 19 ans quand j'ai rencontré Mohammed. Au Caire, en architecture, à l'Université, où j'avais eu une bourse d'un an. Il m'appelait Béatrice à cause de Dante. Il a toujours été fasciné par l'univers de *La Divine Comédie* où l'amour "meut le soleil et les autres étoiles" et où la femme aimée, "doux et cher guide" dans les lumières du Paradis, dit au narrateur : "Ce qui t'abat est une force à quoi rien ne résiste. Là est la sagesse et la puissance qui ouvrit la voie entre ciel et terre, dont jadis le monde eut un si long désir." Au bal de la fac d'archi du Caire, Mo – je l'appelais "Mo" – m'invitait toujours à danser. Il dansait très bien, avec grâce. On dansait le rock, le raï, on faisait la danse du ventre, on dansait le swing, la valse, tout. Et Mo rentrait chez lui très tôt. Je ne me suis pas rendu compte, sur le coup, des sentiments qu'il était en train de développer à mon égard. Il passait me chercher chez moi pour aller en cours. M'offrait des loukoums. Je voyais bien que parfois il semblait bizarre, ému, comme s'il voulait me dire quelque chose.

« Il a commencé à m'écrire des lettres, beaucoup de lettres… Je me souviens d'une chose très étrange, d'ailleurs, oui, ça me revient, là : il voulait détruire le Grand Palais, à Paris, parce que Alain-Fournier (1886-1914), dont Mohammed avait adoré *Le Grand Meaulnes* (1913), avait essuyé un refus, devant l'entrée, de la part d'une certaine Yvonne… Mais bon… Oui : des lettres, oui… J'en recevais minimum une par jour, parfois plusieurs dans la même journée. Il n'y disait pas frontalement (à l'époque, Mo n'était pas aussi frontal qu'il l'était devenu le 11 Septembre™) qu'il était amoureux de moi. Il n'osait pas, je pense. Il tournait autour du pot… Mohammed était un être secret, et je crois qu'il était d'une timidité maladive. Je lui faisais sans doute un peu peur, mais sur le moment, je ne me posais pas toutes ces questions. Pour moi, c'était comme un grand frère, un très bon ami, un confident. Il m'appelait sans arrêt. On passait des heures au téléphone. Tout allait bien entre nous… Il m'a aimée comme un mystique. C'était un être exceptionnel, je ne dis pas le contraire… Il exigeait de moi autant que de lui… Le sens qu'il avait de Dieu, de la mission de chacun d'entre nous, le plaçait hors du commun. Il n'y avait chez lui pas la moindre médiocrité. Et puis un jour, un nouveau est arrivé à la fac, un Tchèque. Pavlì m'a plu tout de suite. Je n'ai rien dit à Mohammed, parce que je ne voulais pas le blesser, mais il a dû sentir quelque chose : c'est à ce moment-là qu'il est passé à trois lettres par jour, à cinq ou six coups de fil, et qu'il a commencé à me faire des déclarations. J'étais touchée, je ne vous le cache pas, j'étais flattée… Dans ses lettres, il m'appelait V.M. (“visage merveilleux”).

« Mais j'ai commencé à avoir quand même un peu peur. C'était trop, d'autant que j'étais de plus en plus amoureuse de Pavlì… Mohammed avait compris – je ne le cachais même plus. Mais on n'en parlait pas. Il ne me posait là-dessus aucune question. Et moi, j'attendais qu'il abandonne. Mais il n'a pas abandonné : au contraire. Il a multiplié les assauts, il est devenu pesant, possessif, comme s'il voulait forcer le destin. Je me suis surtout inquiétée pour lui, en fait. J'avais peur qu'il fasse une connerie… Il était tellement étrange, parfois. Il lui arrivait d'avoir des réactions disproportionnées, des colères soudaines très étonnantes, effrayantes, de la part de quelqu'un de si calme, de si réservé, de si timide et de si doux… Et puis un soir, il m'a dit qu'il aimerait bien qu'on s'unisse devant Dieu… »

Mitterrand, à Georges Dayan (?-?), le lundi 11 mars 1940 : « Comment j'ai compris que j'aimais vraiment : assez pour faire le pas décisif d'un engagement aussi grave que le mariage ? En admettant dans ma croyance, en incluant dans le monde de ma joie cette joie jusque-là étrangère, en reconnaissant à l'autre le droit d'être une personne, en écoutant une musique qui n'était plus exactement la mienne. »

« Mo m'a dit, avait poursuivi Pamela, qu'il pouvait comprendre que je veuille réfléchir. Que c'était important, comme décision… Qu'il me laissait le temps. J'ai fait celle qui n'avait pas entendu, j'ai regardé ailleurs, c'était horrible… Pavlì, ça ne l'amusait plus. Il voulait parler à Mo. J'ai préféré gérer ça moi-même : en laissant pourrir la situation. Mais Mo est devenu vraiment très, très étouffant, il a commencé à en faire beaucoup, beaucoup trop et il a commencé à partir en vrille. Et cette fois Pavlì est allé lui dire qu'il fallait qu'il arrête de m'écrire, de venir me chercher, de m'offrir des fleurs, du thé, des cadeaux, des colliers, des babouches. J'étais déchirée… Vraiment. J'avais beaucoup de tendresse pour Mohammed. Mais Pavlì était tellement beau.

« Mo a été sonné, a continué Pamela. Dans les couloirs de la fac, alors qu'il avait été meurtri comme jamais dans toute sa vie, il continuait de me dire bonjour, il me saluait, courtois… Gentil… Il n'est plus jamais venu me chercher pour aller en cours… Il a continué à m'écrire régulièrement : des mots gentils, neutres… Il parlait de plus en plus d'Allah. De sa mission envers Allah… Je ne les lisais plus. Je les ai tous gardés… J'ai bien fait, hein ?…

« Durant cette période, j'ai énormément souffert parce que je ne voulais pas faire de peine à Mo. Il y avait une telle passion dans cet être, une telle force d'amour. Il m'avait donné des surnoms adorables. Il avait beaucoup d'esprit. Il était fin… Il refaisait le monde pour moi, à mon image et, dans ses lettres, me faisait miroiter une vie de rêve. Ses mots étaient tellement délicats, tellement tendres. Mohammed avait la poésie dans le sang.

J'ai gardé tous ses poèmes, ses contes, ses minipièces de théâtre, qu'il me dédiait… Une fois, il s'était même amusé à plagier les écrivains qu'il aimait, des pastiches ("comme Proust (1871-1922)" avait-il dit, mais je n'avais pas lu, je n'ai toujours pas lu Proust), en m'intégrant dedans, comme si j'étais l'héroïne de leurs œuvres. Tenez, je les ai gardés… »

Les « pastiches et mélanges » de Marcel-Mohammed Atta-Proust

Pamela m'a tendu un paquet de feuilles qu'elle avait sorties d'une boîte à chaussures. Mohammed écrivait d'une écriture très serrée, malgré tout assez nerveuse pour quelqu'un décrit par ses proches comme « très calme ». Avec beaucoup d'humour – et de science, de culture – le « Mo » de « Pam » avait intitulé une de ses (longues) lettres : « Pastiches et mélanges de Marcel-Mohammed Atta-Proust ». En voici les extraits selon moi les plus réussis.

« Mohammed Molière Atta, dans sa fameuse *Comédie égyptienne* (1653) :

"L'INFANTE. – Si Mademoiselle le voulait, ce sont tous les princes qui viendraient honorer ses charmes.

PAMELA. – Il suffit, Sophie ! Il n'est point de prince, ni aucun royaume dont ma beauté saurait se satisfaire. La terre elle-même m'apparaît bien étroite, et pour héberger ma puissance, et pour chanter ma légende.

L'INFANTE. – Je connais la dame d'un puissant qui, pour vos cils, laisserait choir l'amour de toute une vie. Il se fait appeler Raphaël. On dit que devant lui les artilleurs plient le genou. Et son or suffirait à enrober les montagnes de Kabylie.

PAMELA. – Cessez donc, vous dis-je ! Votre insolence me fâche. Mon promis sera poète ! Il s'appellera Mohammed. Il écrira ma geste et peindra ma couleur. Mais à présent, disparaissez ! J'ai à me pâmer. Seule." »

« Mohammed de La Fontaine d'Atta, dans "Le Fennec et la Belette" (1676) :

"Nul ne vit sous le soleil d'Alexandrie
Ni plus belle belette, ni plus beau fennec.
Ils habitaient tous deux dans le sable jauni
Où s'envolent en poussière les salamalecs.
— Eh quoi ! dit la belette, vous m'ignorez, maudit !
— Du tout, répliqua Fennec, pour vous, je suis à sec.
Mes idées se sont enfuies, horreur, tout est dit !
— Votre amour prompt, dit Belette, signe votre échec !" »

« Boris-Mohammed Atta-Vian, dans *L'Hiver au Caire* (1952) :

"Pamela arracha au soleil un rayon qu'elle se mit dans les cheveux, comme une épingle d'or. Le jongle-citron fit virevolter trois beaux fruits bien jaunes, dont elle but quinze verres en écoutant Oum Kalsoum. Dans la remise, près du casse-vaisselle et de la cocotte-seconde, elle alla vérifier que les bébés sphinx nés la veille dormaient toujours. Elle en prit un dans ses bras, et caressa la petite crinière. Le bébé sphinx avait encore du sable dans les yeux. Elle souffla dessus. C'est alors que l'halaphone retentit. Elle décrocha. C'était Al-

Mâqtul, le mécanicien-poète : il avait réussi à réparer l'halamobile." »

« François-Mohammed Atta-Rabelais, dans *Le Livre de Pamela* (date inconnue) :

"La beste fut estourbie sitôt, puis mourut à l'heure, au milieu d'une flaque pisseuse. Les gorges ployaient sous les ris. Une petite reine passa par céans, icelle qu'on esconduit jusque vers Meung, là-bas où roys s'en furent conchier l'âme sacrée des urbs et des poestes. Elle venoit des alentours du Paradis, l'or dans la coiffe, bâtie aussi dans les caprices." »

« Louis-Ferdinand Atta : *A quand la Bagatelle ?* (1938) : "Tous les dingos lui couraient au cul à la 'faculty', Pam. Ma Pam ! Celle-là même où je commençais à progresser dedans... Diligents ils étaient... Nombreux, fayots... Ondoyants, obséquieux, informés, orientaux, secrets, toujours prêts à faisander dans leurs hommages, forcer vers une pourriture de compliments plus grande : 'Pamela-ci !... Pamela-là !' Toujours plus spongieux les prétendants... Toujours plus intimes... Prêts à tout pour l'embobiner ! Pour la magnifier ! La corrompre plus largement... plus profondément... J'ai jamais rencontré dans ma vie des hordes larbines plus serviles, mieux bouffies de romantisme vantard neuneu ahuri... Ces dialectiques, ces 'je t'aime je t'aime Gudule !' effrénés, tout ce pompeux masturbage, ce plurifouillage tout en bluff, ces enculages infinis de mouches... Leur nivellement par le bafouillage des promesses, toutes les sornettes d'avenir qu'ils disposaient sous ses pas, Pam... Et elle qu'en voulait pas... Jamais." »

Et puis Pam avait enregistré une conversation téléphonique (datant de la veille des attentats) avec Mohammed – et je peux me flatter, aujourd'hui encore, d'être le premier au monde à la retranscrire in extenso. L'écoutant, j'avais l'impression de m'encastrer dans la matière historique.

— Allô ?

— Qui est à l'appareil ?

On sentait que Mohammed devait être à deux doigts de raccrocher. Puis il s'était ravisé.

— C'est moi.

— Moi qui ?

— Mohammed.

— Mohammed ? ? ?

— Atta.

— Mo…

— Ça va ? Tu vas bien ?

— Mo ? ? ?…

— …

— …

— …

— …

— Tu te souviens de moi ?

— Oui. Je me souviens de toi.

— T'es toujours avec lui ?

— Qui ça ?

— Ben… Pavlì…

— Non… Mais… Qu'est-ce que tu veux, Mohammed ? Tu sais bien qu'il ne faut pas m'appeler. Qu'il ne faut plus m'appeler. Ça ne sert à rien… Arrête avec ça !…

— Ne t'inquiète pas, c'est la dernière fois que je t'appelle…

— Mais tu dis ça depuis vingt ans ! Je suis mariée, j'ai un gosse… Je suis avec un homme que j'aime…

— C'était juste pour te dire qu'il fallait que tu regardes la télé, demain. Je vais passer à la télé…

— Hein ? Ecoute, j'en suis ravie pour toi, mais là, il faut vraiment que je te laisse… Mon mari serait très fâché s'il savait qu'on se parle…

— Mais je fais rien de mal.

— Mohammed, s'il-te-plaît, tu comprends très bien. Arrête, maintenant.

— Je prépare mon 11 Septembre™.

— Ton *quoi* ?

— Mon 11 Septembre™.

— Je comprends rien à ce que tu me dis, écoute… Oui, demain c'est le 11 septembre et alors ?

— Toi tu crois que demain, c'est juste un 11 septembre, un 11 septembre de plus, un 11 septembre qui revient tous les ans, mais en réalité, demain, c'est le 11 Septembre™, le vrai, le 11 Septembre™ des gens à qui les filles comme toi ont fait du mal, beaucoup de mal.

— Quoi ? Mais qu'est-ce que tu racontes ? Ça va pas mieux, toi…

— Inch'Allah, salope !

Et Mohammed raccroche. Je demande à Pam :

— Vous n'avez prévenu personne ?

— Pourquoi ? Le 11 septembre ça voulait rien dire, le 11 septembre…

Le mardi 11 Septembre™

Elle avait raison : le 11 Septembre™, ça ne voulait rien dire avant le 11 septembre, ça n'avait aucune signification, aucune valeur historique… Sauf pour les islamistes, sauf pour Mohammed et sa bande de copains, car eux vivaient en référence à cette date depuis des années. Cela faisait des années qu'ils évoquaient ensemble le 11 Septembre™ 2001, et d'ailleurs, ça leur déterminait un calendrier spécial, un compte à rebours : on était à 11 Septembre™ moins 1 345, à 11 Septembre™ moins 365, à 11 Septembre™ moins 231, à 11 Septembre™ moins 30, à 11 Septembre™ moins 1. Chez les islamistes, chez les benladénistes, chez les benladistes, tout ça faisait partie du quotidien, ç'avait été pendant des années une future date historique. On ne prévoyait rien après cette date-là : aucune soirée, aucun apéro, aucune sortie entre copains. « Après le 11 Septembre™ 2001, je pourrai pas », disaient les futurs héros du 11 Septembre™, et les gens comme vous et moi, les gens non avertis, les non-initiés, entendaient « 11 septembre » au lieu de « 11 Septembre™ », un peu comme on eût entendu « 14 juillet 1789 » le 5 mars 1788, ou le 17 janvier 1789, ou le 13 juillet 1789 : comme une date parmi les dates, une date neutre, une non-date, une date de temps qui passe, une date de plus dans la vie des hommes, une date date, bêtement date, platement date, scolairement date, mais pas une date historiquement date, pas une date Date, pas la Date des dates, la date commencement du 21e siècle, pas une date pour livres d'histoire, pour thèses, pas une date pour futur concours d'agrégation.

Bonjour, les amis. Je suis le mardi 11 Septembre™

2001. C'est assez prestigieux, je dois dire... Mais je suis conscient de mes responsabilités (au regard de l'Histoire). Je suis conscient de ce que je représente, à jamais, dans la mémoire des hommes. Je n'étais pourtant pas destiné à marquer les esprits, à passer à la postérité. Je n'étais au départ qu'un simple mardi de septembre relativement ensoleillé sur New York, avec une ambiance d'été indien, d'azur, de calme avec des mouettes. J'étais le genre de mardi lambda, discret comme un mardi, discret comme l'automne approchant, calme comme une fin d'été. J'étais un mardi comme il y en a tant dans une vie humaine. Pas un mardi prétentieux, pas un mardi qui la ramène et qui (à la manière de certains samedis que je connais, par exemple) essaye de se faire remarquer. J'étais un mardi obéissant faisant son job de mardi le mieux qu'il pouvait.

Pas un mardi révolutionnaire (comme mon collègue du 14 Juillet, un sacré mardi, celui-là). Pas un mardi anarchiste. Pas un mardi guerrier. Pas le genre de jour à chercher les embrouilles. Je voulais tout simplement me dérouler sans problème jusqu'à minuit, raisonnablement, avec tenue, avec une bonne administration de l'écoulement du temps, une bonne temporalité dans les durées. Alors évidemment, c'est difficile à croire à présent.

Quand vous entendez mon nom, c'est un peu comme pour les écrivains, lorsque sous le leur est indiqué « prix Nobel de littérature », ou « de l'Académie française », ça pose son homme. On avait toujours lu du Günter Grass (1927-...), on était parfaitement habitué à voir des livres de lui, dans les librairies, depuis des années, et puis un jour, il y a eu marqué « Günter Grass, prix Nobel de littérature » sur la jaquette de ses romans, et on a regardé le nom de Günter Grass autrement, sous un autre angle, plus respectueux, plus mystérieux, plus exotique, plus étrange : le nom de « Günter Grass » prenait soudain de l'altitude, rejoignait une galaxie spéciale qui paraissait inaccessible au commun des mortels. Ça faisait la même chose pour les Palmes d'or, au cinéma. On voyait un film, il semblait normal, et voilà que la dénomination « Palme d'or » lui donnait un statut indépassable, mythique, l'éloignant à jamais des autres films, et l'éloignant à jamais de ce qu'il avait été lui-même la veille encore : un film comme les autres. Ce raisonnement s'étend au prix Goncourt, évidemment. Ce roman, qui vous apparaissait comme un petit roman de plus de rentrée littéraire devient soudain plus fort que prévu, plus puissant que ce que vous aviez pensé qu'il était, sous prétexte qu'il y a désormais un bandeau « prix Goncourt » dessus.

Pourtant, ces décorations (on le sait) sont hautement arbitraires. Mon collègue lundi 10 septembre, mon (très bon) ami mercredi 12 septembre auraient pu être historiques, eux aussi. Ils ne sont pas passés loin… D'ailleurs, le lundi 10 m'en veut encore à mort (c'est un con). Ces décorations sont parfaitement arbitraires. Toujours est-il qu'on se réunit, de temps en temps, avec les autres jours historiques qui sont devenus des dates de l'Histoire. Je suis très pote par exemple avec le 14 mai 1948 (proclamation de l'Etat d'Israël), un jeudi super, comme on n'en fait plus. Je m'entends très bien également avec le 18 mars 1962 – bien qu'habituellement je ne m'entende pas fort avec les dimanches —, le jour des Accords d'Evian (reconnaissance de l'indépendance algérienne et intégration du Sahara à l'Algérie), un jour modeste et droit, assez drôle parfois, et sur qui je sais que je peux compter. Je suis assez proche, encore, (et même peut-on parler d'amitié) du 6 septembre 1977, un jour très bien (et je ne dis pas ça parce que c'est un mardi), très propre sur lui (enlèvement par la bande à Baader du président du patronat allemand, H. M. Schleier (1915-1977), dont le cadavre sera retrouvé le dimanche (comme par hasard) 19 octobre (une vraie tête à claques, celui-là).

Souvent, quand je repense à moi (c'est-à-dire à cette journée), une question me taraude : quand est-ce que les passagers ont compris, dans l'avion, qu'ils « faisaient partie » du 11 Septembre™ ? A quel moment ? Ce sont les derniers êtres humains à ne pas avoir entendu parler du 11 Septembre™ au sens historique du terme, au sens universel… Parce qu'ils l'auront vécu, justement… Ils n'auront pas tout compris. On a mis du temps, nous, à comprendre. Alors eux, dans le feu de l'action. Ils ont dû croire que ce serait un détournement comme un autre…

Fascination + enculage à sec

Je regardais Pamela. Fasciné… Le temps que je passais avec elle aurait dû être du temps passé par Mohammed avec elle. L'idée m'avait traversé, pendant qu'elle me parlait, qu'elle me préférait à Mohammed. Ça me flattait… Elle n'était plus aussi fraîche qu'en 1990. Elle avait connu de sales moments. Avortements. Déménagements. Douteuses, très très douteuses rencontres. Sales détours. De la drogue, de l'alcool, tout le cocktail des mal dans leur peau. Que des névroses et des blessures répertoriées, cataloguées. Mais ça en faisait une femme blessée. La vie rend finalement accessibles les femmes inaccessibles : les coups, l'âge. Celles pour qui on aurait adoré se donner la mort à 20 ans, elles nous deviennent un jour toutes pâles… Indifférentes. Elles sont mortes pour nous. Notre désir n'en veut plus. Alors peut-être que Mohammed s'était encastré pour autre chose que pour Pam : pour baiser seulement, pas pour l'oublier. Car il se serait probablement lassé un jour de cette beauté, certes une vraie beauté bandante (BB), mais un brin fatiguée, un brin pleine de cicatrices, un brin faite de douleurs et d'hématomes chiants.

Il était sans doute plus facile de mourir pour Pamela que de vivre avec ! Il y a des femmes qui trimballent tellement de problèmes très profonds dans leurs veines qu'on en vient à oublier leur beauté, leur bandaisité, leur grâce tout entière. Ce sont des fardeaux insoutenables, et on fait semblant de les supporter parce qu'on veut montrer à des amis qu'elles sont belles, parce qu'on veut faire des jaloux avec – mais en réalité, une fois qu'on se retrouve seul en face de leur beauté, qu'on finit par ne plus voir (comme toutes les beautés), leurs problèmes très profonds envahissent tout l'espace, commencent à vous manger la tête, et tout, à force de malaises et d'ennui, devient semblable à de la mort. Je ne dirais pas que Pam en était là encore… J'exagère : mais ce que quelqu'un comme moi pouvait lui offrir (de toute façon elle ne me demandait rien) ce n'était pas de l'amour ni de l'attention : c'était une bite dans le cul et c'est marre.

Sur la photo de la promo 92, elle appelait déjà une certaine forme de sodomie. Mais là, dans sa faiblesse de femme blessée, pas encore éteinte mais en douce voie d'extinction, son sex-appeal de jeune étudiante vicieuse hautaine méchante avec les mecs s'était transformé, au travers des années, en un sex-appeal fait de maturité lasse avachie indifférente baiseuse cochonne malléable prête à tout : et c'était un très trash enculage à sec que tout son être semblait mériter. Je sentais bien que la succession des épreuves l'avait rendue aux hommes, restituée en somme à la bite humaine générique des hommes humains génériques : et qu'elle n'était plus complètement en position de les faire tous intégralement sans exception souffrir. Que la souffrance, peu fidèle, avait imperceptiblement changé de camp... Qu'elle s'était installée un peu dans Pam... Pour voir – ne serait-ce que pour voir.

J'aimais bien ce moment où la souffrance s'établissait enfin dans le corps des femmes qui n'avaient pas voulu de nous en avril 1992. Elles s'étaient crues malines, exemptées de toute lacération sentimentale, vouées à faire agenouiller des milliers d'amoureux transis appréhendés comme autant de toutous tocards, et voici qu'à 30 ans (environ), un instinct biologique venait les prévenir que la roue avait tourné : que des flétrissures les menaçaient, des apparitions de bourrelets, que la solitude n'était pas un concept réservé aux prétendants émasculés ébouillantés humiliés de jadis, mais qu'il y avait une solitude réservée aux femmes entrant dans la trentaine. Une solitude spécialement inventée pour elles. Pour elles les ex-méchantes mégahautaines surméprisantes et qui se moquaient des lettres d'amour reçues par milliards...

Pamela n'avait pas dû en recevoir beaucoup, ces derniers temps, des lettres à l'eau de rose. On sentait qu'elle était en manque, non pas de bite (il y a toujours sur terre – je crois l'avoir dit plus haut, je sais plus – une verge tendue vers n'importe quelle femme prise au hasard) mais de grands sentiments. Il y avait un petit mécanisme en elle, une petite horloge extrêmement féminine et perspicace qui l'avertissait que plus jamais peut-être, que plus jamais sans doute, un mohammedatta ne viendrait jouer les marcelprousts pour elle – pour sa petite gueule, son minois joli, son froid sourire muni de nibards gros.

Tu le vois bien, « ami lecteur », tu t'en rends bien compte que c'était devenu doucement une obsession, ça, pour moi : baiser la « femme » d'Atta…

— Vous vous rendez quand même compte de quoi vous êtes responsable…

— Comment ça ?

— Le 11 Septembre™…

— Quoi ? C'est fou, ça ! C'est quand même pas de ma faute si j'ai eu affaire à un tordu !… J'y peux rien, moi… J'ai toujours attiré les tarés…

— C'est tout ce que vous trouvez à répondre ?!?

— Je ne suis pas responsable du 11 Septembre™… Si c'est arrivé c'est que ça devait arriver… De toute façon j'ai toujours su que tout ça allait mal se terminer… J'y peux rien, moi, si j'ai déclenché tout ça… Mais je suis sûrement pas la seule cause, vous ne me ferez pas avaler ça.

— Si !

— Vous ne seriez pas un peu malade, vous aussi ? D'abord, qui vous envoie vraiment, en fait ? Après tout je ne sais rien de vous… Vous me faites peur, d'abord. Vous me faites peur… Votre regard… Vos yeux. Vous avez l'air obsessionnel… Vous me rappelez quelqu'un, si vous voyez ce que je veux dire…

— Vous avez lu *Qui a tué Daniel Pearl* ?

— De qui ?
— De Bernard-Henri Lévy…
— Non. Pourquoi ?
— Pour rien… J'aimerais bien qu'on se revoie…
— Mmm… Je sais pas…
— Je vous… Je t'aime bien…
— Mmm… Pourquoi pas ?
— On pourrait aller dîner, et puis après, y a un endroit que j'aimerais vous…
— Non mais c'est bon, tu peux me tutoyer.
— Un endroit que j'aimerais bien te faire découvrir.
— Quel genre ?
— Tu verras bien.

Ô vêtu de candeur,
Ô désolé,
Monument de grandeur,
Ô Mausolée.

2

Charles Péguy

> On ne peut être vraiment soi qu'aussi longtemps qu'on est seul.
>
> Arthur SCHOPENHAUER (1788-1860).

Charles et Mohammed

Le 21e siècle avait commencé avec le 11 SeptembreTM 2001 comme le 20e siècle avait démarré avec la guerre 14. Mais qui avait « incarné » Mohammed Atta en 1914 ? Qui avait « été » Mohammed Atta cent ans avant Mohammed Atta ? La réponse coulait de source… C'était Charles Péguy !

Mohammed était devenu un intégriste musulman, perdu pour la politique et récupéré par la mystique, parce qu'il avait été frustré sexuellement pendant des années et parce qu'il s'était ramassé un râteau avec Pamela Wiltshire, au Caire, pendant l'année universitaire 1989-90, à la fac d'archi : Péguy était devenu un intégriste catholique, haïssant la politique et vénérant la mystique, parce qu'il avait été frustré sexuellement pendant des années et parce qu'il s'était ramassé un râteau avec Blanche Raphaël (!?!-!?!), une jeune juive, fille d'un des collaborateurs des *Cahiers de la Quinzaine*.

Ce n'avait pas été en hommage à Dieu, ni à son fils Jésus, que Péguy avait fait ses pèlerinages à Chartres avec, aux pieds, ses brodequins de lieutenant de l'armée française : c'était pour se purger des sentiments immenses, et frustrés, qu'il ressentait pour Blanche, et pour éloigner Blanche de ses pulsions d'homme, de ses désirs sexuels humains. Le catholicisme de Péguy avait été d'ordre sexuel. Ç'avait été des problèmes de libido, de basses tracasseries de bite qui l'avaient fait arpenter les plateaux beaucerons jusqu'à Notre-Dame de Chartres devant laquelle, épuisé, il s'était agenouillé pour pleurer.

Il avait supplié Blanche de se marier au plus vite, de se marier avec un autre, afin que la tentation disparût : de toute façon elle n'avait jamais voulu de lui, elle n'avait jamais voulu qu'il la touche... Il avait fait celui qui comprenait, qui respectait ça, qui prenait sur lui : mais une fois rentré chez lui, une fois rentré *en* lui, il oubliait ses frustrations dans la folie de Dieu, et son Dieu n'était pas recueilli dans la figure masculine du Christ, mais dans la figure féminine de Jeanne d'Arc (1412-1431), sainte patronne des illuminés, des chrétiens et des oubliés du sexe, des SDF de la sensation charnelle, et Péguy du coup allait provoquer sa propre mort, une grande mort, pas une petite mort, une grande mort dans une Grande Guerre par exemple, une grande mort qui aurait de la gueule, pas une petite mort de petit branleur.

Péguy s'était branlé des milliers de fois sur la figure évanescente de Blanche, qui à chaque branlette devenait un peu plus Jeanne d'Arc, un peu plus divine, un peu plus située au ciel, parmi toutes les femmes éthérées du monde, où il faudrait aller bientôt pour mettre fin à toutes les envies de baiser. Il s'était branlé dans les champs de blé, de maïs, sur les plateaux entre Saclay et Etampes, mélangé avec le vent, confondu avec des horizons couchés comme lui, et des soleils qui se branlaient tout autour, des soleils orange au coucher, perdus dans des senteurs de foin coupé, d'herbes branlées jusqu'à la tige, et même les oiseaux voltigeant dans les airs se posaient sur une branche pour se masturber comme des oufs. Mohammed Atta connaîtrait ça bientôt, lui aussi, dans une petite centaine d'années, ce paradis où le désir ne poserait plus les mêmes problèmes que sur terre : il croiserait souvent Péguy, en lieutenant, avec ses galons, un Péguy surnageant dans l'éther et débarrassé de sa queue, un Péguy ébité, émasculé, planant dans des poèmes, un Péguy enfin sans souffrance, sans sourcil froncé, et qui regarderait Atta en train de forniquer toute la journée.

Si Péguy était un sans-bite (SB) dans les myriades et les amas stellaires, Atta, lui n'était que-bite (QB). C'était un sexe en érection perpétuelle, trempé dans une jouissance infinie, continue, c'était un sexe dressé avec un Arabe au bout. Et plus Atta niquait les 72 vierges qui lui avaient été réservées, plus ces vierges (re)devenaient vierges : dans cette Beauce-là, la pénétration rendait aux femmes toute leur pureté originelle, plus on les défonçait et plus se dessinaient en elles, de leurs entrailles à leurs paupières, les prémisses de Marie, mère de tous les vices, mère de tous les saints, de tous les partouzeurs et de tous les hommes. Et plus on éjaculait dans les chattes et plus on était fidèle, et plus on était proche de Dieu, et plus on éjaculait sur leurs visages et plus ces visages devenaient les icônes de la création, nettoyées des souillures des hommes d'en bas.

Le paradis de Péguy, qui était un paradis chrétien, était un paradis de mateurs. Péguy matait et, de temps en temps, d'éternité en éternité, il tripotait son absence de pénis, l'air évasif, l'air plus heureux que sur terre. Le paradis de Mohammed, qui était musulman, islamique, qui était un éden coranique, était fait de baiseurs. Tous les ingrédients, tous les acteurs de la boîte à touze étaient reconstitués là-haut, au milieu des nuages et de la plupart des galaxies. Le paradis de Péguy était un endroit qui en avait marre des femmes qui ne veulent pas coucher. Péguy s'était transformé en grand frère de Blanche Raphaël alors qu'en réalité il avait toujours souhaité lui défoncer le cul et lui éjaculer sur les seins. Ça s'était transformé en kilomètres à pied. Ça l'avait usé, ça l'avait usé. Il ne lui était plus resté que la littérature : une littérature que personne n'avait voulu lire, à laquelle personne ne s'était intéressé.

Il ne restait plus à Péguy, pour se débarrasser de (son envie de) Blanche, qu'à se débarrasser de lui-même. Sa vie ne pouvait plus continuer comme ça. Son œuvre non plus, qui était le reflet de cette vie. Il allait devenir kamikaze, le kamikaze de lui-même, au nom de sa religion, au nom de sa mystique, au nom de sa peur du sexe, du refus d'une femme désirée à mort, sur laquelle il s'était déjà trop branlé, et qu'il fallait faire mourir en mourant soi-même. Il avait eu accès à Dieu par la femme, et pour la femme : Blanche Raphaël égale Jeanne d'Arc égale Jésus-Christ égale Dieu. C'était l'équation d'une vie qui trouverait sa solution dans la mort. Dans le suicide. Et comme au paradis le temps n'existait pas, n'avait jamais existé, comme les chronologies n'étaient jamais chronologiques, c'était aussi son ami, son frère Mohammed Atta que Péguy allait rejoindre, son frère partouzeur Atta, son frère de sang, son double, son sosie en frustration, son semblable en humiliation, son frère kamikaze.

La route vers Dieu

Qu'est-ce que vous croyez ? Qu'on arrive à Dieu comme ça, par une foi scolaire, par les fruits de la réflexion, de la seule introspection ? Non, bien sûr : on arrive à Dieu par le sexe, on tire le Dieu par la queue. On chemine vers lui par la femme, celle qu'on aime, et celle qu'on aime, aussi romantique soit-on, aussi timide soit-on, aussi névrosé, on a envie de la baiser à blanc. Le dimanche 16 août 1914, Charles Péguy écrit à Blanche. Il a fait une halte avec sa section, avant la reprise des combats. Il fait chaud. Poussière. Sentiers. Myrtilles. Buissons. La veille, il a assisté à la messe de l'Assomption en l'église de Loupmont. C'est une lettre magnifique, une lettre désespérée de mec qui s'est ramassé une veste et qui souffre, et qui va bientôt se donner la mort le moment venu pour ne plus souffrir, mais une mort spectaculaire, une mort dont on va se souvenir, une mort tu vas voir ce que tu vas voir, une vraie grande mort de frustré mystique éconduit grand seigneur, une mort d'assoiffé de sexe et d'absolu, une mort romantique paradoxale pour un obsédé sexuel qui n'a jamais pu concrétiser son obsession sexuelle. Sous son képi dans sa tête, Péguy a déjà fait son choix : il va se suicider à l'arme Blanche.

Il comprend si bien Mohammed Atta, Mohammed qui justement survole le champ de bataille de Péguy dans son Boeing où des cadres dynamiques et des bobos new-yorkais tentent de se rebeller et lancent des « Let's roll » avant de s'encastrer dans les tours. Atta-Péguy, l'axe mystique d'un même combat, d'une même désolation, d'une même misère sentimentale et sexuelle. Acte 1 : la castration. Acte 2 : l'encastration. Péguy lève les yeux vers le ciel en écrivant la lettre à Blanche (une lettre qu'elle lira de manière évasive avant de sucer son mari) : il voit le Boeing piloté par Atta, et lui fait un signe amical que Mohammed a perçu. En un clin d'œil, ils s'échangent leurs peines, leurs femmes, leurs castratrices. Leurs bourreaux. C'est Blanche Raphaël, la petite juive 1900, qui soudain se retrouve transmutée dans le cerveau du djihadiste 2000, et c'est Péguy qui, s'apprêtant à mourir, va mourir pour Pamela Wiltshire, et c'est un Péguy new-yorkais qui donnera l'assaut, en tirailleur, un Péguy djihadiste chrétien, gourmand de débris, têtu et dur comme un avion dans un building. Et sur le champ de bataille, au milieu des betteraves, entre Gonesse et Juilly, non loin du canal de l'Ourcq, il voyait s'élever à l'horizon, comme jadis la cathédrale de Chartres, une cathédrale de métal composée elle aussi de deux tours jumelles, et qu'on appelait le World Trade Center. Présentation de la Beauce aux Twin Towers. Tapisserie. Et Mohammed Péguy, et Charles Atta se disent à tout à l'heure. Ils furent malheureux, ils sont heureux, ils savent où ils vont, et ce qui les attend.

Et avant de mourir suicidé d'amour malheureux, car il n'y a pas d'amour heureux, il ira se signer devant la

Vierge, toujours elle, la féminité lavée de toutes les sexualités, et qui deviendra pour Atta une Vierge multipliée au paradis des suceuses, une Vierge scindée en 72 sous-Vierge salopes. Il ira se confesser face à la Vierge dans une petite chapelle désaffectée, sise sur la colline de Montmélian : c'est une statue polychrome de Vierge à l'Enfant, elle date du 14e siècle, il en fera cadeau à Atta une fois parvenu dans les brumes, quand les flammes du combat mélangées aux oriflammes des Boeings et aux flammes des tours jumelles désigneraient la route du paradis, et Péguy offre des fleurs à la statue polychrome comme Atta en 89-90 à Pamela dans la cafète de la fac d'archi du Caire, comme Péguy à Blanche dans sa petite boutique minable de la rue de la Sorbonne, et comme Ben Laden jadis, à son amoureuse américaine rencontrée à Stockholm et qu'il n'avait pas réussi à pénétrer avec son sexe, et tout ça va s'enflammer, les Twin Towers, et Jeanne sur le bûcher, Jeanne d'Arc dans son Boeing en flammes, Jeanne Boeing d'Arc en flammes. Et tout le monde prie avec Péguy devant l'autel.

« Si je ne reviens pas, écrit Péguy à Blanche le dimanche 16 août 1914, vous irez une fois par an à Chartres pour moi. Dès aujourd'hui vous joindrez aux deux prières que je vous ai demandées pour tous les jours les mêmes dans leur texte latin et une troisième en latin que je copie pour vous : Ave Maria, gratia plena, Dominus tecum. Benedicta tu in mulieribus et benedictus fructus ventris tui Jesus. Sancta Maria, mater Dei, ora pro nobis peccatoribus, nunc et in hora mortis nostrae, amen. Salve regina, mater misericordiae, vita, dulcedo et spes nostra, salve. Ad te clamamus exsules filii Evae. Ad te suspiramus, gementes et flentes in hac lacrymarum valle. Eia ergo advocata nostra, illos tuos misericordes oculos ad nos converte. Et Jesum, benedictum fructum ventris tui nobis post hoc exilium ostende, o clemens, o pia, o dulcis virgo Maria. Quoi qu'il y ait, une fidélité éternelle mais une fidélité sans deuil. Dieu m'a déjà tant donné. Je vous embrasse fidèlement. Votre Péguy. »

« Ma chère Pam »

Le samedi 9 juin 1990, Mohammed n'avait pas réussi à trouver le sommeil. Alors il écrivait à « Pam ». « Ma chère Pam, je crois que tu m'aimes, n'est-ce pas ? J'aime penser que tu lis les poèmes que je t'envoie. Quand je les écrivais, j'étais un garçon étrange et seul, errant la nuit dans les souks ou sur le port et songeant qu'un jour une fille comme toi m'aimerait. Mais jamais je n'osais parler aux filles. Elles étaient trop hautaines, trop méchantes, trop maniérées. Leur mépris et leur prétention m'arrêtaient net. Et puis je t'ai rencontrée. Et je t'ai offert les poèmes que j'ai écrits pendant toutes ces années. Lis-les, apprends-les par cœur, aime-les. Il y a en toi quelque chose de plus grand que tout ce que j'avais mis en eux. Et je vais les relier pour toi, en faire un livre pour toi, avec des inédits dedans, plein d'inédits spécialement composés pour toi. J'aimerais que tu considères ce cadeau, ce geste, comme la preuve du désir et de l'amour que j'ai pour toi, comme la preuve du désir de désir de désir que j'ai pour toi. Ton Momo. »

Et le lundi 17 août 1914 : « Ma petite Blanche, quand vous m'écrivez voulez-vous mettre dans votre lettre une ou deux enveloppes écrites à votre nom et adresse. Je vous embrasse fidèlement. Péguy, lieutenant à la 19e compagnie, 276e régiment d'infanterie. » Mais Blanche n'écrira jamais, ne répondra jamais. Et le lundi 3 septembre 2001 : « Pamela, je sais que tu ne voudras plus me voir, jamais. En vingt ans, comme le temps passe, tu n'as pas répondu à une seule de mes lettres. Pas même à celle de 150 pages que je t'avais envoyée de Hambourg en novembre 92. Je ne cesse pas de penser à toi. Je vais bien. Je ne me suis jamais senti en aussi parfaite santé, physique et mentale. Je suis enfin devenu un homme heureux. Rien à voir avec l'étudiant torturé que tu as connu au Caire, et avec qui tu échangeais des avis sur les armatures des constructions modernes et sur Le Corbusier. Impression étrange de sérénité : peut-être suis-je enfin devenu un homme accompli. Tu me diras : ce n'est pas trop tôt ! (Et là, je ne peux pas m'empêcher d'entendre ton rire, de te revoir en train de rire, de toutes tes belles dents blanches ! Et une certaine mélancolie me reprend… J'arrête !) As-tu reçu la robe (rouge) que je t'ai envoyée pour Noël 1996 ? Mets-la en souvenir de moi. Bientôt, tu entendras parler de ton ami fidèle. Bientôt tu entendras parler de notre amour. Ton Mohammed. »

Et le samedi 22 août 1914 : « Mon enfant, depuis trois semaines j'ai eu des lettres de tout le monde excepté de vous. Mon adresse est M. Péguy, lieutenant à la 19e compagnie, au 276e régiment d'infanterie. Rien de plus. Envoyez-moi dans vos lettres du papier blanc et des enveloppes. Nous en manquons totalement. Pendant toute une semaine nous avons entendu des canonnades intermittentes. Rien depuis vingt-quatre heures. Nous avons l'impression que l'ennemi recule. Envoyez-moi des nouvelles de votre fille et de votre mari. Santé parfaite. J'ai retrouvé mes jambes de vingt ans. Une immense paix. (Péguy est en pleine guerre 14, il note : “une immense paix”). Ce seul souci qu'au départ vous étiez moins appareillée que les autres pour ce qui allait se passer. Votre fidèle Péguy. »

Aorte, artère, veines,
Vous périrez.
Amour et vaines peines
Vous pourrirez.

3

Partouz

> C'est pour moi et non pour vous que je vous dis que je vous aime de toute mon âme ; que vous m'occupez sans cesse ; que vous me manquez à tout moment ; que l'idée que je ne vous ai plus me tourmente même quelquefois à mon insu ; que si d'abord, je ne sais ce que je cherche ; à la réflexion, je trouve que c'est vous ; que si je veux sortir sans savoir pourtant où aller ; à la réflexion, je trouve que c'est où vous étiez.
>
> Denis DIDEROT.

Pamela par tous les trous

« Tu m'emmènes où ? » Au Recto / Verso, ma chérie… Baiser, dans une boîte à touze, avec toi Pam, toi la femme qui aurait dû, qui aurait pu être la femme de Mohammed si elle avait voulu de Mohammed – mais tu n'avais pas voulu de Mohammed, tu n'avais jamais voulu de Mohammed. Niquer la responsable, la vraie, du 11 Septembre™ dans une boîte échangiste. La « femme théorique » d'Atta... Faire jouir celle qui incarnait, pour l'éternité de l'Histoire, la cause première de tous les peureux de la jouissance. Lécher la chatte de celle qui fait peur à tous les intégristes musulmans du monde : la figure mythique, mythologique, de Pam, l'égérie négative, la salope générique, la méchante officielle de tous les apprentis terroristes dans les facs de terrorisme. Tous les stagiaires en terrorisme, les bleu-bites, la connaissaient : ils savaient que c'était par elle que... Que c'était à cause d'elle que... Ils avaient la leur, de bêcheuse, d'allumeuse... Occidentale... Avec des gros énormes tétons, nibards, loches, tétés, lolos, etc. Chaque futur « méchant terroriste » avait dans sa vie, sa vie faite de souffrance infinie, une petite pimbêche qui le faisait languir, qui se faisait désirer, qui le faisait bander pour mieux, une fois la bandaison atteinte, lui couper la quéquette, le zizi, la queue, la bite... Chaque « intégriste musulman » se flagellait d'amour pour une petite inaccessible, animée par une certaine inconstance, et un certain sadisme... Alors les frustrés développaient peu à peu entre eux une solidarité organique, chacun formant l'élément d'un système de vie donné, un organe d'un corps vivant : Al Qaïda. Pamela : j'allais pouvoir te faire ce que Mohammed avait rêvé de te faire (t'enculer, te traire, te cracher dans le fion) mais au lieu de ça, voyant qu'il n'y arriverait pas, il s'était réfugié dans la prière et s'était spécialisé dans les virages aériens en vue de son encastration historique.

— C'est quand même pas une boîte échangiste ?

— Si.

— Mmm…

— Je *sais* que tu es une grosse salope.

— …

— Je sais que tu es une grosse chienne. (J'avais toujours pressenti que c'était comme ça, pas autrement, qu'il fallait parler à cette sale petite pute.)

— …

— Tu vas te faire baiser à blanc. Tu demandes que ça.

— Mmm…

Pipeuse historique

La troisième fellation de Pamela fut, de loin, la plus réussie. Pamela Wiltshire suçait bien – franchement : mieux que Laïla. Tu te rends compte que quelques heures plus tôt encore, elle était pour moi une figure historique du 21e siècle, comme de Gaulle ou Mao. Et là c'était ma volonté qui avait changé le monde – le destin du monde. Ma volonté qui avait métamorphosé un personnage de l'histoire de l'humanité en pipeuse, une femme dont le métier était de passer à la postérité, en femme dont le métier avait été de me sucer dans la caisse. Cette série de pipes, je la devais à Mohammed. Je la lui avais dédiée… Et je me disais, pendant qu'elle me léchait le gland, qu'elle aurait pu faire un petit effort pour faire une pipe à Momo : si c'était pour finir par me sucer moi dix ans après, elle aurait peut-être mieux fait de le sucer lui, ça nous aurait évité une psychose planétaire. On allait finir dans un nuage de neutrons parce que la petite grue qui me pompait le dard (alors que je n'étais pas du tout « mieux » physiquement que Mo) avait refusé cette faveur, cette « gâterie » à un jeune étudiant en architecture fin, cultivé et amoureux – tandis que j'étais, moi, grossier, inculte et pas amoureux pour un dinar. Le destin a de ces impolitesses…

Pamela, après quelques pipes, était partie appartenir à cinq hommes, dont moi, dans le grand salon du Recto / Verso. Elle empoignait les queues, et avait du sperme un peu partout sur le corps. Dans l'obscurité, des yeux humains reluquaient le cul de Pam sans savoir que c'était le cul responsable du 11 Septembre™. Pamela appartenait à tous les hommes du monde – et Mohammed était devenu, outre un martyr (mais un martyr heureux car sucé « ad vitam » au ciel), le seul homme du monde avec lequel Pamela ne fût pas prête à coucher. Quel destin ! Quelle singularité.

« Prends ça. Tu aimes ça salope ! » Tous ces malheureux mâles, dont moi, éjaculaient sur elle. « Génial ! » s'exclamait Mohammed en duplex du paradis des islamistes… Dans les mains frénétiques de la Pam de Mo les bites se succédaient, venaient se faire secouer. Les plus éjaculés, les plus jouis, s'étaient avachis dans un coin en faisant des périphrases… Tourbillonnement des mouches. Détresses. Comment faire pour ne pas nommer ce qui est ce qui avait été. Quelles imaginations pour ne pas nommer un gang-bang un gang-bang : Pamela hurlait parmi les queues. Elle se faisait vraiment asperger de toute part… Mohammed était vengé ! Et peut-être que tous les terroristes islamistes aussi. Le coup de génie des Arabes, c'est qu'ils étaient les inventeurs de la partouz, mais de la partouz la plus intelligente du monde à mes yeux : une partouz sans la moindre bite dedans, une partouz avec que des femmes, des sexes de femmes, des chattes, et des barbus : pas des hommes barbus avec le Coran dans la poche, non : des barbus qui étaient synonymes de pubis féminin. Ils avaient appelé ça des harems. Le harem était une boîte échangiste sans échanges, et autrement dit c'était le paradis. Tu pouvais avoir toutes les filles et toutes les filles ne pouvaient avoir que toi. Tu ne risquais jamais de croiser une autre bite que la tienne sur le chemin des salons, dans les couloirs, dans l'obscurité. Aucun autre gland pour te faire concurrence, pour faire jouir une femme à ta place, et éventuellement plus longtemps et mieux que toi.

On épongeait le chagrin amoureux de Momo dans une luxure sans nom. Pamela n'avait jamais voulu l'embrasser sur la bouche et, du coup, elle se faisait enculer pour ça. On la souillait. On cherchait tous à l'humilier : elle recherchait l'humiliation il faut dire. Comme une rédemption. Elle savait bien qu'elle avait quelque chose à se faire pardonner : les attentats, autrement dit : le chagrin amoureux d'Atta.

Enseveli sois-tu
Dans cet amour
Et dans cette vertu
Et cette tour.

4

James Joyce

Le royaume du ciel souffre la violence.
Et les violents le violent. Ou le violeront.

Charles Péguy.

« Un ami »

Joyce avait connu, lui aussi, le tison du chagrin amoureux. Il avait lui aussi souffert à cause d'une femme, et même, cette femme avait été la sienne. Cette femme avait été Nora, son épouse. Joyce avait un ami, un camarade plutôt, qui répondait au nom de Cosgrave (?!-?!). Cosgrave était un dandy, un fumiste, un fumeur, un fumeux. Un fumier. Mais il était intelligent et Joyce avait toujours recherché la compagnie des intelligents, même si Cosgrave avait fait un coup de pute à James, à Jim, le mardi 21 juin 1904, lors d'une baston au Stephen's Green. Baston au cours de laquelle Joyce avait failli perdre un œil et au milieu de laquelle son vieux copain l'avait planté. « N'écoutant que mon courage, qui ne me disait rien, je me gardai d'intervenir », avait écrit Jules Renard (1864-1910) dans son *Journal* (trouve la date de parution toi-même, « ami lecteur » !). Mais Jim avait oublié. Jim avait pardonné.

Fatal oubli, fatal pardon… Il avait failli perdre un œil, mais il était aveugle quand même : il ne voyait rien. Il ne voyait pas que Cosgrave, au fond, le détestait. Cosgrave était maladivement jaloux de Jim. Il ne jalousait pas son talent : Joyce n'avait jamais eu que du génie – et il faut être con (ce que Cosgrave précisément n'était pas) pour envier, pour jalouser le génie. Le génie fait partie d'une autre galaxie, lointaine, que même la jalousie ne peut atteindre, contaminer, infecter. Non : Cosgrave était jaloux de la réussite de Jim auprès de Nora. Il avait rêvé de Nora. Il aurait adoré pouvoir la toucher, l'embrasser, lui faire des enfants, se marier avec, etc. Mais Nora avait préféré le génie au dilettante, et cet enculé de Joyce (qui ne l'emporterait pas au paradis des islamistes, au paradis d'Atta, au paradis des éternels sucés) avait raconté tout ça dans *Dubliners* (1914), atrocement, scolairement, grotesquement, piteusement traduit en français par « *Gens de Dublin* ».

11-septembrisme

Cosgrave rongeait son frein. Il n'en pouvait plus de toute cette joycerie, et des manières joyciennes que Joyce, avec la réussite, avec les voyages, avec l'assurance de son statut d'artiste qui serait anthumement célèbre et non posthumement, arborait de plus en plus souvent, de plus en plus joyciennement. Il fallait déjoyciser tout ça, avec brutalité, avec violence, avec 11-septembrisme. Avec mohammedattisme. Avec intégrisme. Avec un certain extrémisme. Il fallait déjoyciser Joyce avec un certain islamisme. Avec une certaine forme de coranisme. Ça ne pouvait plus durer : regardez un peu (s'était exclamé Cosgrave), regardez un peu comme Jim ne se sent plus, quand il entre en partouz, sa façon joycienne, joyciste, de se lisser la moustache et de flatter des culs, sa manière de caresser les toisons pubiennes du bout de sa canne, cet air satisfait, même au milieu des caresses humaines dégueulasses (CHD), sa joycienne manière de ne jamais cesser d'être Joyce, parmi les nombrils des putes, et les clitoris joyciens des salopes enjoycisées par son joycisme prétentieux de poseur intellectuel, artistique, esthétique.

Moi, moi Cosgrave je vais jouer les Atta dans la tour Joyce. Je vais m'encastrer dans cette espèce de World Ego Center dublinois, je vais faire fondre son métal, le métal de son génie. Le génie de son métal. Je vais baiser sa femme, rigola Cosgrave, je vais m'encastrer dans sa femme, l'être-humain-jumeau, la tour jumelle, et Cosgrave baisa Nora, Cosgrave baisa Nora-la-femme-de-Joyce. Cosgrave baisa la deuxième tour du World Ego Center. Au début, Jim eut de légers doutes (sa femme disparaissait un soir sur deux) mais Nora les avait dissipés. Il lui faisait confiance : la tour Nord croyait la tour Sud, et vice versa. Ils étaient plantés, lui Jim Nord et elle Nora Sud, dans le même destin, avec vue sur l'Hudson de la célébrité, du génie, de la postérité, de la grandeur, de la Littérature.

Mais Nora Sud, Southern Nora avait menti. Elle s'était fait 11-septembrée par Mohammed Cosgravatta. Si Jim savait ça, il lui 11-septembriserait les os. Pour l'instant, il ne le savait pas. Il était tranquillement planté dans le ciel bleu de son génie (CBSG), par ce beau jour d'été, avec des mouettes qui striaient l'azur de son joycien génie, et vue sur le génial Hudson de son génie fleuve. Mais Nora allait se balader le long de l'Hudson avec un autre mec, avec son vieux camarade Cosgrave.

— Tu sais, mon vieux Jim, avait pourtant dit Péguy à Joyce, méfie-toi : les sentiments de la camaraderie sont les plus mauvais de tous les sentiments.

Hélas, Jim n'avait jamais rencontré Péguy de son vivant et, du coup, il n'avait pu ni entendre, ni suivre son conseil. Et Nora se promenait, la salope, avec ce traître de Cosgrave et ils allaient main dans la main, le long de la rivière... Mais Joyce, de par son altitude privilégiée, avait vue sur la rivière et avait vu, après avoir essuyé ses (légendaires et joyciennes) binocles rondes, deux petits êtres en train de le tromper. Lui qui croyait que sa femme était une tour, sa tour jumelle, l'autre Twin de sa ville intime et géniale, la tour Sud de Joyceville, eh bien non : il était en train de s'apercevoir que sa femme était un être humain au ras du sol, un petit être humain sans la moindre altitude, et Jim tombait de haut, il tombait de son propre haut, de sa propre altitude, de tous ses étages, de tous les étages qu'il était. Il dévalait tous les étages de l'édifice joycien qu'il était. Il ressentait strictement la même chose, la même humiliation salope que celle qu'avait ressentie Mohammed Atta, à la fac d'archi du Caire, en 90, quand Pamela Wiltshire lui avait dit qu'elle « ne croyait pas que ça allait être possible parce qu'elle avait déjà quelqu'un » (enculé de Pavlì).

Brisé

Malek Nedjar (1968-…), un des meilleurs amis et confident de Mohammed, se souvenait, des années après, de la détresse de son ami : « Momo pleurait comme un enfant, il gémissait, il gesticulait, récitait des sourates du Coran. Je n'avais jamais vu de toute ma vie un être humain aussi brisé. » Joyce fut mohammédement blessé, attatiquement blessé. Il avait toujours cru Nora fidèle, comme Atta avait toujours cru Pamela pure, vierge et romantique. Sa petite Pamela d'amour, de songes, à qui, dans le noir chez lui, il chuchotait dans la solitude de sa chambrette des poèmes qu'il n'aurait pas le courage de lui réciter le lendemain, pendant les cours de géométrie analytique. Sa petite Pamela d'amour, en réalité, non seulement se faisait régulièrement baiser, se faisait régulièrement mettre, mais en plus par un autre que lui, et par un autre que lui qu'il connaissait bien (enculé de Pavlì). Et ni dans les gestes de son « camarade » ni dans ceux de la femme de sa vie, il n'avait deviné quoi que ce fût de cette réalité qui allait le démolir, puis démolir le World Trade Center, puis démolir des milliers de vie. Des milliers de certitudes. Des milliers de rêves.

Jim était abattu. Cosgrave avait tout balancé, réussissant le vendredi 6 août 1909 son 11 Septembre™ sentimental, son 11 Septembre™ 2001 en plein été 1909, son 11 Septembre™ irlandais, dublinois. Antijoycien. Dans *Les Exilés* (1918), Joyce avait retranscrit sa souffrance d'une manière remarquable et touchante (MRT). Dans les affaires qu'on avait retrouvées après la « mort » de Mohammed au lendemain des attentats de New York, on avait retrouvé, outre une chemise, le

Coran et des effets de toilette, un exemplaire des *Exilés* de Joyce dans lequel il avait souligné (au crayon de couleur rouge) cette phrase : « Je désirais cela passionnément, ignoblement : être déshonoré pour jamais dans mon amour et dans ma volupté, être pour jamais une créature honteuse et reconstruire mon âme sur les ruines de sa honte. »

Nous avons vu Charles Péguy écrire à Blanche Raphaël, et nous avons pleuré… Nous avons vu Mohammed Atta écrire à Pamela Wiltshire, et nous avons pleuré… Nous n'avions rien vu. Car nous n'avions pas vu, encore, James Joyce écrivant à Nora Joyce. Nous n'avions rien vu.

« Nora, j'ai été franc à mon sujet. Pas toi. Lorsque nous nous retrouvions dans Merrion Square pour nous promener, sentir le contact de ta main dans la nuit et entendre ta voix (Ô, Nora ! je n'entendrai jamais plus cette musique parce que je ne pourrai plus jamais croire en toi), dans le même temps, *tous les deux soirs*, tu te rendais à un rendez-vous avec un de mes amis devant le musée, tu parcourais avec lui les mêmes rues, en bas, le long du canal, devant “la maison à un étage”, jusqu'au bord de la Dodder. Il t'entourait de son bras et, levant ton visage, tu l'embrassais. Que faisais-tu d'autre avec lui ? Et le lendemain tu me retrouvais, *moi !* J'ai été un imbécile. J'ai cru que tu ne te donnais qu'à moi et tu partageais ton corps entre moi et un autre. »

Dans ton ressentiment,
Ô misérable,
Et dans ta tour de pierre,
Ô vulnérable.

5

Partouz

> On ne guérit d'une souffrance qu'à condition de l'éprouver pleinement.
>
> Marcel PROUST.

« Tu peux jouir sur moi » ou « La délicatesse est la chimère de l'amour »

J'ai joui sur le visage de Pamela Wiltshire ! A un moment, son visage s'est tordu dans une grimace pornographique qui m'a stimulé. « Tu peux jouir sur moi. » Elle n'a pas spécifié qu'il s'agissait du visage, mais je ne vois pas, du point de vue du vice pur, l'intérêt qu'il peut y avoir à éjaculer sur une épaule. Ni même sur un sein. En revanche, sur le visage, j'ignore pourquoi mais c'est vrai que ça fait plus ou moins sens. Je ne m'étais pas planté : c'était vraiment une chienne ! Les hommes sont vraiment parfois, sont vraiment souvent des gros cons : ils s'acharnent à chercher des rimes, des mots sensibles, des expressions « charmantes » pour émouvoir poétiquement les pires salopes qui soient. Des salopes qui s'en foutent bien de recevoir des proses gratinées, riches en sentiments, et réclament d'abord (avant une quelconque manifestation de génie poétique, hugolien, lamartinien) quelques coups de dard bien sentis. Mohammed aurait pu avoir, aurait pu posséder, aurait pu (sans mal) « sortir avec » Pam… Mais il aurait fallu qu'il sorte sa bite au lieu de dévoiler son cœur. Là elle l'aurait aimé ! Là elle aurait « ressenti des trucs » ! Plus tu baises une femme, plus elle a des sentiments vrais d'amour profonds « romantiques » pour toi. Elles aiment que ce soit ta queue qui leur dise « je t'aime ». Pas toi, camarade « ami lecteur » : ta queue ! Et ta queue seule doit faire des alexandrins, dans leur chatte, mais pas toi avec des mots, dans du courrier, de la « correspondance ».

« Tous les amants délicats sont de mauvais fouteurs », avait expliqué Sade à Mohammed, car Sade, qui passait son éternité avec deux bougies plantées en permanence dans le cul, était considéré au ciel comme un terroriste et ils habitaient l'un l'autre pas très loin (deux années-lumière, à peine).

— Tu es sûr, Donatien ?

— Appelle-moi Alphonse, je t'en prie… Oui, j'en suis certain. L'homme qui veut jouir délicieusement ne recherchera jamais le cœur d'une femme… Avec de tels procédés, on ne deviendrait que son esclave, et par conséquent très malheureux.

— Tu en es certain, Alphonse ?

— Je t'en prie, appelle-moi François… Une femme n'est vraiment délicieuse à foutre que quand elle te déteste cordialement. Et l'homme qui voudra connaître tout le piquant d'une jouissance, ne doit rien négliger pour imprimer à la femme qu'il fout le plus de motifs de haine qu'il lui sera possible... Crois-tu, Momo, que les Asiatiques, si experts en volupté, ne savent pas bien ce qu'ils font, quand ils enferment leurs femmes ?

— Si j'avais su... Mitterrand me l'a dit : je suis trop délicat... J'ai été trop délicat lors de mon existence terrestre.

— Le Président a raison : pas de délicatesse en amour. Jamais ! La délicatesse ajoute-t-elle un chatouillement de plus au plaisir ? Non, sans doute : au contraire, elle en diminue les sensations... La délicatesse est la chimère de l'amour. La jouissance en est l'élément. Les « délicats » sont les pires « coups »... Ils croient dédommager une femme en belles paroles, de ce dont ils la privent en effet. Regarde George et Alfred : parle avec eux... Parle avec George. Elle va te le dire, elle, qui préférait se faire mettre par son médecin qu'entendre les poèmes d'Alfred, elle va te le confirmer que les femmes préfèrent être molestées et bien baisées, que de s'entendre dire tous les jours des choses délicieuses par un bande-mou.

Le marquis de Sade avait raison ! C'était par le sexe que Mohammed eût eu une chance de se voir accorder les faveurs de Pamela, qui, pour être une chaudasse, était une chaudasse... Depuis toujours, je l'appris plus tard, Pam avait été attirée par les déviances sexuelles. « J'ai commencé avec Pavlì par être esclave, m'avait-elle expliqué, et puis peu à peu, j'ai atteint le statut de maîtresse. »

Puis elle s'était embarquée dans une sorte d'hymne confus, voire abscons, au cuir, au latex (la seule chose que j'avais jamais connue, que j'avais possédée dans cette matière était un Marsupilami gagné (en 1980) à un concours du beau journal de *Spirou* – étrange époque où je commençais à me branler tout en lisant avec gourmandise, avec passion le beau journal de *Spirou* en vente tous les mardis chez votre, chez mon, libraire (1931-2003). Ce que je préférais dans le beau journal de *Spirou* (que j'avais commencé en juillet 1978, mettant un terme à six ans de fidélité à *Pif-Gadget*), c'étaient « Les aventures de Tif et Tondu », par Will (1927-2000) et aussi « Le Flagada », par Degotte (1933-1993), et aussi « Génial Olivier » et aussi « Garonne et Guitare », enfin, j'aimais bien tout, en fait, même « Buck Danny ». Même « Buck Danny » !), à ces corps (d'hommes, de femmes : elle était bi) sculpturaux gainés de harnais cloutés d'acier. C'était une « dominante impérieuse » (DI), comme elle disait. « J'ai le droit de tout exiger de mes esclaves mâles et femelles » avait-elle précisé. J'avais bossé un « Que sais-je ? », il y a fort longtemps, sur la philosophie du droit, et je ne savais absolument pas à quel registre du droit elle se référait.

— Désape-toi, pauvre merde ! me lança-t-elle soudain au Clac-et-Tac, une boîte SM d'Ivry-sur-Seine qu'elle fréquentait en réalité depuis des années.

J'avais fait celui qui a mal compris, mais j'avais compris… C'était tout simplement que je ne me sentais pas réellement la vocation pour lécher des talons aiguilles en me faisant pisser dessus pendant qu'on m'enfonçait des clous rouillés, des clous tétaniques, des clous tétanisants, sous les ongles ou dans les fesses.

Je lui demandai où elle avait bien pu acheter tout ça, ces déguisements. Ces ustensiles. Ces objets. Réponse : dans un supermarché du sexe, rue des Pyrénées, à Paris, 20e. « Viens, mon chéri, on prend ma voiture, je t'emmène. Tu vas voir c'est génial. T'as tout ! C'est superpratique ! » Je l'avais suivie… C'était Auchan, mais pour les obsédés. Chacun se baladait avec son chariot, comparait les prix, inspectait les nouveautés, demandait des renseignements, cherchait sa marque préférée. Certaines femmes étaient là avec leur bébé. Plusieurs rayons : SM (je n'étais pas très SM), « bondage » (je n'étais pas trop « bondage »), « fist » (je n'étais guère « fist »), « uro » (je n'étais pas très « uro »), « latex » (à tout prendre, ça ça allait encore), « zoo » (je n'étais pas très « zoo », comme être humain), « cum », « clystère » (je ne savais pas du tout ce qu'ils entendaient par « clystère », et c'était vexant : je venais dans l'Auchan de la chatte pour apprendre du vocabulaire, moi, le meilleur écrivain français de ma génération !), « gang-bang », « gay » (je n'étais pas très « gay », comme mec), « amateur » (par contre, ça oui, j'étais plutôt « amateur », oui, « amateur » oui, c'était un rayon qui me plaisait bien, un rayon où j'aurais volontiers passé plus de temps, plus de temps qu'à « zoo » par exemple), tiens, mais au fait, qui parmi vous sait ce qu'on entend par « clystère » (sans tricher), « lesbienne » (okay, ça allait aussi, zéro problème), « gros seins » (tout allait bien, je n'allais pas me plaindre), « teenage » (je n'étais pas vraiment branché « teenage », comme garçon), « charme » (chiant, surtout ici), « manga » (débile, ado, nul). Moi, la question qui me taraudait était celle-ci : vers quel rayon Mohammed se serait-il précipité, lui ?

Baptême du fist (11 Septembre™ anal)

« Savais-tu que j'étais une fan du fist ? » Pamela, en clair, voulait que je lui mette l'intégralité de mon poing dans le sphincter. J'étais un peu en sueur (j'avoue !) mais il n'était pas question de reculer. C'était étrange, comme baptême, ce baptême du fist… Quand on n'a pas l'habitude. J'étais puceau du poing. Vierge de l'avant-bras. Je me suis approché… « Qu'est-ce que tu attends, mon cœur ? » Mon cœur ? Il battait assez fort. C'était toute la vocation poétique de Momo qui allait trouver dans ce trou du cul l'issue qu'elle attendait. Des années de désespoir, de rimes, d'attentions diverses… Et de cadeaux multipliés. De sourires attatiques et de manières distinguées. De ruses pour se faire aimer d'elle… De tout un tas de plans pour espérer d'elle un regard, un baiser : une quelconque promesse d'avenir.

Mohammed et Pamela auraient pu, avec leurs enfants probables, s'en aller main dans la main par les rues de Kiev, de Berlin, de Manaus, d'Orléans. Du Caire. De New York. De Philadelphie… Ils auraient été jeunes et bien portants. Ils auraient organisé des barbecues et les voisins seraient venus. Ils auraient appris la politesse à leur descendance. Ils auraient fait construire une serre dans le jardin. Ils auraient soulevé quelques montagnes… Ensemble… Ils auraient chanté ensemble et regardé ensemble des oiseaux. Ils auraient loué un bateau : Oléron. Et cette femme aimée de lui, pour toute la vie éternelle aimée, et pendant toute sa vie temporelle à lui aimée de lui, aimée par lui, j'allais l'enculer avec la main. Lui faire entrer mon bras d'honneur dans le fondement, dans des débris de mots d'amour de 1989-90-91-92, etc. Mohammed : l'heure est venue pour moi d'allumer ton flambeau dans un fion, dans un anus, dans un cul tout au fond, profond dans un cul de femme humiliante, au cœur même de l'humiliation… Dans le cratère total de l'humiliation.

Elle émettait encore de petits cris de plaisir. Regarde, Mo : j'exerce enfin le métier que tu voulais faire avant : lécheur des nibards de Pam, et hop, vise un peu, je lèche pourlèche aussi son cul, ses fesses matelassées. Damassées. Son sofa de fesses... Tu vois, mon vieux : elle ne demandait que ça, pas du tout des mots doucereux... Je donne des claques à son cul. Des fessées cinglantes. La bestiole remue de jouisse... SM. Je devine en gros ce qu'elle veut : que je continue, que ça ne s'arrête jamais. Grosso modo, l'idée, c'est ça, que je remplisse son cul de tout un tas de choses : mains, bites, fers à repasser. Le gang-bang a duré près d'une heure... On l'a aspergée de sperme ! Le stade d'après c'eût été lui pisser dessus. Regarde, Mohammed : ma nouvelle profession, « fist-fucker ». Pas fist-fucker en général, pas hyperfist-fucker, non : fist-fucker qui cible, comme Nathalie Ménigon quand elle ciblait son terrorisme, fist-fucker de Pam. Fist-fucker exclusivement de Pam. Exclusivement fist-fucker de Pam.

J'aimais assez ça, pour une première expérience. Ça me plaisait. Mon poing s'approchait, immuable comme ton Boeing ô Mo. Impossible, comme toi ô mon Mo, de faire demi-tour : j'avais le poing inéluctable. L'encastration dans le trouduc était imminente, méchante, décidée. Pensée ! Cette introduction anale avait été extrêmement préparée, comme ton 11 Septembre™ à toi... Et là c'était mon 11 Septembre™ à moi, un 11 Septembre™ anal. J'étais lubrique comme un manchot. Dans une BD de Reiser (1941-1983), je me souvenais qu'un type s'était coupé la main pour baiser sa femme avec son moignon, qu'elle jouisse encore plus fort, encore mieux qu'avec une bite. Je fermais le poing. Un pot de vaseline... J'avais lu ça dans un ouvrage spécialisé. Sex-shop. Mon 11 Septembre™ perso. Je vais abuser encore une petite heure de celle qui t'a abusé toute ta vie, ô Mo. Pas abuser vraiment : elle en réclamait toujours encore davantage.

Un léger baiser sur la fesse droite. Je prépare mon attaque. Gémissements, elle le sait le veut l'attend réclame tout… Je prends mon élan. Mon poing (ganté de caoutchouc Mapa rose) s'approche comme un engin. Un engin lent… Elle hurle, se vrille, tord son corps dans des convulsions prévisibles. Je plante trois doigts d'un coup, ce qui écartèle le tissu anal en laissant apparaître à la fois des nervures violacées et des zones rosâtres semblables à du tissu. Comme si j'étais un poing de bronze, je replie les doigts à la manière des joueurs d'osselets, et, fermant les yeux trois secondes, je commence à fouiller, c'est difficile et ça résiste au début un peu, c'est élastique, ça me rejette quelque peu… Toute l'anatomie du cul tente de me résister, trois doigts, ça se contracte, ça a peur de partout, quatre doigts, ça spasme : mais maintenant, cinquième doigt, je m'engloutis, aussi sec, c'est devenu soudain un aspirateur, ça a cédé, rien ne m'arrêtera plus et je rentre et sonde, je touche le rectum et continue, ça commence à saigner, juste un tout petit peu, comme des règles, mais des menstrues de cul. Des règles à l'envers. Elle hurle ! Je transperce des abcès. Le côlon a la texture d'un tube, toute une mollesse interne, sigmoïde, hémorragies diverses, microscopiques, des chemins de traverse vers des intestins, je malaxe en interne, si ça continue j'atteins les omoplates. Thorax… Je perturbe bien des transits. Je commence à sortir, pour mieux revenir. Elle se secoue, elle va mourir de folie, de douleur de méga-jouissement tétratrash. Je lui dirai les mots bleus… Les mots qu'on dit avec les yeux… Je lui dirai les mots miens… Les mots qu'on dit avec les poings…

Je deviens bon. L'exercice finit par se roder. Je ne suis pas encore expert, mais je viens de perdre une certaine virginité. Une certaine quantité d'innocence. Ça y est, Mo : je suis moi aussi devenu un terroriste. Bien modeste. Pas un islamiste international historique célèbre : juste un petit terroriste du sphincter, un islamiste anal, du dimanche, un intégriste ganté, un mohammedatta en chambre. Un kamikaze d'opérette. Moins intemporel, mon viol, ô Mo, que ta céleste et magistrale encastration. Mais on encastre ce qu'on peut ! Chacun fait avec ses moyens. Je me demande dans quelle mesure Pam, *ta* Pam ô Mo, ne vient pas de perdre connaissance – abîmée dans beaucoup trop de plaisir, de surjoie, d'orgasmorgasmorgasmie. Je continue ma gentille oppression. Je termine mon attentat altruiste. Je ne suis terroriste qu'à l'échelle d'un anus, mais ma tâche m'absorbe. Je suis professionnel sur ce coup-là – comme toi, Mo, comme toi. Pam horizontale et mon bras tellement vertical. Elle évanouie satisfaite. Tellement soulagé, Mo, de t'avoir rendu hommage au fond d'un trou du cul de pétasse hautaine des eighties. Une sacrée salope à qui tes mots bleus faisaient bien moins d'effet, ton ami Sade a bien raison, que mes mots miens qu'on dit avec les poings…

Cœur plein d'un seul objet,
Ô possédé,
Ô cœur plein d'un seul être,
Ô débordé.

6

L'encastration

> Le nombre des victimes sera bien plus important que nous ne pouvons le supporter.
>
> Rudolf GIULIANI (1944-…), 107e maire de New York.

Fin de nuit

Je sors du Recto / Verso. Laïla et Dorothée étaient en train de baiser toutes les deux quand je suis sorti !!! Elles en avaient rien à foutre que je me casse… Une brune salope (1974-…), dans la rue. Je lui en mettrais bien un coup. Elle pénètre dans un taxi, elle s'en va loin dans la ville… Et je me dis : combien de taxis a-t-elle pris dans sa vie de femme ? 176 ? 99 ? 1 008 ? Je ne sais. Mais j'imagine tous les chauffeurs qui l'ont accueillie à leur bord, l'ont escortée, l'ont menée à bon port. Parfois, elle partait retrouver un amant, dans la nuit défaite, ou, au petit matin, rentrait de chez lui pour prendre chez elle sa douche et un café. J'aimerais retrouver tous les chauffeurs de taxi qui l'ont emmenée ainsi, belle et mystérieuse, sur le bitume à 4 heures, à midi, sous des soleils ou des lunes, à toute heure et à tout âge. Organiser une grande fête où seuls ces types-là seraient conviés. Ils porteraient une pancarte, dessus figurerait la date exacte à laquelle la brune salope sollicita les services de tel ou tel, et puis le lieu, et enfin la destination. J'oublie : la durée du voyage, son prix. Alors, je m'amuserais à faire des calculs impossibles : le temps qu'elle a passé, depuis qu'elle est sur terre, assise dans un taxi. Et ce que, au total, toutes ces courses lui auront coûté. Et aussi, aussi : le nombre de kilomètres parcourus. Peut-être même que, sur chaque chauffeur, j'écrirais une monographie. Connaître leur enfance, leur cursus, tout ça... Pour mieux saisir le hasard, la fatalité magnifique qui les a fait entrer en contact avec cette salope. Je leur poserais des questions (interminables !) sur la conversation qu'ils ont pu avoir avec elle, oui, tous les sujets abordés, les plaisanteries osées, les renseignements donnés : tout, tout, tout ! Si je devine que l'un d'eux (1951-...) ne fut point très aimable avec cette pute, je lui casse illico la tronche, il n'y a qu'à demander, tout est très simple. Bonjour, qui êtes-vous ? Moi ? Oui, vous. Je m'appelle André, André Dulong (1949-...), j'ai pris Mademoiselle, à moins que ce ne soit Madame, ça, je ne me suis pas permis de lui demander, le vendredi 14 février 1997, à 15 h 43, elle allait à un truc professionnel, une réunion, je ne sais plus trop, enfin, quelque chose qui avait l'air assez important. Et vous ? Moi, c'est Jérémie, Jérémie Nicoult (1970-...), j'ai 34 ans, je fais le taxi depuis trois ans, avant j'étais dans la région de Nice, je bossais comme maçon, j'en ai eu assez, alors bon ben, je suis monté à Paris, au début c'était pas simple, mais bon heureusement ma femme travaillait, et donc j'ai eu une course avec votre dame c'était en juin de l'année dernière, je peux vous le dire exactement si vous voulez.

L'encastration

Péguy est dans son champ de betteraves, face aux Allemands. Atta est dans son Boeing, face aux tours.

CHARLES PÉGUY

Mohammed… T'es mort ?

MOHAMMED ATTA

Non et toi ?

CHARLES PÉGUY

Non. Pas encore. Je t'attends.

MOHAMMED ATTA

Ouais, on n'a qu'à mourir ensemble, c'est plus sympa…

CHARLES PÉGUY

OK !

MOHAMMED ATTA

Regarde, Charles ! La ville !

CHARLES PÉGUY

Moi je suis sous la mitraille… Je vois que des betteraves. C'est pas New York ici ! C'est pas Broadway !

MOHAMMED ATTA

Ecoute ! Que de seins et de culs il y a ici, dans les rues de New York ! Que de salopes. Que de canons qui vont tromper leurs mecs. Foutre des râteaux à leurs collègues. Regarde-les bouger ! Tout bouge en elles. C'est l'heure où dans les rues de New York se répand la foule des femmes aux faces blanches, vêtues de décolletés ;

Et dans le ciel apparaît la multitude des soleils.
C'est très bien que je survole
Ceci. Le ciel au-dessus de moi
Et la ville des femmes à mes pieds me servent de spectacle.

CHARLES PÉGUY

Mohammed ? T'es là ? T'as du réseau ?

MOHAMMED ATTA

(avec des « r » roulés, sur un air d'opérette)

Mon che*r* Cha*r*lie je t'entends bien,
Et je m'app*r*ête à fai*r*e du bruit !
Mon che*r* Cha*r*lie c'est un matin
Qui compte*r*a dans bien des vies !
Les amis vous me connaissez :
Je suis Momo l'ami d'Allah ;
Et bientôt je vais m'encast*r*er
Et vous causer bien des t*r*acas !
Il ne fallait pas me laisser,
Ma douce, ma mie, ma Pamela !
Des t*r*acas tontaine des t*r*acas tonton !
Des t*r*acas tontaine des t*r*acas tonton !
Des t*r*acas tontaine des t*r*acas tonton !

CHARLES PÉGUY

Dépêche-toi de t'encastrer au lieu de te la jouer Offenbach (1819-1880) ! Je sais pas si je vais pouvoir encore tenir très longtemps… J'ai un peu l'air d'un guignol, là, avec mon sabre au clair…

MOHAMMED ATTA

Les tours ! Putain ! Elles approchent !

CHARLES PÉGUY

Cool ! Je vais tenter de chercher une balle, une balle allemande qui me percute… Ça serait bien qu'on soit synchro…

MOHAMMED ATTA

Ben oui ! Ce serait quand même plus sympa !

CHARLES PÉGUY

Quel moment ! Le jour de ma mort est vraiment le plus beau jour de ma vie !

MOHAMMED ATTA

Les tou*r*s app*r*ochent les tou*r*s sont là,
Les tou*r*s en to*r*che, les tou*r*s en feu,
Des tou*r*s jumelles, des tou*r*s qui sont deux !
C'est pou*r* tout de suite didi*r*ladada !
Ô quel chef-d'œuv*r*e et ô quel f*r*acas !
Chez la voisine on va su*r*sauter,
Son chat siamois cou*r*t à l'infa*r*ctus ;
La boulangè*r*e va décéder
La tête mélangée à l'uté*r*us !
L'uté*r*us tontaine et la tête tonton !
L'uté*r*us tontaine et la tête tonton !
L'uté*r*us tontaine et la tête tonton !

LA FOULE

Oooooh !
Nous sommes la foule et nous avons peu*r* :
Dans l'atmosphère vole un engin
Qui pou*rr*ait semer la te*rr*eu*r*
Si nul n'ent*r*avait son chemin !
Nous sommes la foule et nous avons peu*r*,
Dans l'azu*r* clai*r* file un vaisseau,
Qui pou*rr*ait causer des ho*rr*eu*r*s
Si nul ne f*r*einait son ent*r*ain !

MOHAMMED ATTA

Quel ent*r*ain tontaine !
Quel ent*r*ain tonton !

CHARLES PÉGUY

A tous les deux, on forme un vrai duo islamo-chrétien !

(On avait une vidéo qui montrait Mohammed la veille de son encastration. Il s'apprêtait à vaincre mille difficultés et il était calme… Vous aviez là un homme qui avait l'Apocalypse dans la chemisette et, rasé de frais, il s'était tranquillement avancé vers le contrôle avec sa propre mort comme destination, avec sa mort dans le sang. On ne pouvait pas dire qu'il avait l'air content : les fins du monde, ça peut toujours foirer au dernier moment. Heureusement, deux tours ça doublait les chances. C'était finalement une Apocalypse un peu mesquine, on travaillait avec filet chez Al Qaïda : si on ratait l'encastrage nord, il restait quand même une possibilité de Troisième Guerre mondiale avec l'encastrage sud. On ne pouvait pas dire qu'il avait l'air content, mais il semblait sûr d'une chose : que jamais plus il ne chercherait un réconfort impie dans la branlette, cette chienne. Et que jamais plus Pamela Wiltshire n'aboutirait à rien, qu'à le faire souffrir, qu'à le faire pleurer.)

(A le regarder sur la vidéo, on ne s'étonnait pas qu'il n'eût pas dépensé tout son pécule la veille, toute sa solde : Mohammed était économe même dans la mort. Il ne gâchait pas l'argent : c'était un principe et Mohammed était un homme de principes, et il aurait économisé sur les Coca Light et les serviettes en papier du Boeing s'il avait pu, mais il ne pouvait pas avoir la tête à la fois aux manettes et à l'intendance. Il n'était pas guilleret, au contrôle, mais il savait... Il savait qu'il n'en avait plus que pour quelques heures de vieillissement. De vieillissement humain. Il savait qu'il muerait tout à l'heure, mais d'une brusque mue : du vivant au mort pour les mécréants, mais du mort au vivant, pour lui. Et pour lui, du temporel à l'éternel... Du timoré au chaud lapin !

Dans ce qu'il s'apprêtait à faire, le 11 Septembre™ (car c'était quand même un homme qui s'apprêtait à faire le 11 Septembre™ !), il n'avait aucun référent. Il allait être le créateur d'un précédent. Il n'était pas un spécialiste du 11 Septembre™ parce que c'était la première fois que ce genre de 11 septembre allait avoir lieu. Tout restait à inventer. Certes, il avait eu le temps d'y penser. Mais il y aurait quand même des parties improvisées, c'était fatal. Les simulateurs de vol, c'était bien joli. Les virages dans le ciel, tout ça. Mais pour l'encastration, les logiciels n'étaient pas très sûrs. Ils apprenaient surtout le contraire : à ne pas s'encastrer !

Mohammed Atta avait appris à s'encastrer sur des programmes informatiques qui apprenaient à éviter les buildings. Il avait fallu une drôle de symétrie d'esprit pour s'ajuster à la mathématique contraire : savoir parfaitement donner la mort après des mois d'instruction pour savoir parfaitement sauver des vies.)

(Il ne faut pas croire : le métier de s'encastrer n'était pas si facile qu'on croit. Surtout qu'au dernier moment, les kamikazes pouvaient douter. Ils avaient un doute in extremis, peut-être, mais c'était déjà un doute d'au-delà. En réalité, il fallait douter avant, mais jamais pendant : quand un kamikaze doutait à la dernière seconde, ça devenait un suicide.)

(Mohammed était aux commandes, enfin. Ces enculés de passagers l'avaient horripilé. Leur existence, leur simple existence avait failli tout gâcher. Il pilotait à tombeau ouvert un tombeau fermé. Il était content !)

(Il avait envie de baiser, comme un ado. Il pilotait son avion, comme un enfant. Avec des couches-culottes au cul, comme un bébé.)

(Le ciel était si bleu... New York avait l'air coquet vu d'ici. Et puis soudain Mohammed se mit à piloter autrement : plus comme un vivant mais comme un mort. Il n'avait plus de plaisir à rien, il n'avait plus envie de pisser (il avait fait dans ses couches car c'était un homme avant que d'être un partouzeur). Il n'était déjà plus parmi les humains du monde. Il s'étonnait moins des choses. Il avait le regard qui se vidait comme un carburant. Il avait déjà des allures de bite éternelle. D'organe paradisiaque. Le 11 septembre n'était pas tout à faire encore le 11 Septembre™ que Mohammed était déjà dans un événement parallèle aux tours : sa montée priapique vers les cieux.

Sa mission officielle était terminée dans sa tête. Il pensait un peu déjà à son égoïsme. Il s'était acquitté de son job historique, le temps était venu de s'occuper un peu de soi. D'aparadir parmi les belles créatures, de faire connaissance avec des folles du cul. De son cul à lui ! On n'avait jamais fait gaffe à son corps, ni à son cœur, encore moins à ses glandes : il avait tout misé sur le ciel, et dans le ciel on ne rebrousse pas chemin. On ne fait pas demi-tour dans la mort.

Alors, dans un éclaboussement d'existences terminées, entre deux flammes orange et deux pans de nuages cramés, il avait fait faux bond aux autres morts, il n'était pas tombé : il était monté. Avec son équipe d'obsédés sexuels sentimentaux. D'OSS... Sous leur pied, qu'ils allaient prendre là-haut, tout là-haut, le ciel des hommes semblait petit comme un morceau de coton.

— Monsieur Sacha Guitry, un bon coup, offrez-vous à la vie ! avait lancé Jacqueline Delubac (1910-1997) à Sacha.

— Imprudente ! Sommes-nous bien assez menacés ! Nous risquons d'être emportés par la bourrasque que vous n'avez cessé d'attiser. Vous êtes, et moi aussi, à la merci d'un coup de sang. Nous en subirons les rigueurs, votre dévoué serviteur, moi Sacha Guitry... Soyons sérieux... La dignité de l'homme, là est sa seule fierté... Les grâces d'une femme, si je les quémande, voilà ce que j'appelle s'abaisser.

Nul, non ? Mais attends « ami lecteur », car c'est dans

la suite que tout se joue. Sacha reprend : « Et puis, un refus… même entouré de tact et de délicatesse, ah l'outrageante blessure dont on ne se remet point… »)

LES AUTORITÉS AMÉRICAINES

Dieu quel est cet avion qui fonce
Vers les deux tou*r*s dans le ciel bleu ?
Cette situation est absconse !
Est-ce un tou*r*nage dange*r*eux ?

MOHAMMED ATTA

Point de tou*r*nage, point de fiction !
C'est de la t*r*ès v*r*aie *r*éalité
Qui sème la mo*r*t et la damnation :
C'est fin du monde et cont*r*a*r*iétés !

CHARLES PÉGUY

Quoi ? Hein ? Allô ? Mohammed ? Tu m'entends ?

MOHAMMED ATTA

Femmes ! de vot*r*e insolence
Je vais ti*r*er vengeance !
De vot*r*e indiffé*r*ence !
De vot*r*e nonchalance !

LES FEMMES DE LA FOULE ET DES TOURS DU WTC

Et comment, et comment, comment, on vous p*r*ie ?

MOHAMMED ATTA

Je vais, tend*r*es ché*r*ies…

CHARLES PÉGUY

Merde, c'est quoi déjà mon truc sur les épis mûrs ?

MOHAMMED ATTA

… Vous jouer aussitôt
Une œuv*r*e de génie,
Mon de*r*nier conce*r*to !

LES FEMMES DE LA FOULE ET CERTAINES FEMMES DES TOURS DU WTC

G*r*âce, g*r*âce, on t'en supplie !

CHARLES PÉGUY

Allô ? J'entends des voix, là… Jeanne ? Jeanne ? C'est toi ?

MOHAMMED ATTA

Non, non, pas de *r*eta*r*d,
C'est le comble de l'a*r*t !
Le choc est pou*r*
Le choc est pou*r*
Le choc est pou*r*
Dans une seconde un qua*r*t !

LES FEMMES DE LA FOULE ET CERTAINES FEMMES DES TOURS DU WTC

Misé*r*ico*r*de, une seconde un qua*r*t !

CHARLES PÉGUY

Blanche ?

MOHAMMED ATTA

Une seconde un qua*r*t !
C'est le comble de l'a*r*t !

CHARLES PÉGUY

Allô ? Allô ?… Putain ! Portable de merde !

LES AUTORITÉS AMÉRICAINES

Une seconde un qua*r*t !

C'est le comble de l'a*r*t !
Gentil te*rr*o*r*iste
Ecoute-nous, okay !
Ô doux islamiste !
Fais demi-tou*r*, pitié !

MOHAMMED ATTA

Je n'écoute*r*ai pas.

LES AUTORITÉS AMÉRICAINES

Si, tu nous écoute*r*as !

MOHAMMED ATTA

Quand not*r*e cœu*r* plein de haine
Tonton tontaine tonton
A la puissance d'un avion
Tonton tontaine tonton
Toutes les suppliques sont vaines
Tonton tontaine tonton
Voici venu l'A*r*mageddon

CHARLES PÉGUY

Momo ? Tu m'entends ?

LES AUTORITÉS AMÉRICAINES

Ecoute-nous, tend*r*e islamiste,
Ô bel ext*r*émiste
Divin te*rr*o*r*iste
Ecoute-nous veux-tu !

MOHAMMED ATTA

Je n'écoute*r*ai pas, hu-hu !
Encast*r*ation !
Encast*r*u*r*e t*r*alala !
Encast*r*age et caete*r*a !

CHARLES PÉGUY

Allô ?

MOHAMMED ATTA

Les hommes sont rassemblés dedans par troupeaux comme des têtes de moutons
Dans les bergeries de l'abattoir.
(Mais du dehors on ne voit que deux rectangles métalliques,
Et dans trente secondes on entendra des cris, et des ruisseaux de sang sortiront çà et là par les issues sans issue.)
Au nom du ciel, sens-tu, Charles ? Ça sent l'excrément et la tuerie !

(Il fallait des saints. De nouveaux saints, qui inventeraient des nouveaux saints... Les kamikazes de Ben Laden seraient les saints du nouveau millénaire. Aux commandes du Boeing, Mohammed Atta avait senti qu'il allait (un tout petit peu) pleurer. Il avait les yeux gonflés. Toute cette sainteté était très perfectionnée. Elle avait quelque chose de technologique. Dans *Une saison en enfer* (1873), Rimbaud, dont il avait recopié des pages entières au Caire pour séduire Pamela, avait écrit qu'il fallait « être absolument moderne ». Il ne serait jamais plus malheureux, et en plus il allait devenir un saint. Il s'apprêtait à gagner sur les deux tableaux. Il avait été malin sur ce coup-là ! Un coup d'avion dans la tour Nord, et ça y serait ! Il fallait démolir pour pouvoir se reconstruire, au paradis. Pour devenir une gigantesque bite. Mohammed serait bientôt membre d'honneur du Parti de la Bite (PDLB). Les autres, sous ses pieds, continueraient sans lui à se faire traiter comme une merde par des blondes aux seins saillants et avec des strings roses de salope qui dépassent du jean. Il allait enfin habiter dans l'amas de la Vierge, pénétrer dans cet amas, pénétrer dans la Vierge Marie, mère juive, pénétrer la Vierge, et pénétrer 72 vierges dans la Grande Sainte Vierge. Il n'y avait plus rien à espérer sur terre, parmi les vestes et les râteaux. Les Twin Towers étaient un beau monument pour son corps.

Sa famille le regretterait. Regretterait-il sa famille ? Il avait été un bon fils pour ses père et mère (désormais, c'était la Vierge Marie qui deviendrait sa mère). Il était généralement aimé. Tout le monde l'aimait bien. Les camarades trouvaient qu'il était un bon camarade. Les amis un bon ami. Les compagnons un bon compagnon. Pas fier. Les citoyens un bon citoyen. Les égaux un bon égal. Jusqu'au jour où il avait commencé sa mission. Jusqu'au jour où il s'était révélé comme un autre citoyen. Comme le fondateur, comme le citoyen d'une autre cité. D'une cité céleste... D'une cité sexuelle... D'une cité éternelle...

Les autorités trouvaient qu'il était un homme d'ordre. Un jeune homme posé. Un jeune homme tranquille. Un jeune homme rangé. Commode à gouverner. Jusqu'au jour où il avait commencé le désordre... Introduit le désordre. Le plus grand désordre qu'il y ait eu dans le monde. Qu'il y ait jamais eu dans le monde. Le plus grand ordre qu'il y ait eu dans le monde. Le seul ordre. Qu'il y ait jamais eu dans le monde.

Jusqu'au jour où il s'était dérangé. Et en se dérangeant il avait dérangé le monde. Jusqu'au jour où il se révéla le seul Gouvernement du monde. Le Maître du monde. Le seul Maître du monde. Et où il apparut à tout le monde, où les égaux virent bien, qu'il n'avait aucun égal. Au

Caire (terre), sa mère allait pleurer. Elle pleurerait, elle pleurerait. Comme aucune femme n'avait jamais pleuré. Nulle femme. Jamais un garçon n'allait coûter autant de larmes à sa mère. Jamais un garçon n'allait autant faire pleurer sa mère. « Les femmes ne savent que pleurer », s'était dit Mohammed quelques fractions de seconde avant son encastration. Et puis : « Toutes des putes. »

Les parois métalliques de la tour n'étaient plus qu'à quelques mètres. Tout allait bien pour Mohammed. La vie était belle, elle serait bientôt éternelle en plus. Le ciel allait bientôt être orange. Pour l'instant le ciel était bleu. Eté indien. Mohammed n'avait pas peur du tout,

« Gardant son cœur intact en pleine adversité,
Masquant sous sa visière une efficacité ;

Tenant tout un royaume en sa ténacité,
Vivant en plein mystère avec sagacité,
Mourant en plein martyre avec vivacité »,

et il se faisait la réflexion que c'était une belle ville, New York, quand même. Dans les bureaux du WTC il devait quand même y avoir de sacrées bombes sexuelles (BS). Qui se seraient fait tringler par d'autres, ce soir. Eh bien, non, les filles. Ça ne pouvait pas durer. Comme ça. Moi aussi, moi Atta, ce soir je me ferais mâchouiller la queue par une grosse chaudasse. La foi allait de soi. La foi marchait toute seule. Au Mohammed-Atta-encore-vivant-quelques-secondes (MAEVQS), la foi semblait toute naturelle, toute allante, toute volante, toute planante, toute simple, toute venante. Toute belle volante… Et Mohammed avait alors, une fraction de seconde avant de frapper la première tour, songé à ces mots de Péguy :

« Voici la gerbe immense et l'immense liasse,
Et le grain sous la meule et nos écrasements,
Et la grêle javelle et nos renoncements,
Et l'immense horizon que le regard embrasse.

Et notre indignité cette immuable masse,
Et notre basse peur en un pareil moment,
Et la juste terreur et le secret tourment
De nous trouver tout seuls par-devant votre face. »)

MOHAMMED ATTA

C'est fait.
Encastration réussie, Charles !
(Dans des teintes de flammes orange)
Une fois qu'on y est, on y est bien.
L'endroit vomit un tourbillon de fumée noire,
Comme une fosse où l'on brûle de la graisse avec des morceaux de laine.
Sexe !
Partouz !
Paix !
Mon sexe n'est pas le vôtre. La partouz qui m'attend n'est pas la vôtre.
Et ma paix n'est pas la vôtre.
Je ne suis pas quelqu'un de fatigué comme toi, Charles.
Moi, je suis vert

Comme le gland dur et rond qu'on a planté entre deux pierres.
Tu ne dis rien ? T'es mort ?

« Oh young man
keep a smiling face
You are on your way
to everlasting paradise. »

CHARLES PÉGUY

Je meurs à l'instant, figure-toi ! Une balle au front. La classe, non ? Ça me va bien. Je jouis d'un jour si beau. D'un jour si mystique. Si peu politique et si hautement mystique.

(Charles Péguy n'est pas mort au combat, non. Charles Péguy *s'est suicidé* au combat. Dans son champ de betteraves, sabre au clair, pour se plomber la cervelle, il a utilisé une arme peu commune, une arme à grande échelle, une arme grandeur nature, une arme pas petit joueur : la France. Il s'est tué lui-même avec l'honneur de la France. Il s'est mis un coup d'honneur de la France en pleine tête, septembre 1914. Il en avait parlé dans ses livres, mais personne ne l'avait lu. Il l'avait évoqué très souvent, le champ de betteraves. Il était avec sa section, il faisait plutôt beau. Lieutenant, il donnait des ordres. Ses hommes se sont couchés : les Allemands étaient de l'autre côté de la luzerne. Ils étaient là-bas, tranquilles. Ils ne tiraient pas spécialement. Ils tiraient un peu… Ils jouaient vaguement du fusil parce que c'était la guerre. Mais c'était une guerre qui ne savait pas encore qu'elle était la Grande Guerre, une guerre qui ne se savait pas elle-même en train d'être la guerre de 14-18. Donc, les Allemands ne tiraient pas exactement comme ils auraient tiré s'ils avaient su qu'ils faisaient la guerre de 14-18. Non : ils tiraient quelques coups de début de guerre, des douilles de septembre 14, ils rechargeaient leurs canons de morceau de guerre, de campagne cool française, d'automne pas entamé, de guerre qui sentait encore la paix d'hier. C'était une guerre débutante ; c'était une guerre où les Allemands étaient encore des gens : de Francfort, de Hambourg, des garçons sympathiques de Munich. Ce n'étaient pas des soldats de la guerre 14 ; ils ne se battaient pas encore réellement contre les Français ; ils étaient surtout dans un champ avec des bottes, une gourde, un chef dont ils ne connaissaient pas le prénom, et un peu de soleil dans les yeux.

Ce soleil-là était un soleil normal. On s'imagine toujours que les saisons, les soleils, les oiseaux, les couleurs de l'été sont différents quand ils forment le décor des grands événements tragiques de l'humanité. Non, ils sont très normaux. Les saisons ont passé pareil sur Verdun. Il y avait, dans la campagne verdissante et neuve des étés, à Verdun, des roitelets qui, patiemment, faisaient leur nid. Des pies qui se posaient doucement sur la branche, dans la fraîcheur jaune d'un matin d'été tout neuf, tout propre, tandis que remuait dans son terrier un renard, ici une gentille taupe, et, par-dessus les arbres élancés qui respiraient bien, des nuées de canards orange, des envolées belles et élancées, extrêmement élégantes, d'oies sauvages comme dans la chanson de Michel Delpech (1946-...). La nature vivait, le vert existait, je veux dire : la couleur verte. Pour restituer la vraie réalité, il faut laver mentalement Verdun des couleurs verdunoises que l'Histoire nous a léguées : ce noir-et-blanc brumeux, pluvieux, détrempé, historique, ces saisons documentaires faites de fumées noires et d'hivers cramés de blanc, car la véritable horreur, c'est bien qu'un pinson se soit posé un lundi ensoleillé à 14 h 06 sur un barbelé taché de sang. Que ce sang ait séché au soleil, un beau soleil pour la saison. La véritable horreur, ce n'est pas le noir-et-blanc de Verdun, c'est le Technicolor, c'est la fin du monde parmi les saisons, l'extermination bucolique, les décors de peintre et la respiration des chlorophylles alentour.

Je prétends donc que la guerre 14-18 n'était pas en noir-et-blanc ! Je prétends, en même temps, que les soldats étaient des gens, qu'ils ne marchaient pas en accéléré, que les tranchées étaient dans les tons boue, avec des morceaux fuchsia, des endroits violets, que quelques belles étendues vertes s'allongeaient sous les pas – et je me dis que souvent sur les charniers, que souvent sur les corps des Poilus de 14 passaient quelques rares nuages dans un ciel bien bleu.

Ce jour-là, qui n'était pas un jour comme les autres parce qu'il allait être, il s'apprêtait à être le jour de la mort de Charles Péguy, ce jour-là ne savait pas vraiment qu'il était un jour de guerre. Je me mets à la place de ce jour-là : je suis un samedi, et j'œuvre comme un samedi. Je ne m'inquiète pas car je sais que Péguy a une tête, je sais que Péguy a un CV qui le porte à périr (si jamais il devait « décéder ») un dimanche. Et c'est là l'erreur ! Les gens qui ne comprennent rien à Péguy en font un être dominical… Les cons ! C'est un fiévreux du samedi, Charles. Lorsqu'il allait à Suresnes, à pied, vers l'imprimerie où il passait des heures à traquer les coquilles des *Cahiers* (qu'il s'agît de sa « copie » ou de la « copie » des autres) eh bien c'était le samedi. Nombre de cahiers portent la date du samedi. C'est le côté Travolta (1954-...) de Péguy – et c'est en Travolta, nous le verrons, en Travolta dansant la Carmagnole au milieu des betteraves qu'il va mourir. La mort de Péguy est dansante. Le suicide de Péguy fut disco.

Nous sommes, je suis, un samedi. Appelez-moi, arbitrairement, « samedi 5 septembre 1914 » et je verrai ce que je peux faire. Je vais voir comment les vies humaines se dérouleront sur mon décor.

J'ai été un samedi très calme, très beau, il y avait, vu d'avion, des fermes posées sur des étendues jaunes, vertes, jaunes, et d'autres plus rousses (à cause de la moisson, je suppose, mais je ne suis pas très bon en agriculture). C'est aujourd'hui que Charles Péguy a décidé de faire le malin. Ça couvait depuis longtemps. Dans son œuvre, dans sa vie, dans son destin, dans son sommeil la nuit dernière. Il était prêt. Il a dû espérer que le suicide ne se verrait pas trop. Qu'il allait pouvoir le camoufler sous l'habit d'une vraie mort, d'une mort au combat. Au milieu de l'action, sous la mitraille drue, on n'y verrait que du feu. Il pourrait disparaître tranquillement, tricher sur les motifs de sa mort, rouler tout le monde, y compris l'ennemi qui, croyant buter un salaud de Français, allait euthanasier le gérant des *Cahiers* qui n'en pouvait plus de gérer, qui n'en pouvait plus d'écrire dans le vide, n'écrivant plus que pour se lire, n'écrivant plus que Dieu, c'est-à-dire pour lui-même. Il savait, pendant la dernière marche de nuit avec sa section, que l'Allemand qui allait lui donner la mort (1876-1962) existait, qu'il était quelque part, à quelques arbres de là, à quelques fermes, à quelques lieues... L'Allemand, qui n'avait pas lu une seule ligne de Péguy, était né un jour, en Allemagne, disons à Düsseldorf, ou plutôt à Gelsenkirchen, et il avait passé toutes ses jeunes années de Gelsenkirchénois sans savoir qu'il était celui qui mettrait fin à « l'aventure des *Cahiers de la Quinzaine* ». Il faut dire qu'entre 1901 et 1914, les *Cahiers de la Quinzaine* étaient fort peu lus à Gelsenkirchen. Un ami bien renseigné m'informe qu'il en est toujours ainsi en 2003. Il n'empêche que personne n'a jamais enquêté pour savoir QUI a tué le lieutenant Charles Péguy. QUI, ce jour-là, un samedi très péguyen, a rendu ce service à Péguy.

Tout le monde a cru, tout le monde croit que Péguy est mort pour la France. C'est faux : il est mort pour lui. Ce qui est vrai, en revanche, c'est qu'il est mort PAR la France. Il n'a pas servi sa patrie, oh non : il s'est servi de sa patrie pour mourir.

Ceux qui ne me croient pas peuvent enquêter cinq minutes : Péguy est le premier mort de la bataille de la Marne, et, en gros, le premier mort de 14-18 tout court. C'est donc bien qu'il avait hâte. Qu'il ne comptait pas attendre 1918 pour profiter de l'aubaine. Il a quand même fallu une guerre mondiale pour avoir raison de Péguy ! C'est pour ça qu'il rêvait tant de cette guerre : pour pouvoir enfin passer l'arme à gauche. « Couchez-vous !… » hurle Péguy et « Feu à volonté !… », mais le lieutenant Charles Péguy reste debout, en avant de sa section, la lorgnette à la main, dirigeant le tir, héroïque dans l'enfer. Le plus beau jour de la vie de Péguy fut celui de sa mort.

Je suis le samedi 5 septembre 1914 et je sais de quoi je parle. La mort de Charles Péguy, c'est mon truc. Ma spécialité, mon domaine. J'enseigne cette matière. Je connais tout sur la betterave, les petits sentiers, les buissons de Villeroy, les chemins jaune poussière qui mènent au combat… J'emploie « mener » au présent, parce que je suis arrêté dans le temps. Je n'ai pas continué mon destin de samedi, je n'ai pas débordé sur le moindre dimanche. Je suis figé, condamné à être éternellement ce samedi-là, en terre de France, entre Beuvronne, Thieux, pas très loin de Moussy-le-Neuf. Je suis cette journée pour toute la vie.

On dit souvent (sacré « on » !) que Péguy était (je cite une hystérique entendue un soir dans un bar 18e arrondissement après qu'un ami et moi avions accroché, une demi-heure auparavant, une photo de Péguy, celle qui le représente dans sa « boutique » des *Cahiers* en 1913), que Péguy était « un va-t-en guerre de merde », un amoureux de la guerre, un fou de guerre, un passionné de guerre (alors qu'on le sait, nous : seule Blanche Raphaël l'obsédait). Faux, faux et encore faux : et je peux vous prouver, moi, samedi 5 septembre 1914, qu'il s'agit bien d'un suicide et que Péguy était un pacifiste. Et comme tout ce qu'il a fait était (est) grand, il fut (il est) un grand pacifiste. Péguy, avant de fermer sa minuscule boutique pour la dernière fois, sachant que son œuvre seule en serait dès lors la propriétaire, et que plus jamais son corps humain d'homme ne servirait de contenu à ces quelques mètres carrés qui furent, plus que son univers, l'univers tout entier, Péguy écrivit ceci :

« Soldat de la République,
pour le Désarmement Général
et la Dernière des Guerres ! »

Si Péguy avait adoré la guerre, il en aurait profité un peu plus. C'est gratuit, la guerre ! Il serait mort en 18 –

en 17, admettons, car Péguy n'eût pas aimé passer pour un profiteur. Il ne serait pas mort dans les premiers. Il serait resté un peu. S'il avait été un passionné de guerre, lui qui en parlait depuis quinze ans, il aurait cherché à assister à des combats autrement plus passionnants que celui de Villeroy. Il eût attendu Verdun. D'autant plus qu'intelligent comme il l'était, visionnaire comme il l'était, militaire comme il l'était, intéressé par l'Apocalypse comme il l'était, il savait bien que Verdun aurait lieu. Or, Péguy a décidé qu'un été de guerre, ça suffisait. Que la guerre c'était bien quand l'été était là, avec les beaux jours. Mais qu'avec l'automne et l'hiver en plus, ça passerait mal. Seuls les plus motivés, les plus pointus pouvaient se dire qu'ils patienteraient encore un peu avant de mourir.

La vérité, c'est que Péguy, lui, comme son ami Mohammed, faisait une autre guerre, une guerre parallèle. Une guerre intérieure. Avec lui-même. Péguy faisait la guerre à Péguy. Lui qui n'avait eu que des ennemis en temps de paix, vous croyez que ça allait le gêner d'en avoir en temps de guerre, c'est-à-dire dans une configuration où tout un pays a des ennemis, où des millions d'hommes ont tout à coup des ennemis ? La guerre, il l'avait faite toute sa vie. Jamais on ne lui ficha plus la paix qu'en guerre. Toute sa vie, les gens l'avaient combattu, tué, humilié, frappé : il était ressorti vivant de tout cette guerre pire que la guerre, puisque c'est la guerre, non des peuples et des nations, mais des pigistes et des critiques et des petits journalistes. Une guerre livrée par les hommes de lettres. Péguy a toujours su qu'un seul homme serait capable de l'abattre et que cet homme, c'était lui.

Ce qui est fascinant, c'est que Péguy est resté dans

nos, pardon : dans vos mémoires, à cause de sa mort. Pas à cause de sa vie, mais de sa mort. Sa biographie se confond avec sa nécrologie. Quant à son œuvre : elle aussi, est enterrée. Ensevelie sous mille, dix mille honneurs rendus. Il a des rues, Charles, des écoles, des avenues, des ruelles, des faubourgs parce qu'il est mort « au combat ». Qui a-t-il combattu ? L'Allemagne ? Tu plaisantes, j'espère. Il s'est combattu lui-même : il ne supportait plus que son corps fasse de l'ombre à son esprit ; il est parti pour nous laisser son œuvre, pour que son œuvre enfin, soit visible, soit lisible. Une œuvre délivrée de son auteur pour l'éternité – des milliers de feuillets que la présence humaine, lourde, pataude, furax et maudite de Charles-Péguy-l'être-humain ne contaminera plus jamais, n'abîmera pas, ne gâchera pas. Une œuvre toute seule dans sa postérité. Une œuvre abandonnée dans son infinie lisibilité. 229 *Cahiers de la Quinzaine* à lire dans leur totale gratuité pure, sans l'inertie d'une vie qui les continue, les promeut, les défend, les imprime et les anime. Quatre tomes de Pléiade virtuels, quatre tomes de Pléiade possibles qui attendent leur heure pour toujours, qui, à jamais déconnectés du corps de Charles Péguy, sont posés dans une lumière calme, disponibles à tout moment, figés dans une prose qui se sait inédite à cent pour cent, à mille pour cent. Une prose qui n'a jamais été lue mais qui sait, car elle a hérité de tout l'orgueil du mort, que des jeunes lecteurs s'approcheront, sans crainte de l'obstacle que représentait la présence physique du petit barbu fâché-sanguin qui les eût insultés de toute façon, et que, passé la zone de méfiance, ils la liront. Cette œuvre vacante, cette œuvre achevée, terminée, cette œuvre est là. Elle est ici. Sers-toi. Elle est vivante. Péguy est mort pour que vive son œuvre. Vive son œuvre !

Péguy est tombé pour que son œuvre se redresse : il lui a cédé la place. Lui, dans les betteraves ; ses livres, dans les esprits. Il a cédé le passage. Car, comme tous les génies, Péguy savait une chose : que son œuvre était beaucoup plus importante que lui, beaucoup plus imposante que lui. Beaucoup plus forte et beaucoup plus puissante que lui. Il pouvait combattre ses ennemis personnels ; il pouvait combattre les Allemands. Mais il ne pouvait pas combattre son œuvre. Il ne faisait pas le poids.

On l'a décoré parce qu'il est mort en héros. On l'a décoré pour les raisons symétriquement opposées aux vrais motifs de sa mort. Lui qui a détourné le vrai sens de la guerre 14 pour servir son œuvre, et se débarrasser de son désir d'enculer Blanche, lui qui est coupable de détournement de conflit mondial à des fins personnelles (se supprimer physiquement pour alléger son œuvre du fardeau que représentait sa figure humaine), le voici martyr de la Grande Guerre, le voici copain des scouts de France, des limite-fachos, de quelques nationalistes et des types vieux jeu qui croient en la France éternelle et en un seul Dieu.

Regarde-le (je te le prête quelques instants) sur le sentier, sur la route de Thieux, avec sa section, fourbu mais content, soleil et poussière, églises, fermes, foin : on a l'impression, n'est-ce pas, qu'il n'a pas peur de mourir. Eh bien non. Il a peur, en vérité. Peur de ne pas mourir ! Toute sa vie, il a vécu dans une boutique campée en face de la Sorbonne, son ennemie. Il s'apprête maintenant à camper la (plus petite encore) boutique qu'est son corps en face d'un autre ennemi : les Allemands. Mais ni la Sorbonne ni l'Allemagne ne sont ses véritables ennemis : elles sont, au contraire, le moteur de son génie. La Sorbonne voulait tuer son œuvre ; l'Allemagne va tuer sa vie. Il a eu besoin de la Sorbonne pour résister, s'opposer, exister. Il s'est servi d'elle. Péguy se sert toujours lui-même. Il va se servir de l'Allemagne pour mourir – et par conséquent de la France, et du monde, car cette guerre est mondiale.

Je suis le samedi 5 septembre 1914 : le seul jour de la vie de Péguy où il fut à la fois vivant et mort, vivant le matin et mort le soir. Je suis le seul jour de toute l'histoire de l'humanité pour lequel on puisse dire, indifféremment : « Péguy est vivant » et « Péguy est mort ». Il y a eu, dans ce même samedi, les deux vérités. Je les contiens. Je vis avec. Péguy mort et Péguy vivant m'appartiennent à égalité. Je les aime tous les deux. Je ne fais pas, comme vous autres, une distinction entre les deux. Ce sont mes enfants. Je n'ai pas de préférence. Ils sont jumeaux.

C'était Charles Péguy, le nom ; ou Charles Péguy, le corps. Les deux ne pouvaient coexister.)

MOHAMMED ATTA

Ah, Charles ! Voici pour moi l'heure de la pause suprême ; laisse-moi jouir de ce suspens solennel où je suis. Invincible douceur ! Je vois déjà une vierge... Une salope ! Une houri qui va multilécher mes parties génitales intactes. Je ne vois pas encore très bien son cul... Mais je vois ses yeux, Charles ! Deux beaux yeux qui illuminent ma vie ! Deux yeux tendres et noirs qui se tournent vers moi... Deux yeux pleins de joie et d'amour qui m'attirent d'une promesse que je ne peux pas démêler.

CHARLES PÉGUY

Paix !

MOHAMMED ATTA

Oui, mais la paix n'est pas dans le repos. Ce n'est pas le repos que je désire.

CHARLES PÉGUY

J'avais compris.

MOHAMMED ATTA

Ouah putain, Charles ! J'entends un cri de femme, et mon cœur se serre violemment, comme une roue qu'on cercle en l'arrosant…

CHARLES PÉGUY

Arrête de parler comme Claudel, putain !… Moi je sens une odeur de viande fumante.

MOHAMMED ATTA

Si tu voyais le spectacle, ici, mon Charles ! Ça saute par les fenêtres ! Avec des pull-overs et des vestes en guise de parachute ! C'est grotesque ! Toutes ces pédales qui tombent comme des mouches ! La matière humaine coule de partout. Ça crie ! Ça hurle. Ça parle ! Ils grouillent ensemble, âmes et membres ! Tous ces étages bondés de papiers qui flambent… De salopes qui flambent. Comme des crêpes, Charles ! Et toi, Villeroy ? Ta mort, tout ça… Parle, un peu ! Tu dis jamais rien…

CHARLES PÉGUY

Avec toi c'est dur d'en placer une ! Ecoute, moi c'est plus terre à terre, c'est sûr… Mais ça a de la gueule…

« Ça le fait », comme on disait quatre-vingts ans après ma mort…

LES VIERGES

Salut les gars ! On vous attendait… Surtout toi, Mohammed ! On a rien contre Charles, ceci dit… Une balle en plein front, ça n'a jamais empêché quiconque de bander, ici… Vous allez voir, on est vraiment cools, cools et salopes ! On fait tout ! On est de sacrées cochonnes ! On est des dingues du cul. Des malades ! Et plus on se fait mettre et plus on est vierges ! Moins on est enceintes ! Ici, aucune crainte, vous ne serez jamais des pères : vous serez des fils pour l'éternité. SEIGNEUR SEIGNEUR SEIGNEUR SEIGNEUR SEIGNEUR SEIGNEUR SEIGNEUR ON EST LES VIERGES !

VIERGE-EN-CHEF

Entre Mohammed, sois le bienvenu… Viens que je te présente… Là, celle qui a les gros nichons, c'est Sœur Owl-Gonkwin-Jane-Cow-Hoon, et à côté, avec les grosses lèvres à pipes, c'est la pulpeuse Sœur Potato-Head-Bobby-Brown, et à côté encore, c'est la plus salope d'entre nous, et par conséquent la plus vierge, c'est Sœur Anne de Devine… Et voici la reine de la feuille de rose, tu m'en diras des nouvelles Mohammed, j'ai nommé Sœur Jasmine Noxema-Tapioca et son énigmatique copine Sœur Ob'Dwella « X »… Et moi, je suis Sœur Full-Blow-Job-And-Anal-Sex. On est là pour te servir… On va te filer de sacrés frissons, mon salaud. Tu le mérites ! C'est à ton tour, maintenant. Les autres ont assez niqué à ta place… Ça te dirait de me pisser dessus maintenant ?

MOHAMMED ATTA

Ben heu… Je sais pas, moi… Je suis pas trop habitué…

CHARLES PÉGUY

Mais il pleut ici ?

SŒUR OB'DWELLA « X »

Ça, c'est une ondée de sperme… Vous inquiétez pas, c'est passager. C'est juste un nuage. C'est souvent comme ça en septembre. C'est un mois imprévisible. Alors, Mohammed, je te pisse dessus ou pas ?

CHARLES PÉGUY

Si elle te le propose, vas-y !

MOHAMMED ATTA

Ça te dit pas, toi ?

CHARLES PÉGUY

Ah non, moi, je suis pas là pour ça, mon vieux. Je suis là pour oublier ma queue, pas pour la sortir… D'ailleurs, si tout va bien, j'en ai plus… (*Il se débraguette.*) Regarde, génial : j'ai plus rien dans le slip ! J'ai plus rien dans le slip ! C'est le plus beau jour de ma vie ! Je ne suis qu'amour, je ne suis que pur sentiment.

MOHAMMED ATTA

Remarque t'as raison de vérifier… Attends je vais faire pareil… On sait jamais. Après tout, le choc a été violent. Tu imagines que j'aie une barquette de carottes râpées à la place de la zézette ? Suspense ! (*Il sort sa queue.*) Ouf ! Tout est là… (*Il se tâte les testicules.*) Et mes couilles aussi ! Bien pleines. Plus pleines que jamais ! Mais… Charles ! Charles ! Elle m'a pissé dessus ! Elle m'a foutrement pissé dessus ! Regarde ma djellaba !

CHARLES PÉGUY

Ça schlingue, putain ! Je crois qu'il vaudrait mieux qu'on cherche nos bungalows avant qu'elle ne te chie dessus…

SŒUR OB'DWELLA « X »

Aucun risque, mes loulous ! La préposée à la merde, c'est pas moi. C'est Sœur Poopy.

MOHAMMED ATTA

De toute façon je suis là maintenant, j'y reste. Ce n'était certainement pas de la vraie pisse… Rien que de la pisse paradisiaque. De la pisse de vierge. De la pisse vierge. De la pisse vierge de toute forme d'urine. Ils doivent avoir une formule spéciale ici. Un truc spécial…

SŒUR FULL-BLOW-JOB-AND-ANAL-SEX
(*hilare*)

Faut pas flipper comme ça, les garçons !

Charles Péguy et Mohammed Atta font quelques pas à travers les nuages. Il y a des arbres fruitiers un peu partout.

CHARLES PÉGUY

Putain : j'ai du sperme plein ma tenue d'officier ! Ça tache ce truc ?

MOHAMMED ATTA

Tu t'es jamais branlé ou quoi ?

Soudain, les Vierges attachent Mohammed et Charles à des sofas géants de couleur rouge.

CHARLES PÉGUY

Heu… Je vous demande pardon ? Qu'est-ce qui se passe, là ?

MOHAMMED ATTA

Oh putain ! Elles me touchent ! Charles ! Charles ! Fais quelque chose ! T'as ton sabre avec toi ? Fais quelque chose ! Putain ! Je vais rester coincé sur ce sofa ! Je vais rater mon éternité !

CHARLES PÉGUY

Ta gueule, merde ! Tu passes ta vie à gémir ! T'as voulu ça, tu l'as maintenant ! Mais moi, c'est pas du tout ce que j'avais demandé. Pas du tout ! Je me suis pas pris une balle au front pour me faire un plan SM sous des ondées de foutre pendant toute une éternité ! C'est de l'arnaque, là, c'est plus du paradis : c'est de l'arnaque… Mais attends, c'est peut-être des fausses chaînes, des chaînes pour rire, des chaînes de paradis…

MOHAMMED ATTA

Ce sont de vraies putains de chaînes, Charly !

CHARLES PÉGUY

Exact ! Bordel de chiasse… Bon écoute, un officier doit toujours savoir garder son sang-froid… Calme-toi… Moi je vais essayer de me calmer… Détends-toi. Laisse-toi porter par le courant…

MOHAMMED ATTA

Charly, tu es vraiment un normalien de merde !

CHARLES PÉGUY

Et elle ?

VIERGE-EN-CHEF

Elle, elle est préposée aux doigts dans le cul. Tu veux essayer ? Tiens, viens, approche…

CHARLES PÉGUY

Non, non, c'est gênant, je… Je préfère réciter des poèmes de mon cru – tiens, celui-là est pour toi, Momo : « J'ai vu des cœurs dévorés d'amour / Pendant des vies entières / Perdus de charité. / Brûlant comme des flammes. // J'ai vu des martyrs flamber comme des torches / Se préparant ainsi les palmes toujours vertes. »

MOHAMMED ATTA

Mais qui sont toutes ces femmes qui s'avancent vers nous ?

SŒUR OWL-GONKWIN-JANE-COW-HOON

Ce sont celles qui vont s'occuper de toi, mon beau terroriste [1]…

1. Par ordre d'arrivée, voici : 1) Sœur Scopo 2) Sœur Chatouillo 3) Sœur Mammo 4) Sœur Sito 5) Sœur Somno 6) Sœur Odalexo 7) Sœur Hodo 8) Sœur Tosso 9) Sœur Copro 10) Sœur Sodo 11) Sœur Bucco 12) Sœur Clito 13) Sœur Vagino 14) Sœur Jacto 15) Sœur Téléphonico 16) Sœur Pseudo 17) Sœur Grapho 18) Sœur Nympho 19) Sœur Vidéo 20) Sœur Photo 21) Sœur Cybéro 22) Sœur Klepto 23) Sœur Podo 24) Sœur Hypho 25) Sœur Pygo 26) Sœur Pilo 27) Sœur Sado 28) Sœur Maso 29) Sœur Sadomaso 30) Sœur Stigmato 31) Sœur Bondo 32) Sœur Ondo 33) Sœur Matério 34) Sœur Obéso 35) Sœur Géronto 36) Sœur Dismorpho 37) Sœur Nano 38) Sœur Domino 39) Sœur Travelo 40) Sœur Andro 41) Sœur Agrexo 42) Sœur Homilo 43) Sœur Lutto 44) Sœur Zoo 45) Sœur Harcelo 46) Sœur Pyscho

CHARLES PÉGUY

Voici le firmament, le reste est procédure.
Et vers le tribunal voici l'ajustement.
Et vers le paradis voici l'achèvement.
Et la feuille de pierre et l'exacte nervure.

Voici le lieu du monde où tout devient facile,
Le regret, le départ, même l'événement,
Et l'adieu temporaire et le détournement,
Le seul coin de la terre où tout devient docile,

Ce qui partout ailleurs est la décrépitude
Assise au coin du feu les poings sur les genoux
N'est ici que tendresse et que sollicitude
Et deux bras maternels qui se tournent vers nous.

Voici le lieu du monde où tout devient enfant,

Et vous savez aussi ce que tout homme tente :
C'est de se réchapper des mains de l'Eternel.
C'est de cuver sa peine et de planter sa tente.
Dans le recordement de son rêve charnel.

Et vous savez pourquoi tout homme se lamente.

47) Sœur Timo 48) Sœur Hiéro 49) Sœur Spectro 50) Sœur Tapho 51) Sœur Satano 52) Sœur Mégalo 53) Sœur Rato 54) Sœur Salivo 55) Sœur Cracho 56) Sœur Crado 57) Sœur Solo 58) Sœur Trio 1 59) Sœur Trio 2 60) Sœur Trio 3 61) Sœur Dingo 62) Sœur Hermaphro 63) Sœur Missio 64) Sœur Levretto 65) Sœur Facio 66) Sœur Linguo 67) Sœur Rimbo 68) Sœur Arto 69) Sœur Picasso 70) Sœur Léauto 71) Sœur Jouhando 72) Sœur Rousso.

Il veut jouer deux jeux dans le jeu temporel.
Il veut prendre son aise, il veut suivre sa pente,
Et cependant gagner son salut éternel.

De tant de meurtrissures
Toujours déçu,
Et de tant de blessures
Mal recousu.

Épilogue

Adieu. Je suis fou ; voudriez-vous que je ne le fusse pas ? Adieu. Adieu, ai-je longtemps encore à dire ce triste mot.

Denis DIDEROT.

On a appris qu'il y avait eu un attentat au Recto / Verso. Les pompiers qui étaient allés dans les décombres des partouzeurs avaient assisté à un carnage au repos, une terreur tranquille, éteinte sous une cendre. Une horreur achevée, parvenue à bon terme : demi-têtes, demi-bites, demi-destins. Des vies avaient été interrompues pendant une pipe, une sodomie, un gang-bang, une éjaculation faciale dérisoire. Des demi-hommes qui traînaient dans le sang séché, presque marron : leur corps avait explosé en pleine jouissance, en pleine pénétration, en plein 69, en plein cunnilingus.

C'était signé Al Qaïda. Et des mains coupées, sur les sofas, au milieu des rails, étaient juxtaposées à des jambes d'un corps différent. Les pompiers ramassaient des rotules, des côtes, des foies, des membres humains qui, jusque-là, avaient fonctionné de manière autonome. C'était la confusion des corps et celle des esprits. Et ces corps décharnés paraissaient posés dans un grand repos hors sujet, un délassement maximum, fondus dans un autre monde…

Il y avait des cadavres de partouzeurs partout ; cadavres râblés ; cadavres pornographiques et profondément cadavres carrément déchiquetés ; cadavres quadragénaires et perpétuellement morts ; cadavres étudiants, cadavres obsédés, cadavres sodomites et perpétuellement baisants, et cadavres proprement en train de finir de bander, et tout ce que l'on voulait, pourvu qu'ils ne soient plus, qu'ils ne bougent, qu'ils n'existent plus, cadavres qu'ils seraient toujours, désormais, jusqu'au jour du prochain attentat, où des cadavres plus neufs, des cadavres actualisés viendraient les remplacer comme des collègues. Ils ne périraient plus jamais : c'était fait... A leur naturelle mort, à leur mort prévue, à leur mort programmée par la vie s'était substituée une autre mort, une mort voulue par d'autres, une mort programmée non par la mort mais par des types.

Et les cadavres ramassés, les cadavres triés, les cadavres étiquetés, les cadavres rangés par sexes (cadavres hommes, cadavres femmes), par âges, par visages, par morceaux de sexe, par morceaux d'âge, par morceaux de visages.

« Je veux être célèbre de mon vivant ! » avait lancé James Joyce à sa tante Joséphine (?-?), quand il avait 20 ans. C'était une époque où on l'était généralement de manière posthume : surtout chez les artistes. Seuls les rois, les souverains, les hommes politiques et quelques artistes extrêmement populaires, extrêmement commerciaux (Hugo (1802-1885), Dickens (1812-1870), Dumas (1802-1870), etc.) avaient accès au statut de star durant leur vie humaine. Mohammed Atta, lui, était un cas un peu à part : les kamikazes en général étaient un cas à part. En effet, c'est *par leur mort* qu'ils devenaient célèbres, un peu comme Charles Péguy était devenu célèbre par sa mort au champ d'honneur. Les kamikazes n'accédaient donc pas seulement à la notoriété après leur mort, mais par, mais grâce à leur mort. Leur mort était l'œuvre de toute une vie. Sans doute Mishima (1925-1970) s'était-il fait hara-kiri pour qu'on s'aperçoive qu'il existait, que son art existait, que son œuvre existait : on se supprime parfois, quand on est artiste, pour laisser une plus grande visibilité à son œuvre, pour laisser TOUTE la visibilité à son œuvre. Le corps peut encombrer.

Chez Mohammed Atta et ses amis du 11 Septembre™, la mort, le suicide étaient précisément toute leur œuvre, c'était une sorte de happening, un happening à la fois révolutionnaire et mystique. Ce n'était pas seulement l'œuvre d'une vie, pour eux, mais aussi l'œuvre d'une mort. C'est avec leur vie, ou plutôt : c'est avec leur mort qu'ils donnaient la mort. Tout leur art était là. Au paradis des islamistes (PDI), qui était une portion de paradis emboîtée dans tous les paradis possibles, Mohammed Atta avait fini par rencontrer Joyce. Joyce était fort intéressé par la démarche artistique de Mohammed, en qui il voyait, résumé comme jamais, résumé d'une manière infiniment dense, infiniment profonde, les difficultés propres au romancier qui écrit sur lui-même, sur sa propre vie.

JAMES JOYCE

En fait, chez vous, Mister Atta, comme chez moi, mais de manière démultipliée chez vous, l'œuvre et la vie ne font qu'un, elles s'entrelacent en un seul tissu.

MOHAMMED ATTA

Dans les montagnes afghanes, Ben m'a souvent dit : « Momo, souviens-toi que, désormais, ton art est devenu une arme. »

JAMES JOYCE

Well, vous avez fait montre d'une très grande discipline dans votre art. C'est ça que j'aime. L'art doit permettre d'aller au bout de soi-même. Et le bout de vous-même, c'est votre mort humaine.

MOHAMMED ATTA

Oui, je vais avoir mon « Atta's Day » comme il y a un « Bloom's Day ».

JAMES JOYCE

Vous êtes quelqu'un de très étonnant, my dear.

MOHAMMED ATTA

« Sois l'homme de l'étonnement », m'avait encore enseigné Ben, à Kaboul. Tout grand terroriste doit être l'homme de l'étonnement.

JAMES JOYCE

Amazing ! C'est aussi ma définition de l'artiste ! Ce qui nous rapproche, vous et moi, c'est que nous sommes d'excellents travailleurs. J'ai détourné le roman classique du 19ᵉ siècle pour inventer le 20ᵉ siècle, et vous, vous, vous avez détourné le cinéma américain du 20ᵉ siècle pour inventer le 21ᵉ… Nous faisons dans la parodie, vous et moi… Nous sommes des satiristes… Des caricaturistes…

REMERCIEMENTS

Christophe Bataille, Jérôme Béglé, Frédéric Beigbeder, Coralie Bellion, Houria Bennacer, Dominique Besnehard, Paul-Éric Blanrue, Philippe Bourgueil, André Breton, Stéphane Célérier, Louis-Ferdinand Céline, Paul Claudel, Georges Cziffra, Claude Dalla-Torre, Olivier Dazat, Olivier Delbosc, Éric Denut, Julie Depardieu, Éve de Dommartin, Albert Dupontel, Friedrich Engels, Jean-Paul Enthoven, Cyril Facchini, les Fils de l'Invention, Hélène François, François Gibault, Sacha Guitry, James Joyce, Philippe Labro, Bernard-Henri Lévy, Idalina Madeira, Didier Mervelet, Agnès Mignot, Éric Mignot, Stéphane Million, Marc Missonnier, Marc-Édouard Nabe, Olivier Nora, Jean-François Paga, Thierry Pain, Anthony Palou, Charles Péguy, Benoît Poelvoorde, Daniel Prost, François Reynaert, Paul Tommasi, Serge Vial, Stéphane Zamfirescu, Frank Zappa.

Note : Toutes les citations de fin de chapitre sont tirées de *La Ballade du Cœur qui a tant battu* de Charles Péguy, éditions Gallimard.

Table

PREMIÈRE PARTIE : MOHAMMED ATTA

DEUXIÈME PARTIE : MASTURBATOR

TROISIÈME PARTIE : LAÏLA

QUATRIÈME PARTIE : AU PARADIS DES TERRORISTES

Du même auteur :

JUBILATIONS VERS LE CIEL, Goncourt du premier roman, Grasset, 1996.

LES CIMETIÈRES SONT DES CHAMPS DE FLEURS, Grasset, 1997.

ANISSA CORTO, Grasset, 2000.

PODIUM, Grasset, 2002.

TRANSFUSION, Grasset, 2004.

PANTHÉON, Grasset, 2006.

APPRENTI-JUIF, hors commerce, 2007.

MORT ET VIE D'EDITH STEIN, Grasset, 2008.

CINQUANTE ANS DANS LA PEAU DE MICHAEL JACKSON, Grasset, 2009.

LA MEUTE, Grasset, 2010.

NAISSANCE, Grasset, 2013.

UNE SIMPLE LETTRE D'AMOUR, Grasset, 2015.

Films

GRAND ORAL, *court métrage,* 2000.

PODIUM, *long métrage,* 2004.

CINÉMAN, *long métrage,* 2009.

PAPIER À BASE DE FIBRES CERTIFIÉES

Le Livre de Poche s'engage pour l'environnement en réduisant l'empreinte carbone de ses livres. Celle de cet exemplaire est de :
850 g éq. CO_2
Rendez-vous sur www.livredepoche-durable.fr

Imprimé en France par CPI
en septembre 2015
N° d'impression : 2018420
Dépôt légal 1re publication : janvier 2006
Edition 03 - septembre 2015
LIBRAIRIE GÉNÉRALE FRANÇAISE
31, rue de Fleurus - 75278 Paris Cedex 06

31/1518/5